JN112452

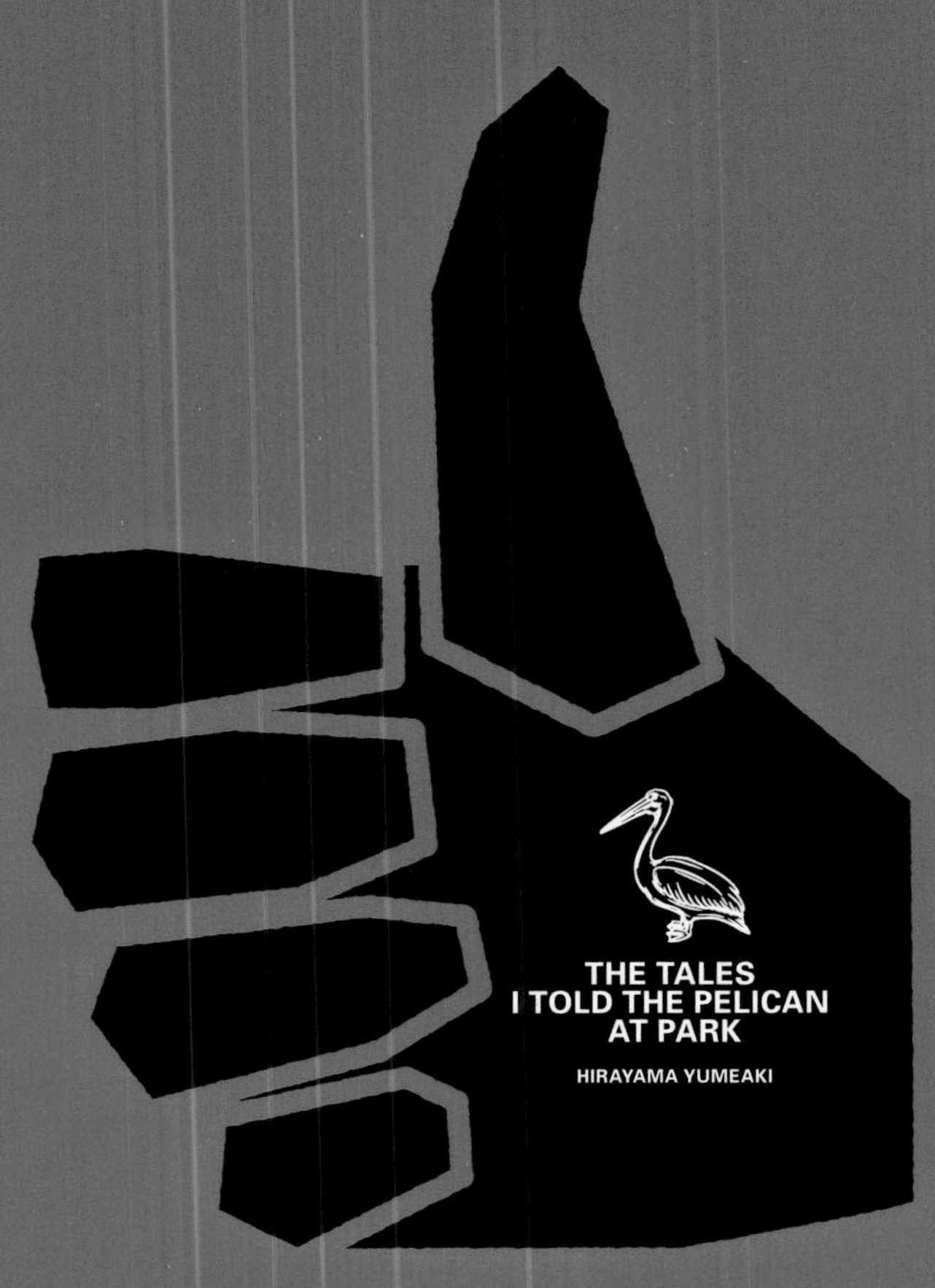

平山夢明

俺が公園でペリカンにした話

光文社

THE TALES
I TOLD THE PELICAN
AT PARK

俺が公園でペリカンにした話

CONTENTS

親父のブイバル――
しょせん浮世は、けだものだけだもの。

THE TALES
I TOLD THE PELICAN
AT PARK

金もないので仕方なく歩いていた。二時間ほど、ヒッチハイクをしようとジリジリ照りつける太陽にむかって親指を突き出していたのだが、行き交う車の運転手はたまに目が合っても不思議なものを見るような顔つきで、〈道ばたで人が親指を突き出す〉＝〈ヒッチハイク〉という世界共通の身体記号に思い当たらないらしい。本当にこの国はつくづく貧しいので厭になる。それで厭になりついでだと思い川に沿った土手を歩くことにした。その土手は川自体がド三流の産業底辺川だったので、目を楽しませる桜並木や芝生の類なんぞ一切無く、ただ羊羹みたいに味気なく真っ平らなコンクリートの道が続いているだけだった。時折、犬を散歩させているのか犬に散歩させられているのかわからないような脳梗塞寸前に見える男や女がふらふらと移動していた。奴らはなぜかすれ違う際、絶望し尽くしたかのような、かそけき声で〈コンニチハ〉と囁くので、これだけ魂が消えかけていれば現世への執着もなかろうと思い『お金貸してくれませんかね』と訊ねてみるのだが、みな一様にムッとして返事もせずに去って行く。気がつくと川も臭い。それはもう臭いなんてものじゃなくて、生まれてから一度も歯を磨いたことのない男の大臼歯になったような逃げ場のない臭み地獄のなかにおれはいた。金はない、ヒッチハイクは成功しない、おまけに川は臭いと来たのでは、きっとラリホーになってしまう。それではたまらないので猛烈に尿をすることにした。おれは土手の端に立つと犬走りをさせている奴らの視線なんぞ構うことなく尻にエクボができる程、力を入れて放尿した。キラキラ光るレモン色の液体(リキッド)は土手の下草に向かって落下していったのだが、どういうわけか人の背丈ほどに繁った葦(あし)やら雑草のなかに人がいた。「小便止(や)めろ！」相手がそう云(い)って手を振るのでおれは排尿を止め、相手を見つめた。葦の間から覗(のぞ)いた顔は猿のようだった。そいつはおれに向かって手招きをした。

「金をくれなきゃ厭だよ」

「そんなものより千倍も良いことを教えてやる。あんたが絶対に訊(き)きたがることだ」

「あんた、ほにまるじゃないだろうな」

「なぜだ」

「おれは見知らぬ男にキスされたり、太股(ふともも)を弄(いじ)くりまわさせてくれって泣きつかれたりするのが大っ嫌いなんだよ」

「そんな趣味はない」

おれは土手を降りると葦の中に入った。男は——というか白髪頭の爺(じい)さんだが——釣(つ)りをしていた。男はおれが側(そば)によると魚籠(びく)代わりのバケツを隠した。

「なんで隠す」

「それこそおまえが訊きたいことだからさ。見られたら終わってしまう」

「別にあんたに何が釣れるんですか？なんて訊かないね」

「いや、おまえは必ず訊く。それにそもそもそういう態度こそが、おまえが内心、訊きたがっている証左に他ならない」

「何が釣れるんですか？　なんて訊かないね。訊きたくもない」

おれは爺さんの隣に座って竿を眺めた。川面に伸びた竿は糸をまっすぐ垂直に下ろしたまま静かに揺れていた。臭いは非道いが、流れは穏やかだった。

「あんた、爺さんなのに……」

「なのに？」

「くだらないな」

「一万円やろう。あんたがそれを訊かないか、俺の頼みを聞くかで」

「どういうこと」おれは爺さんの言葉に振り返った。

「一万円。これをあんたにやろうかということだ」爺さんは爪ほどの大きさにまで小さく折り畳んだ札を摘みだした。

「くれるのは良いが、厭なことはしたくない」

「厭なことをさせる気はない。ただ、お使いを頼みたい」

「使い？」

「俺には息子がひとりいて、こいつが俺とは比べものにならない、よくできた息子でな。ろくな食事も与えず、安心して眠ることも許さず、笑うことも、生き物を飼うことも禁じて育てたのに苦学して大学教授にまでなったんだ。母親思いでなあ。今でもひとつの缶詰をふたりで分け合って食べていた幼い日の姿を……」

「メロい回想中、悪いけれど此処(ここ)、えらく臭いよ。なんかヘドロとかうんちとかを凄(すご)く悪くさせた臭いがする。それ、別のところでやらないか？　こんな所じゃあんた人でなしに堕(だ)するぜ」

「駄目だ。俺は此処で釣りと回想とあんたへの頼み事をする。厭なら一万円はなしだ。それに人でなしじゃない。俺は人助けとして嫌々回想ってるんだ」

「あんた、この川の水飲んだな？　それか溺れたことがあるんだ。云ってることが滅茶苦茶だぜ」

「シャットアップス！……今でもひとつの缶詰をふたりで分け合って食べていた幼い日の姿を……」

おれは爺さんを放っておいて一万円のことを考えた。考えながら、書道の筆を洗ったような川面(かわづら)を見て小学校の時のウッチャンを思い出した。ウッチャンはこんな感じの大して深くはないけれど下水汚水排水が集まってできた川に落ちたんだ。近くの釣り人がすぐに引き上げたから溺れやしなかったんだが、三日ほどして高熱を出し、意識不明になった後でミソミソピーになってしまった。それまで運動もできて頭もそこそこだったウッチャンは半ズボンしか穿(は)かなくなったし、平気で鼻糞(はなくそ)を食べるようになるし、ストーブのブリキの煙突を舐(な)めて、熱した金属と舌が癒着して半分ほど無くなってしまった。本当ならそんな感じのところに移すのが筋(すじ)なんだそうだけれど、まだ学年の途中だったのと、おふくろさんが息子のただならぬ変化を頑として認めようとしなかったので、そのままクラスには残っていた。でも、ある日、図工の時間に自分の半ズボンからはみ出ていた睾丸（こうがん）が邪魔になったみたいで工作バサミで切り始めていたところを教師に発見された。ウッチャンはそのまま病院に連れて行かれ、クラスは自習ということになったんだが、ウッチャンの机の上には、ぼってりしたほっぺたの犬の絵が描いてあり、そこにぴったり見合うかのように少し毛が伸びてきたばかりのタマ袋の切れ端が貼（は）ってあった。ウッチャンはそれから二度とクラスには戻ってこなかった。

「……此処は怖ろしい川だな」

おれが呟（つぶや）くと爺さんは頷（うなず）いた。

「先週も、先々週も……そのまた前の週も、そのまた前の前の前の……」

「何が云いたいの」

「この川で自殺する者がいたということだ」

「こんな川に入ろうなんて、よっぽど人生に絶望したんだな。気の毒に」

「いや、全部が全部入るわけじゃない。ニィハチかな？　それかヨンロク？　いや、ヨンロクはないな。サンナナ……」

「どうしたんだよ、あんた」

「やっぱりイチキュウだな。つまり十人にひとりはそこの橋の欄干からぶら下がるんだ。人形みたいにな。この土手は朝夕は学校に行く子供たちも通るから結構な騒ぎになる。きっとそれを狙ってぶら下がるんだとは思うがな」

「厭な死に方だ。なにが哀しいんだか知らんが、心根がべったり厭なもので煮凝（にこご）ってるぜ」

「うんこもでるからな。大変だよ、キロバイトさんは」

「キロバイト？」

「ここらのレスキューさんだ。ヘルメットの名前欄にＫＢと書いてあるから子供たちがそう呼んでる。たぶん紀伊国屋文左衛門とか馬場クリスタルとかいう名前なんだと思う」

「男だろ」

「男ですよ、勿論。レスキューを何だと思ってるんだ、あんた」

首筋を灼く日差しが一層ジリジリしてきた。額に手をやるとジャリッと汗が塩になっている
——川は臭い。

「ああ、おれはどうしたら良いんだろう……」

おれが呟くと爺さんは折った札をちらつかせた。

「で、どうすりゃいいんだよ」

「この土手を下りた路地の先に安寂れた物悲しい商店街がある。そこに〈テーラー・コイタス〉という洋品屋がある、そこの店主を連れてきてくれ。モノメと云うんだ。それであんたに彼の口から息子の素晴らしさを語らせる。あんたはそれを初めて聞いたかのように感動して見せてくれりゃ良い。俺は自分の息子が素晴らしかったことをあんたと分かち合えれば満足——あんたは一万円だ」

「でもそう簡単に来てくれるかな」

「来れば百万だと云うんだ」

「嘘だろ、それ」

「否、本当だ。俺はちっぽけな嘘は大嫌いなんだ」爺さんはそう云うと傍らの黒鞄をポンと叩いた。入っていると云われれば入っていそうで、ゴミが詰まっていると云われれば充分に詰まっていそうな黒鞄だった。

「百万、絶対に嘘じゃないんだな」

「息子の尻に誓って。ケツノが呼んでいると云えばわかる」

おれは路地を進みながら、だったらおれにも百万くれれば良いのにと思い、何とか巧く交渉して一万円を百万にしようと思案した。思案しているとすぐに爺さんの云う安寂れた物悲しい商店街に着いた。店の前の歩道を覆うトタン張りの雨避けが錆びつき、看板もまともに読めない、清潔なものはなかった。破れたり、汚水で変色したりしていた。肉屋、本屋、布団屋とあったが全部潰れているのかシャッターが閉まったままになっていた。『テーラー・コイタス』は中程にあった。木製のドアで硝子に金文字で店名があったが、なかには作業場であるはずの所にソファとテレビがデンと置かれていて仕事はしていないようだった。入口脇には花が立ち腐れになっている植木鉢が並んでいた。

「こんちは」声を掛けると奥からおつまみのピーナッツを頭にしたような楕円形に眼鏡の老人が現れた。このクソ暑いのに薄手のセーターを着ていた。

「なんですか」

「あんたモノメさん」

相手は黙って、おれの形を見ていた。浮浪者だと思ったに違いない、半ば当たっていた。

「なんでしょう」

「モノメさん？」

相手は黙りこくっていた。そしておれを見つめている。

「警察に射殺させるぞ！」

来たと思った、この手の老人は常に逆上する機会を窺っているのだ、普段は好好爺に見せている分だけ、実はこいつらはこの国で一番アナーキーで危険な人種なんだ。何しろ命なんてさほど惜しくもない手合いなんだから。

「百万要りませんか！」おれはジジイにも届くような声で云った、そして、ジジイには確かに届いたようだった。

「金か」爺さんは少し笑った。モノメの爺さんは金が大好物のようだった。「金か……」

「金だよ。ケツノが土手で待ってる。あなたにお金をあげたいと」

「ケツノ……はて」爺さんは首を傾げたが、とにかく出かけることに決めたらしい。「金だな」

「金だよ。まぎれもない百万だよ」

「そんな巧い話があるはずがないがね。しかし、金か」

「それがあるようだよ。土手にさえ行けば、ケツノさんから貰えるようだよ」

「ケツノ……はて。うーむ、まあ金だしな」

おれはモノメ・コイタスを釣り爺さんのところまで案内した。爺さんはモノメを見ると相好を崩しながら立ち上がって手を差し出した。モノメは少し面食らった感じで手を握っていた。このふたり、全く面識がないという感じだった。

「で、お金は……」既に灼熱に犯された感のあるセーター姿のモノメが呟いた。「この人から、此処に来れば百万貰えるという話でしたが……」

「差し上げましょう。ただひとつだけ御願いがあります」

「はあ」

「あなたの店を一番贔屓にしていた某有名大学教授がいたはずです！　彼の人品骨柄を絶賛して戴きましょう！」

「いません」

モノメは言下に決めつけた。爺さんは階段で尻を蹴飛ばされたようにガクンッと躯を揺すったが、どうにか持ち直した。

「あなたのお店、コイタスを支えた人ですよ」

「そんなものいやしません」

「どうやら、あなたは混乱しているか、健忘しておられるようだ」

「うちに大学教授なんか来ないよ。うちは平成からこっち、ずっとオカマの衣装屋だったんだから。それも安い生地で半端なものばっかり。金のない下衆なカマばかりが客だったからね。その人、なんて名だい」

「アナタロウ。アナというのはロシア系の祖母の名から取ったんだ。あたしの祖父が捕鯨船に乗っていたときに知り合ったロシア人の娘だったらしいけれどその人とは結婚しても子供ができなかったからね。別に血の繋がりのあった人ではなかったけど。うちの祖父は再婚だったから……」

モノメは暫く口のなかで〈アナタロウ〉と転がしていたが、やがてポンッと手を打った。

「アナ・マンホールのことかな」

「ああ、そうかも知れませんね。名前が似ている」

「あれは、どうしようもない人間でしたよ」

「え？」釣り爺さんの顔が引き攣った。「ど、どうしようもない……」

「ああ、あれは火傷の赤ん坊の目に塩を擦り込んで喜ぶタイプの売男だったね。顔もブッ細工なら、心はそれに輪を掛けて非道い売男でね。売男でなくても最低人間だよ。とにかく仲間の客を盗む、金は盗む、罪をなすりつける、嘘をついてばっくれる、人の善意を踏み付けるってことに関しては天才的に上手な奴だったよ。まあ、あとで全部バレるんだけれどね。今でも奴のことを殺したいほど憎んでいる奴は腐るほどいるはずだよ。あんた、マンホールの親戚か何か？」

「あんた、加齢臭が背中を突き抜けてるぜ。百万やるから帰りな」釣り爺さんは、いきなり小銭をモノメにぶつけた。

「な、なにするんだ」

「早く百万受けとって帰んなよ！」

しかし、土手に散らばっているのは、どう見ても十円玉と五十円玉だった。

「ひゃ、ひゃくまんって。あんた九十円しかないじゃないか」

「莫迦野郎！　誰がおまえみたいな棺桶の染みに円で渡すかよ！　旧トルコリラに決まってんだろう！」

「狂ってる……。あんた、この人、狂ってるよ」モノメはおれに呟くと、ハッとして軀を離した。

「ああ、あんたも同じ穴の狢だな。同じ人種だ」

　モノメは土手を駆け下りると振り返った。

「莫迦！　旧トルコリラなんていくらするんだよ！」

「ググれ！　ジジイ！」釣り爺さんも大声で応戦する。

　ふたりとも少ない髪の毛を振り乱しての遣り取りだ。

　おれは急激に疲労した。

「さてと気を取り直さなくちゃ」爺さんはモノメが消えるのを待って、パンパンと手を叩いた。

「どうした？　あんた。鳩がバズーカ、アナルに喰らったような顔して」

「おれ、急いでるから……」

「なにを云ってるんだ。まだ来たばかりじゃないか」

「いや、お腹いっぱいって云うか、なんて云うか」

「若者がそんな竿垂れたこと云うもんじゃない」

「でも、あんたのやってること出鱈目だし。息子さん、本当に教授とかなのか？」

「それに限りなく近しいことは事実だ。一万円要らないのか」

「欲しいけど……人としてどうなんだろう、こういう遣り取りってのは」

「まさか、こんな目も見えない耳も聞こえないような老人を見捨てて行こうってのか」

「あんた、目も耳も丈夫じゃないか」

「まあ、そんな細かいことはどうでも良いじゃまいか。男は大筋、大局が合っていれば行動するもんだ。そういうもんだよ」爺さんはそこまで云うと、突然、膝(ひざ)を突いて泣き崩れた。「あいつは俺が母親を殴(なぐ)りつける度に〈おとーたま、おかーたまを許ちてあげて〉って云いながら庇(かば)うんだよ。そして、そんな非道い家庭環境にも拘わらず成績をぐんぐん上げていって、遂には担任から〈この子は特別です。確実に上位校を狙えます〉って太鼓判(たいこばん)まで押されたのになあ」

「なあ……って、死ンじまったのか」

爺さんは首を振った。「違うんだ。それを聞いたら俺はなんだか今まで家族にしてきた仕打ちが申し訳なくなってな。だってそうじゃないか、親父(おやじ)がサンドバッグのようにおふくろを毎晩、殴るような家に居ながらも健気(けなげ)に成績を上げるなんて……。そうだろ？」

「はあ……そうすっね」

「だから俺はカミサンを殴ったり、家で暴力を振るうのを止めたのさ。それどころか何とか今までの仕打ちの償(つぐな)いをしようと懸命に働いて良い父親になったんだ」

「そいつはメデタシメデタシだ」

「ところが好事魔多し、セノバイトだ。家庭が安定すればするほど、奴の成績が落ち始めたんだ。それはもう坂道をローリングストーンの勢いで下がってしまって担任もアッという間に匙(さじ)を投げ捨てたほどだった。それを知ったとき、俺はこのままじゃいけない。このままでは俺たち夫婦だけじゃなく、奴の人生まで駄目にしてしまうと思い。俺は再び暴力亭主に戻ることにしたんだ。しかも、今度はハードコアバージョンにした。カミサンの髪の毛なんか塩酸でドロドロに溶かしてやったほどさ。しょっぺぇ臭いと肉の焦げで辛かったなあ」

「おれ、やっぱり急ぐから……」

「まあ待て。ところがやはりそういう元のＤＶ家庭に戻ると奴の成績はぐんぐん上がりだした。もうそれは信じられないほどだった。だから、俺とカミサンは必死になって家庭を不安定にして、奴に毎日、死の恐怖を与え続けた。その結果が大学教授よ。大したもんだろ？　うちの息子は……」

その時、橋の向こうでサイレンが聞こえた。

「また誰か吊ったな」

爺さんが虚ろに呟いたが、おれはこの場を離れたくなっていた。

しかし、一万円あれば、もっと遠くに行ける。おれは遠くに行きたかった。

「一万円くれよ」

「もうひとり連れてこい。同じ商店街に脱腸屋というホルモン焼きの店がある。そこのランゲルハンスという男を連れてきて欲しいんだ。ケツノの息子の件だと云ってな。今度は奮発して二百万だと云ってくれ」

「旧トルコリラで？」

○２○

「そこまで馬鹿丁寧になぞる気はない。とにかく連れてこい」

「厭だよ。だけど金はくれよ。正直に云うけど」

「それじゃあ、あんたと俺の息子の良さがシェアできないじゃないか」

「したくないよ」

「そんなことは許さない」

　爺さんは立ち上がった。何を手にしているわけでもなかったが、殴りかかってもおかしくない目つきだった。おれはこんな臭い川の脇で汗を掻きながら爺さんと取っ組み合うなんて考えただけでもうんざりだった。

「なあ、もう止めようぜ。なら一度はやったんだから半分の五千円頂戴よ」

「駄目だ。殺す、俺はおまえを殺す」

　と、そこでずっと鳴っていたサイレンの音が格段に大きくなったと思うとバラバラと警官が土手を下り、おれたちの元に殺到した。

「なんだなんだ」おれが泡喰っているのと対照的に爺さんは全く動じなかった。

　ただ警官が釣り竿に手を掛けたときだけ、全身がびくりとした。

「あんな下衆な売男に成り下がるなんてな」爺さんはそう呻くとおれに振り向いた。「あいつは大学教授になる直前に売男になっちまった。そして大学を辞めて客の糞を喰うなんて芸で身を立てたいなんて云いやがってよぉ。それじゃあ、いったい俺の応援暴力はどうなっちまうんだよ。殴り損、暴れ損じゃねえか……だから……だから……」

爺さんが喚（わめ）き出すのと、警官が釣り竿とそれに引っかかっているものを引き上げるのと同時だった。竿には死体が引っかかっていた。禿げた頭にヅラがズレてラズっていた。鯨のような巨体をムームーで包んだ、巨カマの死体が土手に引きずり上げられた。

「あんた……なに釣ってたんだよ……」おれがポツリと呟くと爺さんは目を輝かせ、勝ち誇ったかのように叫んだ。

「あ！　それを訊いたな！　一万だ！　一万くれよベイビー！」

川の臭いが一層、非道くなっていた。

（もうおわりですか）

にゅう・しんねま・ぱらいそ

THE TALES
I TOLD THE PELICAN
AT PARK

い

土埃の舞う、へぼたれた田舎道をトボついていると、剃り残したマン毛のように建物がちょんぼり固まっている広場に出た。

腹が減って景色が緑や紫に点滅していたおれは、喰いものが入ってそうなゴミ箱を探して回ったが、どこもかしこも片っ端からエロ本ばかりが引き千切って突っ込んである。仕方なく俺は地面に刺さった爪楊枝のようにおっ立ってるバス停のベンチに座ることにした。

摺り切れズボンを通して太陽でさんざん灼かれた板がおれの尻に嚙み付いてきたが、もう呻くぐらいの力しか残っていなかった。全身をゆっくりローストされている間、二度、バスがやってきてドアが開いたが、誰もおろさなかった。最初のバスではわざわざ開けた窓から『やあねえ、人間の屑じゃない？　死んでるのかしら』『死んでると良いわね。きっと人間の屑だから』と嗄れた声が降ってき、二番目の運転手は『ノんの？　ノんないの？』と叫んだ後、おれが無視していると思ったのだろう。ジュースの空き缶を投げつけてきた。足元に転がったので拾ってタブの穴を念入りに舐めてみたが、仄かに葡萄の臭いがするだけで水分は一滴も残っていなかった。

　夏の午後三時は処刑の時間だ。屋外にいるものはすべからく焼き尽くされる。不意に指先から腕全体がぶるぶると震え出すと、寒気が襲ってきた。いよいよ脳味噌が壊れたか、心臓が莫迦になっちまったんだ。ロクると享年何歳になるんだろうと考えた途端、誕生日を祝って貰ったことがないのを思い出し、苦笑いが漏れた。耳鳴りの先で、わめき声がしたが、もうどうでもいいことだった。ベンチに横になろうとしたが、失敗してそのまま地べたに落ちた。俯せだったので、お天道さまに目玉焼きされるのだけは免れそうだ。と、頭から熱いお湯が浴びせられたので反射的におれは四つん這いになった。

「死ぬなら他所でやれ。バスは停まっても霊柩車は来ねえんだぞ」餓鬼の絵の具入れのようにいろんな染みの浮いた前掛けをしたオヤジがバケツを手にしていた。痩せた顔、チョビ髭を生やしている。

「お湯を掛けることはないだろう」

「お湯じゃない。水だ。便所モップを洗った水だ」

「お湯だよ」

　オヤジはバケツの中に指を入れた。

「俺が入れたときは水だった。が、その後、外に出しておいたおかげで太陽光によって温められたのだろう。だから謝らないぞ。悪いのは太陽だ。恨むなら太陽を恨め。怒るなら太陽を怒れ」

オヤジは空に向かって指を突き立てた。

「別にいいよ」おれはベンチに這い上がると、また腰を置いた。

「あんた、さしずめ納税者じゃないな。ちゃんとした日本人か？　違うだろ」オヤジはゴールデンバットを取り出して口に咥(くわ)え、火を点(つ)けた。「死んだ町だ。ここらにはちゃんとした納税者が少ない。まともな納税者は俺だけだ」

　オヤジは辺(あた)りを見回す。生気のない剝製のような店がぽつぽつとある。

「あの床屋と布団屋はダメだ。納税していない。本屋もパン屋もたいしたことはない……雑貨屋は……」

　おれは立ち上がった。

「どうした？　自殺か？」

「否(いや)。なにもかも厭になったんで、おさらばするよ」

「自殺か？　ここらに高い建物はないし、電車の駅は遥(はる)か彼方だ。車もご覧のとおりさほど通ってない。昔は月に一度は人が潰れたトマトになれるほどだったんだが、バイパスができてからはすっからかんだ。税収も落ちたろう。ちゃんと納めているのは……」

　おれはオヤジを無視して歩き出した。

「金はあるのか」

「くそくらえ」

　振り返らず怒鳴った。何もかもがうんざりだった。

「あんた、さっきから妙なことをボヤいたり、人にお湯をぶっかけたりして……さてはド天然なんだな」

「金のない人間だな」

「おれが持ってるのは魂だけだよ」

「金をやる」

おれより先に足が止まった。

「嘘だろ」

きっとロクでもないことになる。そう確信したが、足はにんまり笑っているオヤジに向かっておれを運んでしまった。

ろ

汚い店だった。建ててから一度も掃除をしていないような店だ。カウンターにテーブルが五卓ほど散らかるように据えてある。建てた頃には羽振りが良かったのだろう、調度は重々しく、金が掛かっていそうだったが、触るとべたべたするし、ナイフや何かで、やたらと刻まれた凸凹の縁が掌に食い込んできて居心地が悪い。壁際の棚も鏡が張ってあるが、どれも罅が入っているし、載っているボトルも安酒ばかりで同じものがいくつも重なっている。反吐を塗ったような窓から差し込む陽に埃が大量に舞っていて、まるで臨死者が見るあの世へのトンネルのようだ。

カウンターの中に入ったオヤジはスツールに座るよう促すとジャックのロックを作った。琥珀色の液体の底にゴキブリの糞らしい小さな粒が貼り付いている。おれは底の影響をなるべく受けないように上澄みだけをそっと啜った。喉がカッと灼け、思わず咽せるとオヤジが満足そうに笑みを浮かべ、水の入ったプラスチックのコップを置く。そこにも例の粒々が付いていたが、おれは構わずに飲み干した。

全てを飲み下すと、なんだか悪魔に魂を売ったような気分になった。

「不思議だな」

「なにが」

「誰も彼もがウチで最初に酒を呑むときはおっかなびっくり、呑りやがる」

「あんた、グラスを見たことはないのか」

「俺にはグラスを見て、ほんのり思いを馳せるような女々しい趣味はないんだ。あんたらの世代と違って、俺たちは男が男らしかった頃の男だからな。オカモトとかニューバイブなんてのは存在しなかったんだ」

「いろいろと間違ってるが、否定するのはやめとくよ」

「あんたは何やってたんだ。ちゃんとした納税者には見えないが。やっぱり女衒か乞食かな？手に職があるようには見えんし。ホストは無理だ。あれはカキタレが夜泣きするようなイケメンでないと。あんたは水溜まりに落としたサンドイッチみたいだからな」

その時、隅っこで何かが倒れ、文句を垂れる声が響いた。店の便所へと続く細い廊下の方だ。

○ 3 ○

「あれが仕事だ。ばいぶすを家におとなしく帰してくれたら、此処に戻ってこい。ソーセキをやる」

見ると車椅子の爺さんがサイドのタイヤをごつごつと壁にぶつけながら出て来た。「おい！　きろばいと！　便器が山盛りで用が足せないじゃないか！」

「だから三番は使うなと云ってるじゃないか。一番か二番にしろ」

「厭だ。俺は順番に使っていきたいんだ。昨日は二番で一昨日は一番。今日は三番だ。俺は三番でクソがしたいんだ。俺は車椅子なんだぞ！　車椅子に乗っている人間をそんな風に扱って良いと思ってるのか！」

「あと三十センチでギネスに申請できるんだ。掃除なんかできるか！」

「貴様は正気じゃないぞ！」

「歴史に名を刻もうってんだ。少々の批判は怖くもなんともないぜ」

そいつは白いシャツの前が茶色の染みでべちゃべちゃになっていた。おれはオヤジを見て云った。

「ユキチだ。それも二枚」

「ダメだ。あれはさっきまで喰っていたブラウニー・パフェの残滓だ。おまえが考えているようなものじゃない。嘘だと思ったら、自分で行って舐めてみろ」

「そんなことできるか。これでも前頭葉はついてるんだ」

おれは店を出ようとスツールを下りかけた。が、オヤジがイチヨヲを器用に折り出すのを見て足が止まった。どうにも出しゃばりな足だ。

「じゃあイチヨヲにしてやる。これだけあれば今日はシャワー付きのドヤにありつけるだろうな。もしかすると安酒と炊きたての飯を腹一杯喰えるかもしれん」

信じられないことにオヤジはアッという間にイチヨヲで紙の〈キツツキ〉を作ると、その尾の部分を指で押した、キツツキはカウンターを突くように動く。オヤジが声色を使う。

〈カネダサケダメシダ、バカヤロウ〉

「おい！　クソが漏れちまうだろう！　便所をどうにかするか、俺をどうにかするか、どうにかしろ！　よくも車椅子の人間をこんな風に扱えるもんだ。良心ってもんが、おまえらにはねえのかよ！」

おれは車椅子とカウンターを交互に見返した。棚に嵌められた罅の入った鏡におれの顔が泣き笑いのように歪んで映っていた。

「やるよ」

「奴は立ちんぼの膜みたいにボロボロの映画館に住んでる。そこまであれを押していってやれば良い。そしたら、あんたは此処に戻ってきてイチヨヲを受け取るんだ」

「わかったよ」

スツールから下りると車椅子が身構え、睨んだ。

「なんだ車椅子の人間に暴力を振るう気か？　呆れ果てた外道だな貴様」

「あんたは気の毒だとは思うが、人に八つ当たりするのは大人げないぜ」

「ふん。おまえなんかに俺の苦しみがわかってたまるか。五体満足の癖に乞食みたいな暮らしをしてやがって。あんた乞食だろ？　それか人を犯したり騙したりでもしてムショに入った帰りか？　はたまた妹か姉さんでも売り払ってきたのか……」

「ばいぶす、その人があんたを家まで送ってくれるんだ」

「そもそもこいつは納税してるのか？」

「さあな。本人に訊いてみなよ」

車椅子の爺さんはおれを爪先からド頭の天辺まで舐めるように見回してから床に唾を吐いた。

「訊くだけ、気の毒だな」

おれは構わず後ろに回ると車椅子の把手を握った。手の甲が殴られ、派手な音を立てた。

「触るな。俺が良しというまでこの気高い車に触るな。税金も納めていない癖に」

「それは済まない。だが消費税は納めてるはずだぜ」

「ふん。あんなものは駄菓子屋に通う餓鬼でも払ってる。一丁前の顔するな。押せ」

ばいぶすの言葉にカウンターのきろばいと（あだ名にしても最低だ）が頷いた。

が、いくら押しても車椅子はビクともしない。すると、ばいぶすがおれを見上げて車輪の脇を指差した。そこに閂のついたレバーのようなものがあった。

「おまえが使える人間かどうかを試してやったんだが、おまえは相当、観察力がないな。無能力者だ。この車椅子に座っている俺よりもな。しかも無納税者でもある！　あっはは」

ばいぶすが笑い、皺だらけの顔が睾丸の剝製のようになった。

「じゃあブレーキを外してくれよ。これじゃどこにも行きようがない」

「外して戴けますか？　だろ。無礼で無能力な無納税者め」

「ハズシテイタダケマスカ」

ばいぶすは無言でブレーキを外した。把手を摑んで押すと奴の重さが直に伝わってきた。デブだった。デブの重さだ。しかも奴は狙い澄ますかのように〈透かしッ屁〉をした。これが物凄く臭く、思わず咳き込んでしまうほどだ。

奴はそれを見て〈おお牧場はみどり〉を口笛し出した。

外に出ると首筋を始め、服に覆われていないところに太陽が嚙み付いてくる。

「おい！」奴はまたおれの手を叩いた。「殺す気か！　日陰を選べよ！　日陰をよ！　全く、おまえらは自分の都合しか考えないんだ。車椅子に乗ったことあるのかよ」

「ないね」

「ふん。そんなことだからおまえはダメなんだ。車椅子の人間がどんな気持ちで乗っているのか、視線はどの辺になって、何が一番辛くて何が楽しいのか、そんなことも考えようとはしてなかったんだろう」

「残念ながら自分のことで精一杯でね。他人を構う余裕なんぞ生まれてこのかた一度もなかったのさ。ちなみに、あんたは何が楽しいのかね」

「木偶の坊みたいに突っ立ってる五体満足なクズをこきおろすことさ」

「なら少しは役に立っているようだ」

ばいぶすは鼻を鳴らした。

「屋根の庇のあるところを選って運ぶんだ。本当はその角を曲がるのが近道だが、おまえみたいな健常者に楽させるとロクなことはねえからな。そうだ、そこで買い物するぞ」ばいぶすが小さな雑貨屋を指差す。道路が凸凹で段差が大きく、押すのにヘトヘトだった。何しろおれは三日も喰っていないのだ。

「へいへい～しっかりしろよ～マイボーイ」ばいぶすは楽しそうに椅子の上で軀を揺らす。その度に大きく揺れ、引っ繰り返りそうなのを、おれは全力で調整しなくてはならなかった。

「おい。あんまり暴れないでくれ。道がぐにゃぐにゃで押しづらいんだ」

「文句を云うなよ。健常者。五体満足で乞食同然なんだ、これぐらい気合いを入れてやれ」

なんとか店の前に辿り着いた。ガラスの引き戸を開け、車椅子を入れようとすると中から『だめだ！』と怒鳴り声がした。

「車椅子なんか入れるな！　うちは狭いんだ」拡げた新聞の脇からばいぶすと同じ年格好の眼鏡が顔を覗かせる。馬蹄禿げだ。

「なんだ。俺に歩けって云うのかよ」

「当たり前だろ莫迦野郎、殺すぞ！」

相手の剣幕に押されたばいぶすは顔を顰め〈仕方ねえな〉と云って、車椅子から下りると自分で買い物を始めた。

「あんた、歩けるのか……」

「当たり前だろ。俺を誰だと思ってやがるんだ」

「信じられん男だな」

「あんた、こいつに関わるとロクなことにならんぞ。こいつはロクデナシだ」

「ああ、ほんとだ。全く反吐が出る町だ」

そう云い終わらないうち、爺さんがおれの左頬に強烈なパンチを入れた。大きくバランスを崩したおれはそのまま通りに転がり出てしまった。顔を上げると爺さんが飛びかかり、おれを二度三度と殴りつけ、腹に凄まじい勢いの蹴りをぶちこんだ。

「俺を舐めるな！　これでも元傭兵なんだぞ！」

車道に放り出される瞬間、おれは人にぶつかった。短い悲鳴を上げ、座り込んだのは三十前後の女だった。彼女は白杖を取り落とし、震えていた。

「大丈夫か？　すみません」

おれの言葉に女は頷いた。目は開いているが見えてはいないようだった。大きな瞳から涙がひと筋、頰を伝っていた。見ると車椅子に乗ったばいぶすが懸命に車輪を漕いで逃げていくのが見えた。おれは傍らに散らばっている買い物を拾い集めた。

「あなたは乱暴者ですか？　可憐な人ですか？」女が見えない目をおれに向けた。

「そのどちらでもないが、怪我をさせて悪かった。家まで送らせてくれ」

「構いませんが貞操は狙えませんよ」

「狙いませんよ」

おれの言葉に女は頷くと、おれを町外れの家まで案内した。キッチンに買い物を置くと『お食事は召しあがらないの?』と云った。黙っていると『さっきからお腹がたいそう鳴っていらっしゃる』と付け加えた。

女は名前をハックと云った。成人後、病気で視力を失ったハックは、自己流の必殺拳を身につけていて、いまは同じように目の不自由な女性を相手に道場を開いていると云った。

「見ててご覧なさい」ハックはそう云って、買ってきたかぼちゃの中身を人差し指と中指の二本の指だけで刳り抜いた。

「これがおれのような見知らぬ男でもこの部屋に入ることができた訳か」

「ええ。その気になれば私、殿方を数分でコンビーフにできますの。勿論、私の弟子達も」

それからハックはおれにカレーを作ってくれた。ピリリと辛い中にもコクのある実に飯と相性の良いカレーだった。おれは四杯もお代わりをしてしまった。ハックは泊まるところがないのなら裏の犬小屋で寝ればと云ってくれた。番犬にシベリアンハスキーを入れていたのだが、ひと月前に死んでしまったのだという。おれは「そうさせて貰う」と裏に回った。確かに大きな木の根元に古びた犬小屋があった。なかには毛布が敷いてある。おれは木陰を渡る風に身をゆだねているうちに眠ってしまっていた。目が覚めたのは白杖が小屋の屋根を叩く音を聞いたからだ。

「ちょっと出かけます。弟子達と」ハックがそう云った方を見ると、通りに洋画に出てくるような黄色いスクールバスが停まっていて、ハックはそのなかに消えていった。

彼女が帰宅したのは夜遅くなってからだった。覗くとキッチンのテーブルに座って顔を覆っていた。電気は点けていないが、月明かりで泣いているのがわかった。

「ハック、どうしたんだ」おれは外から声を掛けた。「なにかあったのか？」

彼女は顔を上げた、そこには哀しみは見受けられず、ほんのりと上気した頬が興奮を物語っていた。

「あなた、『にゅう・しんねま・ぱらいそ』っていう映画をご覧になったことある？　イタリアの田舎の映画館で働く老映画技師と幼い少年の心の交流を描いた作品よ」

「ああ。似たようなものなら知ってるよ」

ハックは深い溜息（ためいき）をついた。「あの作品は私の心の宝物なの。ひとりで生きることはとても辛いわ。ましてや目が不自由な身になると尚更（なおさら）ね。それを支えてくれているのがあの映画なの。私はあの映画に触れる度に、元気だった頃の自分に戻れるの。今日は私と同じ思いを持っている弟子や、目の不自由な友人との映画鑑賞会だったの」

「映画？　だってあんた、目が見えないじゃないか」

ハックは胸に手を当てた。

「音がある。記憶がある。そして私はいまでも心のスクリーンで見ることができるのよ」

「なるほどねえ。映画は病院かどこかでやるのかい」

「いいえ。ばいぶすさんの映画館よ。毎月、見せてくれるわ。それも同じ、『にゅう・しんねま・ぱらいそ』をね。何度も何度も掛けてくださるし、それにボランティアの方達がとても素晴らしいの。上映中もエスコートしていてくださるのよ。食事をしながら私たちは楽しむの。全て無料。ボランティアをしてくださる方々が善意で招待してくださるの。本当にこの町に暮らしていてよかった……」

おれは俄には信じられなかったが、自分の小さな経験を吐き出してハックを悲しませたくはなかった。

「今月は三日連続興行なの。明日も行くわ。そして明後日も」

翌晩、おれはハックが出かける前にばいぶすの映画館に向かった。築五十年はたっぷりというような廃映画館で、切符売り場は板で囲われ、柱のタイルはほとんどが抜け落ちていた。入口のドアは開け放たれ、ばいぶすが箒を持って出入りしている。ばいぶすの姿が見えなくなった隙に館内に潜り込むと、ポスターやフィルム缶の放り込まれた物置に身を隠した。真っ暗ななか、壁に凭れてウトウトしていると人のざわめきで目が覚めた。

ドアを細めに開けるとボランティアらしい町の男に手を引かれた女達が集まっていた。いずれも手に白杖を持った目の不自由な女だ。戸口で客を迎えるばいぶすのヤニ下がった顔を見たおれは、吸い殻のようにしてやりたくなっていた。客が場内に吸い込まれると軽食が運び込まれる。ワインやサンドイッチ、カットされた果物だ。それから開映を報せるブザーが鳴った。もの悲しい弦楽器のテーマ曲と主人公の少年の声が流れてきた。おれは物置を出ると、チケット売り場の金箱から少し金をちょろまかし、ポケットにしまった。それからワインのボトルを一本ちょろまかし脇に抱えると、きろばいとの店に向かった。カウンターでひとりポツンと座っていた奴は、おれを見ると懐かしい知人に会ったように「よう」と笑った。

「あいつ、歩けるじゃないか。人を担(かつ)ぎやがって」

「まあ。そう怒るな。暇だったんだ。それにあんたなら何をしても許されると思ったのさ」

きろばいとはジャックを注いだグラスをおれの前に出し、「奢(おご)りだよ」と呟いた。

「なあ、奢って貰っておいて云うのも変だが、グラスの底にゴキブリの糞がこびりついてる。よく洗ったほうがいいぜ」

「否。それはグラスの模様なんだ。そう思って呑めばなんてことはない」

おれは云われた通りにすることにした。

「映画館が開いていたぜ」

きろばいとが首を振る。

「変態の巣さ。昔は普通の映画館だったんだが、今は変態の巣だ。信じられるか、あそこは盲人専門の会員制映画館なのさ。丸っきり変態だよ」

「音だけでも楽しもうってんじゃないのか」

「ふん。わけねえさ。あそこは変態の巣なんだ。あんたも近寄らない方が良いぜ」

おれは更に五杯ほど呑んで、ばいぶすの金で支払い、犬小屋に戻った。暗いキッチンを覗くと昨夜同様、満足そうなハックが静かに紅茶を飲んでいた。

「楽しかったみたいだな」

「とても……とてもよかったわ」ハックは鼻歌でテーマ曲を奏でた。「ラストではみんな、涙を流していたのよ。感動したわ。良い映画を心やすい人たちと見るのは格別なものよ」

「へえ。そうかな」おれはハックを見ているうちに、チューをしそうになっている自分に気づき、慌(あわ)てて犬小屋に戻った。

「明日が最終日よ」おやすみを言い掛けたおれの背中に、ハックの声が被さった。

は

翌晩、またおれは映画館に忍び込んだ。同じように客が吸い込まれると開映のブザーが鳴った。テーマ曲が聞こえ、暫くすると、ばいぶすが防音ドアを開け、客席に入って行った。物置を出たおれは奥の階段を昇り、映写室へと向かった。誰も居ない部屋のなかでカシャカシャと派手な音を立て、でかい映写機が動いていた。映写窓から客席の様子を覗こうとしておれは固まった。スクリーンにはでかい女の尻が丸出しになって、その股座(またぐら)で男のデチ棒を呑み込んでいた。その横で別の男のデチ棒に食らい付く別の女の顔があった。カットが変わり、裸の男女が絡み合う乱交パーティーになった。

あれ？　こんな映画だったかと、あまりのことに混乱したおれの耳には、確かにあの名作の音楽とセリフが流れていた。名作を見ていると信じて感動し、涙を流している盲目の女の手を取りながら、スクリーンに大写しになった無修正ポルノと女の顔を交互に眺めている男達がいた。

「なんだこりゃ」

映写機を調べると館内に流すはずの音声ジャックは外され、別のカセットテープから延びたコードが差してある。ばいぶすは採録した音を、ここから館内に流しているのだ。ハックの姿があった。ほぼ中央に座った彼女は男に手を取られながら人一倍、感動しているようだった。頬を伝う涙がスクリーンの光で輝いていた。しかし、彼女が見ているのはコーマンとアナルを二本差しされてよがっている金髪女の蓬来顔(ほうらいがお)だった。

激痛と共にゴツンと頭の中で音がした。見るとレンチを振り下ろしたばかりのばいぶすが、凄まじい形相で立っている。生温いものがこめかみから首筋に溢(あふ)れるのを感じたおれは、二発目が来る前にばいぶすに飛びかかった。エドガワ草(くさ)ラグビーチームで鍛えたことのあるおれの猛烈タックルに奴は吹っ飛び、床に激しく後頭部を打ち付けた。おれは奴がぐったりするまで『傭兵だ！　傭兵だ！』と云って顔を殴り続けた。すると不意に奴が泣き出したのでおれは手を止めた。

「なにするのよ」と奴は顔を覆って泣いた。まさかとおれは奴のカッターシャツを引き裂いた。

案の定、奴はブラジャーを着けていた。

「貴様。ブラ男子だったんだな。変態め」

「いいじゃない。そんなの」

「目の見えない人を騙しやがって」

「いいじゃないの、そんなの」

「いいわけないだろ！」

渾身(こんしん)の力で殴ると、奴はようやく失神した。

おれは落ちていた電源コードで奴を縛りつけると階下に降りた。物置からモップを数本運ぶと、ドアの把手に通して閂にした。これで簡単には外に出られないはずだった。

映写室に戻ったおれは、まだ階下では偽の感動大会が繰り広げられているのを確認し、いきなり音声ジャックを引き抜くと映写機本体の音源スイッチを入れた。女と男の呻き声が響き渡った瞬間、凍り付くような気配が場内を包み、それから大破局が炸裂した。女達は立ち上がり、ドアに殺到した。おれは映写窓から叫んだ。

「あんたらはずっとそいつらに騙されていたんだ！　あんたらが目が見えないのを良いことに、ずっとそいつらは変態映画を見ながら、騙されたあんたらの顔を楽しんでいたんだ！」

その時、ハックがおれを見上げた。あの大きな瞳がおれを見た。が、その目はすぐ別の方向を探し始めた。

女達の悲鳴と男の怒号が爆発する。

すると興奮した変態のひとりが女に抱きついた。それを合図にあちこちで本性を現した変態が女達に襲いかかる。が、ハックの弟子である彼女たちは凄まじい抜き手で男に抵抗する。あちこちで鼻を千切られ、眼球を破裂させられて悲鳴を上げる男が現れた。

おれは映画館を走り出て通りかかった配送トラックをヒッチすると、そのまま町を出た。半年ほどして通りかかると映画館は焼け落ち、完全な廃墟と化していた。

ハックの家ももぬけの殻で、おれが借りていた犬小屋だけが残っていた。


（おしまい）

円周率と狂帽子

THE TALES
I TOLD THE PELICAN
AT PARK

あ

　助手席に乗り込んだ途端、苦悩と不幸の臭いが充満していた。臭いの元は、運転席に居る日向（ひなた）の胡瓜（きゅうり）のようにしょぼくれた男で、信じられないことに泣いていた。

「あんた泣いてるみたいに見えるけど」

「たった今、女が出て行ったんだ」

「悪いなそんな時に、とてもじゃないがヒッチハイカーを乗せるような気分じゃなかったろうに
……」

「否、いいんだ。こんな時ほどしっかりしなくちゃな。しっかりしてまた元気になって元気になった俺を見たら、奴も戻ってくると思うんだよ」

「まあ、そういうポジティブな考え方には大賛成だよ」

　とは云うものの男の印象は完全な雑巾（ウエス）でしかなく、しかも、テーブルだの床だの換気扇だのを、

散々拭き倒したおかげで生地も繊維もべろんべろんのあふんあふんになった、ウェス中のウェスにしかみえない。更に気分の悪いのは、ダッシュボードに掛けている毛皮みたいなものから猛烈な悪臭がするのと、奴の真っ白な太股が丸出しなことだ。睾丸の辺りにしか生地がないようなズボンを穿いていて、厭なところに黒々とした染みができていた。小便して間がないらしい。

「ガン見しても、こいつはやらないぜ。俺はあっちの業界じゃない。あっちの業界じゃないんだ」

奴はハンドルに載せた右手を放し、染みの辺りを擦りだした。

「ああ、あんたがそんな奴じゃないってのはわかるよ。だからそんなに擦るのは止めてくれ。小火が起きるぜ」

男は鼻を鳴らし、頷くと「あっちの業界じゃない」と、やっと手を離した。「それに地球はそろそろ終わるんだ」

「え。ああそうなのか」

おれは、自分を莫迦にしているなと相手が悟らない程度に、薄いリアクションを返した。そろそろ幹線道路だ。デカ尻のトラックがバンバン脇を走り抜ける。

「なあ。悪いけど、この車、エライ臭いがするぜ。たぶん、こいつのせいじゃないかな」

おれは、巻物を大きく広げたような羊の毛皮みたいなものを指差した。

「それは勲章だ。ヨソ者に文句を云われたくはないよ」

「勲章？　誰かに貰ったのかい」

「そうじゃない。皮はドンキホーデンで買ったんだ。知ってるだろ？　女以外は、なんでもかんでも売ってる、有頂天を画に描いたような雑貨屋さ」

「それにしちゃ臭いな。こんなものをよく売り場に置いといたもんだ。獣臭ってのかな」

「否、それには俺の生き様が刻まれてるんだ。とにかくこの町に、国に、世の中に俺が居たっていう印を刻んでおかなけりゃ忘れられちまうからな。男ってのは、ただ生きてるだけじゃ駄目なんだ。それは男の生き方じゃない。男は人の口に上る、噂になるような生き方をしないと」

「噂なら、あんたは充分になってるだろ」

「ふふ。そんな甘言に乗るような俺様じゃないぜ。この世はロクデナシの缶詰だからな。そいつは、俺があちこちでノベンをする度に使ってるんだ。あんたの目の前にあるちょっと緑っぽい染みは、オジキの弔いでタータルへ行った帰りのもの。そこにある赤いのは、ケツのトラブルで入院して帰ってきた時のものさ。悪い冗談に聞こえるかもしれないけど、手術をしたのが寺に切るでジキルって医者でよ。全く参ったよ、ほほほほ」

　おれは毛皮に伸ばしていた指を引っ込めた。

「あんた、野糞の度にこれでケツを拭いてるのか」

「都会じゃ、そう云うの？　ここらじゃ野に便りと書いてノベンさ。なにしろコンビニがないからな。畑か茂みか歩道橋を使うんだ」

「ティッシュとか使わないのか」

「いちいち紙を買えっての？　そんな莫迦なことしてたら、資本家のドアマットになるだけだぜ。

そんなあっちの業界みたいなことはできないぜ」

「おれだってそっちの業界じゃないけど、紙を使うぜ」

すると奴は古い水羊羹みたいな目で見ながら、右から左へとゆっくり上唇を舐めた。

厭な臭いの中、厭な気配がいや増しに増し増した。

「あんたが……なんだって？」

「聞こえなかったか？　おれはあんたの云うその……なんだ？　あっちの業界じゃないってこと」

「ふふ。そんな甘言に乗るような俺様じゃないぜ。照れ屋さんにもほどがあるぜ、あんた」

そう云うや否や、奴は信じられない角度でハンドルをおッ切り、トラックを転倒寸前にヒン曲げて横道に逸れると、アクセルを床まで踏み付けた。

剝き出しの泥道は、乾燥してアバタ面の中学生並みに凸凹だった。おれは、窓から軀が飛び出さないようにするのが精一杯だった。

「おい！　ちょっと！　どうしちまったんだ！」

「ふふふ。調べてやるよ。そんなに調べて欲しけりゃさぁ」信じられないことに、奴はそんな莫迦なスピードなのに片手運転をしていた。左の掌底が、股間の染みをガッシュゴッシュと揉み擦りあげている。

「おい！　よせ！　止めろ！　降りる！」

「ほら！　それだ！　調べられるのがよっぽど怖ろしいんだろ！　わかるよわかるよ、俺もおっかなかったからなあ！　ひゃっひゃっひゃっ」

　と、その時、ガタゴト道の真ん中に飛び出してきた男がいた。そいつはフロントグリルの直前に立ちはだかったかと見るや、次に背中を向けて駆け出した。

「うわあ」おれと運転手が同時に悲鳴を上げた途端、ごすんっと鈍い衝撃とともに男は弾き飛ばされた。運転手が女のような悲鳴を上げ続けるので、おれはサイドブレーキを引き絞った。トラックが、焚き火に投げ込んだ蛙のように左右にばたついて停まった。

　撥ねられた男は、汚れた作業着姿で胎児のように丸まって転がっていた。子供みたいに小さな男で、手に汚れた白い袋を摑み、髪は薄く頭に海苔を貼ったみたいで、なんだか全体が陸に上がった蛸のようによれよれとした感じがしていた。

　後ろから近づく音がし、運転手がおれと並んだ。

「死んだのか」

「いや。脇腹がゆっくり動いているから、すぐ病院に連れて行けば、なんとかなるだろう」

　すると、足早にトラックに向かった運転手が戻ってきて、手にしたスコップで倒れた男を殴りつけた。

　男は目を丸くして、スコップの攻撃を避けようと腕で頭を庇う。すると隙のできた腹を叩かれた。苦痛の呻きがあがる。

「おい！　なにするんだ！」

　おれはスコップを持った腕を摑んだ。

○5○

「大丈夫だ。こいつは当たり屋さ。この辺りはバッタみてえに出てくるんだ。あっちの業界の交尾を覗きに来たり、当たったりするんだ。そういうことだ」

運転手はもう一度、スコップを振る。男の頭がボケたナスのように鳴った。

「よせ！　やめろ！」

「いいんだいいんだ。気にするな。なんでもないんだ」

奴は男の腕を引っ摑むと引きずり出す。

「この先は崖だ。そこに捨てちまおう。こんなものいつまでもこんなところに置いておいてちゃ、みんなの迷惑だ。生かしといちゃ、きっとこいつは俺を強請り（ゆすり）タカリ誘き（おびき）出しにかかる。そしたら最後には俺もおまえもアナスターシアがやられちまうんだぞ」

「あんた、なにもかも錯乱しすぎだよ！」

男は引きずられながら、草むらに伸びた木の根や錆びた空き缶に頭をごんごんぶつけても、何の反応も見せない。

おれたちは、そのまま呆気（あっけ）ないほど簡単に崖っぷちへと着いた。

「おい、頭潰すからスコップ寄こせ」

運転手が手を伸ばす。その瞬間、おれは奴の顔面にスコップを喰わせた。

『とぅはあと』鼻柱を叩き潰された奴はそんな声を洩らすと倒れた。ふたりは互いに白目を剝き合って並んでいたので、そこだけ見れば仲良しに見えないこともなかった。

「おい。あんた」おれが男を起こす。

男は目をぱちくりさせながら「ここは天国でしょうか」と云ったので、「まだ地獄みたいな現世だよ」と返事をしてやった。

男はおれを見て笑った。

「わたしは下呂谷後部屋新九郎左衛門介之亟（げろだにこうぶやしんくろうざえもんのすけのきょく）です。スベスベと呼んでくれまさい」

「そうするよ」

スベスベは運転手から財布を奪った。尻のポケットを触られると運転手は失神中なのに〈うふふん〉と笑ったが起きはしなかった。

おれたちは車に戻った。

「まかろにを取ってこなくちゃならないのです」運転席に乗り込んだスベスベが云った。車の鍵は付けっぱなしだ。

「マカロニ？」

「娘です」

い

まかろにには駅裏の定食屋でマカロニサラダを喰っていた。

「またやったのね！」

傷だらけのスベスベを見て、黒縁眼鏡の女の子が口を尖らせた。

少女は目を釣り上げた。

「すみませんすみません」

スベスベは少女の横で正座した。

「ほんとにロクデナシのポンコツ！　で、これは何？」

少女がおれを指す。

「おれが乗ってた車が親父さんを撥ねたんだ」

「あんたが撥ねたの」

「いや。撥ねたのは、野糞好きで半ズボンの男だ。臭い毛皮を持っている」

「とにかく当たり屋しちゃ駄目って云ったでしょ」

「でも、もうお金が我々にはないのです」スベスベが呟く。

「だめ！」少女が箸（はし）でスベスベの頰を突く。

「あんた、当たり屋だったのか？」

おれの言葉にスベスベが頷く。

「そうなのです。当たろうと飛び出したのです。が、あまりにも速度的に速いので、びっくりして逃げました。驚くべき速さだったのです。ほっぺたいたい」

「まかろにちゃん、おとうさんの顔を箸で突くもんじゃないよ」

「あたし、そんな名じゃない。親父なんてとんでもないわよ。また当たり屋なんかやって。そのまま死ねば良かったのに。ほんとに死ねば良かった」

スベスベが哀しそうにまかろにを眺めた。

「おとうさんじゃないのかい?」おれは訊いた。

「あんたに関係ある?」

「あるよ」

「なによ」少女はスベスベの肩に足を載せる。

「親父でもないのに、子供を連れ歩く奴とは関わりたくない」

「どうして」

「おまわりに追っかけられたり、見知らぬ奴に囲まれて殴られたりするのは、もううんざりだ」

「ふうん」

「で、名前は?」

「まかろに」

「それは違うんだろ」

「でもいい。ポンコツがそう云うんなら」

スベスベがニヤリと顔を上げた。

「ところであの車のことです……もう暫く貸して貰えませんか?」

「貸すったって、あれは人の物だぜ」

「そこなんですよ。もう少し貸して貰ったら商売できるんです。そうしたら、わたしたちが車のお金をあなたに払います。それで戴くというわけにはいきませんか?」

「だからおれの物じゃないし。いきませんかって」

「一緒にどうでしょう？　まかろにちゃんは天才す。見ていると楽しいです。お金もばんばん儲かります」

「なんだよ、それ」

目が合うと、まかろには笛のように咥えていたマカロニをぷぅーっと吹いた。

う

確かに、まかろには凄い娘だった。スベスベは住宅地や駅の裏手で適当な空き地を見つけると、台の上に目隠ししたまかろにを載せ、その後ろに横断幕を張った。幕には手書きの細かな数字がびっしり書き込まれていた。

「円周率っす。まかろにちゃんは千桁まで憶えているのす」

ある程度、人が集まるとスベスベが口上を述べ、合図とともにまかろにが円周率を唱え出す。

『さんてんいちよんいちごーきゅうにーろくごーさんごーはちきゅーななきゅーさんにーさんはちよんろくにーろくよんさんさんはちさんにーななきゅーごーれーにーはちはちよんいちきゅーなないち……』

まかろにの言葉に合わせて、スベスベが竹を細く切った棒で数字の上をなぞっていく。いま読み上げている数字が正確だと客に教えるためだ。五十桁をすぎた辺りで、おれがシルクハットを手に客の前を順繰りに歩き、小銭を回収した。一度で七百円から二千円ほどが集まった。ショーが終わると、おれたちは適当な居酒屋や定食屋に入り、まかろにはカレーやスパゲッティを、おれとスベスベは大抵、安酒を呷（あお）った。終わると公園脇に駐（と）めた車に戻り、まかろにはバックシートに敷いた毛布の上。スベスベとおれは、運転席と助手席に座って寝た。朝は公園の水道で顔を洗い、パンを喰った。大抵はベンチの上でスベスベが沸かした紅茶をみんなで飲む。携帯用の小さなコンロとパンに塗るジャムは、スベスベの持ち物だ。

「まかろにちゃんは、これがお気に入りなんです」

バターを塗った上に砂糖を振りかけ、更にジャムを重ねたものをまかろには喜んだ。

「そんなもの、見てるだけで頬が痛くなる」

「あんたらと違って、あたしは頭脳労働だからね。脳にブドウ糖がたっぷり必要なの」

聞けば円周率を始めたのは、まかろにのアイディアだったそうだ。

「あたしが働いている間、ずっと図書館で待たせておいたんですが、いつのまにか一杯本を読んだのですね。それで……」

「この人、本当に莫迦だから。それまでずっと殴られ屋やってたの。そしたらどんどんどんどん莫迦になっちゃって……それでどうしようもないから、あたしが働くことにしたの」まかろには、甘甘のパンを囓（かじ）りながら云った。

「そうなのです。もしあのままであったならば、我々は餓死していたのです」

「殴られ屋ってあんた、ボクサーかなんかだったの？」

「いいえ。倉庫会社の伝票係です。人を本気で殴るような人があんなに多いとは思わず。本当に苦労しました」

「それで安心してたら、雨が続いたり、寒くて人が集まらないと当たり屋をやるようになったの。捕まるのが怖くて、人気(ひとけ)の無いところを狙ってやるもんだから、逆にスピード出してる車が多いから、どんどんどんどんぶつかる度に頭が悪くなったの。ね？　そうだよね？」

「そういうことであります」

最初は話半分に聞いていたのだが、まんざら嘘ではないとおれが悟ったのは、スベスベがやたらと寝小便をするからだった。どうやら頭をぶつけ続けたことに原因があるようだったが、とにかくうたた寝ぐらいでも、こいつは小便を漏らした。

こんな感じであちこち移動しながら一週間ほどが経った。

ある時、銭を受け取りに回っていると、万札を投げ込んだ者がいた。びっくりして見返すと、タキシードに身を包んだツルツル頭のカイザー髭が慇懃(いんぎん)に微笑(ほほえ)んだ。

「あんた、釣りは出ないよ」

「良い頭だ……」髭はうっとりしたようにまかろにを眺めていた。「実に良い……」

「確かにね。あの子は頭が良いよ」

「あんたが親かね」

「否。おれじゃない。親は一応あの数字を棒で突いてる方さ」

髭は顎に白い手袋をした指を当て、考えるふりをした。

「あれは生活不能者じゃないのかね。生活不能者っぽいな」

「さあどうだろう……」

「儂は帽子屋でね。世界で、儂ほど帽子の気持ちの分かる人間はいないのだよ。そのお陰で社会的成功者にもなれたんだ。むっほほほほ」

おれは髭から離れた。金の臭いが服を着ているような男で、おれが一番苦手なタイプだ。

その日、ショーが終わっても、なかなかふたりは車に戻ってこなかった。

うとうとしていると、既に夜になっていた。おれは、奴らが居そうな安飯屋や露地をあちこち捜してみたが、どこにも姿はなかった。

真夜中、ドアが開いた気配におれは目が覚めた。〈どこ行ってたんだ……〉と怒鳴る前に強烈な酒と尿の臭いが鼻を撲った。

〈ぶえぇぇぇ～ん〉

スベスベが泣いている。見ればまかろにの姿がない。

「おい！　どうしたんだ？」

おれの問いには答えず、スベスベはただ泣きじゃくる。

大の男の泣き顔だし、洟も出ていて見苦しく、我慢できなくなったおれは、『おい！　おい！　おい！』と云いながら殴りつけていた。それでも泣き続けるので、おれは奴の後頭部を摑むと、ハンドルに何度も何度も叩きつけてみた。

「な、なにをするんですか？」ようやく驚いた顔をしたので、おれは手を離した。

「まかろにはどうした？」

その言葉に、またスベスベは泣き出しそうになったので、おれはハンドルに打ち付けた。

「な、なんですか」

「あんたの泣き顔。醜いんだよ。泣くならもっとちゃんと心配したくなるような顔で泣けよ」

「ごめんなさい」

「まかろには？」

「あ、売りました」

「はあ？　なんだって」

「これです。お金は貰いました。大丈夫ですぅぅぅ……ううう」

またぞろスベスベは泣き出す。

「売ったってなんだよ。誰に売ったんだよ」

「髭で禿のお金持ちが来て、まかろにちゃんは頭が良いから。もっと良い頭にするって。お城でお姫様みたいに暮らさせるっていうんです。私は性的不能者だから駄目だって……うぶううう」

「性的じゃなく生活だろ。まかろにはどうしてたんだよ」

「始めは嫌がってましたけど、私に毎年お金を送ってくれると、禿の髭が約束したんです。そうしたら、行くって～うぶぶぶぅぅぅ」

再びハンドル。な、なにをと奴は云う。

「確かにあいつは頭が良いし、あんたと居るより幸せになれるだろうがな。名前も知らん奴に売るとはな。第一、売るのか？　娘を。普通」

「これが名刺です。なにかあったら電話です」

〈来雨法度(らいうのりたび)〉とある。おれは公衆電話を見つけると掛けてみた。案の定、シルクハットに万札をいれた禿の髭の声がした。

「まかろにをどうするつもりだ」

『どうもしない。もっともっと良い頭になるよう、ちゃんとした教育と躾(しつけ)を身につけさせるのだ』

「本人と代われ」

髭が鼻を鳴らした。

まかろにも泣いているような声だった。

『ポンコツ、お金ちゃんと持ってった？』

「ああ。だけど戻ってきたときには、あっちこっち呑み散らかしたみたいにへべれけだったぜ」

『莫迦なポンコツ。ちゃんとお金を持ってったのなら良いけれど』

「おまえ本当にそこでいいのか？　確かにあのペテン親父と大道芸をして回るよりは、暮らしは楽になるだろうけどな」

『ううん。ペテンじゃないの、ペテンじゃないけど、あたし、あいつ大嫌いだったから。全然平気。本当にあんなのが父親だなんて考えたら、吐き気がする。どれだけあたしが今まで我慢してきたか……』

　そう云いながらまかろには、ぐずぐずに泣いた。

『呑んだくれで嘘つきで莫迦で人に騙されてばっかりで、お金がなくなったら車に自分の軀ぶつけてパン買ってくるような人だから、おかあさんにも逃げられたんだ』まかろにはそこで一度、言葉に詰まった。『おっちゃん、ちゃんとあの莫迦に云ってよ。あたしは全然、喜んでたって。柔らかすぎるお布団と食べたことがないようなご飯ばかりだけど、堅いベンチにあんたと並んで寝たり、マヨネーズがたっぷりのマカロニサラダより、ずっといいって。夜中に何度も毛布を掛け直されたりするより、だだっ広い部屋でひとりで寝るほうがいいって、云ってやってよ！』

「本当にいいのか」

『それで、これからちゃんとお金送るから、ちゃんと暮らしてってって』

「わかった」

　まかろにから髭の禿に代わる瞬間、『ありがとって云って』と聞こえたような気がした。

『わかったかな。あの生活不能者よりも、社会的成功者である儂のほうが、あの娘の頭をもっともっと良くできる。あの子は頭の良い子だ。儂も今まで何人もの子供を見てきたが、あんなに素晴らしい頭の子は居ない。いやあ実に良い頭だよ。良い頭だ。良い頭』

え

　翌日の夜、おれは腑抜けのようになったスベスベを乗せて町を出た。

　電話の後、まかろにが〈ありがとうと云ってたぞ〉と教えると、スベスベはそれからたっぷり小一時間は泣き続けた。今度はハンドルは使わず、おれは外のベンチで寝た。その日は勿論、ショーはなく、スベスベは日が暮れるまで眠ってしまった。

　夜食に入ったドライブインで、スベスベは完全に腰を抜かしてしまった。娘と別れると腰が抜けるというショック症状は聞いたことがなかったが、とにかくおれは奴を引きずって車の後部座席に置いた。もう真夜中になろうという頃だった。

　すると奴が金玉をもがれたような悲鳴を上げた。

「どうした？」

　スベスベは、胸ポケットから小さなペンダントを取り出した。なかには古びた写真――女が子供を抱いている――があった。

「まかろにちゃんに渡さなくっちゃ！　これ、あの子とおかあちゃんです」

「なに？　ほんとか？」

「ええ」スベスベは頷いた。「これはまかろにちゃんのお守りなんです。渡さなくっちゃ」

　髭の禿の屋敷は、すぐにわかった。前庭の車廻しから、背後に森を持つ、如何にも社会的成功者と云った映画のセット的屋敷だった。もう一度まかろにに直接逢いたいスベスベは、警備に止められるのを嫌い、屋敷に忍びこんだ。

屋敷のなかは暗く、シーンと静まり返っていた。

二階の廊下に上がると、奥の部屋から何やら声が聞こえてきた。

『本当に良い頭だ。頭の良い子だよ。おまえは……』

ドア越しに、禿のデブの声が聞こえた。

鍵穴から中を覗くと、部屋のなかに少女が並んで正座させられているのが見えた――しかも全員がピッカピカのツルッパゲだった。

〈どうしたことだ……みんなツルツルです〉

スベスベが囁いた。もっとよく見えるよう、おれたちは鍵のかかっていない隣室に潜り込むと、続きのベランダから監視することにした。

六人ほどの少女のなかに、まかろにもいた。他の少女同様に、白い寝間着を着せられているが髪はまだそのままだ。

すると死角になっているベッドのほうからひとりの少女が駆け戻った。頭に水泳帽みたいなのを被り、それは脂でも塗っているように光っていた。彼女は列のなかの年長の少女に抱きつくと、頽れてしまった。

『かぶって〜かぶって』大声と共にベルの音がした。

列の端の少女が、青ざめた顔でベッドの方に進んで行った。

おれとスベスベは頷いた――まかろには此処には置いてはおけない――それで一致した。部屋のなかには、ひとりだけ警備員らしいのがいた。スベスベが、にゃおん～と変な声を出すと、そいつが顔を覗かせた。おれが首を突き出したそいつの後頭部に、植木鉢を叩きつける。なかに入ると、少女達は目を丸くしていたが『静かに』と、ひと差し指を唇に当てると全員が頷いた。

ベッドの上に、蓮根のような臑毛の生えた両足が見えた。髭だった。アイマスクをして腹の下に大きな枕をかませ、四つん這いになっていた。水泳帽を被った少女が、頭の傍にある陶器の皿で掬った液体を塗りつけていた。

『はい～次の方ぁ～』

禿は、剝き出しの尻たぼを左右に割った。見たこともない巨大なケツの穴が肉洞窟のように拡がった。少女は目を閉じると、禿のケツの穴に水泳帽で覆った頭を押し込んだ。

少女と禿が同時に呻いた。片方は苦悩、片方は喜悦だった。

『帽子の気持ち……お帽子の気持ち……いま、私は帽子になってる。全身帽子よ。そうでしょそうでしょ！　みなさん！　さあ、おかぶりなさい！』

すると列になっていた少女達が唄い出した。

『♪あ～ぁ～そうだよぉ～薔薇の花から帽子の妖精が飛ぶのさ～♫』

『動いて！　動くのよ！　ガッシュガッシュと動くのよ～』

その言葉に少女は闇雲に軀を前後させた。

『あー！　いー！　頭良い！　良い頭よ！　あなたたちは本当に頭の良い子よ！　良い頭の子だ

わ！』

『♪ありがとうありがとう〜ノリタビさぁぁ〜ん。もっともっと良い頭になるから帽子の気持ちをわかってね〜♫』

『わかる！　わかるわよ！』

呆然（ぼうぜん）と眺めていると、あの最年長の少女が帽子の型を抜いた筒を渡してきた。丁度（ちょうど）、いまズコズコやってる少女の頭と同じ直径だ。

おれは、スベスベにバーカウンターにあるウォッカを枕にたっぷり染みこまさせた。

そして頭を使ってる少女をやんわり退かせると、尻に筒を突っ込んでやった。

『ええ！　なに？　なに⁇　何のお楽しみ袋なの〜』

禿は難無く肛門に筒を丸呑みすると、ワクワクした声を上げた。

「頭が良いってのは、こういうことだったのか」

おれの声を聞いた途端、禿はアイマスクを取りはぐったが、ウォッカ漬けの枕が筒に呑み込まれるのが先だった。

動こうとする奴の背中に、おれは体重を掛けた。

『どけ！　儂は世界一の帽子男だぞ！』

「ああ、あんたとんでもねえ変態だよ」

スベスベがライターで枕に火を点けた。ボオッと物凄い火炎があがり、禿の出っ腹が一瞬、発光した。

『もげぇぇぇぇ』

焼け糞な臭いとともに奴は失神した。

「おまえら全員、金目の物をありったけ持ってこの屋敷から逃げるんだ」

おれの言葉に、少女達が歓喜の声を上げて駆け出した。

まかろにだけが立っていた。

「なんで戻ってきたのよ」照れながら頰を膨らませた彼女にスベスベがロケットを渡した。

「忘れものを取り返しにきたのす」

「なによ、それ」

「宝」

お

新聞には、禿のことは出てこなかった。

おれは、小一日走ったところで降ろして貰った。

「じゃあな」

「さおり……あたしの名前」

まかろには、少し大人になったような顔で手を振った。

「悪くない」

禿の所から盗んだ宝石で、パン屋を始めるとスベスベは云った。
それは、とても良いことだとおれは思った。

（おしまい）

ろくでなしと誠実鬼

THE TALES
I TOLD THE PELICAN
AT PARK

い

「いねえな」

道路に面したガラス張りの窓から視線を戻した鬚（ひげ）がおれを睨み付けた。腕は生ハムを削（そ）ぐ豚の腿（もも）ほど太いし、なぜかカウンターの下でナイフを握っている。

「そんなはずはない……あんたも聞いてたろ？　あの女（ひと）がおれに何を食べても良いって云ってたの」

鬚が頷いた。

「ならわかってくれるよな」

鬚は頷かなかった。

「メニューにあるものは誰が何を頼んでも良いんだ。ヒンズーがビーフコンソメを飲もうが、回教がポークチョップを食おうが、ヤズィード派がレタスサラダを食べようが、ここでは自由なのさ。彼女の言葉に間違いはない」

「否、そういう意味じゃないんだ」

鬚の顔には〈おまえの云いたいトピックについてはわかるが、そいつについてとやかく語り合う気は、俺の頭の毛ほどもねえ〉と浮かんでいた——鬚は顎はふさふさだが頭は燻製卵のようにつるつるで茶色だった。

おれはたっぷり十秒ほど鬚を見つめた。鬚は視線を逸らさず真正面から受けていた。周囲の客は何か起きるのを期待して黙っておれたちのやりとりを見物している——客は十人ほど居たし、そのほとんどが常連に違いなかった。でなければ朝の六時からこんなみじめったらしい街道沿いの定食屋に溜まってるはずがないからだ——。


女盛りというには、ぎりぎりのナシの女だった。街灯も疎らな道でぼんやりしていると真っ赤なトラックが停まったんだ。軽油だかガソリンだかを積んでいそうな銀色のでっかい水筒みたいなものを載せたトラックだった。ドアを開けると彼女が乗っていた。と云うより、床に落ちないようにハンドルにしがみついているような感じに見えた。

「なにしてんの」と云うので「人間がいる所に行きたい」と叫んだ。少しの間があって「乗んな」と声がかかり、云われたとおりにした。

運転席は清潔だった。変な臭いのする皮も、爬虫類や昆虫の死骸も、べとべとする何かもなかった。たいていは少し埃っぽい臭いがするもんだが、まるで人んちのリビングのように汗や腐った臭いがしない。

「たいしたもんだ」おれは礼の前に呟いていた。

「なにが」

「此処さ。まるでホテル並みに臭いがしないし、綺麗（きれい）だ」

女はそれほど小さくはなかった。トラックが大きすぎるので下から見上げるとそんな風に見えただけだとわかった。

「みんな、こんなもんでしょ」

「否。こう見えて、いろんな車に乗せて貰ったが、こんな別嬪（ベッピン）なのは初めてだ」

「へえ」女はまるで興味なさそうに煙草（たばこ）を咥えたのでおれは自分のライターで火を点けてやった。ひと吸いしてから女はおれを見た。「あんた、変態じゃなさそう」

「あんたもそのようでホッとした。女にヒッチしてもらうのは初めてだ」

「あら、ほんと。あたしは何度もあるわ」女は笑った。舌にピアスがある。「怖くなんかないもの」

「危ない目にあったりしないか」

女は頷きながら灰をホルダーの缶に落とし、上を指さした。見るとおれの頭上が周囲の天井とちょっと違う。変色しているし、膨らんで厚みがある。

「厚さ三十ミリの鉄板が入ってるの……ハンドルの下のボタンを押すと助手席がホップする。物凄く太い発条（バネ）があんたの座席の下に埋まってるわ」

途端におれの尻が熱くなってきた。女の手がハンドルの上にあることで少しホッとする。

「尻アッパーって云うのよ」

「今までに使ったことは」

「二度。一度はあんたみたいに乗せてあげたのに変なこと云って手を出してきた男。あとは元旦那。大丈夫よ、死んだりしないから。時速六十キロの軽トラにぶつかった程度にはムチ打ちになるけど……」

「人に呼ばれたら軀ごと向かなくちゃならんな」

「ふふふ。気を付けるけど間違っちゃったらゴメンね」

その後、おれたちは愚にも付かない話をして楽しんだ。女はシングルマザーの娘がふたりいて、それぞれの孫に送金するため家を売ってトラックを買ったのだと云った。今、彼女に仕事を渡しているのは別れた旦那の父親の会社だという。

「義父は息子が心底、人間の屑だっていうのがわかってたから、あたしを雇えって今の社長に推薦してくれたのよ。もう会長職も引退して顧問なんだけどね」

街がはっきり明るくなったころ、ミギー（女はそう自己紹介した）が朝飯を食おうと誘ってきた。当然、おれは金がないと云ったのだが、気にすることはないと払いを約束してくれた。ところがそれから小一時間もしないうちにミギーはおれをカウンターに残したままトラックとともに消えちまった。おかげでこのざまだ。

鬚はカウンターにナイフを置くと伝票を読み上げ始めた。「バッファロー・チキンメルトサンドイッチにビスケットグレイビー、クラシックバナナ・スプリットにコーヒーの飲み放題とチリスープ」

「チリがおれだよ。後はあの女が食べたんだ」

「ルー」鬚の声にウェイトレスがやってきた。おれたちにサーブしてくれた人だ。「おまえ、この人はスープしか飲まなかったと云ってるんだが」

「チリさ。あんたが付け合わせにあるはずのプレーンクラッカーを忘れてたんで、後で持ってきてくれと頼んだはずだ」

ウェイトレスはトレーをカウンターに放るように置いた。音が大きく響き、鬚が指でそっと押さえた。

「ゲル」ウェイトレスは鬚に見えるよう床に唾を吐いた。「あたしゃ、きっと前世で子供か坊主を殺したんだよ。でなけりゃ、こんな肥溜(こえだ)めみたいな店(とこ)で人間のシミ相手に皿を持ってったり引っ込めたりするはずないもんね。しかも、たったひとりでノルマンディ上陸をしてるぐらい糞忙しいのに歯糞みたいな端金(はしたがね)でさ。そんなとき、とびきりの阿呆があたしを呼びつけてこういうのさ『ルー。こいつはスープだけを頼んだのか？』ってね」

鬚の顔面に一瞬、怖れが浮く。ルーと呼ばれたウェイトレスに「ありがとう」と呟いて仕事に戻した。

鬚がおれを見た。おれは親愛の情を小匙(こさじ)一つ分ほど載っけて微笑んだが、奴は手の中のハツカネズミが、今死んだような目をしていた。

「というわけだ。あんたがこの伝票の金を払わない理屈はチリ一つないらしい」

万事休す。壁にあるコカ・コーラの時計を見たおれは、つい三十分ほど前までミギーとは和気(わき)藹々(あいあい)だったのを思い出し、溜息を吐(つ)いた。振り返っても何がそんなに気に入らなかったのか見当も付かない。最初の異変は彼女がバナナ・スプリットにスプーンを突っ込んだ時に起きた。

「あんた、お肉派？　肉派？」

「なんだいそれ？」

ミギーの眉が大きく弓なりになった。

「わからないの？　肉よ肉。肉を何て呼ぶかってこと」

直前の話題が『目を閉じて上を睨んだままだと瞼(まぶた)が開けられない』だったので関係があるのかと思ったが、とっさには理解できず、ただ「お肉かな」と云ってしまった。ミギーは少し唖然(あぜん)としたように「へぇ。そんな風には見えなかったけどね」とだけ云った。

それからおれは旅先で会った偽善者どもの話に繋げようとしたがすでにミギーの気持ちは別のところにあるようだった。そして彼女はこう云ったんだ。

「アンパンマンの中身って、粒餡(つぶあん)だと思う？　漉(こ)し餡だと思う？」

おれは本当にそんなことを語り合いたいのかとミギーを見返した。彼女は唇の端でスプリットから穿(ほじく)り出したスプーンを舐め、そのまま唇に押し当てておれを見ていた。

おれは咳ばらいをした。「漉し餡だろ」

「なぜ」

「子供はみんな漉し餡が好きだからさ」

「どうして」

「粒餡は歯に小豆の皮がくっつくからじゃないかな」

「そんなことでアンパンマンの中の餡を作家が決めるかしら」

「それに漉し餡は粒よりもひと手間かかってる。粒なら蒸かして終わりだろうが、そこから漉し餡は漉さなくちゃならないからな。餡の中では上等品だ」

「餡に上等も下等もないんじゃない」

「いや、餡にその気はなくても世間ってものが勝手に決めつけてくるもんさ」

「あんた、世間が嫌いなのね」

「好きな奴なんかいるのかね」

「アンパンマンって世間の味方よ」

「おれなら餡の代わりに尻から出るものを詰めてやるね」

ミギーはたっぷり三秒ほどおれの顔を見、それからひとり納得したように〈あっそ〉と頷いた。

「なんかまずいこと云ったかな。それより天気か映画の話にしないか？　メル・ギブソンって最高だとは思わない？」

「あたしはオヅしか観ないから」

　ミギーはそれからスプリットを平らげ、便所に行くと云って席を立ち、そのままトラックごと消えたのだ。

アンパンマンの中身についての言及がレスラーのような店主のいる定食屋の無銭飲食騒ぎになるとは思いもよらなかったおれはすっかり面喰らっていた。

「悪いが働かせて貰えないか？　皿洗いでも、床磨きでも、実は……金を持ってない」

途端に背後で指笛が鳴った。〈そうだろうとも〉と顔に貼り付けた鬚がカウンターから出てきた。おれよりも頭ひとつぶんだけデカい。

「働き口はねえが。誰か肩代わりして貰える奴がいるか聞いてやろう。おい！　誰かこいつの飯代六千五百円を払う奴はいねえか」

『ギマクなら買うぜ！』と声が上がった。見ると顔をペンチで捩じられたような爺さんが立っていた。「こいつのギマクなら買うぜ。こいつのなら使えそうだ」

鬚はおれを見た。「あんた、どうする？」

「ギマクってのはどんな仕事だ？」

「仕事っちゃ仕事だが。仕事じゃねえと云えば仕事じゃねえ」鬚はキッチンに声をかける。すると不機嫌を手でこねて人の形にしたものがケトルをもって現れ、おれの前に置いた。ケトルもそいつと同じように口から噴火口のような蒸気を噴き上げていた。

「こいつをゴクゴク飲みな」

「なんだって？　こんなもの飲んだら喉が焼けちまう。あんた学校行ってないのか」

「大丈夫だ。すぐに水を飲ませてやる」

「大丈夫なもんか。喉が爛れちまうだろ」

「爛れた皮同士がひっついて、うっすい膜が張るのさ」ペンチの爺さんが歯の抜けた顔で笑った。

「それがギマクだ。うちの婆さんが喜んで食べる。特に若い奴のは歯ごたえが良いからな」

「おれはあんたが思うほど若くはないし、ギマクも旨くはないぜ」

「気にするな。うちの婆さんは舌がない。癌で取っ払っちまったんだ。だから味はどうでもいいんだ」

髭や爺さんや、自分の背後に立っている客を眺めた——全員がおれを〈観察〉するような目でいる。おれはカウンターのナイフを摑んだ。

「たかが六千円でそんなことができるか」

のっそりと出てきた髭の手には、おれが今まで見た中で一番デカイ包丁があった。後退ると前に押し出された。取り巻く輪はめっぽう近く、髭が手を伸ばせば簡単に捕まってしまうほどだった。

「勝手にしろ」おれはナイフを捨てた。後ろから伸びた手がおれを羽交い締めにした。

その時、誰かが手を叩いた。おれを包む輪がほぐれ、窓際のテーブルに座った四十ぐらいの男が拍手していた。「天晴天晴」そいつはノロノロと太った軀を立ち上がらせると、こちらに近づきながら財布を開けた。「わたしが払おう。それなら文句はなかろう」

髭が金を受け取ると男はおれの肩を抱いて外に連れ出した。

「助かったよ」

「あんた、ふていじゅうしゃだね」

「は？」

「つまりさ。あっちこっちを流れながら暮らしてるんだろ」

「まあ、そうだね」

「だと思った。暫くウチに泊まりなさい」

「え？」

ろ

男の名前はチモテと云った。チモテは町外れの一軒家に女房と二人で暮らしていた。おれを玄関で待たせるとかみさんと相談を終えたチモテが出て来、満面の笑みを浮かべるかみさんにおれを紹介した。それからおれたちは家に入り、おれは屋根裏部屋をあてがわれた。野宿が定宿みたいなおれにとっては破格の扱い。チモテはおれに宿と飯と風呂を提供した。代わりにおれは何をしたかというと、奴らに今までに遭ったロクデナシどもの話を聞かせた。奴らはたいそう喜んで、ワイングラス片手に深夜までおれの話を楽しんでいた。

不思議なことにチモテに働いている様子はなかった。チモテとかみさんは一日中、読書をしたり、散歩をしたり、あるいはネットに没頭していた。そんな時、おれは散歩に出かけると云って家を出た。そういう、ちょっとスノッビーな雰囲気は苦手だったからだ。おれのそうした気配を感じるとチモテは信じられないことにおれに小遣いをくれた。断ろうとすると「いいんだ。アミユーズ代だよ」と片目をつぶる。すっからかんで文無しのおれは断るはずもなく、それをポケットに仕舞うと近くのコンビニでワインのボトルを二、三本買い込み、土手で寝ころびながら、それを飲んだ。

　夕方になって戻ると家の裏側から煙の臭いがした。

　回ってみると庭の真ん中で焚き火をしている者(の)がいた。全身黒尽くめのスーツにシャツ、青白く、痩せてて、なんだか今にも死んでしまいそうな顔をしている。そいつは壊れかけの、幼稚園で使うような小さな椅子に腰掛け、焚き火の中に時折、そばの袋の中から枯れ葉を投げ入れていた。おれが真横に立っても顔を上げようともしない。

「あんたが今度の居候だね」シャツの襟が擦れて綻(ほころ)んでいた。頭垢(ふけ)が多い。

「まあね。街道の変な定食屋でトラブルになったところを助けて貰ったのさ」

「それからは屋根裏部屋で寝かせて貰って小遣い三昧だろ」

「よく知ってるな。ここの家の人達はいつもそんなことをしているのか」

「そうさ」

「今の時代にゃ珍しいぐらいの篤志家(とくしか)だな」

「無駄なことが好きなのさ」そこで初めて奴はおれを見た——四十は超えていそうだ。「人間が腐りきらないうちに出てったほうが良い。此処にいる奴らはみんな人間が駄目になる。人が駄目になるのを見るのが、此処の人は大好きなんだ」

　おれは奴の正面に回り、直に座った。

「そうかい。ならおれは安心だ……とっくに駄目だからな」

「じゃあ、地獄でヤキソバだな」

なんだそれ？　と云いかけておれは止めた——奴が燃やしているものが枯れ葉だけじゃないと気づいたからだ。火の中で灰になっているものの中にお札があった。ソーセキにヒデヨ、信じられないことにユキチもあった。

「おい！　あんた何やってんだ！」とっさに灰を蹴り出そうとしたところへ声がかかった。

「およしなさい！」

見るとチモテとかみさんが窓際から見ていた。

「その人はそれが楽しみなのよ。なによりも楽しみなの」

「否々。おれが云ってるのは焚き火のことじゃない。この人は金を燃やしてるんだ」

「そうなのよ。その人は月に一度、うちの庭でお金を燃やすことが楽しみで楽しみでしょうがないのよ」

「本当かい」

男はおれを見た——今にも怒りで破裂しそうな顔だった。

「おくさん、こいつァ誰の金ですか？」

「その人のものに決まってるでしょ」

「これはあんたの金なのか」

男は焚き火に視線を戻していた。「そうでもあり、そうでもなし……」また袋から札を取り出し、炎の中に投げ込んだ。忽ち、ソーセキ、イナゾーの顔が黒焦げ、丸まりながら青味のある炎を上げた。

「あんた罰が当たるぞ。どうせ燃やすんなら、おれにくれ」

「やるか！　貴様、この金に指一本でも触れてみろ！　腸をズタズタにしてやる」

男が本気だというのは判ったが、とても正気だとは思えなかった。

「チモテ！　この人はなんで、あんたの庭で金を燃やしてるんだ？」

「我々がそう頼んだんだ」

「この人は元あんたの患者でなにかそういう病を得ているのか？　金を燃やすことが治療に繋がるような……」

「わたしは大学を出てから働いたことはないし、医者にはなりたかったがまだなっていない。これからなる可能性は否定できないがね」

おれは男にしみじみ問いかけるように云った。

「あんた……こんなこと止しな。何にもなりゃしないし。誰も幸せにならない。第一あんた、これはあんたが稼いだ金じゃないのか？」

男は泪を流していた。

「おれは毎日毎日、十八時間働くんだ。これはそうやって稼いだ金だ。見ろ、この手」差し出された手には爪は合計しても四枚ほどしか残っていず、生殖を終えた雄鮭並みに労働という刃で削られ、抉られ頭陀襤褸だった。「お蔭でひとり娘の世話も見てやれない。娘は躯が悪いんだ。ひとりじゃ何もできないし、学校にも通えない。とても悪い……」

「じゃあ金が必要じゃないか」

男は鞭打ちになるほど首を前後に激しく揺さぶった。

「欲しい！　必要だ！」

♪でぇも〜　♫しなくちゃならない　♪やらなくちゃならない　♫毎月毎月ぃぃ♫

窓辺のチモテ夫妻が唄いだした。

♫止めたくても止められない　♪わかっちゃいるけど止められない〜♪

「おれの家族があの人の家族を殺したんだ。だから、その償いをしなくちゃならないんだ！」

男はそう叫ぶと残りの金を全て炎の中に叩き込み、充分に燃え上がったのを見届けると、チモテたちに一礼してから駆け出していった。

おれが慌てて消火しようとするとチモテのかみさんが灯油を掛けた。驚くほどの火球が立ち上り、おれはおれがこの世で自分の次に大好きなヒデヨ、ソーセキ、イチヨー、イナゾー、ユキチが黒焦げ猿に化けていくのを哀しく見守った。

は

「あれらはあのようになるべくしてなった一族ですな」

夕食後、日薬会社に似た名前を冠した高級ワインをガブ飲みしながらチモテは云った。

「あれはわたしがまだ小学校三年生の頃でした。犯人とわたしの父は生命保険会社の支社で働く同僚同士だったのです」

チモテの話によると、あの男の父親というのがある夜、突然、凶意勃発し、チモテの家族を惨殺した挙げ句、自分も自殺した。当時、チモテは両親と姉の四人家族。犯人の家はふた親と三人の兄弟の五人家族だったという。

「警察がいくら調べても原因は全くわからなかったそうです。ただ前の晩にパブでふたりはアンパンの中身は粒餡が良いか漉し餡が良いかというようなことで小さな口論にはなったようですが……ただそれだけでした」

鉈（なた）と肉切り包丁と散弾銃で襲われたチモテ家で生き残ったのは幼いチモテただひとりだったそうだ。その後、犯人死亡のまま不起訴となったのだが、犯人の家族はチモテに対し法外な慰謝料を払うことを誓約し、それを今も守っているのだという。

「わたし自身の生活の賄いは両親と姉の保険金が入りましたし、家もあり、親戚からも多少の援助がありましたから全く問題はない。寧（むし）ろ、こうして素敵な妻を娶（めと）ることもでき、振り返ればラッキーな人生ですな」

「犯人のほうはどうだったんだろう」

チモテは〈ケセラセラ〉と肩を竦（すく）めた。

おれはふたりに向かって云い難（にく）いことを尋ねることにした。

「そうするとあんたは既に生活は充足している。おれから見ても幸せ過ぎる暮らしだ」

「恥ずかしながら……」

「だとすると、なぜあの男はあんたの庭で自分の稼いだ金を燃やす必要があるんだろう」

「あのお金は慰謝料なのです。まだ彼らは全額払い終わってはいない。なにしろ事件が公になってしまってからは彼らを雇う人間がいなくなってしまったのです。当初の目論見よりも収入は大幅に減ったのでしょう。そのうちに姿を見なくなりました。全国を放浪したのかどうかは知りませんが、つい数年前、売れ残っていた実家にあの男と娘ふたりだけで舞い戻ってきたのです。変な娘ですよ。軀が包帯でぐるぐる巻きなんです。あれはきっとなんと云いますか父娘のＳＭですな」

「その間も支払いを？」

「ずっと続けていましたね。鼠の糞の如き、微々たるものでしたが」

「あんたも犯人に怪我を負わされたのかい」

「否。わたしは屋根裏部屋に隠れていましたから。あなたの泊まっているところですよ。あそこは当時、天井から梯子段を下ろすような仕組みになっていたんです。わたしは姉と母の悲鳴が聞こえた時、咄嗟に梯子段を上げてハッチを閉じて籠もったわけです。お陰で、みんなが惨殺されている間も犯人には見つからずに済みました」

「まーべらす、まーべらすだわ。あなた」かみさんがチモテの額にキスをした。

おれは、なぜだか知らないが目眩と吐き気がし、手にしたワインのグラスを置いた。

「大丈夫ですか、あなた」

「ああ。ちょっと飲み過ぎたようだ」

「いくら良い高級酒でも過ぎたるは及ばざるが如しですよ、ふふふ」

「ああ。尤もだな」

「というわけで今も支払いは終わっていないのですが、わたし個人の心情としては、あんな奴らからの金は金輪際、受け取りたくはないわけです。この完璧なわたしの世界に奴らの金が一円たりとも紛れ込み、奴らが施してやったなどと厘毛たりとも思うような事態は我がチモテ家の名誉に懸けても許すわけにはいかないのです」

「だから金は払わせるが、目の前で燃やさせる……」

「論理ですよ。論理。こうすることで奴らは自分の贖罪を全うすることができるし、わたしは清廉潔白なままで人生を過ごすことができる」

に

翌日、おれは男の家を訪ねた。場所は街の奴なら犬でも知っているんじゃないかと思うほど有名だった。建物は取り壊され、更地になった上に建っていた男の家は家と云うよりは小屋で、小屋と云うよりはバラックと云ったほうがぴったりの代物だった。ドアの代わりになっているベニヤ板を捲ると内部で人の動く気配がした。何かが腐った臭いがする。建築現場で使うような防護網付きの薄暗い電球が天井からひとつ下がっている。チャンネルのツマミを回すタイプのテレビがあったが何が映るのかは見当も付かない。部屋の隅にビールケースが並べられ、その上に段ボールを敷いてベッドとしてあった。煎餅布団の上に白い人影があった。これがチモテの云っていた男の娘に違いない。全身に包帯を巻いていた。物陰から男が現れた——鉈を握っている。

「なんだ……何しに来た」

おれはコンビニで買ったアイスの入ったレジ袋をよく見えるように電球に近づけた。

「これをあんたらと食べようと……」

男は暫くおれを睨んだ後、警戒を解いた。「座れ」

おれはパイプ椅子に座った。この家の床は地面のままだ。

「チモテから話は聞いた」

男は娘にハゲノダツを渡す。〈ありがとう〉と消え入りそうな声がした。

おれたちは黙々とハゲノダツを食べた。なにか云おうかと思ったが、その度に今はその時じゃない気がしてアイスに戻った。

「あんたがいてよかった」

男は煙草を取り出し、おれに向けた。一本取り、火を点ける。

「此処のところ働けないんだ。チビの具合が悪くてね」

ベッドの上の娘は十歳ほどに見えた。顔にも巻かれた包帯の隙間にリスのようにハゲノダツを掬ったスプーンを差し込んでいた。

「病院には」

男は首を振った。「そんな金はない」

おれはポケットからチモテから小遣いとして貰った金を見せた。

「なんだこれは」

「あと二、三日でおれはあの家を出る。奴はおれに毎日、飲み代として小遣いをくれるんだ。それを毎日持ってきてやる。それで娘さんを医者に診せろ」

男が金をおれに向かって押し出す。「なんだそんなことか……もう診せたよ。脳に腫瘍がある。栄養失調から皮膚が崩れるような病にかかっちまってね。それも原因らしい。手術には百万以上掛かる。こんな端金じゃ、どうにもならんよ」

「なのに、あんたは金を焼いたわけか」

男は忌々しげに髪を掻き毟る。

「ウチはね。普通のマトモな家だったんだ。親父があんなことをしでかしてからも、マトモだったよ。俺には上にふたり兄貴がいたんだ。まあ、おふくろもだけど。自分たちはマトモだったってことを証していこうってみんなで決めたのさ。それが慰謝料だったんだ。みんな食うや食わずの餓死寸前になりながら必死に働いて稼いだものを送っていた。親父が事件を起こした時、俺は小学校の二年だった。それから三十年近く……。おふくろも上の兄貴も過労と栄養失調で死んだ。戦死みたいなもんだった。それでも完済しない。だから俺がやらなきゃ、みんなが何のためにあんなに酷い暮らしに耐えてきたのかわからなくなる……実際、結婚できたのは俺だけだった。上のアンチャンらは最初っから諦めてた。ただ俺だけは結婚しろ、結婚して子供だけは作れ、家系を絶やすなってね……へへへ、人生も問題がふたつ以上重なるとしのぐのが難しいぜ」男は洟を啜った。

「奴らはもうあんたの金は必要じゃないんだ。いまは悠々自適にやってる。あんたはおチビちゃんとのことを考えたほうが良いぜ」

男は黙っていた。

「今夜、おれがチモテに話をしてみる。巧く行ったら家に来るんだ」

男は黙っていた。

その夜、おれの話を聞くチモテとかみさんは飼い犬に説教されているような顔で居心地が悪そうだった。

「つまり、もう慰謝料のことは忘れて、ひとり娘の治療に専念して良いとあの男に云えということですか？」

「まあ、そういうことなんだ。どうだろう」

ふたりは長い間、黙っていた。おれはその間、ウォッシュチーズ半かけとワインをグラスに三杯飲むことができた。

「いいでしょう」チモテは頷いた。

「ほんとか！」

「但し、条件があります。本当にその子が生きるに値する子かどうか、この目で見て決めます。

今から一緒に来るように云いましょう」

チモテの言葉にかみさんが携帯を手に廊下に出ていった。

「すまん。おれからも礼を云うよ」

「まあ同病相憐れむと云った感じですかな。勿論、この場合はわたしではなく。あの男とあんたの関係ですが」

「どういうことだ」

「寄生虫と害虫ってわけですよ。世間のね。あんたの話の安っぽさには妻とふたりで腹を抱えて笑わせて貰いましたよ。話の内容じゃなく得意げに話すあなた自身をね。人様から衣食住に加え金まで無心しておきながら、今度は正義の味方だ。全くもって滑稽すぎて反吐が出ます。否々、誤解しないで下さい。これは褒めてるんです。あんたや奴らが所属する層のお粗末さ、卑しさ、低能さに感動してるんですよ」

おれはワインを置いて溜息を吐いた。

「明日、御暇するよ」

「いやいや。そんな遠慮はなしだ。明日と云わず今夜にしなさい」

すると壊れたエンジンの音がし、家の前で停まった。チャイムが鳴るとかみさんが玄関に出る。

やがて男と娘が現れた。娘はスカートを穿かせて貰っていた。

「チモテさん、奥さんから話を聞いたんだが……信じて良いんだろうか」

「ぐちゃぐちゃ体裁の良い会話は止しましょう。わたしは便器の染みほどもあんたら父娘やこちらの紳士に興味はないんだ。ただ、我が家に対する人とは思えぬ悪行の償いを娘に免じて勘弁して欲しいというビッグバン並みの虫のいい話に対して、わたしが彼女の価値を見るというだけのことだ。価値があればこの場で全てを水に流そう。そうでなければ今まで通りの暮らしが続くだけだ」

「チモテさん……俺はそんな……」

「良いのよ。うちの人はエンジェルだから」

娘はすっかり怖がっているようで軀が小刻みに震えていた。

チモテは娘に云った。「あんた、おとうさんのためにバク転できるか」

「え」おれと男が同時に声を上げた。「バク転？」

「そうだよ。バク転さ。わたしは病弱で貧乏で犬のような暮らしの糞みたいな臭いのする子供のバク転を見るのが何よりも大好物なんだ」

「この人はエンジェルだから」

「そんな……チモテさん、うちの子は生まれつき軀が弱くて学校も満足に行けてないんだ。バク転なんて無理だ……」

「おまえになんか聞いてないよ」チモテが男を睨みつけた。「さ、どうする？　しないのなら帰ってくれ。あんたの悪臭にこれ以上、耐えられそうにない。それともバク転を知らないのか？」

「知ってる……漫画で読んだから……」

「じゃあ、簡単だな。クルッと一回。そこで飛べば良い。但し、失敗したらおしまいだ。チャンスは一度しかやらない」

娘はおれを見、それから自分の父親を見た。長い睫毛の奥の目が泪で光っていた。

「やっぱり……」――止めます、と男が口にしようとするのを娘が制した。

「おとうさん、やるよ」

娘はこちらに背を向ける格好で、一段高くなっている床の縁に立った。

そして反動を付けるかのように両腕を前後に揺らし始めた。

――短くて長い時間が過ぎた。

不意に娘の短い気合がした。軀が充分な高さまでジャンプすると背中が海老反った。が、伸ばした両腕が斜めになりすぎた。娘は頭からまともに床に叩きつけられ、その瞬間、その場に居た全員の耳に甲羅を踏み潰したような音が響いた。

男が何事かを叫んで娘を抱き上げた。軀と頭がくの字の角度を作っていた。娘はぴくりともせず声も立てない。代わりに笑ったのはチモテのかみさんだった。彼女は携帯で録画していた。男は糸の切れたあやつり人形のように、だらりと手足を伸ばしたままの娘を抱えると外に飛び出していった。

おれと目が合うとチモテは声を出さず〈出ていけ〉と云った。

屋根裏部屋に戻ると手回りの品をかき集め、ザックを肩に掛けてリビングに降りた。

取り敢えず礼を云おうとしたが、チモテとかみさんにとって、おれは既に透明人間になっているようで、視線すら向けようとはしなかった。

おれは壁に向かってお辞儀だけすると玄関を出た。

その途端、車に轢(ひ)かれそうになって、慌てて避けると中から男が飛び出してきた。

奴はおれを一瞥(いちべつ)すると勢いよく玄関から中に入っていった——手には鉈を持っていた。

助手席には娘が座っていた。両手が胸のところで組んである。頸骨が折れていることは素人目(しろうとめ)にも明らかだった。頬にひと筋、泪が流れていた。

「ソレジヤ、オヤジトオナジジャナイカ！」と叫ぶチモテの断末魔とかみさんの絶叫を背におれは街を出るため歩き出した。


（おしまい）

マザーズラブとおやじ涅槃で待つ

THE TALES
I TOLD THE PELICAN
AT PARK

a

さっきから炎天下、死んだ牛の尻に頭を突っ込んでいるような臭いがしていた。おれが乗っているのは所謂(いわゆる)、改造トラクターというやつだった。どこが改造かというとトラクターの運転席の後ろに木の板を張り巡らした大きな箱がくっついていた。トラクターはノロノロ走り、エンジンを格納した前部が胴震いするように上下左右に揺れるので、尻の骨がしくしく痛んでいた。おれは二十回目か三十回目の溜息を吐くと辺りを見回した。左右見渡す限り、のっぺりとした砂っぽい荒れ地が続いていて、トラクターはその真ん中を貫く薄毛の分け目的な道を這うように進んでいた。

「あんた、男と寝たり、動物と寝たことあるかい？　そのなんだ……寝るってのは、すりーぴんぐすじゃなくて、ふぁっくすのほうなんだが……」

バナナの瘡蓋(かさぶた)のような麦わらをかぶった爺さんがハンドルを握っていた。顔も首も指先も醬油で煮染めたような色をしていた。指の関節がチェッカー・チップほどにでかい。力はどうあれ殴られたら痛そうだった。

「否、ないよ。そういうこと。おれはない」

「そうか……ふぁっくすはなし、とメモメモ。ならよかった。儂にもその気はないんだ。男とも、動物ともふぁっくすはしない主義。これだけは絶対に忘れんで戴きたいな」

　爺さんは良かった良かったと呟いたが、かれこれ小一時間、同じ質問を四回はしていた。また鼻を腐臭が撲った。

「ねえ。あれはどうしても運ばなくちゃなんないのかい」

　おれは眉を顰めて背後の箱を顎でしゃくった。板の合間から蹄の付いた足が槍のように突き出していた。なかには死んだ牛が一頭載っていた。臭いはそこからくるのだ。

「ジュテム子は可哀想な奴だったからな。朝から晩まで儂ら家族のためにふんふんふんふんと働きづめに働いて死んだんじゃ。だから家の庭に埋めてやらなくちゃ」

「それ牛の名前？」

「そうじゃ。誰にも愛される存在でいてほしいという親の欲目じゃ」

「いまどき地方競馬でも聞かない名だ。それにあんたの話はわかるが、普通、牛ってのは家の近くで飼うものだろ。どうしてこんなに遠くまで連れてきたんだい」

　すると爺さんはポンッと音をさせて蛸壺のような口から煙草を引っこ抜くと歯を剝いた――笑ったのだ。

「見合いだよ。いい話があったんじゃ。じゃが結局は破談になった。破談になったのはジュテム子が最中におっ死んだからじゃ。それはそれは大きくふんふんと鳴いて……それっきりじゃった。奴らは儂があれほど云うたのに潤滑ゼリーを使わなかったんじゃ。ほんのちびっとしかな」爺さんはおれの同情を根刮ぎ引き出そうとして大溜息を吐いたが、耳糞ほどしか差し上げることはできなかった。

そもそもこんな歩いた方が早いようなおんぼろトラクターに乗る羽目になったのは昨日の晩、またぞろ変態のトラックに乗ってしまったからだった。途中まで良い感じだったのだが、そいつは幹線道路を外れてこの辺りまで来ると突然、どこからか白い液体の詰まった瓶を取りだし、肌に良いから塗れと云い出した。ガラス瓶を手にすると蓋の代わりにコルクが詰めてある。

おれは暫く手に取ったまま考えてから云ったんだ。

『なあ、おれが何か気に障ることを云ったんだったら、謝るよ』

するとそいつは脇の下を掻いた指を嗅いで、『逆だ。あんたは満点星だよ。だからこそ俺の大事な乳液を分けてやるんだ。遠慮するな。遠慮したらブッ殺すぞ、あははは』とカセットを押し込んだ。車内に外国人の酒灼け声が大きく響き、そいつは〈クラックとアナルセックスをさせろ〉〈文化の穴に最後の樹をぶっ込め〉と唄った。

歌が三回目にかかった時におれは訊いた。『他の曲は入ってないのかい？』

奴は首を振った。『百八十分テープをフルに使ってこいつの歌を入れてある。百八十分テープは伸びやすいから、他に四本同じ百八十分テープが待機してる。聴くか？　別のカセットで聴く同じ歌もまた格別だ』

おれは首を振ってコルクを抜き、瓶に鼻を近づけた。不良マヨネーズにヤクザな鼠の糞を泳がせたような臭いがし、顎の付け根がキーンと渋くなると厭な味の唾が溢れた。

『こ、これは、いったいどういうことなんだい？』

『うん？』そいつはおれの手から瓶を受け取るとそのまま口を付けてごぶりごぶりと呑んだ。

『別に悪くなってない。これは俺の親父が考案した酸っぱい牛乳二十八号なんだ』

『二十八号……』

『ああ、牛乳が腐造する直前に助けるんだ。そうすると牛乳がありがとうって感謝する。その感謝の分だけ栄養もあるし、旨いんだ。だから平気さ。あんたもさっさと呑むなり塗るなりしてみな。気分がかりふぉるにやみたいに、ハッピーになるぜ』

それから小一時間もしないうちに、おれはどぶ川で拾った針と糸で傷口を縫われたような気分で真っ暗な道をトボついていた。二十八号が実は二十九号で二十九号の原料は奴の雄汁(オスジュー)であり、おれに無理矢理呑ませようとしたので、それまでの仲良しごっこが途端に殺し合いになったのだ。トラックの野郎は三発、おれに殴られ、おれは六発殴り返され、ほとんど轢き殺されそうになってドアから放り出された。

地面に落ちて意識が戻ると、辺りは目を閉じているのと同じぐらい真っ暗闇だった。おれは取り敢えず歩き出した。それからたっぷり六時間以上歩き続けたが、まるで外国みたいに車は一台も通らなかった。周囲の風景は砂っぽい荒れ地。それが延々と果てしなく続き、おれが立っている道だけが道であり、その道だけが荒れ地を分断して、その果ての果ての果てにあるだろう文明へと向かっていた、たぶん。

喉が渇き、全身が胃袋になってしまったように腹が減っていた。おれは七度、エンジン音を聴き、立ち止まって確認したが、車の粉末すら顕れなかった。既に他人のものになったような肉と関節で長く歩き続けたため、足裏が拗ねたブスのように恨み辛みを燻らせていた。

すると汽船のような音とともに爺さんのトラクターが現れた。おれは這うように近づくと御来光のように爺さんに手を合わせた。爺さんは『男と動物のどっちが好きか』と訊ね、おれは『どっちも好きじゃない』と云うと箱に載るように云った。無蓋の板囲いを摑む前から死んだ牛には気づいたが、取り敢えず乗ることが先だと乗り込んだ。半開きの目玉で口から涎糸を垂らし続けている牛には蠅がウォーキング・デッドのように群がっていた。おれは三十分も経たないうちに爺さんに箱から助手席に移らせてくれと怒鳴った。爺さんは何か面白いことを云ったら載せてやると云ったのだが即席ジョークを二十発やってもくすりともしない。熱気と臭気と疲労で脳味噌がショートしたおれは、どこから出て来たのか今もって不明ながら大声で『おちんちん・たたんてぃーの!』と怒鳴った。

おかげで助手席にありつくことができた。ありがとうQue。

「四十になる息子がセーケーをすると云うんだよ。目蓋を歪めて折り畳んで、鼻にぷらっちくすを入れて寸胴にして、顎も削るんだと。儂はわけがわからなくなってな。奴は就職も結婚もしてないんだ。セーケーよりも就職と結婚が先だろう。それなのにセーケーすると」

「就職と結婚のためなんじゃないの」

「だったらホーケーが先じゃ」

「はあ」

「不器用の固結びみたいなホーケーなんじゃ、息子は」

「じゃあ、ついでにそれもしたらいい」

爺さんが煙草を差しだしたので受け取った。吸いたくはないが臭い消しにはなる。

「あいつの腹の底は読めとるんじゃ。あいつはの……」爺さんはおれをたっぷりと見つめてから続けた。「あいどるんになる気じゃ」

「あいどるん？　あの猿のように歌ったり踊ったり歯を剝き出してドラマよりＣＭに燃える奴らかい」

「ほうじゃ。あいつは儂が副業でしよる牛貸しを厭がって。あいどるんになろうとしとる」

「四十だろ。なんかの間違いじゃないのかい。今更……」

「うんにゃ。あいつがトーキョーのダニーズから書類を取り寄せてるのを見たんじゃ。それに最近あいつは朝から晩まで裏声で歌っている。ほれ、あの流行歌じゃ。♪おおきなかまとんとちいさなかまとん、おおかまとん、ちいかまとん、ふといよふといよおおかまとんは～やめてよおじさん、ぼくそんな気じゃないんだよ～　♪へいゆ～りら～くすりら～くす♪　な？」

「しらん。最近の歌には興味がないんだ」

「金をくれと云うとる。セーケーできなければカマ人の業界に入ると云うんじゃ」

「そんなもの改めて入るもんじゃないだろう」

「トーキョーのカマイドにあっちの業界の予備校があるというんじゃ。カマイドリーグ」

「しらんね」

爺さんは吸いさしを投げ捨てると足元の革袋を探った。

「ケネディもあっちの業界じゃったのかな。都会ではそんな噂で持ちきりになっとらんかな」

「しらんよ。もう何十年も前のことだし。妹はロボトミー手術をされたらしいけどな」

「あいどるんになれなかったらあっちの業界じゃと。そんなにあっちの業界が良いもんかの、最近の奴らは。ジュテム子の相手のなかにもいたのかもしれんの」

「え？　どういうことだい。牛に業界はないだろう。チンパンジーじゃあるまいし」

「牛じゃあない。相手は運動部の学生じゃ……」

おれは顎が半分ほど落下したまま爺さんを見、前後を見た。おれたち以外に誰もいない。

「じゃあ、あんたが雌牛を貸したってのは……」

「息子も奴らも完全におかしくなっとるよ。ゼリーはちびっとしか使わんし、カマイドリーグの予備校に通うと脅しよるし……おかしくなっとる」

トラクターがゆったりとした大きなカーブに辿り着いた。

「爺さん、まだ先は長いかな」

「まだ半日はかかるじゃろうな……あ、ほれ」爺さんは革袋から白い瓶を取りだした。蓋の代わりにコルクが詰まっていた。「酸っぱい牛乳じゃ。呑むか塗るかすると良い」

「否、おれはいい。牛乳アレルギーなんだ」

「そりゃあ都合がいい。こいつはそんじょそこらの牛乳とはワケが違うでな。あれぐるりいなど一発解消の代物じゃ。ほれ、塗れ。塗らんか」爺さんはコルクを抜くとおれに向かって中身を振った。豆腐を煮崩したようなものがモロモロと散らかり、スコール化した牛だったもの＋牛の一部だったもの＋サムシングの分子が鼻孔に雪崩れ込んできた。

その時、対向車線をこちらに向かってくる一台の車がおれの目に留まった。

腐った牛を載せたトラクターで固結びのホーケー息子に悩む爺さんと一緒に酸っぱい牛乳を掛け合うよりは、後戻りになってしまうほうがマシだと瞬時に決断した。

「おおい！」おれはトラクターの上で中腰になって手を振った。「停まってくれ！」

「よせ！　そんなことはしちゃならん！　腐牛乳を飲まずに旅人を呼び込むなど凶兆じゃ！」

爺さんがシャツの裾を引いたが、おれはもうどうにも止まらない。

「おお〜い！」

かなりのスピードで近づいてくる銀色のセダンに大手を振り続けた。通りすがりのトラクターから〈停まれ〉と云われて車が停まる確率なんて犬の尻からトリュフが出る程度だろうが、ゼロではないはずだ。おれはそう思いながらなかば狂ったように手を振り続けた。

「きょうちょうじゃ！　きょうちょうじゃぞ！　おまえ！」爺さんがおれの手振りに合わせるかのように叫ぶ。と、その途端、脇を流星のように掠めるかと思われたセダンがクイッと頭をセンターラインに向け、アッと云う間にトラクターの横っ腹めがけ、ノーブレーキで飛び込んできた。

やった！　と歓喜した直後、〈げっ、なにこれ？〉と脳が呻き、次の瞬間、神の見えざるお手々でおれと爺さんはトラクターごと、ふっ飛ばされていた。最後に見たのは運転席に割り込んでいた子どもと助手席の女のO形に開いた口だった。まるで漫画に登場するような顔で、茹で玉子が丸ごと入ってしまいそうだった。どこかで〈ああ、これは飛ぶな〉と思った通りにおれはトラクターを見下ろす形で上空に弾かれ、それから硬い物が顔面を直撃したので目が見えなくなり、そこから連続して柔らかい物と硬い物と埃っぽい物でゴシゴシ揉まれ、肋にフリーキックを入れられたような激痛で酸素が消えた。いきなり我慢の限界を超える痛みと圧縮に呻くこともできず、歯が土を噛んでいた。

目を開けるとおれは道端から荒野に向かって射出させられていた。セダンは裏返し、トラクターは横倒しになっていた。身を起こすと二日酔いの酷いやつになっていて立ち上がるとふらふらした。斜面に牛が転がっており、爺さんはその乳で枕手をして失神していた。偶然にしても平和な感じだった。

セダンから女がふたり這い出てきた。ふたりとも三十そこそこ、彼女たちは五歳ほどの少女を中から抱きかかえて来た。

おれと女ふたり——抱えられたままぐったりしている少女は向かいあった。

「ヒッチしようと思ったんだが、どうにも事故っぽいぜ」

髪の長い女がセダンとトラクターを振り返った。

「娘が怪我をしました。電話をしたいと思います」声に芯がある——こいつは学級委員をするタイプだとおれは思った、つまり、口では勝てないと云うことだ。

「ああ。そうだな遠慮せず。やってくれ」

その瞬間、どういう塩梅だったのかセダンの後ろ半分が爆発した。黒っぽい煙を付けた火炎が悪魔の昇天のように立ち上った。枕手の爺さんの腰がビクッと持ち上がり、それから奴は目を開けた。

「ここは、わいおみんぐかの」

「残念だが地球だよ」

不意に記憶がワッと甦(よみがえ)った爺さんは死んだ牛が転がっていることに怒り、自分が叩きつけられたことに怒り、そしてトラクターがポンコツになったことを怒った。

「あんたのせいじゃ凶兆じゃっ！」

「センターラインを越えてぶつかってきたのは、この人達だぜ」

ふたりは頭を下げた。「すみません。トラクターはちゃんと弁償させて戴きますので、いまはとりあえず……この子を」

「牛はどうする？　ジュテム子は」

「じゅてーむのこ？」

「否。あんたらはスマホ持ってないのか」

少女を抱いていない方がいる方の軀をまさぐり、自分もまさぐり「車の中のようです」と呟いた。セダンは食いっぱぐれのデブのように怒り狂って火を噴き出していた。

「あれじゃあ、見つけ出しても熱くて触れないな」

おれの言葉にふたりはジッと見つめ返してきた。

少女は額から血を流していた。

「あなたは？」

「悪いが、おれは文明の利器とは無縁（むえん）の人間でね」

「死んだのか、それは」爺さんが少女を覗き込む。「儂のジュテム子は死んだがの」

「いいえ。でも手当てが必要です……じゅてむこ？」

「あの死んだ牛のことさ。爺さんが可愛（かわい）がってたんだが……」

「ゼリーをケチられて死んだんじゃ」

「どういうことですか？」

「詮索（せんさく）しない方が良い。あんたらは普通の人間なんだろ？　爺さん、あんた電話は？」

「家にはある。が、いまはない。あんな大きなもの持ち歩けるか」

女たちは辺りを見回した。顔に絶望が浮かんだのでおれは彼女たちが少し気に入った。

「どうすればいいのかしら……」

「爺さんの家までは、あとどのくらいあるんだ」

「あの燃えてるセダンでカッ飛ばせば一時間とちょっとというところじゃな」

「おれたちはあんたらが向かおうとしてる方向から来たんだが、あのトラクターで四時間ほど走っても掘っ立て小屋ひとつなかったぜ」

その時、もうひとりの女が泣き崩れた。

「どうしようどうしよう……この子が死んじゃうわ」

「ありす、しっかりして。きっと大丈夫、わたしが必ずこの子を助けるから……」

少女は眉を顰め呻いた。声を掛けたが目を覚ます様子はない。全身が汗みずくなのは暑さのせいばかりじゃないのは明らかだった。

「額を少し切っている以外に外傷はないんだけれど」

おれはボロ上着を脱ぐとその上に少女を寝かせた。

「おい。聞こえるか？」

返事の代わりに少女は呻くだけだった。

「水はないかな」

爺さんがトラクターから水筒を持ってきた。少女の口に注いだが目は開けない。

「まずいな。外傷はなくとも中で骨折してる可能性もある。とにかく一刻も早く医者に診せることだ」

「ああ~死んじゃうわ！　チヨミ！　わたしのチヨミ！」

「落ち着きなさい、ありす。母親のあなたがそんなんでは困る」

「ごめんなさい。長い間、待ち望んでありとあるゆる手段を尽くしてやっと手にした子どもなのよ……」

「儂のジュテム子も死んだんじゃ。愛する者を失った気持ちはわかる」

「それじゃあ爺さんの家を目指して道路を行こう。途中で車が来たらヒッチするんだ」

おれたちは立ち上がった。

「その子は交代で背負おう。まずはおれが」

「ありがとう。わたしはトモグイ、彼女はありす。わたしたち三人でプロヴァンスへ行く予定だったの」

「ぷろばんす？　あのネリマのか？」爺さんが目を剝いた。

「いいえ。フランスよ」

「だったら荷物も少しは出して行くか？」

「あれでは無理ね。今はこの子が最優先。お金で買えるものはいくらでも取り返しが利（き）く、でもこの子……チヨミだけは無理」

ありすが少女の名を呼んだが返事はなかった。

b

「なあ、なんだってそんなことしなくちゃなんないんだよ！」

おれの怒鳴り声に爺さんは頰を膨らませた。

「あんたの指図は受けんよ。あんたはおれの親父（ダディ・ムーン）じゃないんじゃから」

既に小一時間歩き続けていた。頭上では午後になっても盛りまくっている太陽がおれたちを焼き殺そうと殺人光線を浴びせまくっていた。おれは少女を依然として背負っていた。トモグイとありすが娘の汗を拭き、少しでも日陰を作ろうとハンカチやおれの上着を広げている。自分たちも焼死しそうなのに必死なその姿におれは少し感動していた。それに比べ最悪なのは爺さんだった。

爺さんは歩くと決まった時、ジュテム子を連れて行くと云い出した。

『は？　あんたド頭がお天国（ヘブン）なのか？』

『こんなところにひとりで置いて行くなんてことはできんぞ。儂や、こいつの親代わりなんだ。いくらゼリーをちびっとしか使って貰えないような奴だとしても身内は身内じゃ。あんただって他人の子どもを背負っているじゃないか』

『これは人間だからだ！』

『ふん。そんな都会のインテリゲンチャンの思想に与（くみ）する義理はないね。プラトンだってイデアを大事にしろと云うとる。牛も人間も同じ命であることに変わりはない。ジュテム子は儂のエロスであり、イデアじゃ』

『勝手にしろ』

爺さんは牛の前足を摑んで引き始めたが、ビクともしない。

『手伝った方がいいかしら』

『よせ。好きなようにさせておけばそのうちに諦める。あんなものが爺さんに担げるわけがない』

おれは爺さんに先に行くぞと声を掛けると歩き出した。それから三十分もしないうち、振り返ったありすが〈あっ〉と短い悲鳴を上げた。見ると牛の生首を頭上に掲げた爺さんが、走ってきていた。

『あんた……』

おれたちが絶句していると爺さんは血で汚れた顔で満面の笑みをたたえた。

『開拓者精神（ふろんてぃあすぴりっつん）を舐めるなよ、うふふふ』

『あんた、ナイフなんか持ってたのか』

『そんなものあるか』と爺さんは血塗れ（ちまみ）の歯を剝きだした。肉の破片が絡みついていた。『噛んだのじゃ。男の一念まったーほるんを溶かすの理（ことわり）じゃよ』

おれは腐りかけて糸を引く牛が恨めしそうに睨んでいるのを見て鳥肌が立った。

牛の頭から離れている青ざめた女たちをチラ見すると爺さんはおれの耳元で囁いた。

『あれは不吉な女だ。あんた巻き込まれると大変な目に遭うぞ。適当なところで女の子は捨てて、儂とふたりでジュテム子を運んでしまおうぞ』

おれは爺さんをしげしげと眺めると首を振った。

『莫迦な！　あんたは間違っとる！　間違っとるぞ！　そいつらは悪魔の化身じゃ！　災いを連れてやってきたド魔女じゃド魔女！』

それから更に小一時間は歩いていた。

「あんたらは姉妹なのかい」

「ええ。でも少し複雑でね。わたしたちは幼い頃、親の虐待が酷くって特別な養子に出されたの。わたしの家は父が科学者だったんだけれど、ありすの家は引き取られた直後に父親が裏カジノのポーカーに塡まってしまって、そこの女親分に首を刎ねるか金を払うか迫られて、一家離散してしまったのね。彼女は親戚に預けられて、そこのジビエ料理店の店長をずっとしていたのよ。ある時、学会の催しで二次会に流れたら、それが偶然、彼女の店だったのね。それからはもうずっと一緒なの」

「なんだか聞いたことがあるようなないような複雑な話だな」

「そうなの。ところが彼女には長い間、子どもができなくてね。二度目の結婚まではそれが理由で離婚されてしまったのよ。それで三回目の結婚を機に、どうしても子どもが欲しいと。死に物狂いで頑張ったわけ。勿論、わたしもできる限りのことは協力した。それがあなたが今、背負っているチヨミなのよ」

「目に入れても痛くないってやつだな」

「莫迦ね。それは痛いわよ、うふふ」

トモグイはそこで初めて微笑んだ。笑窪が良い感じだ。チヨミは伯母さん似かもしれないとおれは思った。

「あ！　あれ見て！」

突然、ありすが叫んだ。彼女が指差す方を見ると、おれたちの背後に黒い点があり、それが見る見るうちに大きく膨らんでいく。

「車よ！」ありすが小躍りした。

「助かったわ」

「良かったな。これで娘さんを病院に運べる」

車は道が一直線なのを良いことに相当なスピードを出しているようだった。

道の真ん中に出たありすが、飛び上がりながら停まってくれと両手を振り回した。

車影がみるみる大きくなり、エンジンの音が聞こえてきた。

「おーい！　おーい！」

おれたちは全員で叫んでいた。

車はもう五十メートルほどのところにやってきた。半日ぶりの車だ。みんな、顔をクシャクシャにして喜んでいた。運転手の顔が確認できるほどになった。と、突然、タイヤが煙を上げると車は蛇行し、それから加速し、おれたちをかわそうとした。

陰にいるように云い付けていたのに、ジュテム子の生首を掲げた爺さんが飛び出してきたのだ。けたたましいクラクションが鳴ると車は矢のように去って行った。何度も運転席から驚いたようにせわしく振り返る運転手のシルエットが見え、車はみるみるうちにサイコロ大からごま粒大になった。

「けっ。都会者は薄情じゃな」地面に下ろした生首に腰掛けた爺さんが呟く。「まったく人情紙風船とはこのことよ」

「おい。あんた脳梁の切断でもしたのか？　こんな辺鄙な所で牛の生首を振りかざした爺さん一味を誰が乗せるんだよ」

「じょにひい、ぴいたあ」爺さんは指を折った。

「なんだよ、それ」

「儂のマブダチじゃ。奴らなら必ず乗せるな。故郷の人情マンションじゃから。じょにひいは豚を、ぴいたあは鯰をやっとる」

「それはあんたらの惑星ではそうなんだろうがな。地球では違うんだよ！」

「よしなさい」トモグイが、ぴしゃりと一点を見つめて云った。信じられないことにもう一台、車が後方からやってきていた。爺さんと云い合っていた分、近い。

「いいか、あんた。どっかにいろ！」

「うるさい、指図するな。わかっとるわい！」

爺さんは道から離れた所に身を隠した。

おれもあまり不安を抱かせないよう、大げさに手を振るのは女たちに任せた。

車はグレーのセダンで、彼女たちの呼び掛けで明らかにスピードを落とし、やがて停まった。ありすが説明に運転席へと取り付いた。おれとトモグイがそれに続く。

運転しているのはパナマ帽をかぶった品の良さそうな老人で助手席に太り気味のかみさんらしいのが座っていた。

「お願いします」既に早口に説明をし終えたありすが手を合わせている。

「いやあ、儂らも孫の見舞いに行くところでねえ」老人は明らかに突然、現れた三人組と背負った少女に対し、面食らっている様子だった。

「お願いします！　お願いします！」ありすが悲鳴に近い声を上げる。

「いやあ事情がよく飲み込めませんなあ。あなたがたはどうして、ヒッチハイクなどされているのですか？　それは奇矯だ。奇矯ですなあ」

「ですからご覧になったでしょう。事故を起こしてしまったんですよ」

「ならば警察がよろしいでしょうねえ。保険やらいろいろなことがあるでしょうから」

「お願い！　この子だけでも良いんで！」ありすが叫ぶ。

「いやあ、どうでしょうねえ。なにか関わり合いになっても、わたしたちはもう現役は引退した身ですから。今更、波風を立てて暮らしたくはないんですよ」

「じゃあ、ふたりだけでどうですか？　この子と彼女の母親だけ。それだけでも」

「否。約束の時間が既に過ぎてましてねえ。面会時間に間に合わないと……」

「それは良い！　一緒に病院に連れて行ってください。同じ病院でかまわないんで」

「否、あなたがたはかまわないかもしれんが……」

「あーた」助手席の女房が腕時計を指で突いた。

「まあ、とにかくどこかで連絡しますよ。困っている人がいるようだって。警察に連絡しましょう」

　すると今までやり取りを黙って聞いていたトモグイが口を開いた。

「スマホをお借りできませんか？」

「え」

「車は結構です。電話だけさせて下さい」

「あーた、記録が残るわよ」

「電話だけ。一分だけ掛けさせて下さい」

老人が逡巡（しゅんじゅん）しながらもポケットを探りかけたその瞬間、女房が金切り声を上げた「あーた！」

見ると牛の角を摑んだ爺さんが立ち小便をしていた。

「おい！」おれの声に爺さんは振り返ると、しなびた裸出歯鼠（はだかでばねずみ）をしまいつつ、こちらに駆け寄ってきた。

アッと云う間に車がバック&Uターンするとグレーのセダンは元来た道を去って行った。

「なんじゃ、ありゃあ……」

おれが拳を振り上げるのをトモグイが制し、もういいと首を振った。

その場に頽れたありすが泣きじゃくった。

「なんだ立ち小便を見るのは初めてか？」

c

陽が傾き掛けた頃、チヨミがぶるぶると痙攣（けいれん）を始めた。状態は明らかに最悪だった。ありすは頭が惚けたように『カミサマ……カミサマ』とくり返し、両手を擦り合わせていた。

爺さんを除き、全員が絶望しかけ、泥のように疲労困憊していた。

「死んじゃう……死んじゃうよ……チヨミが逝っちゃう……厭だよぉ。わたしの子。わたしのとっても大切な大切な。命の子。命の子なんだよ」

ありすが子ども返りしたように呟く。その背中をトモグイが優しくさすっていた。

「儂のせいじゃないぞ。突っ込んできたのはあんたらじゃ」

腐り果てズルズルになった中身を刳り貫いた牛を被った爺さんが怒鳴る。

「どちらにせよこうなったら、この爺さんだけが頼りだ。もう少し頑張ろう」

「憶えておれ！　おまえらには膿の滴るステーキを食わせてやるからな。噎せ返るでないぞ」

「電話が借りられればいいんだよ」

「ふん」

その時、正面にキラリと光る物が見えた。期待に胸を躍らせていると見る見るうちにそれは大きくなった。赤いSUVだった。動物避けのためか既にライトまで点灯させている。

おれたちは手を振った。ライトを照らしているのだから、すぐに確認できるはずだった。

SUVはおれたちの手前で停まった。

まずいことに爺さんは牛を被ったまま突っ立っていた。

「おれがやる」

チヨミをありすに渡すとおれはゆっくりと車に近づいた。

運転席には木樵のようにでかい男が座っていた。

おれが会釈すると窓が下りた。

男はおれを訝しげに睨み、正面に立つ女たちにも目を遣った。

「なに?」

「実はこの先で事故を起こしちまってね。子どもが怪我してる、病院に運びたいんだ」

助手席にはこれも牧童のような軀つきの男、奴はライトに照らされた爺さんと女たちを見、それから手元のバインダーを眺めた。

ドライバーが見返すと牧童が頷いた。

「女と子どもだけだ。あんたらのことは病院に着いてから警察にピックアップするように連絡する」

おれは女達を振り返った。

「乗せてくれるそうだ」

ホッと安堵の溜息が漏れた。

「よかったの〜。儂や、もう足がパンパンじゃ」

「否、あんたとおれは残る。乗るのは女性二人とチヨミだけ」

「なんじゃそりゃ」爺さんが膨れた。

女たちは後部座席に乗り込んだ。

「気をつけろよ。無事を祈ってる」

「ありがとう」

おれの言葉にトモグイが頷いた。

SUVがUターンし、走り出す。おれは小さくなるまで手を振った。

その時、爺さんが「あれ」と小さな声を上げた。

「なんだ」

「あの車に貼ってあったシールはマンズの自警団じゃ。こんなところをウロウロしとるはずがないんじゃがのう」

その言葉に悪寒がしたおれは荒野の灌木（かんぼく）に登った。遥か先をSUVのライトが進んでいた。と、思った瞬間、道を外れ荒野の真ん中で停止した。

「おい！」おれは無意識に叫んでいた。

「どうしたんじゃ」

「奴ら、とんでもねえ野郎どもだぜ！」

おれは荒野を何度も足を取られながらも駆け下りた。

「よせ！　やめろ！」

しかし、SUVとの距離はなかなか縮まらなかった。声が嗄（か）れ、肺が灼け、心臓が裂けてしまいそうだった。

既に陽は暮れ、辺りは暗くなっていた。

おれはSUVの百メートル手前で走るのも叫ぶのも止め、手頃な木の枝を見つけるとそれを手に近づいた。

ＳＵＶのライトのなか、女たちは転がされていた。服が裂かれ、ふたりとも下着が覗いている。牧童風が猟銃をふたりに向け、運転手がトモグイとありすを滅茶苦茶に殴りつけ、ブーツで蹴りつけていた。

ふたりの短い悲鳴が響いた。男は無言で殴りつけていた。

おれは大回りして牧童の背後に忍び寄ると後頭部に木っ端微塵になるほど棒っ切れを勢いよく叩きつけた。ハッと振り返った運転手におれは拾った猟銃を向けた。牧童は完全に気を失っている。

「貴様ら、恥を知れ！」

おれの言葉に運転手は首を振った。

「ま、待て。早まるな」

女たちは気絶しているのか全く動かない。

「あんたは誤解してる。子どもは無事だ。見ろ」

運転手の云うとおり、ＳＵＶの助手席から、目を覚ましたらしいチヨミがこちらを見つめていた。

「車の鍵を貸せ」

運転手は首を振った。

「あんた、俺の云うことを信じた方が良い」

「黙れ！」

おれが銃口を突き出すと奴が車の鍵を放り投げた。おれはそれを拾うとＳＵＶに近づいた。チヨミがおれを見る。窓を下げるように合図するとチヨミがそうした。

「チヨミ……大丈夫か？」

チヨミは返事をせず、おれを見つめている。

「もう大丈夫だからな。おれがこの車でかあさんたちと病院に連れて行ってやるから」

チヨミは返事をしなかった。

「どうした？」

するとチヨミが云った。

「わたし、チヨミじゃない。アケミ」

「え？　だってかあさんたちが……」

「知らない人。おかあさんなんかじゃないよ」

その瞬間、後頭部に衝撃が走り、おれは倒れた。

牧童のブーツで顔を蹴られ、腹の辺りを踏み付けられた。

「な。云ったとおりだろ。あの女どもは今朝方、ボスのお嬢さんを攫って逃げ回ってたのさ。莫迦」

猟銃の台尻が深々と突き刺さり、おれは激痛で胃液を吐きながら転げ回った。

運転手が女たちを引っ立てるとＳＵＶに押し込んだ。

「嘘ついて、ごめんなさいね、おにいさん」

熟した柿のように顔を腫(は)らしたトモグイがおれの脇を通るとき、そう呟いた。

去り際にまた頭を蹴られたおれは意識が薄れる中、牛の爺さんは正しかったのだと感激していた。

（おしまいらしいっす）

優しさポルノと実存ベイビー

THE TALES
I TOLD THE PELICAN
AT PARK

a

「で、おまえは何ができるんだ」

机に足を載せたそいつはエロ本を開いたまま云った。もう三度も同じことを訊かれていたので、おれはすぐに答えるのを止めた。

倉庫の二階にあるこの部屋は〈腰を抜かすほど殺風景に〉とデザイナーに特注したかのように殺風景だった。あるのは今のところ、そいつの足載せ台としてしか機能していない大型の木の机と背後の本棚。本は生えたての腋毛ほどしか並んでおらず、丸めた雑誌や木の板、頭蓋骨の模型が置いてあった。窓には大きく西日が差し込んでいたが全体が新聞紙で目貼りされているので眺望は良くない。こちらを向いている靴底は黒いゴムで、分厚く、渓谷のような切り込みが入っていた。切り込みにはそいつがいろいろと踏んづけたものが詰まっているようだった。ガムの破片、茶色の泥、そして今の今まで白い小石だと思っていたもの。

「で、おまえは何ができるんだよ」

エロ本を閉じ気味にして顔を出したそいつは皿に集る蝿を見るような目でおれを見た。

「何が……って、まあいろいろ」

「いろいろ？　いろいろってなんだ？」

「まあ荷物を運んだり、掃除をしたり、場合によっちゃ飲み友達にもなれるよ」

するとそいつは載った足を机に叩きつけた。弾みで嵌っていた白い小石がおれの懐に飛び込んできたんだ。石にしては妙な気がしたんでデニムの小便口に引っかかってたのを見るとそいつには銀色の被せ物が付いていた――歯だった。

慌てて手で払い除けたが、歯はおれの足元と机の間で止まった。奴の目が歯とおれを行ったり来たりした。

「舐めてんのか？」

「とんでもない」おれは首を振った。

――実際、おれの覚悟はマジだった。

その日の明け方、前夜からトボつき続けのおれは降り出した雨に骨までずっぷりとやられていた。歩けど歩けど人の気配を感じさせるものはなく、時折、過ぎる車は親指を突き出すおれに水飛沫で返事するばかりだった。スプーンを入れた口を蹴り込まれたような気分で進んでいるとおれは信じられない不思議なものを見たんだ。近くの山が突然、影絵のようにフワッと闇の中から浮かびあがると、その頂に光が灯った。まん丸の輝きは周囲にゆっくり広がると、一気に光度を上げて指輪のようになった。周囲はまだ暗く、誰もいない。おれと光の指輪だけが、これから生まれようっていう〈一日〉ってやつと向かい合っていた。すると今まで留まっていた指輪の光が、ふっと溢れるように延びると山の稜線からまっすぐおれに延びて当たった。おれと指輪が一筋の道で繋がったんだ。おれは確かめるように光を手で受けた。確かなことは云えないが光は温かかったんだ。絶対に温かい。

だが、顔を上げた途端、ふっと光は消えちまった。厚い雲がのぼせ上がるように空に膨らんできたからな。その時、おれは自分の形に気づいたんだ。死体の皮のようなオンボロの靴、時化で散々なぶられちまったような生地のジャケット、ペンキ屋のゴミ箱に突っ込まれているようなズボン。これじゃあダメだ。もうちょっとは真人間にならなくちゃとね。あの光はまだ大丈夫、やり直せるぜ、という大兄弟からのメッセージなんだ。受け取るも受け取らないも、やるもやらないも自分次第ってやつさ。

もうヒッチであっちこっちふらつくのは止めよう。しっかり地に足をつけて働けば、おれでも良いっていう女がきっと見つかるし、場合によったら餓鬼もできるかもしれない。ちゃんとするんだ……もう何億万回も云われてきたことだったが、おれの硬いダイヤモンド岩盤のような胸にも、やっとそういう忠告が届いたってことなんだ。

だからおれは、どうにかこうにかこの町まで軀を引きずってくると、犬が入り口に寝そべってる呑み屋に入り〈仕事はないか〉と訊いた。歯の数がカバと同じぐらいしかないガキバラシというバーテンは『自分には雇う力はないが、別の口なら紹介してやっても良い』（実際にはこんなに滑らかに聞き取れず、ふにゃふにゃのほにゃぽろぺろぺろんちょと云うだけだったけど）と町外れにある〈押忍マントル興〉って会社を教えてくれた。おれが行く気マンマンなのを知ったガキバラシは上機嫌になり、就職祝いだと酒を奢りだした。奴もグラスにバーボンを注ぎ、おれの身寄りだの、普段の暮らしのことを訊いてきた。勿論、おれは洗いたてのシーツのように無一物で、訊かれて困ることは家電売り場の冷蔵庫の中身並みに何もない。ただの風来坊で野良犬同然の身の上だよ。と、ドラマの台詞みたいに云ってやった。ガキバラシはますます喜んで酒を注ぐ。ガキバラシが連絡すると二時か三時に来いということだった。ので、おれたちは心置きなく酒を飲み続け、昼をだいぶ過ぎてからおれは〈押忍マントル興〉へ向かったのさ。


「おまえ、チュウだろ？」

「ちゅう？」

奴はラッパ飲みの真似をした。「こいつさ」

「違うよ」

「ふん」奴は盛大に鼻を鳴らし、「チュウは否認のビョーキだからな」と嘲笑った。

「ひにん？　こおまんのこと？」

「チュウ木偶で、自分はチュウでございって認める奴はいねえってのはホントだな、まったく」

おれは黙りこくった。否、押し黙った。

この打ち抜きの広々とした部屋には時計がない。あるのは天井から下まで打ち抜いて立っている大きな柱が六本。床は積もり積もった埃で絨毯(じゅうたん)のようにふかふかしていた。

一番奥でドアの開く音がした。そっち側は窓がなく、真っ暗なのでどんな奴が出てきたのかよくわからない。近づいてくると黒の上下で固めた、白髪を肩まで伸ばした年寄りだということがわかった——棒っ切れのように細い。

『ぶざがなたのだ』

「ああ。ブザーは俺が押したんだよ、さる」

そいつは云った。聞いたことのないイントネーションだった。

机に足載せ男が云った。

そうは見えなかったので、きっと机の裏側、こっから見えないとこにボタンがあるんだ。

『それがじつぞんか』白髪がおれを見た。

「ああ。そうだよ、さる」

白髪はおれに向かおうとして停まった。薄暗(うすぐら)から磨きあげられた革靴が覗いている。数センチ先に窓から漏れた光が筋を作っていた。爪先はそこで停まっている——ダブルステッチだった。

『ゆけない』

足載せ男がエロ本を机に放り出すと俺に向かって顎をしゃくった。

「奴はあそこから此処へは来れねえ。此処は明(あか)る味(み)が強すぎるからな。おまえから行くんだ。奴に自分を見せてやれ」

おれは云われた通りにした。白髪はデパートで試着したまま来たようにすべてが整っていた。

そいつはおれを凝っと見ていた。息をする音がしない。

ふいにそいつはおれの肩に触れ、按摩のように力を入れた。それから両腕を調べるように揉んでいく。おれは自分が下がりの枝肉になったような気がした。

『まわれ』

そいつの口からは婆さんの箪笥のような防虫剤の臭いがした。

云われたとおりにするとそいつは背中を揉み、それから尻に手を伸ばしてきた。

「なあ。男淫売はやらないぜ。男淫売はしちゃいけないって親にも云われたし、学校でもドートクの時間にそう教えられたんだ」

白髪は無視して触り続け、おれの顔を両手で挟むと口を開けと云った。奴は口の中を調べ、ふいに何もかも興味を失ったというように手を放すと、そのままになった。

「なあ……ガキバラシが……」

「どうなんだよ、さる」

様子を見ていた足載せ男が口を開いた。

白髪は右手を口元に当て、左手で右肘の辺りを支え考え込んでいた。

どうやらこいつがおれを雇うかどうかを決める人間らしい。

『つかえぬ。じつぞんない』

「ほらな。はあ、まんどくせえ。あのバーテンが送り込んでくるの糞ばっかし」

足載せが溜息を吐き、頭の皮の下に指先を突っ込むとボリボリ掻いた。

「カツラだったのだな！」

「なに？」

「頭さ！　髪の下に指を入れてたろ。それはカツラだ。カツラの証左だ！」

「そんなことより自分の心配をしな。おまえは使えないんだよ」

「え？」

「実存がないんだよ。おまえには。だからダメ」

「それ、どこで売ってるんだ？」

白髪が去って行き、ドアが閉まった。

「残念だったね……」足載せが気の毒そうに呟いた。

声が柔らかげだったので、しがみつく決心が付いた。

「なあ。なんとかならないか」

「無理だ。全てはさる次第でね。それにウチの仕事は割が良い分、キツいから」

「やるよ。おれは鈍った軀を鍛え直したいんだ。こう見えて昔はレスラーだったんだぜ」

「れすらあ？　あんたがか。リングネームは？」

考えていなかったので、とっさに浮かんだものを口から吐き出した。

「やさしさぽるの、さ」

「は？　そんな名前は聞いたことがないけどな」

「情実カオスっていう小さな団体でね。遠征先が地方の老人ホームばかりだったから一般人には知られてないんだ」

「得意技は」

「艶々スープレックス」

足載せはポカンと口を開けたが、たぶんボタンを押したのだろう。白髪が戻ってきた。

「なあ、さる。こいつ元レスラーらしいぜ」

『れすらかんけいない。じつぞんない。糞。しね』

「でもまた放り出すのも厄介なんだ。実は俺、今日、カミさんが予定日なんだよ」

白髪が足載せを見た。

「わかるだろ？　これさ」足載せが腹の上で手を山なりに動かした。「いんあーる」

『かんけない。このもの糞、しね』

「おまえも突っ立ってないで、やる気を見せろ」

足載せに云われ、おれも頭を下げた。

「わたちやるきある。まうんとふじほどある。ぽんちちーたよ。ぽんちちーた」

「普通に話せばいいんだよ」

『糞。しね』

おれは頭を下げた。「雇ってくれよ。お願いする」

『ため。じつぞんない。糞。しね』

「なあ、おれは今朝方、奇跡を見たんだ。それで真人間になろうって誓ったんだよ。あんたにもあるだろ？　なにかそんな奇跡的なことにブチ当たると、すっかりそこからやり直してみたくなるようなことが。おれにはそれが今日だったんだ。だからおれはどうしてもあんたの仕事を受けなくちゃなんない気がするんだよ。それが神様の思し召しなんだよ。なんでもするぜ」

『オボシメシ？』

壁に貼り付いた鱗を見るような白髪の目が変わった。足載せがおれに頑張れというように頷いた。〈やれ！　もうひと押しだ！〉そんな声が聞こえる。

ジャケットを脱いで右腕を曲げて力瘤を作った。

「今はこの程度だが昔は曖昧な女の太腿ぐらいあったんだ。少し力仕事をさせて貰えりゃ、すぐあの頃に戻るぜ。一度、造った軀は戻りも早いんだ」

白髪がおれから足載せに視線を移した。足載せが頷く。

『めいんはため。あしすたんとＯＫ？』

「勿論だ！」

おれは足載せに向かって頷いた。

『しごとたいへん。にげるため。ＯＫ？』

「おーけーおーけー。あいあむあいまいれすらー、がおー！　にげないにげない！」

『しごとすぐはじめる。ＯＫ？』

「いえーすいえーす。ざっつらい！　べりまち」

白髪は考えるポーズに戻り、おれは足載せが頷くのを見て嬉しくなった。

『ＯＫ。あなたあしすたんと。ＯＫ？』

「おーけーおーけー」

白髪は確認し、足載せに頷くとドアに戻った。

「どうなるんだ？」

「おまえ、雇われたんだよ。よかったな」

「ほんとか？」

「ああ。さるは云ったことは違える奴じゃない。その代わり、一生懸命やってくれよな」

「勿論だとも。あんたにも厄介掛けたな」

「くれぐれも俺の面子を潰すようなことだけはしないでくれよな」

「おれは覚悟を決めたんだ。ちゃんとした真人間になるってな。多分これが最後のチャンスさ。絶対ものにしてみせるぜ」

ダメ押しに気合いの入ったところを見せつけてやろうと唾を付けた手で髪を撫でつけていると白髪の消えたドアが開き、数人の男たちが椅子を並べたり、どでかいライトを据え付け始めた。

スイッチが入れられるとライトは部屋の奥に向けられた。先程とは違い白衣姿になった白髪が登場すると奥の壁に掛かっていた黒い布を取り払い、でっかい十字架が現れた。奴が男達に細々と指示を出すのが聞こえた。机の上に肉切りから菜切りまで、いろいろな包丁が並べられる。

おれは足載せを見た。

「なんだか映画みたいだ」

「映画だ」

「へえ。誰が出るんだ」

「おまえ」

「あ？　ははは。おれは演技なんかできないぜ」

「そんなものはいりゃしないさ。誰でもできる簡単なもんだ」

「否、でもな……」

白髪が助手らしいのと一緒にやってきた。助手の白衣は赤や黒や茶の汚れでべとべとだ。こいつはゴリラのような筋肉莫迦で奥目で何を考えているのか全く窺うことができなかった。が、そいつは白髪と違い流暢に話した。

「あの椅子に主演が座る。おまえは向かって右側の壁に吊るされる」

「なんだって」

「俺が主役の右目をこいつでトル」ゴリラはポケットからティースプーンを取り出した。「それから耳と鼻を切り取って、吊られているおまえの口に入れるから、吐き出しても良いから、ちゃんと噛んでくれ」

『すぐはかない。ちゃんとぱくぱく』

白髪が付け加えた。

にこやかに説明する奴らを前に脳が耳鳴りを起こしていた。おれは役者なんて想像もしてなかった。

「そうしないと迫力が出ない。客が納得しない」

「ちょ、チョット待ってくれ。おれは役者の経験なんかないんだ。段取りどおりにできるかどうかわからないぜ」

『けいけいらない。だいぢょぶ。ぐっじょぶ』

「俺が主役の指をペンチと玄翁（げんのう）を使って切り落としていくから、あんたはそれを見て自然に反応してくれりゃいい。それから犬を放つから」

「犬を放つ？」

「ドーベルマンだ。産まれてから人しか喰わせてないから安心だ」

「おまえの云っている意味がよくわからんが、で、おれはなんて云えば良いんだよ」

「別に。好きなことを云えば良い。喚いたり、叫んだり。睾丸を咬（か）み千切られれば後は自動だからな」

　ゴリラは〈アトハ・ジドー〉とそこだけイントネーションを変えた。それがゾクッとさせたんだ。

「なんか変な感じだな。脚本とかあるのか？」

「そんなものあるわけないだろう」助手が眉を顰めた。「あんた自分を何様だと思ってるんだい？　あんたは単なる主役の引き立て役。ただのエキストラ。カメラのピントだって合うかどうかわからない。画面の端でうぎゃうぎゃ云うだけのぼんやりした存在なんだぜ」

「まあ、それはそうだろうけどな」

『えんちゅつぷらん。ちぇんぶ、ここにある』白髪がこめかみに指を当てた。

「ひょんぶはもう二十本以上も撮ってるから大丈夫だよ」

足載せは、またエロ本に戻っていた。カバー表紙に〈お千代はオールウェイズ・ベトベト〉と大きな色文字が躍っていた。

「でもおれは睾丸とか出すのはゴメンだぜ。そこは巧くやってくれるんだろ？　スタントの人にどこかで入れ替わるとかさ」

白髪と助手と足載せが見つめ合った。おれは奴らの返事を待った。口を開いたのは足載せだった。

「いないよ」

「え」

「全部、あんたがやるんだ。吊るされて犬に腸（はらわた）を引きずり出されて喰われるまで」

「このシリーズじゃ、喰われた人間が犬の尻から糞になって放（ひ）り出されるところまで網羅することになってる。だから、あんたも映画のラストにはちゃんと登場するって寸法さ。多少、形は変わるがあんただってことは俺たちは憶えてるから安心しなされ」

助手が両手を重ね合わせて骨をボキボキ鳴らした。溶鉱炉で使うような馬鹿でかい安全靴を履いている。こんなものを便所スリッパのように楽々と履き回すような奴にはお目に掛かったことがなかった。

おれは自然に足が後ろに下がった。

「よくわからないが、犬に喰われるとか目玉を抉るってのは本気でやるってことなのか？」

「仕事が欲しいんだろ。真人間になる覚悟なんだろ」

「これは仕事じゃないぜ」

すると足載せは机の抽斗から何かを放った。おれの足元に札束が散らばった。全てユキチで銀行の帯封が付いていた。唖然としているおれに向かい更に札束が降ってきた。

「いくつ欲しいんだ？　好きなだけやるぞ。ほら、金は払うんだ。仕事だ仕事」

「だって持って出られねえよ」

「それはおまえの都合だ。雇い人がどうやって金を持って外に出るのか気にする会社がどこにあるんだよ？　え？」

おれは固まった。ドアの向こうから男の泣き叫ぶ声がした。

「ほら。主演が来るぞ。エキストラが待たせるわけにはいかんだろう。失礼だ」

足載せがティッシュで鼻をかみ、投げて、それは札束の上にふわりと載った。

「死ぬのに……エキストラなんてあるのかよ……主演ですらなくエキストラで殺されるなんて……」

助手ゴリラがおれの腕を摑んだ。まるでドアに挟まれたように、引き抜くどころか動かすこともできなかった。

〈ぶほっ！〉

口から悲鳴の代わりに何か断末魔の種のようなものがでた。おれを見た助手が腕を放した。

「な、なんだこいつ……」

奴の顔が歪んでいた。足載せも顔色を変えた。白髪が口を丸くしている。

「お……おまえ……それは一体……」

「え？　何が？」

足載せが手鏡を放り投げてきた。

「見てみろ！」

云われたとおりにすると、ぶつぶつのおれがいた。顔中に赤いぶつぶつが出ていた。

『やまい！　やまいをえている！』

白髪がおれを指差し、ひゃあひゃあと悲鳴を上げて走り回った。それを追う助手が白髪を摑まえ、何ごとか話した後で戻ってきた。

「あんた、クビ」

「え？」

「監督はビョーキが怖い。何十回も性病に罹ってるから。あんた使えない」

「嘘だろ」足載せが叫ぶ。

「ほんとだ。病は実存にならないと云ってる。クビよ」助手はそう云って白髪と共に奥のドアから出て行った。その間、ずっと白髪は〈やまいよ～やまいえたよ～〉と叫び続けていた。

足載せがゲッソリとした顔でおれを見、また抽斗を開けた。

「面倒くせ。あいつら云うだけ云って、全然、手伝わねえんだもんなあ」

「え？　おれは手伝うよ」

「無理」

「否、アレは厭だけど。手伝うよ。なんでも」

「無理」

「どうして」

「どうしてって、あんた……自分の死体を担げねえだろ。はは」

足載せの手には拳銃が握られていた。

「面倒くせえ。ほんと予定日なのによ」

「あんた、予定日にそんなことしたら罰が当たるぞ！　おれがその子に生まれ代わってやるぞ！」

「なんてこと云うんだよ、貴様。面倒くせ」

足載せが銃爪（ひきがね）に力を込めるのがわかった――ベルが鳴った。普通の音ならおれは草臥（くたば）ってるところだが〈いそいそと外へ、いそいそと～〉という妙なフレーズのくり返しだったので、奴は銃爪を引くのを中止し、抽斗のなかの電話を取った。

「ええ？　否、無理っす」

足載せは少し椅子から浮くほど驚き、その後、辛そうな顔になった。電話を終えると足載せは机に俯せてしまった。

おれは黙ったままでいた。

部屋の奥ではさっきまで進められていた〈映画〉の準備が放りっぱなしのままになっている。

奥からは白髪の〈やまいよ～〉という声が薄く聞こえる。

暫くすると足載せが顔を上げた——土気色になっていた。

「おまえ……俺の云うとおりにすれば命は助けてやるよ。どうだ?」

「此処まで来りゃ、糞も味噌だ」

「俺は今から病院に行く。かみさんの出産ビデオを撮らなくちゃなんないからな。その間、おまえはベビーシッターをするんだ。俺の兄貴分なんだが、そこに餓鬼が居る。そいつの世話をしろ」

「え? それだけ?」

足載せは頷いた。

「ああ。無事に出産が終わって、俺が行くまでちゃんと世話をしていたら許してやる。無論、此処の秘密を漏らしたら殺す。どこまでも追いかけて犬の糞にする。どうだ?」

「やるよやるよ」おれは水呑み鳥のように頷いた。「子供の世話をすりゃいいんだな」

「そうだ。詳しいことは車で話す」

b

「ソトボウは昔はとても、おやんちゃだったのよ」

テーブルの向こうに座ったタネコが微笑んだ。テーブルにはおれとタネコと亭主のナグル、そしてソトボウが座っていた。エースケはずっと涎を垂らしていた。

「やさしささん、何かソトボウの栄養になるような話をしてやってくれ」

ナグルがカップを置いて云った。ナグルの右拳、人差し指と中指、薬指の根元にはビスが埋まっていた。博打(ばくち)に使う骰子(サイコロ)ほどの大きさだが殴られれば皮どころか肉まで持っていかれてしまうような代物だった。ナグルはおれが今まで逢った中で一番デカイ男だった。さっきのゴリラも大きかったがナグルは何もかもが規格外の大きさだった。それに引き替えタネコはどこにでもいるような普通を絵に描いたような女だった。

「話って云っても……」

「したほうが良いだろうな」不意にナグルが暗い目になった。獲物に齧(かじ)り付いた鮫やライオンの目だ。「すると安全だ。しないと地下室に行くことになる……」

おれは咳払いして話を始めた。

「道路で轢(ひ)かれた動物をすくう仕事をしたことがある。炎天下で凄く大変だったけれど仕事だから頑張った……」

「まあ、素敵。可哀想ですもの。そんなところで事故に遭ったままじゃ。お医者に連れて行かなくちゃだわ」

「否、医者じゃない。工場へ行く」

「こうじょう……救うんでしょ」

「否。掬うんだ。道路に貼り付いてるのをね。工場に着いたら潰れてひしゃげた奴らの皮をおっ剝(ぺ)がす。べりべりべり。それで中身は捨て、皮は洗ったら、繋げて安物のコートを仕立てるんだ。

まあ骨がしっかり残ってるのはザンな剝製にでもしてたんじゃないかな」

空を切る音に反射的に首を下げると耳元をマグカップが弾丸のように飛び去り、壁で粉々になった。

「あなた……」タネコが目を丸くした。

「すまん……手が滑った」ナグルがおれを見て笑った。死人を見るような目つきだった。

「え？　どうしたの？　眠くなっちゃったの……」

タネコがソトボウを抱き上げると二階に上っていった。もうすぐ三歳だというソトボウが座っていた椅子は黒く濡れていた。内臓が漏れているのだなとおれは思った。

「やさしさ……此処へは死にに来たのか」ナグルが呟いた。

おれは首を振った。「冗談じゃないよ。その逆だ」

「来い」ナグルは席を蹴るようにして立ち上がった。

＊　＊　＊

足載せは途中、車を停めると自販機でサイダーを買ってくれた。喉がカラカラだったおれにはありがたかった。

「これからおまえはコレに会うんだ」足載せは頭の横で指をくるくる回した。「おまえが世話するのは死んだ餓鬼だ」

「死んだ？」

「ああ。一週間ほど前、転んだか何かで頭をぶつけて死んじまったんだが母親がどうしてもそれを認めやしねえ。だから葬儀もなけりゃ、何にもしてねえ。ずっと当たり前みたいに子育てしてやがる。この陽気だって云うのによ……」

足載せは頭上の太陽を睨み付けた。倉庫の二階では感じられなかったが太陽は容赦なく剝き出しの肌を狙って嚙み付いてきていた。

「昨日も俺は出かけたんだか、もうトロトロのヘロヘロよ。臭いだって歯槽膿漏のオリンピックスよ。実際のところ俺はもう一秒だってあんなとこには行きたくはねえんだ。ところが兄貴は毎日顔を出せって云う。顔を出して当たり前のように接してやらねえとカミさんが可哀想だって云うんだよ。もしかしたら死んでるのに気づくんじゃないかってな」

「その方が良いんじゃないのかな」

「ダメなんだよ。兄貴はタネコ、これがカミさんなんだがベタ惚れなんだ。実は兄貴は女はタネコが初めてでな。おまけにB地区の色がとびっきりキレイなんだ。それでゴックン漫画劇場よ。全く莫迦なこと云ってくれやがって」

「B地区……」

「ああ。男ってのは純粋まみれだからな。惚れた女には弱いのよ。死んだのを無理矢理、気づかせるのは酷だって云うんだ。徐々にゆっくり気づかせるソフトランディング方式で行きたいってな。だからタネコが生きてるって思ってる間は生きてるように扱わなくちゃなんねえ。それがおまえの仕事だ」

「いったい何をすりゃいいんだろう」

「簡単さ。生きてるように話しかけたり、あやしたりすりゃあいいんだ」

「おれ、できるかな……」

「やるしかねえぜ。だがな、しくじるなよ、やさしさぽるの。しくじるとエキストラの方がマシだったと思うようなことになる。生きたままアナルマゲドンにされるぞ」

「……あなるまげどん」

おれはゴクリと自分が唾を飲む音を聞いた。

それから足載せはおれをナグルの家に放り込むと病院に去って行ったんだ。

＊　＊　＊

「いまは五分搗きで云うところの二分搗きだ。否、三分かな……違う。二分だ」

ナグルは三本まとめて咥えた煙草に火を点けると云った。

「なんだい、それ」

「莫迦か、おまえ？　タネコの優しさ度数じゃないか。奴の優し味のことを云ってるんだよ。まだあいつの心にはソトボウの死が入らねえ。五分搗きになれば分かるようになるだろうが、いまのところまだまだなんだ。漂流中さ。あいつは優しくて可愛い女なんだ。俺なんかが気づかないような小さな幸せってやつをとても大事にする。ソトボウはやっと授かった子供だったんだ。苦労して苦労していろんなことを試した後でやっとできた子供だった……。それがあんな莫迦げた事故で……」ナグルはそこで言葉に詰まった。「おまえには丸っきり莫迦げたことに思えるだろうが。俺は俺に与えられた、たったひとりのタネコだけは手放したくない。壊したくないいんだ。

その為ならどんなことでもやってやる。ソトボウはもう帰っちゃこない。だがそれを受け容れられない母親の気持ちっていうのも俺には痛いほどよくわかる。何しろお腹のなかで十月十日も大切ハゴロモにしていたんだからな。それを世間や他人の理屈で踏みにじっちゃいけないんだよ。それは残酷すぎる……」

「まあ、そうだな」

「こんな俺でも人並みに、ささやかな夢があるのさ……あいつが、いつかソトボウの死を受け容れてまともになったら世界中をふたりで回って人殺しをしようと思う。女も子供も容赦しねえ。手当たり次第に殺しまくって盗んで奪って蹂躙して、ふわふわふわふわふわ面白おかしくふたり仲良く暮らしていきたいのさ。羨ましいだろ」

「はあ」

「その為に是非、力を貸してくれ」ナグルはおれの手を取った。

奴の手は死人のように冷たかった。

「わ、わかったぜ」

「しくじれば……」ナグルは不意におれの拳を口に入れた。驚いたことに奴の口は顎の関節がどうかしているのかバカッと外れると丸々、おれの拳を呑み込んでしまった。「ふぁなるまげでょんらあ」

わかったわかったとおれは叫んでいた。

夜になっても足載せは姿を見せなかった。おれたちはテーブルでカレーを食べていた。タネコの作るカレーは糞みたいな味がした。聞けば水虫の皮と納豆が隠し味なのだという。

「ねえ、あなた。この子、死んでるんじゃないかしら？」不意にタネコが呟いた。

おれは喰う真似をしていたスプーンを皿に落とした。

「うん？　どういうことだ？」

「だって変な臭いがするし、この子、ひと言も泣かないのよ」

「子供は臭いものだし。泣かないってのは機嫌が良いからだ」

「そうかしら。でも液体が出るのよ」

「子供は水の子って云うからな」

ナグルがテーブルの下でおれの足を蹴ってきた。

「そうだよ。子供の軀の九十パーセントは水なんだ」

「あら。やさしささんはお詳しくていらっしゃるのね」

「こいつ、子供医者だったんだぜ」

「え？」おれの声だった。

「ほんとに？」

「ああ、まあ今は止めてるけどね」

「じゃあ、この子は死んでないの？」

おれを睨むナグルのこめかみに蚯蚓（みみず）のような太い血管がメリメリ浮かび上がる。

「生きてるよ。立派に生きてる」

「あら。診察もしないでわかるのかしら」

ナグルの蹴りが入った。

「心配なら。ちょっと診てみようか」

――もう絶対保証付きで餓鬼は死んでいた。皮膚はふがふがだし、目玉はチンした卵のように干涸らびている。なにしろ臭いが酷い。甘糞い強臭が鼻の全粘膜を抉り刺す。知らずに喉が強風を浴びたようにぶるぶる震え吐き気が込み上げた。が、こんな場面で吐いたらそれこそオシマイだ。

〈吐いたらだめだ吐いたらだめだ〉とおれは福音者のように心のなかでくり返した。

おれはソトボウの舌を診るふりをして口の中を覗いた。信じられないことにゴキブリがまるで我が家だと云わんばかりに、ゆっくり触角を動かしながら喉の奥へ消えていくのが見えた。おれは悲鳴を噛み殺した。

「やさしさ先生？」タネコが真横に立っていた。

「ぐほおっ。少し疲れてるみたいだけど問題はないよ。疳の虫だね」

「おかんのむし？」

「否。お棺じゃなくて小さい子にはよくあるむずかりだ」

タネコはおれを凝っと見つめていた。

「嘘やごまかしは厭ですよ……やさしさ先生。正直に云って下さいな。私、どんな事実でも受け容れる心の準備はもうできていますから……あなたの良心に従って教えて。その子は死んでいませんか?」

「おまえ、そんな変なことばかり云って先生を困らせるんじゃないよ」

ナグルがタネコに云った。顔は笑っていたが蚯蚓の血管は浮かんだままだ。

「私、この子が生きているとはどうしても思えない時があるの……それが今。先生、本当にこの子は生きているのでしょうか?」

「勿論だ。ほら」何かいろいろなことが苦しくなったおれはソトボウの肩を摑んで軽く揺すった。

「元気だよな? 坊や」

すると樹を嚙むような音がソトボウの首根っこからし、頭が斜めになった。

「あ!」タネコが悲鳴のような声を上げ「ソト君が頷いたわ!」と両手を叩いてはしゃぎ、踊り出した。〈♫片眼をなくした赤猫はぁ ♪昼でも夜でも手暗がりぃ ♫お糸はそうするどうするのぅ〜 ♫坊やよく聞けその糸はくくって、ゆるめてまたくくる〜♫〉

「座ったらどうだ。先生」ナグルの声で我に返ったおれは曲がったままのソトボウを見ながら椅子に腰を落とした。

「もう少しだな。あんたのおかげで四分搗きにはなれたようだ。あと少しであいつはソトボウの死を受け容れられる。俺たちは旅に出られる」ナグルが低い声でクックッと笑った。

その時、車が急停車する音が聞こえ、勢いよくドアが開いた。足載せだった。おれは安堵に全身の力が抜けた。「あんた……遅かったじゃ……」

おれの言葉が終わらないうちに足載せは叫んだ。「みんな死んじまった! 嬶も赤ん坊もみんなだ！」

「何？」ナグルが立ち上がった。

「あの医者のせいだ。急に出血がひどくなったと思ったらヨソイキの奴、俺になんとも云わないで死んじまったよ！　兄貴！　畜生！　腹の餓鬼も一緒にだ！　ああ！　俺はひとりになっちまったよ！」足載せは頽れると〈死んじまった死んじまった〉と云いながら床を拳で殴りだした。

「しっかりしろ！　まさちゅーせっつ！」その様子に舌打ちしたナグルが足載せを無理矢理、引き起こした。「子供が死んだぐらいでなんだ！　だらしのない！」

「そうよ。しっかりしなくちゃだめよ。男でしょ」タネコが頷いた。

「あ？　なんだって？」まさちゅーせっつと云うかおれには足載せが、タネコを睨み付けた。

「あんた今なんつった？」

「だらしがないって云ったのよ。ふええ〜ん、みんなおっちんじまったよ〜おっちんじまったよ〜。け、莫迦みたい。人間なんてみんないつかは死ぬのよ。あんたのボテ腹や腹蔵（ふくぞう）餓鬼が死んだぐらいで何よ。珍しくもないわ。日常茶飯事よ。ティッシュでポイよ」

まさちゅーせっつの顔面が赤黒くなった。ナグルが外に押し出そうとしたが、奴は物凄い力で抵抗した。

「じゃあ、あんたのそこにいる餓鬼はなんだ？　生きてるのかよ？」

「当たり前じゃない。何、莫迦なこと云ってるのよ。この先生のお墨付きなのよ」

先生とおれを指差したのを見てまさちゅーせっつは大笑いした。

「莫迦かおまえ？　こいつはホィートのろくでなしの人間の屑の無一物だ。医者でもなんでもありゃしねえよ」

「よせ！　まさちゅーせっつ」ナグルが足載せの顔面に拳を叩きつけた。歯が口から噴き出し、おれの想像通り、頬の辺りの肉が皮ごとゴソッと削り落ちた。

「ははは！　その餓鬼はとっくに死んでるんだよ！　そんなこともわからねえのかよ！　この莫迦アマ！」

「なによ！　あんた今朝だって出かける直前まで一緒に遊んでやったじゃない」

「遊んでたんじゃねえ！　あんたの目を盗んでゴキブリを食わせてたんだよ！　生きてる餓鬼が大人しくゴキブリを食うかよ！　莫〜迦！」

「貴様！　なんとかしろ！」ナグルがおれを殺す勢いで睨んだ。

「まあまあ、みんな落ちつけ。なんだか知らんが、せっかく積み上げてきたモノがあるんだから。優しく優しく。人には優しくだよ」

「莫迦野郎」ナグルがおれを蹴った。

おれはフッ飛び、その拍子にソトボウにぶつかった。ボールのようなものが床に落ちると凍り付くような静寂が部屋中を塗り固めた。

餓鬼の首が床に転がっていた。

「く……首が」

「うっひゃひゃひゃひゃひゃ!!」

ナグルとまさちゅーせっつの声が同時にした。タネコがソトボウの首を拾い上げた。

「やさしさ先生……この子は生きてるの？」

おれは削岩機のように頷いた。「ああ！　生きてる生きてる！　元に戻せば大丈夫だ！」

タネコは云われるまま首を両肩の間に置きかけた。すると軀が僅かに震え、次の瞬間、中に巣くっていたゴキブリの大群が火事場から逃げ出すように溢れ出た。

「きゃあ！　これでも？　これでも生きてる？」

「生きてる生きてる！　それが病気の元凶だ。全部出れば治る！」

ナグルがテーブルにあったフォークをソトボウの首根っ子に逆さまに突き刺した。そしてタネコから首をもぎ取るとフォークの先端に向かって首を突き刺す。餓鬼の首と軀は、かなりズレてはいたが繋がった。ゴキブリは逃げ去っていた。

「治った治った」呆然と全てを眺めていたまさちゅーせっつが手を叩いた。「良かった良かった！　治った治った！」

それを見てナグルも手を叩いて踊り出した。「♫なおったなおった～ぼっちゃん治った　♫ごきげんなおった♫」

タネコも笑っていた。ナグルも、まさちゅーせっつも。

おれは奴らに気づかれないように、そっと表に出ると暗くなった道を一目散に駆け出した。


（もうおしまいデス）

わがままは
わがまま
ぱぱのんきだね

THE TALES
I TOLD THE PELICAN
AT PARK

a

『否、どうだろう』

と、おれは云ったんだ。

「なんで？　なんでもするって云ったじゃん。助けるって云ったじゃん」

「まあ、そうは云ったけどな……」

「だったら約束守ってよ。吐いた唾は呑んでよ」

目を真っ赤にしたぽえみは、今にも泣き出しそうだった。

「でもなあ……」

「嘘なんだ。やっぱり……いつもいつも嘘ばっかり」

「否、おまえ、そう簡単に決めつけるもんじゃないよ。それにいつもいつもって、おれたち逢ったばかりじゃないかよ」

丸椅子に座ったぽえみがぶらぶらさせるズックにはクレヨンで小さな花が描いてある。

「焦げてるじゃないかだろ！」

駄菓子屋のオカミがデカベラ片手に鉄板の上のものを刮ぐ。店には囲炉裏程の大きさの鉄板を載せた焼き台が三台あり、周囲に餓鬼が群がり、手にしたアルマイトのカップから吐瀉便のようなものを匙で掬っては焼き広げていた。

「あんたら、てっきり父子かと思ったら違うんだね。なんなんだい、そんな男と女の世迷い言みたいなのを、こんな暑くて安くて狭っ苦しい駄菓子屋で、こんな小さい子に云わせてさぁ。なんなんだい、あんたは？　しっかりしなよ！　股座にゃ、こんもりこんと毛ぇ生やかし乱れてんだろ？　こんな子に奢って貰ったりしてちゃダメじゃないか」

さっき、ぽえみがビニル製の蝦蟇口から四百三十二円を探すように摘まんで渡すのを訝しげに眺めていたひっつめ顔で割烹着のオカミが獅子鼻を膨らませた。

「わかってる。あんたがその腹黒の中身で本当は何を考えているか。あたしゃ、わかってる。わかってるんだよ。都会にはそんな奴らがゴロゴロいるからね。ロだろ。あんたロだ」

「ろ？」

「ロ。決まってるじゃないか。おふざけじゃないよ！」

「何の話だ。おれはあそこの公園で、この子に逢ったばかりだぜ」

「ふん。釣り込むんなら、もっと上にするが良いじゃないか。こんな年端も根も葉もないような子を捕まえてどうしようってんだい、アンタ。やっぱりロじゃないか。ロ人だ。リロリロの倶楽部から人の世界にやって来たんだね？　そんなものはこの辺りじゃ、息ひとつ吸わせるもんじゃないんだよ！」

おれは喚くオカミの剣幕を鎮めようと必死になって手で顔を扇いだ。

「じょ、冗談じゃないぜ！　おれはただこの子が腹減ってないかと云ったから、減ってると云っただけなんだ」

「嘘よ。もんじゃ食べさせたら助けてくれるって云ったもん」

「云ったのかい？　云ったんだろ！　小便莫迦！　糞鉢巻き！」

「待て待て待て。おれはおべったと云ったんだ。もんじゃなんかじゃない」

「なにを云ってるのさぁ。これはもんじゃじゃないか」

「否、おれが育った街では、こういう風に小麦粉にソース入れて焼いたおやつをおべったって云ってたんだ。わかるだろ？　べたべたしてるから丁寧語を付けて〈お〉べった。もんじゃなんて、おれにしてみたらナンジャモンジャなんだよ」

「何をぐだぐだ云ってるんだよ！　なまこるげんに喰わせるよ！　なまこるげん呼ぶよ！　なまーー！　なまちゃぁん！」

オカミの声が鰻の寝床のような薄暗くも細長い店内に響くと、便所の脇、ベニヤの壁がどかんっと大きくうねり、人とも獣とも思えない咆吼がした。

「今に見てなよ。なまこるげんに逢わせてやるからさ。おまえみたいな口人は決して地獄の釜から逃げられやしないんだ！　なまぁ！　なまこるげん！」

ベニヤの向こうから漏斗(じょうご)を使って肛門に溶岩を注いだような獣の断末魔が轟(とどろ)く。

おれは店内に一気に充満した緊張感にヘラを投げ捨て、立ち上がった。

「どうしてそんなことになるんだ！　おれは客だぞ！　きゃぁく！」

ぽえみが顔をくしゃくしゃにして〈えーん。うらがすみのみたいよ〜〉と泣き出した。

「おじさん、このもんじゃ、オレ喰ってもいい？」

ぽえみとおれがガタついてるのを見、餓鬼が嗤(わら)っていた。確か隣の鉄板に取り付いていた奴で、そいつは既におれたちのおべったに小ベラを突っ込んでいた。

「おい。まだなんとも云ってないじゃないか」

「でも、喰ってたらなまこるげんに喰われちゃうぜ。それによオレ、金ないんだ。だから毎日、ここに来てもんじゃのまどやってんだ。もんじゃのタメミツっつったら、ちょっとした顔なんだぜ」

「どうでもいい。あれは何だ。おれはどうすりゃいい」

「チョン婆はなまこるげんが出てくると脳が液状化して暫くは奴に釘付けだから逃げるのが一案だね。もうひとつは温和(おとな)しくなまこるげんに扁桃体(へんとうたい)を渡すことだね」

「弁当代？　なんだそれ？　どこで売ってるんだ」

「此処に入ってるよ。大丈夫、なまこるげんはとても巧くそれを取り出すことができるんだ。やられた人はみんな暫く笑ってるよ。少し脱糞するけど」タメミツはそう云って小ベラで顳顬(こめかみ)を突いた。「どちらを選ぶかはあなた次第です」

その背後でベニヤの片側だけがトッ外れ、ベージュの大きなものが覗いた。あんな大きなベージュの〈なにか〉は、あちこちふらついてきたおれでも見たことがなかった。肉で作った気球のようだ。目鼻はそのずっと下にあり、その更に下から這うように伸びた腕みたいなものはトラクターのミニシャベル程ある。

「なまこるげん！　あの口をおふくろが見てもわからないようにしてやりな！」今まで呆然と口を開け放していたオカミが我に返り、おれを指さした。

「ば、莫迦っ垂れ味噌！」

おれはミサイルのように店を飛び出した。

b

とんでもねえ街だ、ロクデモネエと、ぼやいていると後ろから声がした。見るとぽえみが泣きながら駆けてき、転ぶ、そしてまた立ち上がって走っては転んだ。シャツの真ん前が泥だらけになっていた。

「おいおい。泣くか走るかどっちかにしろ。まだおまえに両方は早い」

「うるさい。嘘莫迦」

おれは道ばたの木陰でぽえみと並んで座った。

「あのなあ。いきなりおふくろを殺してくれって云われて、はいそうですかって奴はいないだろう。しかもおべったぐらいで」

「もんじゃだよ」

「どっちでもいいよ、そんなことはもう」

「じゃあ、今もう一回云うよ。そしたらいきなりにならないでしょ」

「そういう問題じゃないんだよ。本気で云ってるのかよ。参ったな」

「全然やらないんだ？　ヤル気はないんだ？　ヤル気ゼロなのにヤルって云ったんだ？　それでもんじゃ奢らせたんだ。婚約詐欺なんだ」

「おまえ、ところどころおかしいな。物の程度によるだろ。そんな莫迦げた話……」

するとそこへ骨折したみたいに腰をL字に曲げた爺さんが大八車で通りかかった。

娘が声を掛ける。

「おはよう、よしだよしお」

「おはよう、なずみどろ」

「おまえ、ぽえみじゃなかったのか」

「違う。知らない人に本当の名前を云う程、莫迦じゃないもん。ほんとは、みどろ。なずは苗字。泥って書く」

「なんだ、おまえのほうが先に嘘ついてたんじゃないか。って云うか、おれはまだ嘘ついてないし」

みどろは鼻から〈へぇ〉と音をさせ、微笑んでから、大八車の爺さんを見上げた。

「ねえ、よしだよしお。もんじゃ奢ったら、ウチのかあさん殺してくれる？」

「いいともいいとも。でも、おまえのおふくろは今じゃ、みんなが殺したがってるからのぅ。儂が殺ったら、他の殺したい奴らからの嫉妬がなあ。男の嫉妬はゴルゴ13じゃ。遠くからいつまでもいつまでも狙ってきよるからホネじゃなあ。ホネになるのぅ」

「でも、そいつらが誰もいなかったら殺してくれるでしょ」

「無論じゃ」

「あたい、この人に頼んだの。この人、見るからにロクデナシだし、人間の屑だし、優しい心根のひとかけらも持ってなさそうだから、かあさんぐらい糞蠅のように簡単に叩き殺してくれると思ったの」

「ほえ。あんた羨ましいのぉ」

「だったら、よしだよしお。他の男をこいつにゼツメツさせるから、それなら良いでしょ」

「それならロンモチ、グンバツじゃのぅ」

「あんたら、いったい何の話をしてるんだよ！」

するとよしだよしおがおれの頬を莫迦でかい木のスプーンで殴った。

痛みよりも、腐った肉で嬲られたような異様な香りに目眩がおまけについてきた。

「なっ。なんだよ」

「この人でなしひぐらし！　おまえさんにはこの子の苦しみ悲しみドン底味がわからんのか！」

爺さんが手にしたものを見ておれは立ち上がった。

「お、おい！　おまえ、それは……肥柄杓じゃないか……そ、そんなもので人の顔を殴って良いと思ってノンノか！」

「おうじゃ！　そんな人の心も持ち合わせんような奴にはええんじゃ」

爺さんは大八に載った樽の中身を掬っては撒き散らす。

「この子のおふくろを殺すのは良いのかよ！」

「当たり前じゃ！　そんなことはこの世のテエセツじゃ！　この子が母を失うてから、なんぼ経つと思うとるんじゃ」

「え！　死んだ？　本当か？」

「うん！」

「いつ？」

「去年！」

「本当の本当か？」

「ほんとほんと！」

「本当におまえのおふくろさんは死んでるんだな」

「死んだよ死んだ」

「約束できるか」

「できるよ！」

「よし！」おれが小指を突き出す、みどろが小っちゃな生姜のような小指を絡みつけた。「殺ってやる」

「ほんとう？」

死んだというのが本当なら二度殺す手間は省けるというものだ。何もこれ以上にややこしい問答を続けることはない。

「おう！」

「ほんとうのほんとう？」

「本当本当」

「やくそくできる？」

「できるぜ！」

「善哉善哉」目に泪を浮かべたよしだよしおが大きく頷き、柄杓を樽に戻した。「あんた、その心根だけは忘れんようにな」

「ああ。わかったよ。楽勝だし」

「謀ったら。満漢全席じゃぞ。大御馳走じゃぞ！」

「なんだよそれ」

みどろが樽を指さした。

「アレをお腹が破れるまで呑み喰いさせるってこと」

「そんな地球はどこの地球だよ」

おれは怖気をふるった。

「じゃあ本当にあたいのかあさんを殺してくれるのね」

「くどいな。死んだおふくろさんだろ。まかしとけ！」

「よかった！　うれしい！」

みどろはおれの首に齧りつき、その勢いでおれは後ろに転がった。奴からは粉っぽいけど花の香りがした。

「そしたら今からおじさん、お願いよ。うちに行って殺してよ」

「おお、そうじゃそうじゃ。善は急げじゃ。今なら儂の大八車に乗せてやっても良いぞい」

「やった！　乗ろうよ！　ろくでなし！　よしだよしおの大八車に乗ると後生が良いと評判なんだよ。これで人殺しをしても安心のしんのすけだよ」

「そうじゃ乗りなされ乗りなされ」

というわけでおれとみどろはよしだよしおの大八車に乗って、家へ行くことになった。

c

家は町外れにぽつんと建っていた。見てくれは普通の文化住宅だったが窓は割れ、屋根の瓦はいくつも欠けて穴が空いていた。

「台風で穴が空いたのだ」大八車から見上げているおれによしだよしおの口真似でみどろがそう説明した。家の前では、みどろより少し年嵩の男の子が如雨露で花に水を掛けていた。

「こんにちは、よしだよしお」

「ほい。こんにちは、なずどりる」

「どりる、このろくでなしがかあさんをブチ殺してくれるって。よかったね！」

「ああ」どりると呼ばれた少年はみどろから目を背ける（そむ）と如雨露の先から花に注がれる噴水に目を遣った。「またその話……」

おれは大八車から降りるとどりるの脇に立った。花は小さな女の像を囲むように供え（そな）られていて、それらはみな種から育てた物だとわかった。

大八から飛び降りたみどろが爺さんに挨拶して家の中へ駆け込む。爺さんも大八車を引き上げていく。

「それが死んだおふくろさんなのか」

どりるはおれの言葉に頷いた。

「おまえの妹はおれにおふくろさんを殺してくれと頼んできたんだが……」

「そんなことできっこないのにさ。あいつはそんなことばっかり云ってるんだ。できるもんならやってみれば良いよ。僕はもうそんなことを口にするのは厭なんだ」

「おふくろさんは、なんで死んだんだ」

「風の強い日、大きな看板が落ちてきて潰れちゃった。バーンって」

「そうか……」

「中にはいる？　おじさん」

「いいのか？　約束は果たせそうにないんだが」

「いいよ、そんなの。どっちでも」

「腹は減ってたんで助かる」

おれはどりるの後を追って三段程あるステップを上がった。

「帰ったよ」靴を脱ぎながらどりるがそう云うと〈おかえり〉という女の声が返ってきた。

それに驚いたおれを無視してどりるはそのまま廊下を進み、中へと入った。

〈おやつ、食べなさい〉という女の声が続いた――おふくろは生きてるのか？　混乱したままおれはどりるの後を追ってリビングに入った。真ん中にテーブルがあり、既にみどろはそこで刻んだパンケーキをフォークで突いていた。

『あら……おともだち？』死角から声が掛かる。

――おれは呆然と立ち竦んでいた。

目の前には髪を豚の尻尾にした大男がいた。否、エプロンにブラウス、ピンク色のカーディガン、胸も膨らんでいる。頬にも化粧が施され、それはそれで記号的な〈女っぽさ〉を試みている人物だったが、とにかくおれは面食らっていた。

『あなたは……』

おれはそのとき、奴が喋るたびに腰の辺りのスイッチを押すのに気づいた。奴の声はそれによって女の声に変換されていた。勿論、近くで話している分には本人の地声がまる聞こえなので何の役にも立っていない。

「お、おれは……」

『ともだち？』

「そう。あんたを殺してくれるって」

みどろが口にパンケーキを詰め込んだままそう呟いた。

その瞬間、男が口を大きくひん曲げてニヤリとした。

『あら、そうなの……じゃあ、ちょっと出かけなくっちゃだわね』

「否……おれはそう云うんじゃないんだ。なんかおかしなことが積み重なって……って云うか、あんたはこの子らのおふくろさんなのか」

『そうよ。当たり前じゃないの。ねえ？　ベイビーちゃんたち』

みどろは無言だったが、兄貴のほうはパンケーキの皿に目を落としたまま呟いた。

「僕はもうどっちでもいい……もうどっちでも」

「あたいは厭！　ねえ！　ろくでなし殺しちゃってよ！　もんじゃ奢ったじゃん！」

「おまえ、おふくろさんは死んだって云ったじゃないか！　だから……」

「死んだよ！　看板が落っこちてズドーンって死んじゃったんだよ！　うえ～ん、だっさいのみた～い」みどろが泣き出す。

すると男がおれの肩を摑んだ。まるで野球のグローブのようなでかい手でズシリとした。甲は手毛（てげ）でびっしりと覆われていた。

「大人の話をしようじゃないか、あんた」

男が腹の底から響くような声で囁き、それから子供たちを見てにっこり笑った。

『ベイビーちゃんたちは、温和しくしてるのよ。ママはこのおじさんとお話があるから』

「ろくでなし！　帰ってきて！　きっと殺して帰ってきて！」

おれはみどろに頷きはしたが、男に背中を押されながら外に出る他なかった。


「俺は小さいときに、おふくろを亡くしたんだ。酔っ払い運転のトラックでな」

みどろたちの〈おふくろ〉を演じていた男はサダナと名乗った。奴はおれを駅近くのパブに連れ出すと奥のテーブルに座り、パイントのジョッキが運ばれてくるまで黙っていた。尻と胸があべこべのようなウェイトレスが品物を運び終えて去ると、奴は口を開いた。

もう声を変える装置は使っていなかった。が、形は〈おふくろさん〉のままだ。

「地獄だったぜ。子供にとっちゃ母親がいなくなるってのは世界が偽物になるってこと。余所行きになるってことなんだ。もう自分の居場所なんか一生見つかりゃしないのさ。俺にとっちゃ、これは贖罪なんだ」

サダナは泣いていた。窯入れ前のパン生地のようにおしろいを塗りたくった男が滂沱と落涙する様は見ていて安心できるものではなかった。今にも白いなまはげがテーブル越しに襲いかかっておれの顔面を嚙み千切るかもしれないのだ。

「折角、気持ち良く泣いているところ話の腰を揉むようで悪いが、あの子らのおふくろさんは看板に押し潰されたんだろ。何故、あんたが贖罪しなくちゃなんないんだ」

「おまえは莫迦か？　俺が殺したからに決まってるじゃないか、莫迦」

「これって大学とか出てないとわからない話かい？　おれにはさっぱりわからないんだけど。奴らのおふくろさんが死んだのは落ちてきた看板に押し潰されたからだろう？　なのに何故、あんたが殺したことになるんだ」

「俺が道を訊いたからじゃないか！　当たり前だろうそんなこと！」

「道を訊いた？　奴らのおふくろさんにか？」

「そうさ。俺はあの日、ズロチ風呂に行かなくちゃならなかったんだ。それで丁度、通りかかったあの女の人に道を訊いていたら、ものすごい突風が起こって軽く身を屈(かが)めた途端、俺は衝撃で吹き飛ばされていた。気がついたときには病院だった。かわいそうに親切に俺に道を教えてくれたその人は死んでしまったんだ。俺が声を掛けなければ今でもきっと生きていたはずの人なんだ……」

「だからって……あんたがおふくろさんの代わりにはならんだろう」

「否、なる。俺にはおふくろを失った子供の気持ちが手に取るようにわかるのさ。俺だって昔は当事者だったんだからな。要はそういう悲しみの謂(い)わば楽屋裏を知ってるんだ。他の方法なんかじゃ駄目さ」

「でも、みどろはおれにあんたを殺してくれって頼んできたんだぜ」

「わかる。そういう時期は俺もあった。でもそれは一種の通過儀礼のようなものでな。俺だって最初、親父がおふくろの真似を始めた時は心底ゾッとしたもんだが、半年もすれば慣れるもんだ」

「親父さんもか？」

「ああ。半分な」

「はんぶん？」

「こっちからこっちをおふくろにしてたんだ」サダナは顔の半分を手で覆った。「それでこっちからこっちは親父。最初はギョッとするが慣れるもんだ。まあ一種の通過儀礼のようなもんだな。親父も二役に段々、慣れてくるようになると夫婦喧嘩なんかも上手にしてたよ。夜中に親父の寝室からおふくろと親父が云い合う声なんかが聞こえてくると本来なら悲しいんだろうが、あの頃の俺にとっちゃそれだっておふくろがいるんだって思えてうれしくなったもんだ。わかるか、あんた？」

「どうだろ？　おれ、大学行ってないから」

「学がないってのは悲しいもんだな。俺はこう見えてもテイオー出てるから。でなきゃ、こんな芸当はできやしない。端で見てるより繊細な仕事なんだ。脳の外科手術と同じぐらいにな。だからあんたは協力するしかないんだ」

「え？　いま何つった」

「協力だよ。みどろは今、あんたに賭けてる。だからあんたが俺をおふくろ認定すれば、奴の気持ちはグッと俺の側に傾く寸法さ。厭とは云わせないぜ。この町には俺の善意を無にしようと手ぐすね引いてる奴が山テコいるんだ。見事にみどろに俺がおふくろだってことを認めさせて、そういう奴らをアッと云わせてやりたいのさ。だからあんたは協力するか、こうなるか……どっちかを選ばなくちゃならない」

奴は十円玉を両手の指を使って曲げた。

「それは厭だな」

「その代わり、巧くいけばどっさり礼はするぜ」

「どうだろう……にんてーするったって、巧くいくようには到底、思えないんだが……」

「いや。おまえは認定する」

サダナはそう云うとおれを残して出て行った。

d

引っ立てられながら家に着くと魂消たことにみどろ達の父親がいた。

『あなた、ごめんなさい。ちょっとこのろくでなしさんとお話をしていたのよ』

「あ、そう」父親は薄い軀をした血の気の薄い男だった。ギンガムチェックのベストを着ていた。

『今夜はカレーなのよ』サダナはキッチンに入っていった。

おれの顔を見るとみどろが頬を膨らませた。どりるは自分の部屋にいるようだった。

「なんで怒ってるんだよ」

「だって殺してないじゃん」

「そう簡単にできるか」

「嘘つき」

「もう少し我慢しろ」

おれは膨れっ面のままのみどろをそのままに、書斎にいる父親を訪ねた。

彼は床の上で、まっすぐに手足を伸ばして俯せになっていた。

「なにをしてる」

「かまわんでくれ。ただの儀式だ」

「訊きたいことがある」

「妻のことか？　妻のことだろ」

「もう妻認定してるのか」

「あれはウチに金を入れている。しがない小役人の私にはありがたい話だ。それに形はどうあれ子供の面倒を見てくれるのもありがたい」

「みどろがおれにあの男を殺してくれと頼んできた」

「ああ。あいつはいつもそんなことを云ってるんだ。この町の者はみんな慣れっこだ。正直いつまでもクヨつかせているのにも飽きが来ているんだ。どりるのほうは既に受け入れている。あれはやはり兄貴だけあって一日の長があるな。あんたも気にしないで、カレーでも食べたら明るく朗らかな気分で出て行ってくれ」

「あんなことは止めさせればいいんじゃないか？」

「ふん。そんなことができるか。法的な責任は奴にはないんだ。つまり奴は自分の良心に従って行動しているだけなんだ。見て見ぬフリや責任も取らずに逃げ回る輩が横行している現代においては信じられないほど奴は正常で純粋なんだ。子供たちが学ぶべき部分は少なからずあるはずだ。あんたにはわからんだろうがな。見たところあんた大学は行ってないようだ。そうだろ？日本人なのか？」

「行ってないよ。日本人だと思う」

「さて、どうかな……ふふふ。どちらにせよ、あんたは絶好のタイミングで来たよ」

「どういうことだ」

「今日は死んだカミさんの誕生日なんだ。サプライズがあるんだ」

「もうそろそろ仰向けになったらどうだ」

カレーは絶品だった。サダナは昔、外国船のコックだったと明かした。

みどろはおれの目を気にしてか、あまりおいしそうに食べなかったが、どりるは二度もおかわりをした。

『いや～ん。ママ、うれしくなっちゃう～泪でちゃう～』

サダナがボイスチェインジャーを使ってはしゃいだ。

すると薄い顔の父が大きく頷き、スプーンを置いた。

「発表がある」

その言葉にふたりの子供が顔を見合わせた。

「実はこのかあさんの中には子供がいる」

「げぇ」ふたりよりも先におれの声が飛び出していた。

『そうなのよ、本当なの』サダナは立ち上がりブラウスをめくると臍の下から大きく腹が膨らんでいた。『あなたたち、おかあさんに帰ってきて欲しいって、いつもお星様に願いを掛けていたでしょう？　それがとうとう叶ったのね。よかったわね』

どりるがスプーンを口に入れたまま目を丸くしていた。

「嘘だ」

『本当よ……触ってご覧なさい』

席を下りたみどろが近寄ると腹に手を当てた。

「あったかい……こんなに大きい」

『でしょう？』

「これはいったい何のアレなんだ？」

『なにが？』

「否、そのアレだ。子供ってことは、あんたたちはアレをソラシドしたってことか？」

「うぞだ！」どりるがテーブルを叩いた。「そんなの絶対に嘘だ」

『おっほほほ。莫迦ねえ、この人。処女のまま受胎する人もいるのよ。アベなんとかとか』

「ほんとう？　おとうさん」

「ああ。この人は大学に行っていないからわからないんだ。それに今日は何の日だい？」

父親の言葉にふたりの子供がハッとし、同時に叫んだ。「かあさんの誕生日！」

『おーっほほほほ。そうよそうなのよ』

「実はこのかあさんととうさんは同時に同じ夢を見たんだ。おまえたちのかあさんがこのかあさんから産まれる、というか産まれる方向性で寄せてきているという夢をな、わっははは」

「ほんと？　ほんとなの？」みどろが目を輝かせる。

「莫迦。そんなわけあるはずがないだろう」

「みどろ、どりる。おまえたちはこの大学も行っていない、日本人かどうかもわからないろくでなしと私のどっちを信じるのだね」

「おとうさん！」当たり前だがふたりは叫んだ。

『おっほほほほほ……そろそろ負け犬は立ち去る時間ね。ぐぅっむ』

突然、サダナの顔が充血し、苦痛の色が広がった。

「ど、どうした！」

『あ、あなた……産まれるわ』

「げぇ。何云ってんだ！　おまえ」おれは叫んだ。

が、他の家族はみなひとつになってサダナの手を握り、腹を擦（さす）っている。

「きゅ、救急車！」

『駄目よ。もう時間がない。それにわたしたちは聖家族。自分たちで生誕（せいたん）させなくては。ぐっ！

ぐおぉぉぉ！』

怒号に似た大音声（だいおんじょう）を発するとサダナが身を仰（の）け反（ぞ）らした。その瞬間、スカートが捲れ、毛むくじゃらの丸太のような両足の間から確かに人肌的な軟らかげなものがモコモコと動くのが見えた。

「どりる！　みどろ！　かあさんからかあさんが！」

サダナのパンティの脇から覗いた人肌的はどんどん膨張していった。それはあのおべった屋でおれが見た〈なまこるげん〉に似ていたが顔の部分には女の顔がプリントしてあった。

「あ！　かあさんだ！」みどろが叫んだ。

『ぐぬふっ……しりが……しりが……さける……』

おれはサダナのパンティの奥に細いチューブが引き込まれているのに気づいた。それは部屋の隅まで延びていて食器棚に立てかけるように置いてあるボンベに繋がっていた。

「産まれる産まれる！　かあさんからかあさんが！」

みどろとどりるは手を叩いてはしゃぎ、父親はそれを涙ぐみながら眺めていた。何度も何度もうんうんと頷きながら。

『ぎぃや！　ぎぃぇぇぇ。えっ？　ひっ！　ひっ引っかかってる！』

サダナが悲鳴を上げた。肛門に仕掛けた、なまこるげん的母親のどこかが直腸の何かにぶつかっているのだ。パンティからはひょろびりのように女の顔が印刷された人肌的なまこるげんが出ていた。

「お、おい……大丈夫なのか」

おれは思わず父親に尋ねた。

「大丈夫。こいつは今、自分の良心と闘っているんだ。見ろ、子供たちの充実ぶりを」

ふたりはサダナの周りを祝うように歌いながら回っていた。

パンティからは激しく充塡（じゅうてん）しているらしい気体のエアーが漏れていた。

「がんばれがんばれ！　偽ママ！　がんばれがんばれ偽のママ！」

『あなた〜産まれるわよ〜産んじゃうわよ〜』

「善哉善哉」父親が頷きながら、パイプを口に咥えるとロングマッチで火を点けた。

——その瞬間、マッチの火がふた手に分かれると一方がサダナのパンティへ突進した。

「え？」

大音響と共に目の前が真っ白になり、気が付くとおれは家の外で倒れていた。

傍らにはみどろと、どりるが並んで倒れている。その少し先には髪の毛をチリチリにした父親がポカンとした顔で割れたパイプを片手にへたり込んでいた。

サダナはどういうわけか上半身を庭のゴミ穴に突き刺す格好で足を上に逆立ちしていた。股間からは溶け崩れた〈なまこるげん的母〉の残骸が煙と共に立ち上っている。

おれはあのボンベに〈水素〉とペイントしてあったのを思い出した。確か、あれは可燃性だったはずだ。

おれはふたりの子供が息をしているのを確かめると立ち上がり、父親に向かって云った。「大学出の癖に水素が爆発することも知らなかったのかよ」

「私の専攻はインド哲学（インテツ）なのでね」

おれは元家だった何かを、もう一度振り返ると歩き出した。

（おしまこるげん）

大統領はアメリカンを三杯とBullyられ屋

THE TALES
I TOLD THE PELICAN
AT PARK

「おい！　ちょっと勘弁してくれよ！」

十回目を数えたところでおれは我慢できず、外に向かって叫んだ。

『それはこっちの台詞さね！　いつまで愚図愚図(ぐずぐず)してやがるんだよ。そこは宿屋でもディズニーランドでもありゃしないんだよ！』

「あ、あんた女だろ！　女なら女のほうへ行けよ！」

またドアがバンッと鳴り、薄っぺらい板が内側に、しなる。

『生憎(あいにく)、女便は人山の糞だかりなんだ！　早く出なよ！』

「他が空いてるだろ！　そっちを使いなよ」

『ふん、今日は朔日(ついたち)。月立つ日さ。商売柄、一と三は忌(い)み数(すう)でね。あんたがおいどをぶち込んでる二番目以外は御法度(ごはっと)なのさ』

「何を云ってるんだよ、あんた」

おれは昨夜(ゆうべ)〈粘りが自慢〉だという宿無しのくれた絹ごし豆腐に体当たりを喰らって腹は朝か

らガタガタだった。あまりにもおれの腹が鳴るものだから運転手が猫を呑み込んだのか？　と訊くほどだった。そんなこんなで限界になったおれは目的地の数キロ手前で、折角ヒッチした車から飛び降りなくてはならず。慌ててこの公園の便所に駆け込んだのだ。

あんたらもわかると思うんだが、うんち時に目と鼻の先にある薄っぺらのドアをガンガン蹴りまくられるとすんなりと出てこないんだ。吃驚した肛門がドッキリシャックリするんでブツが出たり引っ込んだりしちまう。おかげ様で周りはチョコバナナを喰った餓鬼の口みたいになる。公園の公衆便所にゃ、ウォショレットなんてものはないからね。そういうのは、あんたはどうか知らないが、おれは好きじゃない。

『何やってんだよ！　もう、じれったいねえ。スキヤキでも喰ってんのかい？　トマト鍋でも喰ってんのかい？』

「こんなとこで誰がスキヤキやトマトを喰るんだよ！　勘弁してくれよ。出たものも引っ込んじまうじゃないか。腹が痛くて堪らないんだよ」

『ふん。そんなおナイーブさを喧伝しても、誰もあんたをおセンチなおセレブだとは思っちゃくれないよ。冗談じゃないよ！　誰がそんなことであんたをダイアナやドバイのタクボクだと思うって云うんだよ。あんまり人を莫迦にすんじゃないよ！　うわあああ。ぎぃやあああああ』

女は最後っ屁のようにドアを蹴ると泣き出した。

「お、おい。ちょっと落ち着いてくれよ。あんた」

『みぼうじんみぼうじんおいどお〜んおん、おいどお〜んおん』

女が更に声を張り上げると突然、駆け込んでくる気配とダミ声がした。

『げぇ。お、親分！　姐さんが泣いてごっくん大吉でいらっしゃられます！　姐さんがごっくん大吉いぃい！』

ドアがさっきよりも強く殴られた。

『おい！　中の奴！　どうして俺ッちの嬶をごっくんさせるんだ！』

おれはどう答えていいのかわからず、黙っていた——静かにうんちがしたい。

『おい！　中の奴！　おめえも、ただただごっくんするだけじゃ、ただただごっくんするだけになっちまうじゃないか。説明責任をしろよ！　説明責任を！　嬶！　元気出せ!!』

『ううう……あたしはただちょっくら便小御免をしたかっただけなのに中の人が乞食は儚くなれって云うんだよ。自分はダイヤで歯を磨く御身分だから、おまえのような屑はこの鼠の墓場のような爛れた便所でちょっくらちょっと儚くなれって。だから死のうと思います。みんな、霞が関と美しい国をよろしく。さんきゅーね』

『そ、そんな篦棒めぇ！　な、なんてことを云いやがるんだ。人の嬶に！　畜生！』

ドアが再び強く殴られ、数人の鼻息が憤怒憤怒と漏れ聞こえた。

おれのうんちはまた亀首的に引っ込んだ。

『おい。中の奴！　てめえ！　こいつは。俺の嬶はなぁ。今までに盲腸と痔と蓄膿と白内障と散々、病を散らかしながら露命を繋いできてるんだ！　手術を散々、厭々してるんだよ！　よくもこんな可哀想なド醜女(すべた)にそんな酷いことを云えたもんだな！　やい！　もう我慢できねえ！

ぶっ殺してやる！』

「ちょ、ちょっと待ってくれよ！　おれはただ……」

『あんたぁ！　だたいもしたよ。だたいを忘れないでよ。八千代(やちよ)と草吉(そうきち)ともつ鍋が一番、可哀想なんだからさ』

『お、おまっ！　それを今！　今の今！　今の此処で俺に思い出させるのか！　この俺にぃ！』

『姐さん！　そりゃあ親分にあんまりだぁ』

野太い声がハモッた。

『だってだって……あんたがすっかり忘れてうわの空だったからさ。それじゃあ、あんまりにも、あの子らが可哀想すぎるよ。可哀想すぎるよぉぉ。れれれれれ』

『ば、莫ッ迦野郎！　俺が奴らのことを一ミリ秒でも忘れることのねえ男だってことが、おまえにはまだわからねえのかよ！　この糞スベタ！』

『わかってる！　わかってるよ！　そんなこたぁ、当たり前じゃないかよ！　でも、わかってるけどもさぁ！　女はねえ。女ってやつぁ、此処の正念場で。その言葉。その言葉ひとつだけが欲しい生物(いきもの)係なのさぁ』

『否あ、わかってねえ！　わかってねえぜい、おまえには漢(おとこ)ってもんが。否、他は知らず、俺と云う、この、この地球(ほし)にたったひとりぼっちだけの。この黄色い熊と書いて黄熊(プー)という、おまえの漢についちゃあ……なにも知っちゃあ、いねえんだぜえぇ』

『そんなそんな。厭だよ厭だよ、おまえさん！　そんなこと云っちゃあ。それぎりになっちまうよ、それぎりにさぁぁ』

『否々、騙されやしねえよ。そういう口の端から、おいどがぷん詰まりだぜ。所詮、女の泪はあぶく銭。惚れた腫れたの諍い場もコソツキ庭付き一戸建て。所謂、生殖器官を擦り合い、貪り合うだけのしがねえ運命』

『おまえさん！　そんな裏切り言葉を！　裏切り言葉を、今この場で吐くなんてぇぇ……あまりにも、あまりにもつれない、つれない末期の言葉じゃありゃしませんかぁぁ』

「あのー、すみません……家でやってくれませんか」

『姐さん！　親分！　是非、この磯普羅盆に中の奴を殺させてやっちゃあ、くれませんか？』

「え？　殺すってなんだよ！　おれはただうんちしてるだけじゃないか！」

　すると別の声が続いた。

『親分！　磯普羅の兄ぃは、まだ前にやった前立腺牛蒡抜きの年季が明けてやせん。こんな塵屑野郎の為に、また残りの弁当を喰わせるのは気の毒だ。是非、この火或崙を使ってやってくだせえ』

『メイヨー！　それ、ないアルネ！　火或崙の兄のとこ先週、前たか後ろたか、ぽっくりわからない可愛い赤子産まれたぱかりアル。そなことならこの因幡運動を漢にするアル。屹度、屹度、この中の男。人だか肉絲たかわからないようにするアルネ。ナイアルネ』

『莫迦野郎！』

怒声が轟くと、ぼくりぼくりと皮膚を打擲する鈍い音。躯が濡れた床や壁に叩き付けられる音が続いた。

『磯普羅！　火或崙！　因幡！　どうして可愛い子分のてめえらに辛い目を見させられるかよ！　この血も涙もねえド畜生をブチ殺すのは俺ぎりで十分。媾がこんな辱め、仕打ちを受けて黙っていちゃあ。この先、ニッコリ渡世などできるものじゃねえ！　この人間しりしりで奴の睾丸を血塗れの糸屑坊ちゃんにしてやる！』

「おいおい。あんたら何の話をしてんだよ！」

『親分！』

『あんたぁぁ！』

『構うこたぁねえ！　ドア、おっぺして。野郎、引き摺りだしてやれ！』

おうっ！　と云う威勢の良い声が轟くと体当たりが始まった。

ドアが折れるかと思うほどだわみ、中の芯が割れる音がした。

「おい！　ちょっと待ってくれよ！　出るよ出るよ！」

おれは慌てて立ち上がった。屈んでいる間にもドアがビキビキと音を立てる。

もう駄目だ！　と観念した途端、音が聞こえなくなった。ドアの下からは人影が覗いている。なのに、誰も動くことはおろか声も発していない。何やら怖ろしい前触れのような気がしたおれは洋便器の横に避難し、壁にぴったりと背を付けた。

咳払いに次いで声がした。

『て……てめえら！　それは誰の下着だ……』親分と呼ばれていた男の低い声がした。

『こ、これは……』残る三人が声を合わせた。

『あ、あんた！　ち、違うんだよ！　これは違うんだ！』

『親分！　聞いておくんなせい！　これには深い訳が……』

『ふざけるねえ！』怒声と共に殴る音がした。

　おれは歪んだドアの隙間に目を近づけた。豚饅のような顔と軀をした古風な女の脇で巨大な下ろし金を持った中年後期の男が三人の中年前期を睨み付けている——そいつらは両肌(もろはだ)を脱いでいたがブラジャーを付けていた。

「そ、そいつは俺が嬶に買ってやった、チーピジョンじゃねえか！」

「と、とんでもねえ！　これは俺たちが手前に勢いを付けるために……」

「莫迦野郎！」親分が磯普羅盆と火或崙、因幡運動の顔を下ろし金で擦(す)った。百匹の猫に顔面を引っ掻かれたように一瞬で奴らの顔は〈しりしり〉になった。

　ぐはっ！　三人が床に倒れ込み、それをまた親分が自動機械のような勢いで蹴り込む。

「よっ！　手前ら、俺の目が節穴だと思ってやがんのか！　これは俺が嬶に特別発注した〈着痩せ・はみ肉グイ寄せブラ〉に違(ちげ)ぇねえ！　おい！　なんだってんで、手前はこいつらに亭主の買ったブラを渡してるんだ！　よっ！」

「あんた、誤解だよ〜」

　すると親分と呼ばれた男が女の顔もしりしりした。

ぎぃややや！　女が倒れ伏す。

「親分、違うんだ！　これは」

「よしな！」鋭い声で女が叫んだ。場が凍り付いた。勿論、おれは凍りっぱなしだった。

此方に顔を向けた女はしりしりされた顔の皮が箸揚げした素麺のように垂れていた。

「な、なんだ！　貴様！」

女はすっくと立ち上がると顔の傷も何処へやら膝の埃をポンポンと余裕綽々で叩き払い、キッと亭主を睨んだ。

「姐さん！」おずおずと立ち上がった三人が声を合わせる。

「良いんだよ。こうなっちまったんじゃ仕方ない。あんたらも腹ぁ括るんだよ！」

「なんだその言い草は、このスベタっち！」

「ふん。てめえのドジを棚に上げて何を偉そうにしやがんだよ。このバイヤグラゾンビ」

「な！　なんだと！」

「ポンチがチータしねえってんで、いっつもいっつもバイヤグラ呑りやがるから。此処が莫迦になるんだよ！」女が胸を叩いた。

「て……てめえ！」

「へん。先月の入院騒ぎだってそうさ。この人はねえ。コンチータっていうスペインだかなんだかの若いスベタを構おうとしてなったんだよ」

「ほんとですか！　姐さん！」

「そうさ。朝から晩までネッチョリトンボを決め込むつもりが、そうは残念おやっとうでポンチがチータしなかったのさ。焦った此奴は莫迦だから、グラを二粒も三粒も一遍に呑ったのさ。何しろコンチータは中折れしょぼくれちくわマラなんか決して許しちゃくれないよ舶来モンだからねえ。アッという間にバイ筋梗塞よ。莫っ迦らしいったらありゃしない。あたしゃ、こんな情けない男にゃ飽き飽きしてたんだ。だから、アンタらと懇ろゴロニャンになったんだ。ふん！　一体それの何処が悪いッてんだよ！　おふざけぢゃないよ！」

「こ、殺してやる……」

「親分……ばいぞんび……」こそついていた三人の顔に笑みが広がると奴らは立ち上がり、手を叩いて囃し始めた。♪うちの親分はバイゾンビ～。中折れ骨なし亀垂らし～♪

「てめぇら！」

　顔面を真っ赤にした男が下ろし金を振り上げた途端、グッと呻いて歯を食い縛った。そして、そのまま〈うーぬ〉と呻くと寄り目になったまま仰向けにばったりと倒れた。

〈うあああーい〉子分と姐さんと呼ばれた女はハイタッチをし、まるで青春を謳歌する青春マグマのように駆け出して行った。

　おれはそれからゆっくりうんちをし、全てを終えてドアを開けると、まだ親分は転がっていた。便所の入口に千円が落ちていたので拾うことにした。

　便所は地獄だったが、外はぽかぽかした良い陽気だった。子供が豆粒を散らかしたようにあちこちで走り回り、声を立てていた。公園を出るか出ないかで、おれは腹が劇的に減っているのに気づいた。たぶん下っ腹が空っぽになった分、空虚感が広がったのだ。思えばおれは昨日から何も食べていない。

少し歩くとボロい中華屋があったので中に入り、ラーメンを頼んだ。払いは拾った千円の役目だ。おれは店主（おやじ）に公園の便所で人が倒れているよと告げた。店主は〈へぇ〉と云うと、どこかに電話をしたようだった。

店の中には中学生らしいのと他に工員みたいなのが三人いた。

ラーメンが上がったので、おれは箸を付け食い始めた。醬油と魚の出汁（だし）が利いた旨いラーメンだった。半分ほど喰ったところで店主が声を掛けてきた。

「あんた、金はあるかね」

店主の態度が厭に横柄（おうへい）に感じた、脇の工員風が顔を上げてニヤニヤしていた。

「あるよ」

「そうかねえ……」

おれはテーブルの上に千円札を広げて置いた。

店主は一瞥しただけで顔色を変えない。

「あんた、親は戸建てかね。賃貸かね」

「さあどうかな。おれは親に、まだ逢ったことがないんだよ」

店主は肺がすっとこどっこいになるほど大きな溜息を吐いた。

「おいおい。あんた、そんな溜息を吐くと肺がすっとこどっこいになっちまうぞ。ははは」

店主は工員の方を向いて苦笑いした。工員も同じような顔で首を振る。

「なんだい……この店は親が戸建ての家を持ってないと入っちゃ駄目なのか」

「部外者はね……余所者は、だ」

店主は壁の短冊メニューに近づき【らーめん四百円】というやつを引っぺがした。するとその下から【らーめん五十万円】という緑の紙に書かれたメニューが現れた。

「え！　なんだよそれ！」

「というわけなんですよ」

「あんた！」ひとりの工員が云った。口の端に米がついている。「そういうわけなんだよ」

「そんな莫迦なことあるかよ！　なんだよ、それ」

「じゃあ……ナマガワキだな。お願いします！」

店主が後じさりすると工員が全員立ち上がった。奴らは手にモンキーレンチ、ハンマー、釘抜きを持っていた。

「俺たちはプロだからな。いつも携帯しているのさ。おまわりも良いって云ってるのさ」

米つき工員が嗤った。

「オヤジ！　四つくれ」米つき工員が呟く。

「否々。こんな者（もん）はふたつで十分ですよ」店主が驚いた顔で叫ぶ。

「否（No four.Two）、（Two）四つだ。二と二とで四つだ（four.）〈No four.Two,Two,four.〉」

「二つで十分ですよ！」

「鏡を見ても自分だとわからないようにしてやるのにか？」

「分かってくださいよぅ」

おれは卓上にあった胡椒の缶を摑むと蓋を取り剝ぐった。こんな二度と戻ってこないような場所で自分の顔が見たこともないナマガワキにされるのは真っ平御免だ。

米つきが脅そうとレンチを振ったのでおれも缶を振った。

灰色の鼻に厳しい粉が舞い、誰かが咳き込んだ。だが、粉は一瞬で床に落ちた。

米つきがしげしげ眺めてから顔を上げた。顔に［おま、なんてこと］が貼り付いていた。

「……古代ローマ帝国では胡椒粒は銀と同じ値段だったんだ。そんなことも知らないのか」

「工員さん！　こいつは屹度、戸建てに住んだことないよ！　賃貸か野良！　それに誰もトンヴィやネルシャ、ヘルペスなんかのブランド物を買ったことがない家筋だよ！　決まってるよ！決まったよ！」店主が叫ぶ。

「嘘だろ。それじゃあ放火趣味の小児性愛者とおなじってことじゃないか。なんて奴だ……」

「こんな奴が大手を振って昼間にうろつき回ってるなんて、全く世も末だぜ」

米つきは唾を吐き、別の工員が鼻の下を指で擦る。そいつは釘抜きを摑んでいる。

「糸屑にしたほうが世の為、人の為だよ、工員さん！」

「おれはただラーメンを食いたかっただけだ」

「賃貸か野良の放火趣味の小児性愛者なら殺しても器物損壊で済むな」

米つきが云うと全員が頷いた。

「つまり皿を割ったのと同じってことだ。どうする？　五十万払うか？　自分だか裏だか表だかわからないナマガワキになるか」

「なって堪るか！」

その時、オヤジがおれに向かって酢を掛けた。

目が灼け、呻いたところへ臑の辺りを金属でかち上げられた。おれは悲鳴をあげながら床で転げ回った。いくら回転しても弁慶の泣き所が火箸を突っ込まれたように痛む。全身から冷たい汗が噴き出す。見ると皮が剝がれ赤身が覗いていた。幸いなことに骨は出ていなかった。

髪の毛が鷲摑みにされると、そのまま引きずられ、投げ出される。バールが振り上げられたので避けると、さっきまでおれの顔があったところに深々と突き刺さった。

「あ、そうだ！　調理場に煮立った油がある。あれを顔に掛けると、人はどうなるか試してみないか？　皮膚がどんな風に変化して、どんな声を出すか？」

店主の声に米つきが顔を上げた。

「ああ、それは良いな。倅に訊かれた時の勉強になる。おまえらはどうだ？」

残った工員も頷いた。

「じゃあ決まり！」店主がスキップしながらキッチンに戻った。

おれはもう一度、傷を押さえている手を拡げた。中心が白く、周囲がどす黒い紫でそこから徐々に濃い赤とグラデーションとなって腫れが始まっていた。痛みが酷い。第二の心臓のように脈打っている。

やがて店主が中華鍋を両手で掴んできた。中身が床に零れる度、小さな煙が上がった。

「しっかり押さえてくれよ。あんまり暴れられると後の掃除が大変だ」

おれは手足を三人に押さえ込まれていた。焦げで真っ黒になった鍋の腹が近づくと、ムッとした熱気が襲ってきた。

「悪いな。この町の人間は殆どが四年制大学出なんだ絶対に、たぶん」米つき工員が嗤う。

「あのスミマセン」鍋が傾き始めた時、小さな声がした。「その人、ウツが書けるんじゃないでしょうか」

「ああ？」

見るとラーメンを平らげた中学生が顔を向けていた。

「みなさんは書けますか？　ユーウツのウツ」

工員たちと店主が顔を見合わせていた。釘抜きは指で宙に書き、首を傾げた。

「もし、みなさんに書けないのにその人に書ければ、この場ぐらいは一時的戸建て主義者ということにされても何の害もないのでは？」

「そ、それもそうだな……ウツが書けりゃあな。戸建てだな」米つきが頷く。

「じょ、冗談じゃないよ。俺の五十万はどうなるんだい？」

「あんた、ウツ書けんの？」米つきの目が鋭くなった。「書けなきゃ、こいつと同じ放火趣味の小児性愛者ってことになるが……」

「そ、そりゃあ……」

「兄貴はどうなんだい？」

「お、俺は書けるなんてもんじゃねえよ。俺はこう見えても小学校の頃の仇名が〈うつやまうつじろう〉ってんだ。産まれてから一度だって心がきっぱりと晴れたことなんかありゃしねえんだ」釘抜きに問われた米つきが云った。

〈さすがは兄貴だ〉〈さすがだなあ〉と残りが頷き合った。

「まあ書けなけりゃ。鍋油で面ァ焼きあげるだけのことだ。こんな器物同然の放火趣味の小児性愛者にチャンスをくれてやるのも夢見が良いぜ！　あっははは」

「そうですな。まあ、そう云われてみれば、こんな人畜中退みたいな奴に書けるわけありませんからな。ウチは爺さんが市会議員だったけれど」

「ウチの爺さんはスベタ宿をしながら国会議員の秘書にまでなったからな。所詮、こいつとは家筋裏筋が違わぁ！　あっははは！」

店主が云い、米つきが云い、中学生を除いた全員が嗤った。

＊＊＊＊＊＊＊＊＊＊＊＊

「よくあんなことを気づいたもんだな。怖ろしい餓鬼だぜ」

「僕は常にあのようにして記憶するのです」

二十分後、おれはその桜田家族屋と名乗る中学生の後を足を引き引き追っていた。

「ぼんやりはあったんだ。ぼんやりとはな。おれ昔、薬専門の看板屋の作業部屋に棲んでいたことがあってな。そのとき、よく〈痔〉だの〈ウツ〉だのって職人が描いていやがったんだよ。そいつを見てたからな。だから憶えちゃいたんだ。ボンヤリとん」

　すると足を止めたさぐらだが振り返った。

「正確ですか？　その曖昧さで正確な記帳ができたのでしょうか？」

「否。そりゃあ、おまえ」

「ならばあなたの主張は詭弁（きべん）と取られる虞（おそれ）あり、です」

　おれは口の中で〈まあな〉と、もぞもぞさせながら頷いた。

　とにかくあの時、テーブルに座らされたおれの前には店主の持ってきた真っ白な色紙があって、ウツなんて欠片（かけら）も浮かんで来なかった。

　店主はニヤニヤし、釘抜きとバールはおれのペンが動くのを待ちきれず〈♪おお、ぶれねり、あなたの言語はなに？　私の言語はふぉーとらんよ〜、すうちけいさんがとくいなのよ〜やっほーふぉーとらんらんらん、やっほほーとらんらんらん♪〉と唄い上げた。

——五分が過ぎた。おれは正確に書く自信が一ミリシーボルトもなかった。汗が色紙に滴った。

「そろそろ時間切れだな」米つきがそう呟いた時、おれはなんとなくでいいから乱筆すればそれ風になるだろうとペンを動かそうとした。その時、ふぁみりやが〈りんかあんはあめりかんこーひーを三杯飲む〉と云ったんだ。その瞬間、色紙の上であれやこれやと試していた透明な筆にぴったりと画像が塡まった。

〈木〉〈缶〉〈木〉（リンカーン）〈ワ〉〈米〉〈コ〉〈ヒ〉（は　アメリカンコーヒー）を〈彡〉（さんばい）飲む。

おれはアッという間に書き終えていた。店主の号泣と工員の拍手がした。おれは店主から六百円釣りを受け取ると外に出たんだ。

緊張から解放されたせいか、おれは小便がしたくなった。さぐらだに礼をしたかったので待ってろと声を掛けたのだが、振り返ると姿がない。

「おおい！　さぐらだ！」

薄汚れた学生服の坊主頭を捜して回ると公園で数人の学生に寄って集（たか）って殴られ、蹴られているさぐらだがいた。

「おい！　よせ！」

おれは大声で駆け寄った。が、普通なら逃げ出しそうな学生どもがヌッと無表情に立っている。真ん中には血反吐を砂に染みこませながら噎（む）せているさぐらだ。

「なにやってんだ、おまえら。たったひとりをこんな大勢で」

見れば全員がさぐらだと同じ年格好であるにもかかわらず打って変わって綺麗な制服に靴を履いていた。この年頃の餓鬼で靴がぴかぴかなのは珍しい。おれは一瞬でこいつらが尋常じゃないボンボンだと感じた。

「此奴何？」なかでも一際、金持ち度の高そうな七三分けがさぐらだに顔を向けた。「おまえの親戚？」

「ち、違います」

「ちょっとした知り合いだ。そんなことより……」

おれの言葉が終わらないうちに奴は自分の財布から札をヒキヌキ、さぐらだに投げつけると他の奴らと一緒に去って行った。

札は諭吉だった。

「大丈夫か」

おれが引き起こそうとするとさぐらだが邪険に手を払った。

「どうしたんだ」

「仕事の邪魔しないでください」

「仕事？？？」

「そうです」

「仕事って、おまえはただ殴られたり蹴られたりしてただけじゃないか」

「あの人たちは受験で大変なんです。良い高校に行って一流大学に行って、それから官僚や政治家やＩＴになるんです！」

「だからなんだよ」

「あの人たちは小さい頃からずっと勉強ばかりで、すとれすふるなんです。すとれすふるのまいんどれすなんです」

「そのれすはわかったけどよ。だからって大勢でひとりを殴るのは卑怯じゃねえかよ」

「金です！　金を貰うから良いんです。ウチは母子家庭で母さんが病気で働けないので僕が稼がないと駄目なんです」

さぐらだは起き上がったが、うっと短く呟いて横倒しになった。

「おいおい。大丈夫かよ！」

足元にボンボンが落としていったらしい光るものがあった——メリケンサックだった。


「こんなもんで打っ叩くなんて、加減ってものを知らねえな。殺す気かってんだ」

おれはさぐらだの住む河川敷の小屋に居た。近くには草野球用のバックネットがあった。目の前でさぐらだはおふくろさんと並んで寝ていた。部屋のなかにはずっと前の元号でしか見たこともない古びたテレビとリンゴ箱の卓袱台。窓硝子に貼った新聞がカーテン代わりだ。

「ええ……」おふくろさんは悲しげな顔で頷くと、溜息交じりの咳をした。「この子は親思いなんですけど……時々、それが行き過ぎてしまって……すみません」

「否。おれは良いんだよ。さっきも云ったように助けて貰ったのはおれの方なんだからさ」

「嗚呼、厭だ厭だ……こんな上げ底のない下げ底人生なら……いっそ私はイカになりたい」

「イカは大変だぜ。貝ならまだしもよ。でも、あんた何処が悪いんだい？　傍目にゃ、ぴんぴんして見えるんだが」

「そうですよね。そこがこの奇病の綾なる所以なので御座います。私は仕事依存症なんです。一旦、仕事というものを与えられてしまうと文字通り寝食を忘れてしまうのです。ですから医者からは働くのは構わないが頭のなかで〈仕事概念〉を持ってはならないと言明されたのです。でも私って生来の正直者、不器用者じゃないですか。だから、なかなか難しくって。そんなこんなしているうちにあの子が自分からお金を運んでくれるようになったんです」

「はあ。まあその伝で云やあ、おれなんかは仕事恐怖症なんだがね。でも、あんな殴られ屋みたいなことをさせとくことは無いぜ。あれじゃ、いくらなんでも可哀想すぎる」

「行き届きませんことで……」

すると小屋の薄戸が開き、面構えの悪い安背広の男が覗き込んできた。『おい。時間だぜ……おっ、スコハメかい？　悪い時に邪魔したな、旦那』

「否。違うんだ！　おれはこの子を運んできただけで……」

「え？　なんだよ、まだ寝てんのかよ！　おい！　坊主、時間だよ」男は土足のまま上がり込むと、失神しているさぐらだの肩を乱暴に揺すった。

「おい。そう乱暴にするな。さっき、さんざっぱら殴られて伸びちまってるんだ。ソッとしといてやんな」

「殴られた？　誰によ？」

「同じ年頃の学生によ。同級生じゃねえのかな、可哀想に」

男の顔色が変わった。おふくろが悄気（しょげ）切った顔で俯いた。

「ほんとかよ、ゼニムシさん」

おふくろは黙っていたが、男に諭吉を差し出した。さぐらだが稼いだ諭吉だ。

「ふん。ショクナイなんざ。御法度だぜ。汚ねえ真似しやがる。これぎりにしろよな」

「すみません」

男が諭吉を懐に仕舞うのを見て、おれは声が出ていた。

「おい！　ちょちょちょ！　何やってんだよ！　それはこの子が軀を張って稼いだ諭吉だぜ」

「良いんだよ。これは俺が手配したショバの商い金（がね）だ。俺のもんよ。なあ、おふくろさん」

「ええ、ええ。そのとおり」

「どういうことなんだよ！」

「つまり、この餓鬼は生贄羊（すけえぷごーと）なんだよ。この街じゃ昔っからスパルタ式ガリ勉が伝統でな。ストレスに狂った餓鬼がややもするとイジメと称して仲間を虐殺（ぎゃくさつ）しちまう。となると街としては有能な餓鬼を一遍に数人失いかねない。だから皆で相談して、この餓鬼に全て背負（しょ）って貰ったんだ。毎朝、違うクラスをぐるぐる回ってみんなで殴る。すると連帯感や一体感が生まれる。人を殴るってのは一番のストレス解消にもなるからなあ。おふくろさんは殴られ代で安楽に暮らせるって寸法さ」

「そんな寸法があるわけねえだろう！　莫迦じゃねえのか？」

「旦那さん、あるんですよ。現に私はこうして楽させて貰ってるんですから……はっ」

「何云ってんだよ、あんた！」

おれが叫んだ途端、おふくろの顔色がすっと真っ白になった。否、唇までもが白い。

「……死んでる」

「え」男がさぐらだに取り付き、胸に耳を当て、目を覗き込む。「ほ、本当だ！」

男とおふくろは顔を見合わせた。強（こわ）ばった顔が一瞬で破裂し、ふたりは「やった！」と叫んで抱き合った。「死んだ！　死んだ！　死んだ！　死んだ！　やっほー！」

「おい！　何云ってんだ！　ニューロンズおかしくなったのかよ！」

すると手を取り合って踊っている男が恵比寿顔を向けた。

「莫迦！　保険に入ってんだよ！　たんまりこんとな。一億だ。一億！　あっははは」

「使えるものは全部売っちまおうよ！　ちんちんも髪の毛もなんだってかんだって！」

ふたりはそう云うとおれに坊主の遺体を見守っているように云い付け、外に飛び出していった。

狭く汚い小屋で、さぐらだはボロ人形のように小さく縮んで見えた。顔中に痣や傷が残っていた。

おれはさぐらだの軀を肩に載せると川岸に降りた。運良く古びた渡し船が残っていた。おれは藁莫蓙の上に、さぐらだを横たえると、そのまま棹を突っ込んで船を出した。川の風が悲しくも心地良かった。川から見る街の風景は普通に見えた。

「莫迦なことしやがって」おれが呟くと藁莫蓙が捲れ、舌を出したさぐらだの顔が覗いた。

「あれ？　おまえ、死んだんじゃねえの？」

「死んだよ。でも生き返っちゃった」

「なんだよ、そりゃ」

「なんか色々、厭になっちゃった。おじさん、僕、好き勝手に手前勝手に生きたい」

さぐらだの坊主頭が波に合わせて揺れていた。

おれたちは暫く見つめ合った。

「そうしな！　もうおまえは十分やったんだ！」

「だよね！」

おれたちは笑い合い、それから大声で四方八方に向かって〈莫迦野郎！　莫迦野郎！〉と叫んだ。

＊＊＊＊＊＊＊＊＊＊＊＊＊＊＊

ドアが物凄い勢いで殴られた。『おい！　いつまで入ってんだよ！　行っちまうぞ』

「あ？　ええ？」

『ええ？　じゃねえよ。折角、乗せてやったのに。迷惑かけてんじゃねえ。出てこなけりゃ置いてくぞ！』

「ああ、悪い悪い。いま出るよ」

おれはそう云うと、昨夜は一睡（いっすい）もせずにずっと歩いていたもんなあと自分に言い訳しながら、便所を出ることにした。

――夢っていいもんですね。

（おしまひ）

おまえのおふくろ地獄で犬とやってるぜ！

THE TALES
I TOLD THE PELICAN
AT PARK

a

「まいったなあ、まったくまいった」カマアゲが項垂(うなだ)れていた。

パネルでは時計が三時二十分を告げていた。

おれとカマアゲはその生き物がゆっくり死んでいくのを見ていた。テールランプの仄明(ほのあか)るい赤がそいつとそいつがトラックと協力して軀から絞り出した血を黒く浮かび上がらせていた。

「大人かな」

「否。仔鹿(バンビ)だ。バンビか……参ったな」カマアゲは溜息を吐く。

何かに追われていたのか仔鹿は突然、路上に飛び出してきたのだった。ヒッチで拾って貰ったおれはウトついていたところをカマアゲの悲鳴と急ブレーキで叩き起こされた。正確にはダッシュボードと窓ガラス間をピンボールされて起きたのだ。

仔鹿は時折、立ち上がりたいように脚を動かす。が、勿論そんなことはできない。

「どうする？」

「うむ」カマアゲは左右を見た。ここは峠道で暗い、他の車の音はない。

カマアゲは仔鹿に近寄ると頭を抱き寄せ、撫でた。

大きな黒い瞳がおれを見つめていた。

「よしよし…よしこさん…よしよし……よしこさん。なあ、あんた陽気な歌を唄ってくれ」

「どんな？」

「こういう時にぴったりな底抜けな歌だ。あるだろ……看送りに相応しいやつ」

「折るのか？」

「ああ。だからいい感じの歌をやってくれ」

「わかった」おれがそう云うと仔鹿の目から涙が零れた――カマアゲがおれを見上げた。

おれは頷くと両手をぱんぱん打ち鳴らし、知ってる中で一番、明るい歌を唄った。

♪ぱぴぷぺ、ぱぴぷぺ、ぱぴぷぺぽ～　♫ウチィの嬶は、大痔主いぃ～♫

カマアゲが立ち上がり、仔鹿の長い首を脚で巻くようにするとその鼻先を両手で掴み、固定しながら上に向かせ、一気に鹿の上に尻餅をついた。

♫うちぃのかかあは♪、のところで板を踏み抜くような音がし、首をくの字にした仔鹿は小便を垂らし、動かなくなっていた。

再び山は暗く、墓石のように静まり返っていた。

「脚を持ってくれ。此処じゃ、他の車に轢かれちまう」

おれとカマアゲは仔鹿の死骸を道路から森の中に移した。

「本来ならもっと奥が良いんだが、仕方がない。臭いですぐに誰かが通報するだろう」

カマアゲはおれを振り返りもせずトラックに歩き出した。

乗り込もうとした時、木の笛で作った犬の鳴き声のようなものが聞こえた。

おれたちは動きを停め、耳を澄ませた。

「鹿だ。おそらく親か兄弟が近くにいたんだ」

エンジンを掛けながらカマアゲは呟いた。


峠を降り、薄い陰毛のようにぽつりぽつりと家の並ぶ寂しい道をしばらく進んだ頃、カマアゲが〈おおぉぅ〉と大きな溜息を吐いた。

「どうした?」

「ヤマが憑っいちまったようだ」

「やま? 富士山か?」

「否。そんな良いものじゃない。あんたも気をつけろよ。現に俺は今、どこ走ってるのか見当もつかないんだ」

「え? だって、あんた此処は何度も走り慣れた道で目をつぶってても行けるんだろ」

「ヤマが憑かなけりゃな。ヤマが……ヤマが憑かなけりゃ」

奴は自分に云い聞かせる様に何度も口の中で呟くとおれを見た。

「あんたも気をつけたほうがいい。俺はこの目で何人も見てきたんだ……」

「なにをだい？」

「何もかも滅茶苦茶の乳母汁になっちまったと魂が立ち尽くすんだよ」

「立ち尽くす？」

「ああ。立ち尽くす。それもボッキバキにな」

「ぼっきばき……」

奴の目が余りに暗闇だったので、おれたちはそれから何も話さずにいた。真っ暗な道を進んでいると提灯のような明かりが浮かび、それがガソリンスタンドだとわかった。

「GSだ。こんな時にジーエスがあったら入らなくちゃな」

カマアゲが車を乗りつける。すると事務所の奥から襤褸襤褸の雑巾を着たような爺さんが現れ、手にした襤褸襤褸の雑巾で車体を撫で始めた。

「あんたらタンマン極上ってか」

「え？　なんだって」

おれが聞き返すとカマアゲは「嗚呼。そうしてくれ」と返事した。爺さんは〈凄いアドバイスをしてやった人〉のように何度も頷きながらおれたちを指差し、給油ポンプに近づいた。

「降りないのか？」おれはハンドルに凭れ掛かるカマアゲに訊いた。

「嗚呼。俺はこうしている。こうしてたいんだ」

「運転のし通しだったじゃないか。少し軀を動かすと楽になるぜ」

「確かに。だが、俺にはヤマが憑いてる」

「そうか。ならおれは便所へ行くぜ」

返事の代わりにカマアゲが手をひらひらさせたので、おれは【便所山】と書かれた貼り紙の矢印に従って事務所裏に回った。便所山は山というほど汚くもなく、せいぜい使いまわしの湯飲み程度に便器が茶疲れしているだけだった。小便を終えてジッパーを引き上げると真後ろの個室に婆さんが座っていた。入る時には、そんなものは居なかったし、ユニットバス程の広さだ。気づかれずに出入りすることなど絶対にできっこない。

だが、婆さんは居た。腰まで届く防災頭巾のようなものをすっぽりかぶった婆さんは皺だらけの顔をくしゃくしゃにして〈やろか〉と云った。

見れば膝の上に菓子箱があり、石が並べてある。

「タメミツ。やろかやらんか、やらんかやろか」婆さんはニコニコしている。

「石だろ、それ。そんなもの要(い)んないよ、石なんて。石が要るはずない」

「うしゃしゃしゃ。石なくタメミツ。要るようです。要るようでしょう」婆さんは石を手にすると耳につけ、「嗚呼……嗚呼……謡(うたい)が聞こえましょうのこと」と云ってから、おれに差し出した。

なんとなく無下(むげ)に断るのも気が引けたおれは「タダ(ロハ)かい？」と婆さんがしっかり頷くのを見てから受け取った。手に乗せた瞬間、ぶるっと震えたような気がしたが、それはただの石だった。

おれはそれをポケットに便所を出た。

外は真っ暗だった。ヤマの憑いたカマアゲを乗せたトラックの姿はなくスタンドの明かりも完全に落とされていて、事務所の非常灯だけがぼぅっと緑をさせていた。ガラス越しに中を覗き込んだが人気はなく、塒らしきものもない。おまけにゃ便所山には婆さんすらいない。

「なんだ、こんな山ん中にブン投げかよ……畜生」

おれはマダラ禿のブラッシングみたいに街灯もまばらな道を手当たり次第にいろいろ呪いながらテクッた。通りかかる車は一台もなかった。草臥れ果てたおれは下草がふさふさしてる道の端で横になることに決めた。ありがたいことに下草は昼間の温もりをまだ残していた。おれは右腕を枕に丸まった。

ところが水に投げ込まれた石のように、アッという間に墜落睡眠したおれを揺さぶる莫迦がいた。目を開けると周囲はまだ暗く、菜っ葉帽に綿起毛の外套のようなものを着た男がおれを覗き込んでいた。歳はおれよりも、うんと下だ。

「なんだよ？　ぽんぴん」寝入り端を起こされたので、ヒッチの時に見せるようなコマーシャル面はできなかったが、それでも精一杯のお愛想を浮かべて返事をした。

男は何か云いたそうだったが、戸惑っているようだった。寝る真似をしたり、手で招いたりと忙しげに腕を振り回し、ジェスチャーで伝えたがっていた。

「口で云えよ口で。それとも故障中か何かか？」

すると男は少し考え、やがて覚悟を決めた感じでおれに云った。

「てめえのおふくろ、地獄で犬とやってるぜ」

「ああ？　なんだと！」

おれが身を起こしたので男は飛び退いた。

「もう一度云ってみろ！」

男は違う違うと手を振りながら続けた。「てめえのおふくろは地獄で犬と盛ってる！　盛りまくってる！　盛りまくってる癖に！」

「この野郎！」

追いかけ回すと奴はイヤイヤしながら同じことを何度も叫んでは逃げる。

「おまえのおふくろは地獄で犬とやっている！　地獄で犬とやってる！　犬とやってるんだ！」

「ふざけんな！　この野郎！」

おれはそいつの外套を摑まえ、引きずり倒し、拳骨でバカスカ、蛸殴りにしてやった。

でも、おれはすぐに殴るのを止めなくちゃなんなかった。何故かと云えば、そいつは殴られながらも決して殴り返そうとはしなかったし、もっと奇妙なことに奴は遠くへ逃げようともしなかった。もしおれがとんでもなく虫の居所が悪くて、おまけに旨いカレーだと思っていたものを食べ終わる頃、『カレー味のウンチだよ』と告げられた日だったとしても『おふくろは地獄で犬とやってる』なんてワードを赤の他人にぶつけたら、すっとこどっこい一目散太郎で相手の目の届かない所へ行く。誰だって人のサンドバッグにゃなりたかないからな。ところがこの男は口では『地獄でやってる』とか『地獄で焼きそば』とか云いながら〈顔つき〉が全然、口に追いついていない。なんだか泣きながら悪態をついてるような、そうじゃないような雰囲気に拳固を固める気持ちがソフトになっちまった。

「勝手にしろ！」おれは地べたで大の字になった。

空が少し明るくなっていた。そいつは離れたところからおれを窺っていた。

「お、おまえのおふくろが……」

「うるせえ！　もうよせ！」

すると、そいつが〈アッ〉と拾い上げたものがある――あの便所の婆さんがくれた石だった。暴れてる間にポケットから転がり出たらしい。

「ろくでなしは溝（どぶ）の水でも静脈注射しな」ゆっくり近づいてきたそいつはおれに石を差し出し、ひょこひょこ頭を下げた。「貴様の息は煮詰めた鳥の糞より酷い。死んだ醜女（しこめ）の彼処（あそこ）だな」

奴はそう云いながら石を耳に当てるふりをし、またおれに差し出した。

「下衆野郎、親爺の大腸（モツ）で首でも括りな」とうとうそいつは両手を合わせておれを拝みだす。殴られたところは腫れ上がり、唇が切れていた――が、何やら闇雲に必死だった。

「おまえ、なんだか云ってることとやってることが、ぐりはまなんだよ」

おれは石を受け取った。磯辺焼きに使う餅のサイズで表面がやけにツルツルしていた。

「糞野郎……死に損ない……下方修正……船頭漫才」そいつは耳に当てる仕草（しぐさ）を繰り返す。

「なんなんだよ、いったい」おれは石を耳に当てた。すると〈ブンッ〉と振動がした。

「低賃金所得者ゴミ糞野郎！　金のねえのは首のねえのと一緒だ。貧乏人の鬼畜のキクチ！」

「なんだてめぇ！」と怒鳴りかけたおれの耳に『……コトバ、ワカリマスカ……。ワタシノコエノイミ。チャントツタワリマスカ』と石から優しげな男の声がした。

啞然としているとそいつが続けて「てめえのおふくろの堕胎を手伝いたかった。ああ、手伝いたかった。堕胎を。堕胎こそを手伝いたかった。おまえなんか虫みたいなもんなんだから。ただ踏んづけるだけで良いんだ。女衒野郎」と云い。石からは『オネガイシマス。オトウトヲ、タスケテクダサイ。ドウカドウカ、タスケテクダサイ、オネガイシマス。オレイハ、サセテ、イタダキマスカラ』と聞こえた。

それでもまだ、あまりのことに口を利けずにいると、そいつはおれの手を引いて立たせた。

「海の糞山の糞、衒いで畳む道野糞」――『ジカンガアリマセン……ドウカ。オネガイシマス』

「マジかよ」

おれは奴の顔をしげしげと見た。

奴は安心したのかホッと息を吐き、笑顔で手を出してきた。

「生きている限り、おまえはおふくろとやりまくるようなド下衆野郎だ」

その手を握ると石が云った――『アリガトウ。アナタハ、キュウセイシュデス。ホントウニ、オアイデキテヨカッタ』

b

「あんたが最初に犯った動物はなんだい？　陸の山羊、海のエイっていうじゃないか」ビボレ

（奴が名乗ると石はそう云った。石なしだとゲソアナールだった）は、おれを小屋に案内するとカップを渡した。カップにはご機嫌な香りのする上等なスコッチが入っていて、おれが口をつける直前に石が『オトウトト、ソノナカマヲ、スクッテヤリタインダ』と云った。

酒は縮んだ軀と気持ちを解してくれた。二、三日、飲まず食わずすっからかんの身には染みた、端的に有り難かった。

奴はおれの前に丸椅子を持ってくると腰掛け、神妙な顔つきで云った。

「さあ！　学なし奴ら社会的弱者にガソリンぶっかけ点火しよう。受勲者叙勲者億万長者こそが人間だ。親ゴネ漬けの七光りが正義の華。政治家資本家以外は奴婢みたいなもの。それ以外は所詮、生まれた時代が悪かった。生まれついての奴隷です。恨むなら国を恨むな親恨め。さもしい乞食根性で上級国民に物申すなんて百万年の早さだな。そんな奴ら、十把一絡げに徴兵し、米兵代わりに自棄な戦場で使い棄て。そうすりゃ多少はアメリカ様に恩が売れ。そう思うだろ。思わなくちゃ嘘だよ。あんた日本人だろ」

おれは慌てて石を耳にくっつけた。

『ジツハ、ワタシタチハ、カガクノチカラデウマレタンデス。コセキナドガアリマセン。カンゼンニトウメイナンデス。ココニハ、オナジヨウナコドモタチガ、タクサンイマス。ワタシタチハ、ガイブトノセッショクヲ、イッサイタタレテイテ、ダレモジブンタチノ、ムライガイニ、ヒトガイルコトヲシリマセン。セカイハ、カクセンソウデ、ホロビタノデ、ソトニデルトシヌトオシエコマレテイマス。ソレニミナ、オキテイルアイダハ、ズットゲームヲシテクラシテイルンデス』

「じゃあ、どうしてあんただけは勝手にしてられるんだ？」

「あんた放りたての赤ん坊を頭から丸囓りしたくて手淫が止まらねえって面つきな」

——耳に当てる。

『ボクハ、フテキゴウシャダカラデス。ナカマハミンナ、テキゴウシマシタ』

「テキゴー？　科学はよくわかんねえんだけど。誰かがあんたらを何かに使うために作ったってことかい？」

よく見ると奴の耳にも白いものが詰まっている。

「ちょっと待て、あんたの耳にあるのも石とおんなじものかい？」

ビボレは頷いた。

「デロズベ歩きのオベチョコガールでも親ゴネ一発芸能界の人気者。どんなに苦労辛抱忍耐根性があったって所詮、この世は金持ちの胴元のイカサマ博打。才能努力なんぞ鼠の糞ほどの価値もねえって面つきな」

——石が云う。

『オッシャルトオリデス。テキゴウシタモノハ、カエッテキマセン。ハイ。ワタシノミミニモ、ボケトークガアリマス。コレデアナタサマノコトバ、ワカリマス』

「ぼけとく？」

「この泥棒猫野郎」

ビボレが耳に塡まった石を指さし、頷いた。

「俺の尻の穴を嗅ぎ〈首相ボス！　薔薇の香りがします〉と身悶みもだえする奴隷議員が山盛り必要だ。誰のおかげで大学研究の軍事転用が自由になったと思ってんだ。学生に人殺しの研究をさせられるようになったのは俺のおかげだぞ！」ビボレは身振り手振りで喋りまくった。

その話によるとこの村の外れにビボレが前に暮らしていた屋敷があるのだという。奴はそこから脱走したのだが、大事な弟がどうもその適合者というやつになってしまったので、救い出したいということだった。

というわけで、おれはビボレに誘われるまま屋敷の前に用意してあった車の中にいた。奴が弟を連れ出して来たら、おれ達はトンズラする。

ビボレが屋敷に潜入して暫くすると遠くのほうで警報と悲鳴が聞こえた。

車を降りて門の前まで来るとビボレが大きな布団のようなものを抱えて向かってくる。見るとそれは水に漬けた餅のようにぶよぶよにふやけた人間だった。生まれて一度も陽に当たったことがないように真っ白で睫まつげ以外、毛が一本も生えていない。

「一番良い奴隷は軀が頑丈で頭がパーな奴隷だ！　そんな奴隷を何人造るかが国家の一番重要な政策なんだ！　それにこの国には財閥かそれ以上の人間以外は貴族クラブに入る資格がないからな。それ以外は何をしようとも全ては所詮、成り上がりよ」

ビボレが真っ赤になって叫んだ。おれも近づき、ふらつく奴を支えようと餅人間の脇に手を入れる。と、冷たくぬめった感触と予想以上の重さに背骨が軋きしんだ。助け出して貰っているというのに餅はうっとりした顔でニヤニヤ笑っていた。自分では歩こうともせず、おれの顔をしげしげと眺めながら長い睫を風にそよがせている。

「おい！　シャキッとしろよ！」おれが叫ぶと餅が「五月蠅いボケ。殺すぞ。おまえのおふくろと親戚まとめてみんな殺すぞ」と笑った。石言葉か、ナマなのか不明だった。

餅を後部座席に流し込む、それだけで後ろはパンパン。奴の肉でバックミラーも見えないほどになった。車に詰め込むとビボレがおれを指さし、餅に「この野郎は赤ん坊の口の中の飴玉でも盗んで食おうとする野郎だ」と云った。ポケットのボケトークを取り出したかったが、ハンドルを握っているのでそうはできなかった。

それを耳にした餅が「餓鬼の頃から躾けるのが肝心だ。親先輩教師上司警官、なんでもかんでも、とにかく長いものには巻かれろの精神を骨の髄までしみこませておかないと低脳国民はすぐに反発しやがるからな」と、いきなりドアを開け外に飛び出した。

ドシャッと水っぽい音がすると餅がべたべたべたべた路面を転がるのが見えた。

「嗚呼！」ビボレが叫ぶと急ブレーキを掛けた車から飛び降り、餅に駆け寄った。

餅は路面で広々と延び、おれたちに向かって云った、鼻血がちらりと垂れていた。

「糞みたいなインチキデータが後から後から噴き出してくるのに選挙速報だけは信じるなんてのは愚かの極みさ」

――石を耳に付ける。

『あんちゃん、なんてことをするんだよ。なぜ、ボクにこんなことをするんだい〈餅〉』

「頑丈な奴隷を造るのに一番大事なことは政治ニュースを圧縮して、スポーツを垂れ流すことだ。そうすれば厭でも脳髄にスポーツが一番だと刷り込まれる！　国民奴隷は軀が頑丈になる！」

――『莫迦！　おまえは適合者にされちまったんだぞ。あそこにいたらアナルを蝕（むしば）まれてしまうんだ！　それでも良いのか？』

「奴隷は楽だ。ご主人様の言いなりにさえなっていれば、先で待ってる地獄のことは考えずに済むからな。滝壺に落ちるまでは船頭の云うままになってるのは気が楽だ」――『あんちゃん、ボクは今のままで良いんだよ。なんで楽園から外に連れ出すなんてことを考えるのさ。ボクのことは放っておいてよ……後生（ごしょう）だよ！』

「近代の政治は痴漢のようにやるのがこつだ。国民という女子高生を満員電車のなかで周りを囲んでジワジワといじくるのが政治だ。相手が怒ったら、ちょっと手を引っ込める。でもジワジワと倦（う）まず弛（たゆ）まず。休みなく手を伸ばす。相手が〈嗚呼、やっぱりそうなっちゃったか……厭だな。でも仕方がないか〉大事なのは此処！　だから二度云います。厭だな、でも仕方ないな……これで国民を丸め込むのが近代民主主義のテクニックス！」

――『莫迦！　俺達は兄弟じゃないか！　俺一人で逃げ出すなんてできるわけがないだろう！　かつて餅だった俺だから、あの辛さはよくわかるんだ。あの沼に填まっては駄目だ。いくら科学の力で噴出した俺たちだからって人間の尊厳を手放して良いはずがない！　生きる意味を放棄していいはずがない！』

　餅とビボレが見つめ合う、ふたりの眼（まなこ）から涙がダブッと溢れた。おれはジンッとした、良いなと思った。で、思った途端、後頭部に物凄い衝撃が走り、鼻の奥と目玉の裏がツンッとした。辺りが真っ暗になり、耳がキーンと鳴った。地べたに倒れる直前、漫画でしかお目にかからない〈びっくりマーク〉のような棍棒を持った新たな餅男がおれを稲光のような視線で睨み灼きにしようとしているのがわかった。わかったところで世界は暗転した——。

c

爺さんは名を〈どぐまちーるん〉と名乗った。おれは屋敷の部屋のソファに転がされていた。其処(そこ)は食堂を兼ねたリビングらしく、ビボレも少し先のテーブルに座らされていた。

爺さんの周りには餅同様にぶよぶよしているけれど日焼けのため〈焼き餅〉になったのが三匹居た。そのなかのひとりがおれを漫画(ギャートルズ)の棍棒で殴ったのだ。

「ド底辺の奴隷国民が我が大日本新帝国で何をしようというのかね」

「え？　おれはただ奴に頼まれて弟を救うのを手伝おうとしただけだぜ」

「糞ド下級国民のおまえが誰かを救おうなんて考えるのは便所の蛆虫(うじむし)が黒部(くろべ)ダムを造ろうとするようなものだ。外道国民が！　政治に文句を云うぐらいなら、まず親を殺してから云え！　それが筋だ」

それを聞いてピンときた。

「あ！　おまえだな！　こいつらに変な言葉を教えて、わけわかんないようにしたのは！」

おれは石を突き出した。

爺さんは満足げに頷いた。

「底辺にしては勘が良いな。まあ金にはならん勘だが。その通り、儂こと、このどぐまちーるんが特許を取得し、その特許によって儂は新帝国のハイクラスに上り詰めた。金によっておまえには理解できない超人の境地に達したのだ。わっははははは」

「ホワイ？」

「あんたは大分、温かいみたいだけど、そいつの弟を自由にしてやっちゃくれないか？」

「理由は奴に聞けよ。なあ、おまえ、爺さんに弟を自由にするように云えよ」

「てめえのおふくろが犬や猿とやるのを止めたらな」

「なんだと！」と、そこで気づいておれは石を耳に当てた。

『この人は冷酷なんだ。人を人とも思っちゃいない』

「それは違う。儂は奴らを〈生温く〉しているだけだ」

「意味がわからんな」

「つまり、儂が飼っている奴らは全員、朝から晩までゲームをしたり、漫画を読んだり、ラーメンを食べたりして暮らしているんだ。禁じられているのは活字の本を読むこととニュース番組を見ることと運動だ。また酒は呑んでも良いが、セックスは禁止だ。あれはイヨクが出るからな。それに此処には雌はおらん。儂が造り飼育しているのは雄だけだ」

「造る？」

「ああ。儂は腐るほど金がある。時間に換算すれば万札を拾うのに五秒かかるとしたら拾った方が損するほどだ」

おれは爺さんをマジマジと見た。おれは今までそんなに金を持ってる奴を見たことがなかった。

「何に使っても全てに飽きてしまった。故（ゆえ）に人で遊ぶことにした。精子バンクと卵子バンクで最高のものを購入し、金のためなら他人の子でもバンバン孕（はら）む女を見繕（みつくろ）い、産ませる。そしてできたのが彼らじゃ」

「そんな気の毒な女の人の足下を見やがるなんて汚（きたね）え野郎だ」

爺さんは笑うとボタンを押した。すると壁が光り画面が現れた。ひとりの女がリゾートのビーチパラソルの下でカクテルを呑んでいた。陽光が燦々（さんさん）と降り注ぎ、女の肌がココア色に焼けている。腕にも指にも人を撲殺できそうなデカイ宝石の塡まったアクセサリーをつけていた。

『あら、博士。ご機嫌よう』

「元気かね、インバイテッド。実はこの男がお前が不幸だと気の毒がってるぞ」

『あら。どういうことかしら』

「儂がお前に課した仕事が非人道的だ、気の毒だと憤（いきどお）っておるんだ」

するとその女は黒い揚羽蝶（あげはちょう）のようなサングラスを持ち上げると、皺一つないブラスチックスな顔がまろり出た。

『じゃあ、その負け犬にこう云って。生涯好きなことをして遊んで暮らせるお金をたった一度の出産で戴いた私は世界一の幸せ者ですって。たぶん、その人は旧世界の人類なのよ。生きてる間には実現しそうにない夢や女に我慢と苦労を強いるだけの理想のようなものを掲げて自分の実力のなさを誤魔化して生きるセンズリ野郎ね』

「とのことだ……」

「嘘だ！　この女は腐ってる。みんながみんなこんな醜婦ばかりじゃないはずだ！」

おれがそう叫んだ途端、残りの壁も全てスクリーンに変わり、その中で四十も五十も区切った空間の中に別々の女の顔が浮かんだ。そして全員が先の女のように着飾っており、おれに向かい『負け犬！　莫迦！』と叫び、それがまた全員そっくり総取っ替えしては新たな顔が浮かび、罵声を浴びせ、嬌声を上げてはおれを嗤い、爺さんを賛美した。

それが小一時間ほど繰り返された。

「もう良いよ」と、項垂れたおれが云うとスクリーンは壁に戻った。

「わかったか？　おまえの云っていることは全て、ただの個人の趣味だ。おまえの無様はただそうしていたいからしているだけで、そうなりたいからなっているだけなんだ。それは他人の幸せにも社会の価値観にも全く関係のないことだ」

「でも兄貴が弟を思う気持ちはどうなんだ？　こんな箱庭のようなところで暮らさせたくないというのは？」

「訊こう」爺さんの声でビボレの弟が連れて来られた。

焼き餅から爺さんの質問を囁かれた弟は困ったような顔をして云った。「選挙なんてみんな出鱈目だよ。あんなものはいくらでも操作できる。誰も検証なんかできっこないんだから当選確実なんて、みんな政府に買われた広告代理店が手伝ってやってるイカサマだよ」――『ボクは兄さんが何と云ったって此処に居たい。ゲーム好きだし、運動とかしたくない。ネットあるし、チャットあるし、メタあるし。ほかには何にもしたくないよ』

するとビボレが立ち上がって叫んだ。

「消費税を値上げすれば、幼稚園児からも税金を巻き上げられるからな！　国としてはこんな効率の良いことはない。しかも既に所得税を払っている親の金から更にふんだくれるんだ！　こんな素晴らしいことはない！　徴兵より消費税だ！」――『莫迦！　おまえは自分の軀を見たことがないのか？　そんな軀でこの先どうするんだ？　もっと自分の可能性を信じて、自分らしい生き方をして欲しいんだ！　第一、こんな男にアナルを舐められるなんて厭じゃないのか？』

「え？」おれは声を上げた。「アナル？　舐める？　誰が？　どうして？」

「儂に決まってるじゃないか」

「な、何故？」

「勤労だよ。当たり前だろう。儂は何も彼らに施しをしようというんじゃない。年に一度、しかるべき検査をして〈うまい肛門〉になったところを舐めさせて貰う。その対価として彼らは此処で衣食住、趣味の全てを自由に手にすることが出来、好き勝手に暮らしていられるのだ。つまり労働と対価の関係が存在している。彼らは労働者なんだ。貴様よりもずっと立派な、な！」

「そ、そんな莫迦な！　ケツの穴を舐めさせるだけで一生、他に何もしなくて生きていけるというのか？」

「優良じゃないか！　終身雇用が根本から瓦解している世の中で、こんな優良経営者が世界の何処に居る？　儂はお國から勲章を貰いたいぐらいのものだ」

すると弟餅が話し出した。

「陰毛頭(マンゲ)のアメリカンのケツ穴舐める為に役に立たない戦闘機をバカスカ買ったんだ。国民の為に使えばこの国にある深刻な問題の殆(ほとん)どは解決してしまうけど、そんなことをして何になる。どうせ俺は来年限りで辞めるのさ。イベントの一切合切も一区切り、歴史に名も残したな」――『ボクはボクの人生はこれで良いって決心したのに。それをお兄ちゃんに今更とやかく云われたくないよ。第一、ボクらは科学管ベビーだよ。兄弟なんて云ってもエビデンスがないじゃないか！　お兄ちゃんは嫉妬してるんだ！　自分のアナル(もの)が〈旨ケツ〉にならなかったから！　二年連続で舐めて貰ったボクとボクのアナルにダブル嫉妬狂(マシマシ・ジェラシー)いしてるに決まってるんだ！』

それを耳にしたビボレが弾丸のように飛び出すと弟餅の顔を殴りつけた。つきたての餅(それ)のような音が部屋に響き渡った。

「大年増が溜息吐くぞ！」

ビボレは焼き餅の怒声と共に捕らえられ、床に座り込んだ弟餅はモチモチと啜り泣きながら叫んだ。

「それに軍事予算を信じられないほど今期、膨らませてやった恩は絶対に防衛官僚と軍産複合体には忘れさせせんからな。なにしろ国の予算ってやつは一旦、ついたら下がることは絶対にないんだ。未来永劫(みらいえいごう)、防衛省は軍事費をこれだけ使いまくれるってこと。邪魔する奴はタダじゃおかない。なにしろ俺にはいざとなったときの暴力装置があるんだ。本当に良いときにあの爺さんには財務大臣になって貰ったもんだよ」——『どうして？　どうして？　なんでボクが暴力を振るわれなけりゃならないの？　暴力反対！　マハトマ！　アイハブアドリーム！　セルマ万歳！　ローザ・パークスに限りなき愛を！　ボクは人に暴力を振るったこともないし、振るわれたこともない。お兄ちゃんはアナルが、おいしくなくなったせいでおかしくなって変節したんでしょ。それでボクまで巻き込もうなんて絶対におかしいよ。そこに居る道路で潰れた動物の死体のような見窄らしい強姦魔か小児性愛者か食糞愛好者のような人と一緒に逃げるぐらいなら疣痔の象の腰掛けになるほうがマシだよ。え〜ん』

おれが石から耳を離すと爺さんが呟いた。

「チャンスをやろう」

「なに？」

「儂と素手で闘え。おまえが勝てば奴の弟は自由だ」

此方を向いたビボレが頷き、弟餅が「若い頃はドブスでも歳取ると見易くなる！」と金切り声を上げた。

「莫迦な。本気でやったら、あんた死ぬぜ」

「怖いのか？」

おれは改めて爺さんを眺めた。枯れ枝のような腕、ミイラのように痩けた頰、なによりも八十は優に超えて見えた——が、おれは何やらこいつをやっつけたくなっていた。

「やろう。なんだかあんたはムカムカする。その代わり、おれが勝ったからといってそいつらに加勢させるのは無しだぜ」おれは棍棒を握る焼き餅たちを見回した。

「真のエリートは、そんなことはせん」爺さんはジャケットを脱ぎ、シャツの袖を捲った。

おれも新聞紙のようにペラペラになった一張羅を椅子の背に掛け、先が鰐のように開いた靴を脱いだ。そして爺さんと対峙した。

「こい！」おれは叫んだ。

d

勝負は一瞬だった。

胃に貫手を喰らい、背骨がベキ折れしたような激痛で軀を曲げると顔面に膝が叩き込まれ、仰向けに吹っ飛んだところを頸動脈絞め、までだった。

気がつくとおれは天井を見上げていた。既にテーブルに座っていた爺さんは切り分けたフレンチトーストを口に運んでいた。

「システマだ。儂は今もスペツナズの若い友人から直に手解きを受けているんじゃ」

軀を起こしたが、まだ魂がそこらに散らばってる気がした。

「世界一周九十九万円船の旅、沖縄にて第一回説明会開催中！」

意気消沈したビボレがそう云ったが、石が見当たらなかった。

弟餅の姿は消えていた。

「そいつを連れて出て行け」

爺さんはビボレを指さした。

おれは咳き込みながら、どうにかこうにか立ち上がるとビボレと共に部屋を出た。廊下を進み、階段を降りる時も奴はおれに肩を貸そうとはせず、代わりにべそべそと鼻を垂らして泣いていた。

玄関を出ると足下に持ち重りのする物がボスッと投げ落とされた――金色の棒だった。見上げると窓枠に手を掛けた爺さんがおれたちを見下ろしていた。

「純度フォーナインのインゴットだ。儂にとっては雲脂（ふけ）のようなものだが、おまえには一生縁のないものだろう。今日は良い見世物だった。売れば五百万にはなろう」

するとビボレが叫んだ。

「ロシアが理想としているのは日本なんだってさ！　どんな悪政でもなんとなくみんな黙ってついてくる。争いや急激な変化は終戦の記憶と相俟（あいま）って恐ろしいから尻込みするんだ。文句をぶつぶつ云いながらも結局は政府の云いなりになるから理想的な社会主義国家だってロシアでは羨ましがっているらしいぜ」

爺さんがハッハハッハッと笑い声を上げた。

「なんだよ？」

「彼はおまえと行きたくないと云ってる。此処に残って一緒に暮らしたいそうだ。飯旨アナルになるからと懇願している」

「嘘だろ?」

おれの言葉にビボレは振り向いた。汗がびっしりと額に浮かび、涙目が泳いでいる。

「なんでもするそうだ! やっぱり外は怖い。自分一人は厭だと」

「冗談じゃないぜ。おまえ、しっかりしろよ!」

おれはビボレの肩を摑んで揺さぶった。

「おまえ、自由になるんだろ? 人間らしくやるっ云ったじゃねえか」

ビボレはおれの手を乱暴に振り払うと爺さんを見上げ、地面に膝を突き、手を合わせた。

「おい……おい……どうしちまったんだよ」

すると爺さんの声が降ってきた。

「そのインゴットを吞み込めたら許してやる!」

その途端、ビボレはおれを突き飛ばした。手からインゴットを毟り取ると口の中に入れた。ビボレの目玉が飛び出しそうになった。

「よせよ! おい……よせよ」

ビボレはどんどん吞んでいく、でも簡単には入らない、でもどんどん吞んでいく。喉が卵を吞んだ蛇のように膨らんだ。顔面が鬼灯色になると物凄い放屁が始まった。そしてそこからは吞み込みがゆっくりになった。ゆっくりゆっくり口の中に金の延べ棒が消えていく。ビボレの目尻から充血に耐えられなくなった血が零れた。もう息をする音も聞こえない。強烈な日差しが口に詰まった金で反射し、辺りを極上に輝かせていた。

おれは何やら昇天しそうになっていた。
「……太陽肛門」確かに、そうビボレの声がした。

（オワラセ）

子供叱るな来た道だものと、こびと再生の巻

THE TALES
I TOLD THE PELICAN
AT PARK

1

『ほらよ』

おれは座席(シート)に放(ほ)られた運転免許証(ライセンス)を拾うと薄暗い車内灯に翳(かざ)し、うーむと唸(うな)った。

奴はハンドル(ワッパ)を握ったまま片頬に笑窪を作った。まるで〈そうさ、今までの奴らもあんた同様、目を丸くしたっけな〉と云いたげな意味深笑窪だった。

「俺は嘘は云わねえ。無理も云わねえ。既得権益(きとくけんえき)は侵(おか)さねえ」

「それにしてもなあ……」

「あんたが動揺するのも無理はない。だが、これは事実だ」

「それにしてもなあ……」

男は目をまだ暗い道路に据えたまま頷いた——「事実なのさ」

おれは二の句も継げずに居た。

隣でトラックのハンドルを握ってる奴はおれが今まで出会った運転手のなかでも篦棒に良い奴だった。此奴は路傍で小便雨に濡れながら七割ほど凍死しかけてたおれを拾ってくれたばかりか、ドライブインで熱いヌードルズを奢ってくれ、カップコーヒーに煙草まで御馳走してくれたんだ。男色罠以外に、こんな頗る付きの篦棒野郎はいない。勿論、奴はとらっぷすんではなかった。

「にしてもなあ……元日屋餅出突木出酢去年糞なんて、そんな名前があるなんてなあ」

二分ほど前、奴が唐突に自分の名を口にし、冗談だろと笑い飛ばすと胸ポケットからカードを放り、そいつは丁度、奴とおれとの真ん中ら辺に落下したんだ。免許にはしっかりと奴の本名が載っていた――自分の顎の落ちる音が聞こえた。

「あるんだよ此処に。良かったな、その歳で新たな発見があってカネコカネコ」

おれは溜息の代わりに咳き込みながら頷いた。「全く、ぐりはまごっくんな世の中だぜ」

「長くてまどろっこしいだろうからゲンジツと呼んでくれ」

「姓はタナカだな。呼ぶならそっちのほうが楽だ」

「それでデンチュウって読む。昔の謎かけと一緒で参るぜ」

「突然、話が見えんが」

「小学校で習ったろ？　糖尿と掛けて電柱と解く、その心は。外ではいつも勃ってますってやつさ。だからよ、ゲンジツって呼べよ」

「ガンジツじゃなくてか？」

「それじゃあ並すぎる。上の中。否、中上の下って感じだろ？　否、待てよ上下中のやや下（げ）かな」

「中上中のやや上じゃどうだ」

「嗚呼。確かにそれもひとつだな。チュウジョウチュウノヤヤジョー。うん。なんか良いな。あんた感度（センス）あるぜ。真っ白な灰になったボクサーをそこはかとなく感じさせる」

「だろ？　そこはかとないだろ。あ、そうだ！　だったら一層（いっそ）の事（こと）ゲージツってのはどうだ？これならピンピンのピン、上々の上だぜ」

「ゲージツ？　なんだか偉くなった気がするぜ」

「おれをこうして救ったんだ。あんた、充分偉いぜ！　ゲージツさんよ」

「なんだよちくしょう！　最高だなぁ！」

奴は突然、上機嫌になりハンドルに摑まったままブカスカ軀を上下に揺すってアクセルを踏み込んだ。

　おれは前にタダ（ロハ）見（すて）した動物園の黒猩々（チンパンジー）を思い出した。其奴（そいつ）もゲージツのように何が愉快（ゆかい）なのかわからないが壁面の穴に指を差し入れ、黒毛玉な身を上下に揺すっていた。

　ゲージツが火の点いた煙草を勧めてきたが、おれは手を振って断った——頭痛が酷くなっていた。

「昔、馴染（なじ）みだった〈売りパンツ〉が夢でチンポーンの競売（オークション）見たわって云うんだ。大きいのは十万円で小さいのは一万円。あんたのはタダで配ってたって嗤うんだ。だから俺も云ってやったのさ。俺もマンポーンの競売を見たぜって。可愛いのは十万円で萎（しな）びてカチカチなのは百円って。

そしたら女があたしのは？って

「何て云ったんだ」

「競売はおまえのマンポーンの中でやってたんだって云ってやった。肘鉄喰らわせやがったが、その日の売りパンは半額だったぜ。ふふふ」

「良い女じゃないか」

お追従(ついしょう)に、もうひと笑いしても良かったのだが顳顬に巣くった獣(けだもの)が、長い爪で頭蓋(スカル)骨ン中を掻き混ぜだしたので、おれは笑うよりも呻くのが忙しくなった。

「大丈夫か、あんた。顔が真っ青だぜ」

ゲージツが顔を向けた。

「なんか、あんたがあんまり親切にしてくれるもんだから、軀が油断しちまったのかな。十年ぶりに風邪ってやつをやっちまったらしいや……あははは」

おれは失神のような睡魔に襲われつつ、どうしても訊いておきたかったことを口にした。

「ゲージツ……あんた親はいるのか？　その名は親が付けたのか？」

霞(かす)む目の向こう側でゲージツは首を振り、それから頷いた。

「否、奴らは逝(ロク)った。そうだ、奴らが名付けた」

視界が暗くなり、おれは目を開けていることができなくなった——。

2

目を覚ますと窓から陽が射していた。そこは掃除の行き届いた教会の屋根裏のようなところで、おれは小型の古いが清潔なベッドに寝ていた。自力でやってきた記憶はない。何度か軀を担がれながら移動した気がしたが、あれは現実だったんだ——と、そこまで考えた時、ゲージツのことを思い出した。

おれは立ち上がろうとして、また倒れ込んじまった。脳味噌が池に落ちた軽羹(かるかん)のように覚束(おぼつか)ず、ふわっふわっしていた。一瞬、気を失っていたのだろう。目を開けると床に立つ小さな足と花柄のスカートの裾(すそ)が見えた——子供がいた。五つか六つだろう、都会っ子にはない消費文化から隔離された故の純真さが、両肩に触れるお下げ髪と共にその全身を覆い尽くしていた——と云いたい所だが、そんなことはねえ。全くもって全然、古(ひね)た面(つら)をしていた。

「あ。おきやがった」

そいつは片笑窪を浮かべてニヤリとし、くるりと身を反転して出て行った。手に真っ黒に汚れたレジ袋を嵌めていた。

「おい」

そいつは戸口を出たところで振り返った。

「此処の子か?」

そいつは頷いた。

「名前は」

「おーどり」

「え？」

「おーどりへぷばん」

「もしかして上はデンチュウか？」

そいつはまた頷いた。

「もう良いよ。行きな」

おーどりは、またまた頷くとドアを開けっぱにしたまま降りていった。

「一体全体、何の呪(まじな)いなんだよ」

おれは傾斜した天井を眺めた。まだ頭は重く、ドアを閉めに行くのも億劫(おっくう)だった。なんとかベッドから軀を引き剝がし、ドアを閉め、再び倒れ込んだ。

うとうとしている耳に木製のドアがノックされる音が聞こえた。

ドアは返事を待たずに開き、コーヒーと三日月麺麭(クロワッサン)を載せた盆(トレー)を手にゲージツが入ってきた。

「よう」おれは半身を起こした。

が、ゲージツは直ぐには入ってこようとはせず、暫く呆けたように立ち竦んでいた。

「どうしたんだ」

おれの声に我に返ったゲージツは〈ああ〉等(など)と、もちゃもちゃ口の中で呟いてから動き出した。

が、足で隅の木箱をベッドにずらし、盆を置いた時には元のゲージツに戻っていた。

「どうだ？　具合は」

「まだド頭がふわっふわっふわっする。あんたが運んでくれたのか？」

「そうだ。ふわっふわっは拙いな。この部屋は親父が使っていたんだ」

奴はおれの顔から目を離すと部屋をぐるりと見やった。

おれは盆のコーヒーカップを手にし、ゆっくりと啜った。熱苦いがトロリとした、香りの強い液体が喉から胃を温めていくのが感じられた。

「すっかり世話になった。申し訳ない」

「否、良いんだ。昔から余所者と話すのは好きなんだ」

「少し休ませて貰ったら引き上げる」

ゲージツは顔を曇らせた。

「そいつなんだが……ちょっと……どうだろう……もう少しいて貰えるかな」

「どういうことだ」

思いの外、暗い奴の表情に腹の警戒信号が灯った。此処が人攫いや、ド変態やド阿呆の巣でないことを祈った。

「理由はふたつある。ひとつはこの一階で俺のやってる定食屋が週末は混み合う。急ぎの旅でないのなら手伝って欲しい。無論、金は払う」

「ほう」おれの信号が赤から黄色に移動した。「も、ひとつは」

ゲージツが立ち上がり、元白(もとじろ)の汚れたオーバーオールのポケットを探り出した。昨夜は気づかなかった両の前腕に地割れのような縫い傷がいくつも浮かんでいた。

「おーどりに会ったな」

「ああ、ちょっぴり変わってるな」

ゲージツは〈そうなんだよ〉と小さな鏡を差し出した。

「見なよ」

「うぇっじ！」

覗き込んだおれは素(す)っ頓狂(とんきょう)な声を上げ、奴を睨んだ。

おれの顔は炭でも塗ったくったように真っ黒になっていた。それも小さな手形や指跡がべたべた斑(まだら)に残った子供の落書き面だ。

「こ、これは……これは一体……何だ！」

「ぺんた黒草(くろぐさ)と云ってな。其処らの森に生えてるんだ。その摺(す)り汁を塗(や)られたんだな」

思わず立ち上がったが、すぐに腰が腑抜け、へろりとベッドに尻餅を突いた。

「なんてこった！　冗談じゃねえぜ。ちくしょう！　あの餓鬼！　とっちめてやる！」

「まあまあ、落ち着きなよ。そいつは自然と消えるまで待つほか、どうしようもねえんだ。大手のペンキメーカーも血眼(ちまなこ)になって開発してるっていうやつだ。無理に落とすなら、それこそ皮でも剝ぐしかねえ代物さ」

「ど、どのくらい掛かるんだ！」

「なあに四、五日ってとこよ。消えだしたらアッという間さ。だからそれまで俺の店で働いてゆっくり稼ぐと良い。部屋は此処を使いなよ。足はねえが、顎と枕はロハだ。チビには俺からきつく云っとくから、もう悪さはさせねえ。な？　そうしなよ。俺も助かるんだ。頼むよ」

おれは肩をがっくり落としながら答えた。

「わかったよ……」

「よかった！」ゲージツはホッとした顔で笑った。「助かったぜ」

「だが、こんな面で客が厭がらねえか？」

「なに客は地元の常連ばかりだし、地元の者なら何が起きたのかすぐわかる」

「てっきりおれはあんたはトラックのワッパーだと思ったぜ」

「無理もねえ。昨日は買い出しがてら街で二泊して戻る所だったんだ」

「あんたカミさんか彼女でもあんのかい」

ゲージツは首を振った。「うんにゃ。チビと俺のふたり暮らしだ。親父は死んじまったしな」

「あんなのを家でひとりにしといたら心配だろう」

「うんにゃ。あれはひとりで大丈夫。形はチビでも案外、図太いし、確りしてる」

「あんた、子供はあの子だけなのか？」

「ああ、そうさ。親父は死んじまったからな」

「また寝込みを襲われるのは困るんだが……」

「心配ねえよ」ゲージツはおれの元に鍵を放った。「これからは、こいつ掛っときな」

3

それからひと眠りし、一階にあるゲージツの店に降りていった時には既に陽が傾き始めていた。看板には『旬味菜香　はばかり』とあって定食屋というよりは居酒屋だ。なかには九人掛けのL字カウンターとテーブル席が三つ、全て埋まり繁盛している。

刺身などの海鮮はなく、壁の短冊(たんざく)にはメンチカツ、鶏(とり)の唐揚げ、厚切りハムカツ、フライドポテト、アメリカンドッグ、チキンカツ、チキンボールフライ、ジャンボエビフライ、エビフライ、ミニエビフライ、コロッケ、串カツ、とんかつ、フライグラタン、フライナポリタン、フライパンケーキ、フライアイス、フライライス、小麦粉のフライ、オイルフライなど揚げ物ばかりが貼られている。

「野菜が何もないな」

厨房(ちゆうぼう)で汗だくになっているゲージツに声を掛けた。

「かき揚げがあるぜ。それに糠漬(ぬかづ)けのフライも。裏メニューだがな」

「定食屋っていうより、此処は給油所(スタンド)だ」

「揚げ物以外にも色々ある。ハンバーグにカレー、スパゲッティ、餃子。但し、揚げてあるから衣を外す分、割高だがな」

「そいつらは揚げたりせずにソッとしていてやったほうが良いんじゃないか」

「莫迦な、あんたはまともなものを喰ってないからそんなことを云うのさ。味覚音痴なんだよ」

おれはそれ以上、議論するのを止め、配膳に回った。始めこそ、この落書き面で相手はさぞ驚くだろうと思ったが、そんな心配は全く必要なかった。

『あ〜あ。ぺんたやられたんだね、あんた』『へえ。寝ている間にねぇ』『なんだそりゃ、気の毒だったなあ。まあ一杯どうだい？』ってな感じで次から次へと店中の客じゃないかというぐらい、皆がおれを気の毒がり、肩を叩き、酒を呑ませ、揚げ物を囓らせてくれた。気がつくとおれはカウンターの端で座り込んでいた。店は依然と混み合っていたが、厨房からの料理は客が助け合って運んでいた。

——なんとも云えない良い街だった、アッという間に一週間が過ぎた。

その頃になるとおれは大抵、客の腹が一旦落ち着く十時過ぎに店を出ることにしていた。ずっと居ても呑み喰いさせられるだけで厭なわけじゃないんだが、もって生まれた性分のせいかあんまり人に親切にされたり、囲まれたりしていると居心地が悪くなってくる。それだけでストレスになってきちまうんだ——根っから損な野良犬根性なんだな。

ゲージツに一言断って店の周りをひと回りする。この街は背後に鬱蒼（うっそう）とした森を持つ山が、屏風（びょうぶ）のように聳（そび）えていた。おーどりのいたずら草は、たぶんそこから見つけてきたのだろう。あいつはあれ以来、おれのことは遠目で眺めはしてくるものの声を掛けてくることはなかった。ゲージツの躾が行き届いている証拠だ。

その夜も児童公園で店から持ってきたビールの小瓶を煙草を吸いながら呑むんだ。嬉しかった。

足下に白のチョークの欠片が転がってきたのは空にした小瓶をゴミ箱に投げ入れようとした時だった——おーどりだった。奴は公園の入り口で〈おいでおいで〉をしていた。

「なんだよ、おまえ。ゲージツに叱られるぞ」

それを無視しておーどりは、どんどん先を急ぎ足で行き、或る家の窓を植木のプランターに乗って覗き込んでいた。

「おまえ、そんな歳で覗きなんて本当に将来が……」と、おれはそこで絶句した。

部屋のなかでは夫婦がテレビを見て寛いでいた。が、そこには裸の男女ふたりの子供が四つん這いになっていた。夫婦は伸ばした足を子供の背中に載せていた。既に長い時間、その姿勢を取らされているのだろう。顔は血の気が引き、手足がぶるぶる震えている。親はふたりともでっぷりと太り、母親は紅茶、父親はロックグラスを手にしたまま画面に映る芸人が互いを小突いたり、怒鳴り合ったりするのを見てケロケロと笑っていた。

「なんだこりゃ！」

振り返ると既におーどりは窓から離れ、別の方向へと走っていた。おれは追った。

次の家では卓袱台で食事をしている親の前で少年が部屋の隅で正座をさせられていた。それもドアと壁を二辺にした三角形の一辺になる格好で座らされており、正面には突っ張り棒が置かれていた。何時間そのままでいたのだろう、子供の顔は黝く変色していた。額から落ちた汗が突っ張り棒の周囲を濡らしていた。

親はまるで関心がない様子だ。

不意に彼は悶えるように身を捩ると床に吐き、横倒しになった。すると正座していた後ろから算盤が現れた。少年は長時間の正座に加え、算盤玉の喰い込む膕の痛みにも耐えていたのだ。

「あはは……」おーどりはクスクス笑うとまた窓から離れた。

と、同時に横倒しになった少年を見向きもしない両親から笑い声が起きた。

「おい。いったいどういうことなんだ！　此処じゃあ何が起きてる！　説明しろ！」

尚も先を急ごうとするおーどりを捕まえたおれは叫んだ。

「いいんだよ……みんなわかってるんだから……好きでやってるんだ。仕方ないから……」

「みんなって何だ？　好きでやる？　この街は全員がこんなことをしてるってのか？」

おーどりはおれを睨み付けた。涙が溜まり、噛んだ唇が震えている。

「うるさい！　どうせ何にもできない癖に！」

おーどりはおれの胸を思い切り突くと駆け出していった。

4

「まあ人生いろいろさ」

「なんだ？　いろいろって」

「けせらせらってことだよ」

「京成線の空？　なんだそりゃ？」

「気にするなってことさ」

ゲージツはベッドに腰掛け、頭を抱えているおれを慰めようとしているようだった。

「娘っ子の話じゃ、其処ら中で子供が甚振（いたぶ）られているそうじゃないか？」

「冗談じゃない。チビは、とんだ大袈裟（カニバケツ）だからな。ちょっと引っ掻いただけでも麻酔なしで抜歯したみたいに喚き立てる。育て方が悪いからかな」

「関係あるか。おれはこの目で見たんだ」

おれは仰向けになった。傾いた天井板には子供が泣いている落書きがあった。

「腸（はらわた）からゾッとした。何人かは見た面だ。此処の常連かもしれん」

ゲージツは尻ポケットから平水筒（スキットル）を抜くと自分で呑み、おれに差し出した。手を振って断ると奴は、もうひと口呑んだ。

「なあ。あんたの興奮もわかるが、家には家のやり方ってもんがあるだろ。そんなもの、他人がいちいち詮索してどうするんだよ。あんたが子供を育ててるわけじゃないんだぜ。あんたが見たのは一時（いっとき）のことだ。謂わば映画をチラ見したのと同じよ。そんなもので全体のことなんか、わかるわけがねえだろ。躾だよ躾」

「あのなあ」おれは身を起こし、ズボンの裾を捲（まく）った。「此処に算盤を押しつけられてたんだぞ。弁慶さんの泣き所に」

おれの剣幕にゲージツは顔を背けた。

「おまけにゲーッてやったんだ。痛みや苦しさに耐えきれなくなってだ。なのに親どもは知らん顔でテレビに釘付けだ。冗談じゃねえぜ」

「わかる。あんたの云ってることはわかるよ……」

「け。何がわかるってんだよ。あんな風に扱われた経験がなけりゃ、この気持ちはわかるわけがねえ。あんたみたいに温々(ぬくぬく)、育てられた奴にわかって堪るか」

パキッと堅い音がしたので振り返ると平水筒の蓋(キャップ)を、ねじ切ったゲージツが立ち竦んでいた。

「なんだよ。おれが間違ってるって云うのかよ」

ゲージツは何か云いたげだったが溜息を太く吐くと一気に全身の力を抜き、微笑んだ。

「まあ、わからねえのはお互いさ」

──ドアが開いた、大きな影が戸口を塞(ふさ)ぐように立っていた。

『通報したのはあんたか』影が云った。

──青い制服に身を包んだおまわり、五十絡(がら)みか。

「ああ。そうだ」

「通報したのか……あんた」ゲージツが呻くように呟いた。

「話を聞かせて貰いたい。来てくれ」

踏み出そうとしたおれの腕をゲージツが摑んだ。

「悪いことは云わねえ。今この場で何も知らねえと云っちまえよ」

おれは奴の手を外した。

「黙ってりゃ、奴らと共犯になる……それだけは我慢できねえ」

「車は下だ」

警官が呟き、おれは驚いた。背後から当たっていた光の加減が変わったのだろう、そのおまわりの顔は半分焼け爛れていた。

5

……ぶぅわん……ぶぅぅぅわぉいん……蜂と虻と蚋が頭の中でドンチャン騒ぎをしていた。脳味噌が茶漬け詰めの頭陀袋になっちまったみたいで、おまけに仰向けになろうとすると肋や背骨が喚き立て、苦痛が歯の隙間から木枯らしのような音をさせて漏れていく。

「一体全体どうなってんだよ……」

自分でそう呟くのが精一杯だった。熱いおしぼりを当てられたように顔がホカホカズキズキ脈打っていた。

『……けっさく。傑作。傑作くん』

てっきり、ひとりだとばかり思っていた留置場の隅から声がした——爺だ。

『随分、スポコンされたの。スポコンされた気分はどうじゃ』

「使用済みのオムツを口に突っ込んでみな、そいつが今のおれの気持ちさ」

『ほほほ。あんた詩人じゃ。詩人じゃな。ならば金も力も無かろう』

「見ての通り……ちくしょう。なんだってんだ、あの……」

『ぼぼづらべっちょり……だ』

「あ？」

あ？　爺はのっそりと陰から軀を現した。軀に纏わり付いただけの襤褸服は蓑虫のようで顔は木の皮で作ったようだった。

「奴の名前さ。あんたを押っぺした警官のな。そしてこの顔は黄疸じゃ。肝臓が加須底羅になっていてな」

「何で此処らの奴らはみんなそんな名なんだ」

「家庭じゃ。親がいかれとるのでネームも、ぐりはまじゃ。この街の人間はみんないかれとる。幼子を手酷く扱うのに躊躇いがない」

「店の常連も居やがった。親切でおとなしい奴らばかりだと信じていたのに」

「店？」

「はばかりだ！」

爺さんはシュッと息を吸い込み、それからホッホッホッと笑った。

「あれも特別に変わっとる。また惨い人間ほど普段は微笑んどるものじゃ」

「にしても何でおれが警官に殴られてブタ箱に放り込まれなくちゃなんないんだよ。おれは市民の義務を果たしただけなのによ」

「この街では常識は通用せん。余所者は見て見ぬふりをすれば良し、そうでなければ糸屑じゃ。あんたのようにな……ほっほっほ」

「あの警官もグルなんだな」

「あれは一番タチが悪いな。幼子をひとり潰しとる」

「げぇ」

「全ては小人草（リリパッツ）のせいじゃ。あれで全てがおかしくなってしもうた。と云うてももう二十年以上前の話じゃが……」

そこへパタパタと軽い足音が響いてきた——おーどりだった。驚いたことに奴は手に鍵束を摑んでいた。

「おまえ！」

奴は檻の前で停まった。

「あんたを明日、沼に埋めるって。ぼぼづらが云ってたよ」

「冗談じゃねえよ。おれは何にもしてねえじゃねえか」

「そんなこと知らないよ」おーどりは、くるりとその場で回転し、スカートの裾を持って品（しな）を作った。

「なにやってんだ！　早く開けろ！　おれはこんな街から、とっととトンズラ太郎するんだ」

「駄目。それじゃ開けない」

「なぜ」

「あたしゃ友達が逃げるのを手伝ってくれなきゃヤダ」

「逃げるったってどうするんだよ？」

「前々から計画してるんだ。山の隠れ家まで無事に脱出できたら、後は自分たちで何とかする。そこまで連れて行って」

おれは爺さんを振り返った。

「革命じゃ！　詩人には革命こそ相応しい！」爺さんは片手を振り上げた。先に付いてるのは蟷螂(かまきり)の卵に似た拳だった。

「ああ。はいはい」

「約束する？」

おれは頷いた。

おーどりが開けると爺さんも付いてきた。

おれたち三人はこっそりと交番を出た。奥の座敷では壊れたマグカップの横で何とかべっちょりが鼾(いびき)を掻いていた。おまえがやったのかと目顔(めがお)で尋ねると、おーどりが頷いた。

裏手に護送車が駐まっていた。おーどりが鍵を投げて寄越す。

「ライトは点けないで、ゆっくり進んで……」

おーどりの言葉に従っておれは車を発進させた。すると街のあちこちに餓鬼が並んでいた。大抵は虐待され怪我を負っていた。奴らはおーどりや他の者と会うと歓声を上げ、抱き合っていた。

十五人ほど乗せたところで、おーどりは山を指示した。

走らせていると背後から子供の会話が耳に飛び込んできた。

『糞野郎ども、次は絶対にぶち殺してやる』

『あんなM餓鬼ならもっと早いうちにブチ殺しておけば良かった』

『あの野郎、俺と同じことをしやがった』

護送車は山に着いた。

「着いたぜ」

おれがそう云った途端、おーどりの横にいた餓鬼がバールをフルスイングするのが見えた。顔の真ん中に打ち上げ花火が着弾したような衝撃でおれは何もわからなくなった。

6

気がつくとおれは手足を縛られ転がされていた。護送車のライトに照らされた餓鬼どものシルエットが森の幽鬼のようにうろうろしていた。

「目が覚めたぜ」

餓鬼のひとりが云うとおーどりが他の餓鬼を引き連れてやってきた。

「案外、丈夫なんだね。ド頭をかち割ってからまだ五分と経っちゃいないのに」

「どういうことなんだ？」

「なんてことはないさ。あんたに後でべらべら喋られるといろいろ具合が悪いのさ。あたしたちや、孤児(みなしご)ってことで人生やり直すんだからね」

おれはおーどりや、その他の餓鬼が普通の餓鬼と違うのを感じた。

「おまえら……いったい……餓鬼の癖になんなんだ？」

するとおーどりが、おれの胸を蹴った。

「莫迦野郎。あたしゃ、あんたなんかよりずっとずっと年上だよ」

「なんだと？」

「俺は今年で六十八だ」おれにバールを叩き込んだ餓鬼がそう云って鼻を掻いた。

すると周りでも口々に『六十五だ』『七十だ』『八十一だ』と声が上がった。

訳のわからないおれが口をぽかんと開けていると爺さんが引っ立てられてきた。おれと同じように顔が腫れ、縛られている。その前にデカい盥（たらい）が置かれた。なかには真っ黒な水が入っている。

「嗚呼……それだけは……辞めてくれ」爺さんが啜り泣いた。

「なんでだよ。こいつは親切ってもんだろ」

おーどりが合図すると爺さんの顔が盥に突っ込まれ、モゴモゴと苦しそうに身悶えすると引っ張り上げられ、脇に捨てられた。水を飲んだ爺さんは苦しそうに咳き込んでいた。

「何をやってんだ！」おれは軀を揺すり縄を解（ほど）こうとした。が、実に見事に縛ってあり、結び目はびくともしなかった。

すると雲に覆われていた月が顔を覗かせた。白白した月光が森に差し込み、辺り一面を昼間のように明るくした。その光を浴びたと同時に爺さんは虫のような声を出し、転がり出した。最初は服がデカくなったように見えた。が、それは逆だった。爺さんは爺さんじゃなくなり、子供に……否、もっと云えば赤ん坊になってしまった。

「なんてことだ……」

呆けたおれを面白がるかのようにおーどりと他の餓鬼が取り巻いた。

爺さんの居たところから赤ん坊の泣き声が始まった。するとおれを殴った餓鬼が爺さんの服の上にバールを叩き込んだ――声が止んだ。

「俺は昔っから餓鬼の泣き声には反吐が出るんだ」そいつはペッと唾を吐いた。

顔色ひとつ変えずにおーどりが云った。

「わかったろ？　あたしたちはね、あいつらの親なんだよ。奴らのひとりがこの山で偶然に小人草を見つけやがってね。それをあたしらを騙して、ある夜一斉に呑ませやがったんだ」

別の餓鬼が云った。

「俺らを餓鬼に変えた奴らは仕返しを始めやがったのさ。さっさとブチ殺しておけばよかったぜ」

「あんたには悪いけどね。子供返りして貰うよ」

おーどりの言葉におれは盥へと引きずられた。

「よせ！　やめろ！」

「なんでだよ？　人生リセットしてやり直しができるんだ。こんな嬉しいことはねえだろう？　おまけに記憶はバッチリ残ってるんだ。今からやり直しゃ宇宙飛行士にだって大統領にだってあんた成れるんだぜ」おれの足を担いでいる餓鬼が嗤った。

「うるせえ！　おれは自分のことは自分で決める！　餓鬼になるなんて真っ平だ！」

盥が目の前に迫ると顔面が液体に押しつけられた。

――息を詰めたが長くは保ちそうもなかった。

その瞬間、轟音が聞こえ、押さえつけている手が消えた。おれは身を翻して顔を抜くと地べたを転がった。代わりに弾が掠めたらしいおーどりが盥に顔を突っ込んでいた。

煙の上がった銃を持ったゲージツが近づいてきた。と、同時に車のライトが次々と点灯され、森が更に明るくなった。車から降りてくる大人達を見て餓鬼どもが蒼白になった。

「親父……門限を破った挙げ句、家出かよ。俺が門限を破った時、あんたはアイロンを顔中に押しつけてくれたよな」おれを殴り倒した警官が懐中電灯の明かりをひとりの餓鬼に向けた。

「勘弁してくれぇ」

そいつの股間が一瞬で黒々と濡れた。

あちこちで親を引っ立てる元子供の怒声と餓鬼になった元親の悲鳴が交錯した。餓鬼は麻袋に荷物のように詰め込まれていく。

振り返るとゲージツが盥から引き上げたおーどりを抱いていた。

「なんでだよ……かあちゃん……俺はやらなかっただろ？　俺はみんなと違ってあんたを痛めつけたりはしなかったはずだぜ。そうだろ？」

おーどりはうっすらと目を開けた。液体のせいなのか顔全体、産毛が光るようにピカピカしていた。

「それが莫迦らしいのさ。善人面して世話してくるあんたの顔が忌々しくって忌々しくって虫唾が走っていたのさ」

「そんなに……本当に俺のことがそんなに嫌いだったのかよ。かあちゃん」

「当たり前じゃないか。あんたのせいであたしの人生は滅茶苦茶にされたんだ。自由もなくて働きにもいけやしない。友達もいなくなっちまったし。地獄だったよ……あんたがあたしにできる親孝行はねえ。せいぜい大きな会社のトラックにでも撥ねられて慰謝料を払わせるぐらいのことだよ。そんなこともできやしない癖に親孝行面するんじゃないよ」

ゲージツが色のない血を吐いた。

「だったら！　だったら……なんで産んだんだよぉ!!」

おーどりは片笑窪を浮かべて嗤った。

「ふん。避妊に失敗したのさ。流産しようとできることはなんでもしたけど、あんたは寝穢く子宮にしがみついてさあ。まるでマンボーンのストーカーさ。きゃはははは」

ゲージツの腕から力が抜けるとおーどりは下草の上に落ちた。そして見る見るうちに手足が短くなり、顔から険が消え、赤ん坊のそれに変化した。

「行こうぜ」

おれが肩を叩くとゲージツは悄然と頷き、車へと歩き出した。周囲の者は既に殆どが引き上げていた。

奴のトラックに手を掛けるとゲージツが「待ってくれ」と云った。

そして嘗て、おーどりだった赤ん坊を手に戻ってきた。

「どうするんだよ、それ」

「もう一度、育てる。此処まで戻れば記憶もないだろう。俺が真人間にする。できるのは俺しかいないからな」

「あんた、お人好しだが……偉いな」

「俺はただ人間を好きでいたいだけだ」

〈街外れまで〉とおれが云うとゲージツは頷き、おれに赤ん坊を預けるとアクセルを踏んだ。

有り難いことに奴はホットサンドを土産に持ってきてくれていた。

とぼつきながら喰ったそれは、とてつもなく美味だった。


（おすまい）

孑々も蚊になるまでの浮き苦労の巻

1

袋を受け取るとそいつは面白くもなさそうな顔を更に糞面白くなさそうにしておれを見た。

「中身がなんなのか知ってんのか」

「知らない。おれは他人(ひと)の袋の中にゃ興味を持たないように生きてる」

「ふん。路傍(ろぼう)の知恵ってやつか」

「ロボットに知り合いはない」

「あんた、野良人(ノラト)だろ？　両親とも日本人なのか？」

「野良人じゃないが公務員でも会社員でもないな。定職がない、あっちこっち車に乗せて貰って移動してる」

「それを日本語で野良人というのさ。学校は？　その小学校とか中学校とか……」

「行ったかな。セメントでできた箱の中で朝から座って、鐘が鳴るまで糞や小便を我慢するとこなら」

　男は鼻を鳴らした。

「飯も出るぜ」

「出たな。豚の残飯よりはマシってな飯(やつ)が」

　奴(やつ)は袋の口を開き、逆さにした。白い塊(かたまり)がどっさりと足下に落っこちて積もった。

「灰だ」

「のようだ」

　男は爪先(つまさき)で灰を弄(いじ)ると、また鼻を鳴らした。

「ヨージローの手先じゃないだろうな」

「ヨージ？」

「豚みたいに太った奴だ。あんた、あいつのとこにも同じ袋を持って行ってるんだろう」

「ああ。あの人がヨージローか……持って行ってるよ。これからも行くんだ。この前来たときにはあんた居なかったから……だから今日は倍を持ってきた。残りは弟さんたちの分だ」

　おれは肩に担いだ袋を見遣った。

「奴が爺(じじい)のとこへ行けと云ったんじゃないのか？　助けたとかなんとかは御託(ネタ)だろ？」

　おれが鼻を鳴らす番だった。

「何がおかしい」

「あんたら兄弟はみんな同じ事を云うんだな」

男は暫く、おれを睨んでいた。

おれも何も云わなかった。

「あの爺は人間の屑だ。おふくろと俺たちをサンドバッグか目覚ましのベルみたいに殴りつけやがった」

「今は一日椅子に座ってパイプを吹かしてる」

「それよ。それがポイントなんだ。なんであんな爺が籤(ロト)で十二億も当たるんだよ」

「さあな。神様に電話してみなよ」

「見たのか……銭を」

「ああ。山てこ積んであったよ。天井ぐらいまで」

男は唾を吐いた。

「死に損ないの糞が……寄越す寄越すと云いながら、ちっとも寄越しゃしねえ」

「できる限りのことはしてると云ってたけどな」

「こんなボロマンションの家賃がなんだってんだ！　てめえは日銀並みの警備厳重なとこに収まってやがってよ」

「爺さんには爺さんの理屈があるんだ」

「おまけに下らねえ宿題を出しやがって、そいつを続けたら金を分けるってことらしいが……とんでもねえ、屑だよ」

「そろそろ行かなくちゃ」

おれは肩の荷をポンポンと叩いた。

男がにやりとした。

「ヨージローには気をつけな。奴は糞を喰う」

2

糞を喰う奴がどんな面をしているのか考えたこともなかったけれど、なるほどそう思って眺めてみるとヨージローは喰ってそうな顔をしていた。

「世の中はこれからエーアイなんだ。知ってる？　判る？　エーアイ」

「座薬かい？」

ドアを開けたままにしてヨージローは肩を竦め、大袈裟に顔を顰め、口元を土手饅の先っちょにした。

「あ！　今、ボクの困る顔を可愛いと思ったんでしょ。けど、それはとんだお門違いですよ。お盆は暮れですよ」

「思ってないから。あんたは無事だよ」

「ふ〜ん」ヨージローは袋を受け取るとおれにウィンクした。「ここまで来る間、どうだった？」

「なにが？」

ヨージローはマンションの廊下に目を遣ると「この街の人間さ。もう、どうしようもないいんだ」と呟いた。「有り体に云って根暗の屑だよ。過去に引きずられて未来を見つめることのできないい不潔なデキソコナイばかりさ」

おれは袋を奴の胸に押し付けた。

「なに？」ヨージローが不満そうに唸った。「なに。このやりかた」

「急いでる。ヨーサブローにも持って行かなくちゃ」

「あいつは逃げやしない」

ヨージローは袋の中を覗き込んだ。

「また塵だ。なんでパパはこんなものばかり送ってくるんだろう」

「さあ。きっと詩人か何かだからだろ」

するとヨージローは〈ケロケロ〉笑った。

「なんにも聞いてないの？　パパは超有名な脳外科医だったんだよ。それも保険を使う奴なんか相手にしないんだ。自費診療専門……パパに掛かったら水虫だって百万は取られるんだから」

「まるで追い剝ぎか人攫いだな」

「巧いこと云うねえ。あんた」

その言葉尻で〈アッ〉と短い声を上げたので振り返るとヨーサブローがいた。

ふたりは〈おう〉でも〈むぅ〉でもない言葉を交わすと部屋の中に入ろうとした。

「ああ、これ」

ヨーサブローはおれの手から袋を奪うと中身を廊下に撒き散らかし、ドアを閉めた。

3

「ほんとのことじゃ」

ロッキングチェアーで揺れながら爺さんは頷いた。

「あれはアレを喰う」

爺さんは頭を怪我した奴がするネットのような赤いニットをかぶり、赤いガウンを着、シャツも靴下も全て真っ赤で揃(そろ)えていた。そいつが揺り椅子でユラユラ、こっくりこっくり頷くのは、もう〈赤べこ〉以外の何ものにも見えない。

「あんたが、どえらい銭を取る医者だったって」

「うまうま……うまうま」爺さんは頷いた。「その通り。持てる者からはたっぷりと、が儂の信条でな」

「だったら持たざる者からはゼロだ。さぞ喜んだろう」

「不幸なことに、忙しゅうて彼らを診る暇はなかった」

壁には新聞で見たことのある政治家と並んで立っている若い頃の爺さんの写真が額に入って飾ってあった。

「而(しか)して奴らは受けとったか？」

「え？　ああ。渡したよ。全員が廊下にブチ撒けちまったけど」

「ふんふん。うまうま……うまうま」

おれは莫迦でかいテーブルの端と端に座って飯を奢って貰っていた。其処で飯を喰うと、いつも映画で見たマフィアの会議を思い出す。

初日に来た時には〈茶枇杷（ちゃびわ）の巡礼（じゅれ）がベシャベシャ〉とか〈おまるで捻挫（ねんざ）した海老〉とか〈泡倉（あわぐら）と鰭（ひれ）肉〉とか口の中で、ぐにゃぐにゃするような飯ばかりだったので今は炒飯（チャーハン）と拉麺（ラーメン）を喰っている。

「ちゃびわのじゅれだけでも、おまえが喰っているそれを五十杯は喰える代物なのだぞ」

爺さんは赤ワイン片手にそう云ったけど、おれは首を振った。

「悪いけど、おれはあんな口の中で〈のさばる〉ような飯（の）は虫が好かない。奴らは素直に尻から出ていく気がしない」

それを聴くとまた爺さんは〈うまうま……〉と頷いた。


おれが爺さんに拾われたのはこの街の倉庫街をほっつき歩いている時だった。

ヒッチしたトラックの運転手が腹から出ているビニール袋の中身を吸ってくれというので、おれは此処で降りることにした。袋はそいつの腹に繋がっていた。

空がうっすら明るくなった程度のところでトラックから放り出されたおれは別のトラックを捕まえようとしていた。すると安手のブロック玩具のように置かれたコンテナの陰から小さいけれど高そうな車がやってきて、親指をおっ立てたおれの前に停まった。

ドアが開き、降りた爺さんはおれを素通りし、背後にある倉庫の前で屈み込んだ。

大した失望もせず、おれはまたぞろ道路の先と爺さんを見るともなく見ていたんだが、突然バキーンッと物凄い音がした。爺さん曰(いわ)く、そいつは〈断末魔の最期っ屁〉というやつで殆ど爺さんの魂は軀から抜け出していたんだそうだ。

『爺さん、元気だな。しこってんのかい？』

前におっぺしながら腰をクイクイさせている爺さんを覗き込んでみると、爺さんは溝に突っ込んだ顔を泥水で塞がれていた。後で聞いた話じゃ爺さんは倉庫前で溝に鍵を落とした。目が弱ってるのと陰だったんで鍵を探す気の爺さんは、よく見ようと顔を近づけた。そこでバランスを崩して前のめりになったんだが顔の幅が丁度、溝の幅だったんで顔を突っ込んだまま抜けなくなっちまったんだ。泥も水も三センチぐらいしか溜まってなかったんだが、人を殺すにゃそれだけで十分なんだとおれは知って魂消(たまげ)た。

『爺さん、おっ剝(ぺ)がすぞ！　良いな！』

爺さんのズボンのベルトを摑むとおれは自分を爺さんごと丸投げするように後ろに勢い付けてぶっ倒れてみたのさ。

——そして今。

両の頰べたに団扇(うちわ)のような絆創膏を貼って爺さんは優雅に〈ぼぼむくれの脇腹蒸し〉や〈股間(こかん)紅汁(べにじる)の座(すわ)れ〉なんかを喰っているのだ。

「息子は三人とも屑じゃ。天使だったのは六歳まででの。それからはぬくぬくと日を追って腐っていった。手が付けられん」

「そうかいそうかい」

おれは頷きながら熱々(あつあつ)炒飯の載った蓮華(れんげ)を口に押し込んでいた。葱(ねぎ)と胡麻油の香りが口に広がった。

「倉庫の金は十二億もあるんだってな。どうして銀行に預けないんだ」

爺さんはおれを見た。

「ヨーイチローだっけ？　あいつがそう云ったんだよ。あんたが籤で当てたって。ほんと？」

「ああ。十二億きっかりではないな。こうして使っている分は減ってしまっているし、他にも必要があれば使っている。それに銀行なんぞに預けても何にもならん。他人の目に触れれば奴らに分配する時に面倒ごとが起きるだけじゃ」

「おれも他人だぜ」

「あんたは蒲公英(たんぽぽ)の種。此処にはおるが此処にはおらん」

翌日、ビックリギョーサンというスーパーの入口でヨーサブローに声を掛けられた。おれの手には爺さんに言付けられた買い物袋があった。

「乗んな」

助手席にはヨーイチローが居たので後部ドアを開けるとヨージローが溶けた餅のような軀を広げていた。

「座れるかな」

「座る気になりゃあな。ヨージロー、この人の乗るスペースを空けてやれ」ヨーサブローは錆び付いた車の屋根をバンバンと叩いた。

周囲の人間がおれたちを見て、眉を顰めていた。二、三台が揶揄（やゆ）するように盛大にクラクションを鳴らす。

「人気者なんだな」

ヨージローの息を顔に感じながら、おれは運転席に向かって云った。

「ふん。偽善者どもさ」

ヨーサブローはタイヤを鳴らして発進すると駐車場の瘤（バンプ）をバンパーで擦りながら出た。

4

「相談じゃないんだ」バドを半ば空けてからヨーサブローは云った。

おれはゴミ箱のように店中がべたべたするパブの隅っこでテーブルに座らされていた。

真向かいにはヨーサブローとヨーイチロー、隣に餅のヨージローがいる。

「そもそも相談というレベルをあんたにするつもりは一ミリもない。否、一マイクロミリすらないと云った方がより正確だ。俺が云ったことをあんたはやる。ＩＱゼロの盆暗児（ぼんくらじ）のように素直に、かつロボットのようにテキパキと。わかったな？」

「エーアイじゃないの」とヨージロー。

「云っただろ。俺はこいつの脳味噌に用はない。ただ爺に付け込んだ。その付け込みの手口を利用するだけだ。こいつは文無しの蜱(ダニ)だが運は持ってる。大したもんだ」

「あんた歯は磨くのか？」

ヨーサブローは顔色を変えた。

「なんだって？」

おれは歯を剝き出した。

「歯だよ。そこに並んでる滓(かす)の付いた玉蜀黍(とうもろこし)の実みたいな色のやつのことさ」

「こいつ、俺が臭いと吐(ぬ)かしやがった」

「云ってない。歯を磨く習慣はあるのか訊いたんだ」

「おい、あんた。ヨーサブローを怒らせない方が良い。此奴は怒るとチンパンジーをオラウータンと呼ぶような男だ」

「ヨージロー、オラン**ン**ウータンだ。ンが抜けてる。オランウータンだ」

「ふふ、滓(かす)いぜヨーイチ。言葉(ワード)は道具(ツール)さ。言葉は世につれ、世は言葉につれって云うだろ。今頃は誰だって奴らをオラウータンと呼んでるよ」

「ヨージロー。マレー語でオランは人、ウータンは森なんだ。オラでは何も表さなくなってしまう。道具なら正確な道具を使うことだな。そうすれば糞を喰わずに済む」

「誰も好きで喰ってるわけじゃない！　パパが……」

「そうかな？」ヨーイチローがニヤリとした。

「なんだよ、そうかな？　って。ウンチなんか好きで喰う奴があるかよ」

「そうかな？　ダブルそうかな？」ヨーイチローが更にニヤリとする、し続ける。

ヨージローが顔をくしゃくしゃにする。目尻に涙が溜まっていた。

「ヨーサブロー、こいつ信じらんねえよ。こんなこと云うんだぜ」

「ふたりとも止(よ)さねえか」

「ほんとのことじゃねえか。ヨージローは糞喰らえ～♪」

「なんだよ。自分だって発酵唐辛子肛門栓(タヴァスコアナルプラグ)の癖に」

「スカ男には関係ねえことだろ！」

「すかお？　すかおってなんだ？」

「スカトロ喰いの非モテのウンコ野郎ってことだ！」

「なんだよ。酸っぱいケツマン雌犬野郎！」

「け！　ケツマン！　なんだってんだ、それは！」

ヨーイチローが拳を振り上げるとヨージローが掌を向けた。

「そ、そっちはグーだ？　お、俺はパーだ。パーの方が強いんだ！　な、あんた！　あんたもそう思うだろ？」

「おれ……そろそろ行かないと」

　野良犬の涎掛け大会みたいなのには参加したくなかったので、おれは腰を上げた。

平山夢明、

特別巨大版BOX（ボックス）製作決定

予約受付中
詳細は特設サイト迄

https://special.kobunsha.com/hirayama/pelican

読書中の処、失礼致します。
この度、著者平山夢明氏のご理解、また御贔屓様方々からの
「兎に角、莫迦でかい本が読みたい」「穴と本は大きい方が良い」
という数多のご声援を賜りまして、
『俺が公園でペリカンにした話』特別巨大版を
製作させて頂くことと相成りました。
現在、御客様がお読みくださっている通常版と、
特別巨大版、物語には全く相違御座りません。
唯々、只管、書物を巨大に、豪勢に、仕上げる所存で御座います。
更に、特別巨大版限りの特典を多数御用意致しました。
現代の奇跡、隅から隅まで御見逃しの無きよう、
何卒御願い申し上げ奉りまする。

『俺が公園でペリカンにした話』

特別巨大版ボックス
〈内容紹介〉

I 『俺が公園でペリカンにした話』
巨大版

II 『日々狂々、怪談日和。
――「超」怖ドキミオン』
（平山夢明／2005年刊）復刊巨大版

III 特別巨大版ボックス 特製Tシャツ
（フリーサイズ）

……他、鋭意製作中。＊内容は変更になる可能性があります。

◎価格は、決定次第
特設サイトにて
お知らせいたします。

◎光文社公式ECサイト
「kokodeブックス」にて、
著者直筆サイン＆為書き付き
ボックスを限定販売中
〈初回予約締切り〉
2023年1月31日㊋ 23:59
商品の発送開始は、2023年3月下旬以降を
予定しております。

◎商品のご予約・最新情報は、
特設サイトをご覧ください。
https://special.kobunsha.com/hirayama/pelican

おれ知んねえから!!
平山

「まあ、そう急ぐな」ヨーサブローが、おれを制した。「こいつらは東大出だ。許してやってくれ。あんたは高卒以下だろ？　座った方が身のためだ」

ヨーサブローの言葉には納得できなかったが、おれは停まった。

「酒が呑みたい。それと軽い飯も。あんたもちだ」

「かまわん」

ヨーサブローは遠巻きに立っていたウェイトレスを手招きした。

おれは座り、やってきたウェイトレスに注文した。

ヨーサブローは間をしっかり取ってから口を開いた。おれは〈こいつは人に命令するのに慣れてる〉と感じた。

「爺さんは銭を持ってる。それも法外な銭だ。老いぼれには多すぎる。俺たちは爺さんが死ねばそれを相続する権利を持つ」

「待ってくれ、おれは爺さんを殺したりしないし、もし何かで亡くなったとしても、その時には信じられないほど遠くにいるつもりだ」

「勿論だ。その方が良い……さすがは良い意味で高卒以下なだけある。頭が回るな。まるで大卒のようだ。これは褒め言葉だ」

ローゼズ片手にショットグラスを運んできたウェイトレスが三分の二ほど注ぎ、去ろうとした。

ヨーサブローがボトルを残していけと云った。

「うちはショット売りなのよ」

「あと何杯取れる」

「五、六杯ね。どうする？」

「七杯と付けろ。ボトルは置いてけ」

去って行くウェイトレスの尻を見終えたおれはヨーサブローに云った。

「気前が良いんだな」

「俺たちはこの街じゃちょっとした有名人でね。みんな因縁（アヤ）付くことは避けたがる」

「俺たち全員人殺しなんだ」ヨージローが鼻を膨らませた。

おれは奴らの顔を順繰りに見直した。

「ふふふ。驚いたろう？　でもほんとだぜ。驚いたな？　驚いてる顔だ」

「ああ、驚いた。そういう奴は前にもいたが〈でかした〉と褒めてくれって顔で云われたのは初めてだ」

「やっぱりね。ふふん」

「ヨージロー」

「なに？」

「おまえは黙ってパンケーキでも喰え」ヨーサブローは仕方ないと云うように肩を竦め、両手を軽く広げた。「残念ながら、こいつの云ったことは事実だ。俺たちは正真正銘の人殺しだ」

「つまり、ちゃぁんとした人殺しよ」ヨーイチローが付け加える。

「だが……見ての通り、罪は償った。ヨーイチローは酔っ払い運転で二匹殺したんだが、ちゃんとやったよな？」

「やったやった。俺はムショに七年。慰謝料も一億だったかな？　確か払った」

「俺は割り込みをぐちゃぐちゃ指摘してきた受験生をホームから突き飛ばしたら、電車に踏まれてぺっちゃんこ。傷害致死で半年。慰謝料は八千万」

「ボクはボクを裏切った女に付きまとってたらふたりぐらい勝手に自殺しちゃった。なんかいろいろとおまえのせいだみたいな話になって二年ぐらい刑務所行ったよ。慰謝料は二匹で一億とちょっと。ちゃんと払ったよ」

「つまり、俺たちはすっかり罪を償って、正々堂々としたどこから見てもクリーンに生まれ変わった完全真人間ということなんだ」

「なるほどね」

「ところがこの街の奴らは未だに変な噂を立てやがる。俺たちがまたぞろ何かしでかすんじゃないかとかなんとかな。俺たちにはそんな気は更々ねえんだし、世界の片隅ですこすこ暮らそうとしているのに、それをここらの奴らは度量が狭くて許さないんだ」

「ボクは凄く心を痛めているのね」

「俺だって他人の冷たい視線に晒されるのには限界なんだ」

三人がそれぞれ口を開いたところでヨーサブローが云った。

「此処らで俺たちは街の奴らに本気で俺たちが改心したってところを見せつけてやりたいと思うんだが、どうだろう？」

「そんなこと相談しなくちゃできないことでもあるまいよ」

「そうでねえんだよ」ヨーサブローの目が鈍く光った。ヨーイチローとヨージローの目にも先程とは打って変わって不穏なものが浮いていた。

「ごちになったな、帰るよ」

「爺さんは約束したんだ」ヨーサブローが云った。「当選金を俺たちに分け前るってな」

「ボクたち、ちゃんと聞いたんだよ。この耳で」

「なのにあの野郎、ちっとも寄越しやがらねえ。それどころか妙な宿題まで出しやがって。俺には尻栓、ヨージローには糞だ」

「俺にはこいつらが毎日、ちゃんと約束を守っているか確認して報告させてやがる。そんな親がいるか？　聞いたことがねえぜ」

「おれは一宿一飯の恩義を返してるつもりでね。あんたら親子の関係には何の興味もないんだよ。それが厭なら断れば良い。なんだか冷めたお湯のようなスープを延々と飲まされてるような気分だ」

立ち上がろうとしたがヨージローは餅の軀を動かさなかった。

「餅。どいてくれ」

「ボクは餅っぽいけど、餅じゃないよ。第一、餅は喋らない。無言でしょ」

「座れ」信じられないことにヨーサブローの目に涙が浮かんでいた。

おれは驚いて座り直した。

他のふたりからも笑顔が消えている。

「だが、俺たちにもやっとわかったのさ。爺さんは俺たちが間違っているということをこういう形で伝えてきてるんだってことを……」

「ボクたちが本当の謝罪をしていないとパパは教えてくれてたんだなって。この前、三人で散々、いろいろと話し合った時に」

「ふっと腑に落ちたんだよ。ヨーサブローもヨージローも俺も」

「それだけ判ってるんなら頭を剃るなり、焼け死ぬなりしたらどうだい？」

「それじゃあ残された遺族が可哀想だ。本当の魂の救済にはならないだろ」

「ボクたちは本気なんだ。本当にピカピカの玉のような〈ごめんなさいの心〉を取り戻してる」

「俺たちはよくよく考え込んで、こうした自分の欲的ななんやらかんやらを全て捨て去ることを決意したんだ。魂の救済……人は本当に死ぬこと以外に罪を償うことができるのか……答えはあるのか。徹底的に考え抜いた。そしてある時、ひとつの言葉が俺たちのなかに同時に降りてきたんだ。本当にほとんど同時に！」

「なんて？」

顔を上げたヨージローが前のめりになって云った。

「そうだ！　もにゅめんとしよう！」

「もにゅめんと？」

「そうさ。自分たちの過ちを未来永劫(みらいえいごう)忘れることのないよう自分の反省を含めた人間の愚かな行為を戒める為の記念碑と記念館を建設するんだ。あんたにひと肌脱いで欲しいってのは、其処なんだよ。爺はあんたを気に入ってる様子だ。ぞっこんと云っても良い。俺たちには無理でも、あんたの口から云って貰えりゃ屹度、巧くいく。俺たちも俺たちによって殺された人たちもどれだけ浮かばれるかわかりゃしないんだぜ。よっくそこの処を考えてくれよ」

ガラスの向こう、通りを行く親子連れが此方を見て首を振って通り過ぎる。確かにこの兄弟はこの街では肩身が狭いのかもしれない。

「お願いしますよ、中卒のアニキ」

「莫迦、この人は小卒だ」

「爺さんには既にこの事はあらまし伝えてある。後もうひと押しなんだ」

それからも時計の短針が次の数字に行く間、奴らは反省と生きる苦悩と贖罪について話し続けた。途中、もう一本注文したボトルを大方空けてしまった頃、おれは頷いていた。「わかった。爺さんにあんたらの話を聞けと説得すればいいんだな」

「そうだ。そしてとにかくあんたは賛成だと云って欲しい。色々と世間を見てきた結果、忌憚ない意見だと付け加えてな」

5

「ヨーイチローが乳母車の母子を撥ねたのは確か十九歳の時。ヨージローがストーカーまがいのことをやって地方から出てきた娘さんを死に追いやったのが二十三歳、ヨーサブローが人をホームから突き落としたのが、やはり二十歳の時じゃった」

爺さんは赤ん坊の頭ほどもあるデカいパイプで煙を盛大にぶかぶか吹かす。それはおれが今迄、嗅いだことの無いほど臭い煙草だったが、爺さん曰く〈絶妙中の絶〉の味わいなのだそうだ。なのでおれは爺さんから少し離れた処に座り、ハゲノダツをアイスっていた。

「三人も息子がいて揃いも揃って盆暗とは、爺さんも無念だったろう」

「三人とも儂の後を継がせるつもりで幼い頃から徹底的に医師としての教育を叩き込んだつもりじゃった。が、無念にもそうはならんかった。ヨーサブローの事件が起きて暫くしてから女房は階段の手すりで首を括って死んだ。生前は極度の綺麗好きじゃったのに。床に排泄物が山になっていた。儂はそれを綺麗に掃除し、葬式を終わらせると仕事を辞めたんじゃ」

「ヨーサブローの話じゃ、あんたは奴らに銭を分けると約束したのに果たしてないと云ってたぜ」

「奴らには所詮、金の良さが本当にはわからん。わかっていればわかるはずじゃ」

「おれにもわからんけれども」

「あれらは人間の屑じゃ。なぜ奴らが揃いも揃って大それた事をしでかしたと思う？」

「さあね。見当も付かないな」

「ヨーイチローは留年、ヨージローは国家試験不合格、ヨーサブローは希望していた大学病院の内定取り消しが決まったからじゃ。奴らは周囲から才能の無い怠け者の負け犬という烙印を押されるぐらいなら、たまたまの人殺しで再勉強、再挑戦ができなかったという道を選んだんじゃ」

「いくらなんでも、そんな莫迦なことはないだろう」

「腐った人間の中身はどこまでもハードグロテスク、底無しよ。儂はそれまでの全財産を遺族の救済に充（あ）てた。二年前、偶然とはいえ籤に当たるまでは乞食同然の生活じゃ。それまで奴らは音信不通、霞（かすみ）ほども姿を見せなかった」

「なら、どうやって奴らは知ったんだい？」

爺さんは溜息を吐いた。

「遺族のその後が気になっての。少しだけでも墓前に供えて貰おうと幾許（いくばく）かを人づてに送ったのじゃ。その礼状を見つけたらしい」

「寄りつかなかったんじゃないのか？」

「姿は見せんが度々、儂の陋屋（ろうおく）へ盗みには来とったようじゃ」

爺さんが咳き込んだのでおれは背中を撫でてやった。

「爺さん、この煙はやっぱりヤバいぜ。銘柄を変えな」

「そうか？　そう思うか、むふふふ」

「で、どうなんだ？　おれはどうでも良いんだが？　一応、答えは聞いてこいと云われてるんでね」

「しょ……承知したと云ってくれ」

「え？　ほんとか？　いいのか？　寝ぼけてるんじゃないだろうな」

「承知じゃ。わかったら、その袋を持って行ってくれ」

爺さんは部屋の隅にある麻袋を指さした。

おれが電話をするとヨーサブローは盛りの付いた馬のような鼻息になり『でかしたでかした』と云った。そして『この間の店の前に九時』と云って勝手に切れた。


約束の時間、白いキャデラックがゆるゆるとおれの前に停まると窓が降り、ヨーサブローが顔を出した。「どうして店の前にいないんだ」

「邪魔だと叱られたんだよ。おれが居ると客が来ないって」

ヨーサブローはフンと鼻を鳴らすと「乗れ」と云った。

車の中には高級なコロンの香りが充満し、何人かの男がいた。全員が黙っていた。

「今回のプロジェクトに協力してくださる方々だ。この人はコロシヤさん」

ヨーサブローの横の小男が革手袋をしたままの手を出してきた。おれが握ると奴から先に手を離した。なにか云ったが、聞き取れない。

キャデラックはデカい船のようにゆっくり通りを進んで行った。

爺さんが話し合いの場所に指定したのはおれと出会った、あの倉庫だった。

鉄扉を開いて中に入ると爺さんが図体のデカい男と居た。

ヨーサブローが小男を紹介し、爺さんと握手をさせた。

おれたちは隅のソファのあるテーブルに座った。

「とうさん、前にも話した件なんだけど。誤解して欲しくないんだ。この人にも話したとおり、俺たちは間違ってた。何もかも。それを今回で全て綺麗さっぱり正しい道に修正したいと思ってる。この人も俺たちの考えに賛同し、全面的な協力を約束してくれた」

爺さんはヨーサブローの言葉を遮(さえぎ)った。

「わかった。おまえらは罪を償いたいというんだな」

「そうさ。本当に自分の犯した恐ろしい罪を心から悔やんでいるんだ」

ヨーサブローは俯き、次に顔を上げると頬に涙を伝わらせていた。

「俺は、俺たちはあのことで全てを失ってしまった。かあさんも……うっうっ」

「本当におまえらは悔い改めたいのか？」

ヨーサブローは爺さんの手を取ると膝を突いた。

「うん。そうだよ。とうさん」

「なぜ、今迄しなかった」

「したよ。してたよ。でもお金がなくてできなかった。世の中、罪の償いだってお金がないとできないんだ」

「そうか。それが今回、儂に銭を出せと云ってきた理由なんだな」

「僕たちは自分の人生なんか捨てて全てを罪滅ぼしに賭ける覚悟なんだ。その為なら何だってする！」

「なんて素晴らしいセリフだ。こんなセリフがおまえから出るとは……」

「僕だけじゃない。ヨーイチローもヨージローもそうなんだ」

小男が手に持っていた筒から図面を出した。

「それが今回の愛と正義の記念館の設計図だよ」

「なるほど」

「総工費は四億。維持費は年に二千万ぐらいかかってしまうんだ」

「つまり儂の銭を全て使って、建ててから四十年とちょっとの運営ということだな」

「うん。その先は自分たちで何とかお金を貯めて続けていくよ」

「ひとつ訊いて良いか？」

「なに？」

爺さんは手にしていた鷲の頭が飾りになっているステッキをゆっくり回した。

「何故、儂の金なんだ」

ヨーサブローは立ち上がった。

「とうさん……僕たちはあなたの子供だよ。絆があるはずだ。とうさんは僕たちを愛してないの」

「勿論、愛しとる。じゃから、おまえたちが真人間になるように日々のテーマを与え、それにより英知と正気を取り戻すように願っておる。真の金の価値に思いが至った時、儂は分け前るつもりじゃ。それまではヒントでピントじゃ」

「だったら子供達の失敗をカバーしてもいいんじゃない」

「儂は既に全財産を一度、おまえたちの為に使っている」

「でも、また当たった。それも籤だよ」

「そうじゃ」

──間ができた。

「何か感じないの？」

「何をじゃ」

「神の意思をだよ。僕は聞いた時、これは絶対に神様がとうさんを通して罪を償えと云ってるんだと確信した。他のふたりもそうだよ」

「残念ながら儂も医者の端くれでな。自然科学的思考が染みこんどる。そこまでの発想はなかった」

「とうさんは浮世離れしてる。世間一般の常識に疎いんだ。誰だってそう思うよ。七十を越えた年寄りに十二億が当たり。しかもその子供たちは全員罪を犯している、となったら答えはひとつ。その金を被害者救済に使えだよ。罪滅ぼしをしろに決まってるよ」

爺さんは唸った。

「とうさん！　とうさんは間違ってるよ！」

「何をじゃ」

「僕はとうさんを。ヨーイチローをヨージローを守りたい。ただ家族を守りたい。それだけなんだ」

「話が見えんな」

ヨーサブローは身振り手振りで話し出した。

「だって考えてみなよ。僕たち家族が十二億も当たって何もしないなんて云ったら。世間は非難するよ。週刊砲も炎上も来るよ。みんな火達磨だよ。人殺し一家、ぬくぬくと暮らすなんて書かれてさ。すぐ刺されたり、抉られたり、バラバラにされたりしてしまう」

「なぜそんなことになる。殺したのはおまえたちで儂ではない。当たったのは儂でおまえたちではない」

「そんなこと世間が許すはずがないだろ！　俺たちは人殺しの外道なんだよ」

「しかし、既に罪は償っとる」

「莫迦な！　そんなの関係ない。人殺しは、とにかく死ぬまで不幸でないといけないんだよ。絶対に人より幸せになっちゃいけないんだ。高級時計やブランドものを身につけたり、高級外車に乗ったり一流レストランで食事したり、クリスマスを祝ったり、海外旅行で羽を伸ばしたりしちゃいけないの。裸出歯鼠のように地下に引っ込んで、ジメジメと小さく狭く薄暗く生きて社会の肥やしのように死なないといけないんだよ。でないと抹殺されるんだよ！」

爺さんは溜息を吐いた。

「じゃが、儂の金じゃ」

「だから違うんだよ。それはとうさんの現実。世間の現実は違うんだ。世間から見たらそれは、とうさんだけの金じゃないんだよ。子供が人殺しなんだから。その辺をもっとちゃんと自覚してくれないと本当に困るよ。いい？　あんたは三人の人殺しの父親！」

「じゃったら、直接支払おう。全て払ってしまう。それなら文句はあるまい」

するとヨーサブローは髪を掻き毟りながら地団駄を踏んだ。

「だめぇぇ！　それは単なる施しになっちゃう。彼らは乞食じゃないんだよ。それこそ非難囂々、抹殺だよ！　抹殺！」

「打つ手がないの……」

「だから記念碑、記念館なんでしょうよ！　これなら目に映る形で永遠に喪に服した感が出るから。これなら安全。何か云われても記念館がありますって云えば、それで終わり。ナッシンッ。全ての妬み嫉みは記念館に通ずで、こっちには来ません。あそこで全ブロック」

「なるほど～おまえら三人はそこで命がけで罪滅ぼしのおかわりをしたいと云うことか」

「ウェィウェィ」

「本気か？　誤魔化しや嘘ではないだろうな？　贖罪をこれからも死ぬまで続けていきたいと本気で思っとると儂に誓えるか」

「勿論。僕たち三人は命がけでこれからは、ご遺族の為に生きていくよ。これで御納得頂けましたか」

「した」

爺さんがそう答えるとヨーサブローはホッとした顔で爺さんの禿にキスをした。

「よう、小中退！　爺さんがＯＫしたぞ。御褒美に後でナグルナルド奢ってやる」

するとと倉庫のシャッターが開き、別の車が入ってきた——黒のベンツだった。

背広を着たゴリラが出ると中からヨーイチローとヨージローが出てきた。ふたりともパンツ一丁だった。

「なにやってん……」と、ヨーサブローが云い掛けたところで爺さんが小男から別の紙を受け取り、広げた。顔色が変わった。

「これはおまえの持ってきた図面と同じものじゃ。外観はな」

爺さんが云うと元々居たゴリラが図面を合わせた。確かに同じものだった。

「じゃが、おまえの図面にはないものが此処にはある。地下にバースペースと秘密カジノじゃ」

ヨーサブローは震えた。

「違うんだよ、これは。インチキだ」

「サブちゃん、もう駄目！　ボク全部喋っちゃった」

ヨージローが叫んだ。

「とうさん、僕は嘘を吐いてないよ。本気で遺族の為に生きたいと思ってる」

「あのふたりもか？」

「勿論だよ」

爺さんはその時、初めて父親らしい顔になった。

「それを聴いて良かった。実はコロシヤさんとは古い付き合いでな。もしこの期に及んでも、おまえたちが罪の重さを忘れ、私利私欲に走るようであれば彼に頼もうと思っていた」

「頼む？　なにを」

「コロシヤさんはシミ抜きが専門なんだ。世の中にへばりついたシミのな」

小男が一歩前に出た。

「シミ抜き屋ってのは因果な商売でね。どんなに見事な仕事をしても〈あれは私どもでやったんです〉とは云えないんだ。そこがつらいところだが、今迄一度もクレームが来たことはないよ。あんたの御託は初めっから先生に伝えておいた。先生は命の恩人でね。そんな人の息子が人殺しとは吐き気がするぜ」

小男が少し首を傾げただけでゴリラがヨーイチローとヨージローを引きずって、ヨーサブローと並んで立たせた。

「おまえたちにはこれから彼らと車に乗って儂と約束したその覚悟を証明して貰う」

「パパ！　まさか殺すんじゃないよね」ヨージローは既に股間が小便に塗れていた。

「オレはそう勧めた。おまえらのような屑はそれ以外に人の役に立つ方法はないってな」小男が云った。軀は小さいが猛禽類の目をしている。「だが先生は断固拒否した。おまえらはきちんと生きて被害者やその関係先で心を入れ替えて働くんだ。いいな。それが条件だし……」

「籤の分け前も、儂が保証する」

三人の軀から力が抜け。ホッと溜息を吐いた。

爺さんは三人それぞれの頬にキスをし、暫し抱きしめた。

「なら行け。暫くしたらまた逢おう。それまでは暫しの別れだ」

「またな、親父」「じゃあね、パパ」「ありがとう、とうさん」三人がそれぞれ口にして、ベンツに乗り込んだ。そしてベンツは音もなく、静かに出て行った。

シャッターが再び閉じられると小男とおれ、爺さんとふたりのゴリラだけになった。

「今度は勤まると良いが……」

「奴らの腕は一流です。保証付きですよ」

「すまなかったの」

小男はくすりと笑い、ゴリラふたりを引き連れて出て行った。

おれは爺さんとふたりきりになった。

「何故、ウンチを喰わせたり、肛門なんかを弄らせてたんだ」

爺さんはまたパイプを取り出すと火を点けた。

「儂はあれらに見世物小屋でもやらす他ないと思っとった。ヨーサブローの云うとおり、巡業でもするのが似合いの人間じゃからの。三人なら格好もつくじゃろうと」すると爺さんがパイプを逆さにして叩いた。灰が落ちた。

「あれ?」おれは灰の中に妙な印刷があるのに気づいた。「これ……」

顔を上げると爺さんがニヤリとした。

「ほう。やはりあんたは気づいたか?」

「気づいたかって……これ万札だろ」

「金が有り余っていた頃、悪戯に火を点けて吸うてみた。得も言われぬ良い香りじゃった。以来、儂は万札煙草の虜になったんじゃ」

「じゃあ、おれが運んでいたのは」

「そうじゃ。奴らに約束した分だけの灰よ。儂は分け前を紙で渡すとは云うとらん。尤も気づいたら本物に代えてやろうと思っとったが……」

　爺さんは杖を突いて立ち上がると隅のカバーを捲った。そこにはビニールで梱包された札束が並んでいた。一部が裂け、消えている。たぶん爺さんの煙草になったものも含まれているはずだった。

「まだ、たんまりある。羨ましいな」

「ヨーサブローが云ったことは儂も考えとった。神は何故、この老いぼれにこんな施しをなされたのか……答えは奴と同じじゃった——贖罪を貫徹せよ。儂は迷った。如何にすれば叶うのか？殺すのではない。それは逃げになる。そうではなく奴らに罪を償わせる方法……」

　おれはアッと声を上げた。

「コロシヤは腕が良いと云っていたぜ……あんた……まさか」

　爺さんは頷いた。

「当選金で儂は被害者遺族に繋がる人々のなかに健康な臓器を必要としている人を捜した。すると心臓、腎臓、肝臓、肺、膵臓などが深刻な状態にあり、移植が最善と思われる若者たちが二十名おった。奴らは彼らのなかで生を全うする。此処にある金は表に出せないが最高の技術と設備を持つ病院関係者への謝礼と、彼らの予後治療などで殆どが潰えてしまうはず。儂は彼らの予後が万全であることを確信したら、長く惨めな人生を終わらせようと思っとる」

爺さんはそう告げると、また煙草用の札を取るように云った。

「あんたも欲しいだけ取ると云い」

おれが摑めるだけの紙幣を爺さんに渡した。

爺さんはポケットから古い写真を取り出していた。

そこには四十ぐらいの爺さんと若い奥さん、それに利発そうな三人の子供が笑って並んでいた。

「あんたは？　要らんのか？」

「金がなくてもどうにかこうにかやる術が染みついてでね。持ち慣れないものを持つと眠りが浅くなる」

「そうか……達者でな」

爺さんがパイプを点けたマッチを写真に近づけた。

紙は忽ちのうちに燃えた。

おれは黙って倉庫を出るとトラックを探して歩き出した。

（どっとはらい）

おにぎり鬼と善人厨

1

「やめなやめな！　あれはパロってやがるからよ！」

「え？」

店の前を掃除していたら随分、親しげに声を掛けてきた男がいたと云っただけだった。

「ド頭（タマ）がマカオ屑なんだからよ」

中華鍋を忙しく振りながら親方は云った。云った傍から刻みキャベツとモヤシを入れ、鉄のお玉で塩・片栗・ハイミーなんかの白物調味料の小皿を突っつくようにして渫（さら）うと投げ込み、茹（う）でた魚介と湯がいた麺を入れて、また鍋を振る。火傷しないよう鍋の把手には茶色になったタオルがしっかりと巻き付けてあるが、殆どが剝げちょろけてドントパスミーバイ。

「つまり、お頭（かしら）よ。やっさもっさなんだよ。どやっさもっさなのさ」

「めいびぃかねえ」

「めいびぃべいべぇよ」親方は見える方の目でおれを見た——若い頃、親方はセンベロホルモンで焼豚（やきとん）を喰ってて肉が串から離れないので力任せに歯で引っこ抜いたところ、奇天烈的反動で目玉を逆刺してしまったのだ。本当かどうかわからないけれど、その時の仕草を再現したのを見たところ、確かに引っこ抜いた途端、後ろに下がった頭が慌てて元に戻ろうと前のめりになった。〈この実演にはなかなかに頷けるものがあった〉突いたのは左目で故に親方は必要以上に首を捻っておれを見る必要があった。

「善人ゼンギの前戯爺（ぜんぎじじい）ってな。此処らじゃ有名なんだ」

「そうなんだ」

「そうなのよ」

　おれは厨房に突っ立ったまま親方がちゃんぽんを仕上げるのを待っていた。親方は有名中華チエーンが目と鼻の先に出来たのに激怒し、『中華雲来松風来末（うんらいまつふうらいまつ）』という先代から守ってきた暖簾（のれん）を捨て『長崎ちんぽん淋病ハッと』という相手に当て擦ったような名に変更してしまった。

　御内儀（おかみ）さんとは看板を掲げて以来、セックスレスだとおれを軽トラで拾った時に話してくれた。

〈俺は入り婿（むこ）だから嬶（かかあ）は剣呑（けんのん）なのよ〉と渋く嗤った——人生はいろいろなのだ。

「だからあんたも与太話はそこそこにして早く戻って来るが良いぜ。ほらよ、持ってキナ」

　おれは上がったちゃんぽんにラップを掛けると岡持の蓋を開け、渋色の板に載せた。すると脇から御内儀さんが咖喱飯（カレーライス）と炒飯（チャーハン）を押し込もうとする。

「おっと。そんなに詰めたら傾（かし）いじまうよ」

「いんだよ。どうせゼンギだろ？　こっちのふたつは銭達磨（ぜにだるま）っ！」

「何処其処？」

「駅路地のエロ古本屋の脇入ったドン突きだよ。教えたろ何回も！　ボッタの雀荘！」

「おいおい。だからってそう押し込んで……」

「いんだよいんだよ。わかりっこないよぅ」

「婆（ばばあ）！　ホールの拉麺餃子（ラーギョ）に天津飯豚唐揚（てんぶた）、上がってるよ！」

「あいよ！　ほら、ひとつは此処に置いとくからね！」

「あ、其処は地べただよ！　しょうがねえなあ」

御内儀さんは濡れたコンクリに咖喱飯を置くと長靴をドタつかせて親方の待つカウンターに戻った。

2

「人生（ライフ）……どうですか。実際、腑に落ちてますか？」

「否、どうだろう？　七百五十円」

「わたしゃね、雨が降れば空を見る。花が在（あ）れば土を見るような人間なんですよ」

「なるほどねえ……えっと、七百五十円ね」

親方がゼンギと云った男は爺さんと云うほど老（ふ）け散らかしてはいなかった。顔は使い倒した雑（ぞう）

巾(きん)のように皺クチャで染みだらけだったけれど背筋は曲がってもいないし、薄まばらだが辛うじて禿げてはいない。歯だって河馬(かば)よりは多かった。たいていの人間は人の貫目(かんめ)を身形(みなり)で決めるが、おれは歯で決める。数が在って、きちんと並んでる奴にはまともなのが多かった。逆に白すぎるのは石っころと一緒で冷たくて狡(ずる)いのが多い。ゼンギのは玉蜀黍色(とうもろこしいろ)だ。まずまずといったところだろう。

〝淋病ハッと〟を出たおれはカブの水平器に岡持を付け、駅前に向かった。銭達磨で短縮毛(パンチ)の店員に咖喱飯と炒飯を渡し、それからゼンギの安長屋(アパート)にやってきたんだ。無理に詰め込んだせいで具が丼の端に寄ったちゃんぽんを受け取ったゼンギは蝦蟇口(がまぐち)を手にしたまま財布の口を開ける代わりに自分の口を開け始めた。

「わたしゃね、命ってなんだろ……そう思ってるんですよ」

「はあ……七百五十円な」

「諦めるな！　っとも思ってるんです」

「急にデカい声を出すなよ。なあ、七百五十円なんだけど」

「夢を……というわけです。ギテツさん、あなたの夢は因(ちな)みに何です？」

「七百五十円貰って帰ることだよ。それにおれの名はギテツじゃないし」

するとゼンギはおれをまじまじと凝視(みつめ)た。

「小さいな。あんたの夢。否、逆に大きな夢を描くことに疲れてしまったのかもしれませんね。屹度、そうですよ。そうでしょうよ。然(さ)もアリさん」

腕組みをした奴は頷いた。

「なあ。とっとと、ちゃんぽん代、寄こせよ」

「わかるわかる。人は荒むと人間じゃなくなっちまうんです。あなた今の人生、腑に落ちてないでしょう」

「今、こうしてる事がな！」

3

親方はテーブルに載った搾菜を摘みに紹興酒を呑った。湯上がりで額と頬が桃色になって年寄りの赤ん坊みたいだった。

「あれは公園とかで遊んでる子供に握り飯を配って歩いてるんだ。遊んだら腹が減るだろうってな。十個か二十個ぐらい拵えてたんじゃねえかな」

「旨いね、これ」

おれは別皿に載った揚物を旭の麦酒で流し込んでいた。目の前には肉炒めと白飯の詰まった丼もある——おれの今日の稼ぎだ。

「良いだろそれ。穴子の皮を揚げたんだ。山椒をちょっと塗して塩をきつめにしてある」

「良いよ、これ」おれは熱々のそれを口に運ぶ、カリッと潰すと、塩っ気が舌に広がって何杯でも酒が呑めそうだった。

「でも誰も喰わねえのさ。当たり前だよな。見ず知らずの爺が拵えた握り飯を今時の餓鬼が喰う訳ねえ。なのに奴は毎日毎日、飽きもせず拵えやがってさ。親も気味悪がってお巡りに相談したんだが、どうも他人に握り飯を勧めるのは犯罪にならねえらしいんだ」

「どんな握り飯なんだい」

「どうって当たり前の物よ。子供の拳固ぐらいの大きさで海苔が巻いてあって、ラップで包んである。ラップってても、あの若いのが与太るような唄じゃねえぜ」

「わかってるよ。透明のサランさん家のやつだろ。でもなんだってそんなことすんだよ」

親方は硝子杯を置くと棚に載ったテレビを見た。

「それがちっともわかんねえ」親方は煙草に火を点け、煙を吐いた。「止めてくれって云った親が居て、それがまあウチの常連だったんだけどよ。その人が云うにゃ禍々しいほどの善人さを小さな子の魂に刷り込むのが目的だっつうんだ」

「日本語で頼むよ」

「日本語なんだよ。あれ？　忌々しいだっけな？　マガマガ？　イマイマ？　……イマナガ⁉」

「それじゃ、人の名だよ」

「とにかく近づかないに越したことはないぜ」

翌日、店が定休だったので川の土手へ日向ぼっこに出掛けた。鉛色にゆっくり流れる川を眺めながら、仰向けに寝転がっていた。と、横にどさりと座り込んだ奴がいた。

「やあ、また相見えましたな」

ゼンギだった。霞草を散らかしたような髪を撫で付けると、へへへと照れ笑いをした。

「なんで笑ったんだい」

「否、この辺りは風が強い。髪がぺらっとなってしまったような気がしたもんでね」

「禿げるのを気にしてるのか？」

ゼンギは土手の広場でサッカーボールを蹴ったり、追いかけっこをしている子供達を眩しそうに見つめていた。

「子供ってのは良いもんです。ＴＶは都会にゃ自然がなくなったなんて云いますがね。わたしに云わせりゃ、ありますよ。子供ってのが一番の自然なんです」

「あんた、子供好きなのか」

「ええ。良いもんですよ。わたしゃ好きです」

おれはゼンギの顔を凝っと見た。現場焼けが骨まで染みこんだような皮の色、深い皺の周りに縮緬皺が蜘蛛の巣になっていた。それに右の鼻の穴から太い鼻毛が伸びていて、遠目には猫が引っ掻いたように見えた。だが、おれは別にそれを口にはしなかった。

「変わってんな、あんた」

「あなたは好きじゃないんですか」

「好きとか嫌いとか考えたこともないね。ただ居るってだけのことだ」

ゼンギは首を振った。

「可哀想に。あなたは子供の良さを知らないんだ」

「あんた、知ってるのか?」

「勿論です。居ましたから」

「居ました? いまはどこに居るんだよ」

ゼンギはさっきよりも長い間、おれを見つめ、フッと息を吐くと空を向いた。

「車の事故でね。みんな死んじゃいました。家族全員が死んで、わたしだけが生き残ったんです」

「そりゃ、悪いことを訊いたな」

ゼンギは肩に掛けていたバッグに手を突っ込むと「此(これ)」と云った。親方の云う〈握り飯〉があった。ラップに包(くる)まれている。

「どうぞ」

「良いのか? 悪いな。丁度、腹が減ってたとこなんだ」

おれは起き上がると握り飯を受け取った。

「もうひとつどうです」

「いいのか?」

おれはゼンギの握り飯をみっつ喰った。見ると鞄の中にはまだごっそりと詰まっている様子だった。飯は水が多かったのか、それとも握り方が強すぎるのか表面がべちょべちょして冷たい出来物を舐めているような感じだった。おまけに塩気が少なく、嚙む間にちょっと人ん家(ち)の臭いがした。

「もうひとつどうですか？　まだ沢山在るんです」

「否、もう良い。喉が詰まってきた」

「水なら、この先にあります。一緒に下りましょう」

ゼンギはそう云うと広場へと下りていった。後を付いていくと其処は元野球のグラウンドでもあったのか、切り取り線のように散りばらになったダイヤモンドの白線テープが埋まっていて、簡易便所と蛇口の付いた水道管がおっ立っていた。

ゼンギは便所脇の粗末なベンチに腰掛けると目の前で忙しそうに動き回る子供を眺めだした。おれは奴らが動く度に舞い上がる土埃に辟易し、水道で顔を洗って水を飲んだ。

「トイレ、わかりますか？」

ゼンギが簡易トイレを指さした。そいつは下水の通っていない工事現場なんかに置いてあるレンタルトイレに良く似ていて大人が本気でぶちかませば、ふらりと横倒しになってしまうような代物に見えた。

「ああいうの……どう思います？」

「ああいうのって？」

「トイレですよ。どんな感じですか？」

「どんなもこんなも便所は便所だろ」

「ちょっと良いですか」

ゼンギは立ち上がると便所の前でおれを手招いた。

「なんだよ」

「開けてみて下さい」

「なんでだよ」

「いいから……大丈夫です……怖がらなくても」

「別に怖がりゃしねえけど」

おれは中に人が居ないことを確認しながら戸を開けた。夏のムッとした熱気と、あれの臭気が鼻を撲った。

「キレイだと思いませんか？」

「あ？　なんだって⁉」

「キレイでしょう」

「こんなもんにキレイも汚えもあるかよ。あ、汚えはあるな」

「ちゃんと見て下さい。トイレットペーパーの所には一輪挿しがあるでしょ。それに便器自体も他所と比べて格段にピカピカな筈です」

「あ？」

ゼンギは真面目な顔をして頷いた。確かに巻紙の上にガムテープで貼った透明チューブに土手で靡いていた名前も知らない花が挿してあった。確かに便器も白い。が、中心の野壺は火山的野壺のままだった。おれはドアを閉めるとベンチに戻った。

「はっはっは。あなた、驚いていますね。驚いていますね、あなた」

「嗚呼、驚いたよ」

「驚くことはありません。あれはみんなわたしがしていることなんです」

「うぇ？」

ゼンギは〈そうなんです〉と云いたげに大きく頷いた。

「毎朝、わたしは此処に来て便所を掃除するんです。そして全てを整えてから飯を炊くのです」

「め、飯、炊く？」

「炊きます。炊いて心を込めて御結び（おむすび）にします」

「え？　それってあの御握りか？」

ゼンギは大きく首を振った。

「違います」

「嗚呼、良かった」

ゼンギは両手で三角を固める素振りを見せた。

「御結びです。握ってはいません。こう！　人と人の縁を情けを結び合う。御結びです」

「じゃあ、さっきのはやっぱり」

「御結びです」

口の中にさっき感じた〈人ん家〉感が蘇り、おれは喋る気力が薄まり、とっとと店に帰って、小上（こあ）がりで横になりたくなった。

「んぅ……あんた、そういうの先に云いなよ」

「何故ですか？」

「何故ってさ。その……衛生的……」

「衛生には万全の注意を払ってますよ。だってそうでしょう。わたしの御結びを食べて軀を壊したりしたら、それこそ大変だ。そんなことになったら死んでも死にきれません。だから、衛生的には完璧なんです。ぱーふぇくとひゅーまん」

「でも、なんか……あんた便所を洗うじゃん」

「ははは。あなた、学び舎行ってないでしょう？　もしかしたら途卒ですか？　便所というのは素手で洗ったりはしないんです。便所用の手袋を付けて、便所用のブラシを使って、便所用の洗剤を便器に垂らして擦るんです。生じゃないんです、生じゃ。コッチはゴム付きでやってんですよ。何事もゴムが無けりゃ大変だって、中学でも高校でも真っ先に習うことではありますまいか？　どんとぱすみーばい」

　おれはゼンギの剣幕にやや押され捲っていた。抑々議論は得意じゃない。

「で、あんたはなんでそんなことをしてるんだ？　便所洗ったり、握り飯を子供に配ったりしてるらしいじゃないか」

　ゼンギはそれには答えず、軽く笑うと立ち上がり、子供達に向かって叫んだ。

「みんな、お腹が減ってるでしょう！　ご飯を持って参りましたぞ！」

　すると子供達が一斉に顔を上げた。否、それは正確じゃないな、年嵩の奴らはおれらが土手を下ってくる時点で、既にチラリホラリと視線を向けていたんだ。奴らの顔には微妙な緊張が漂っていた。

「おっほほほ。ほぉれ、遠慮は無し無し無しっ子です！　コッチ来なされ！　され！　され！」

鞄から握り飯を掴んだゼンギがプロペラのように両手を振り回す。

「遠慮はドンマイですぞ！　遠慮は子供の毒（ぽいずねす）ですのぞ！」

すると野球帽を被ったのが五、六人、手にしたバットやグラブをその場に捨てるとバラバラと近づいて来、ゼンギからだけじゃなく鞄にも手を突っ込んで握り飯を奪うようにして持っていった。他にもそれに釣られたように小さいのがバラバラと近寄っては握り飯を掴んでいった。

「ほっほっほ。いいですいいです。元気元気、元気な子供はどんとぱすみーばい。甘露甘露！　良いですか！　皆の衆、わたしの名はゼンギですぞ！　ゼンギ！　憶えておくんなまし、皆の衆に御結びを渡したのはゼンギですぞん！」

ゼンギは鞄にあった残りを全部取り出すと、まだ受け取りに来ていない子供達に渡そうと近づいた。が、子供達はワッと叫ぶと散り散りに走っていってしまった。

「ゼンギ！　あんたらに親切にしたのはゼンギですぞ！」

子供達の背中にぶつけるようにゼンギは怒鳴った。

奴はおれを見ると我に返ったように照れ笑いを口元に浮かべた。

「はっはっは。子供は可愛いもんです。照れ屋ですなあ」

「照れ屋って、殆ど怖がって逃げてただけじゃんか」

「ははは。途卒途卒。途卒からはそう見えるのかも知れませんが、わたしのような高専出には確かな明日と希望の炎が窺えるのですよ」

「そういうもんかねえ。それはそうとあんたちょくちょく下手すると張り倒されかねない語句を狭んでるのに気づいてるか？」

「ありがとうありがとう」

ゼンギは立ち上がると、もう一度おれを振り返り、ほっほっほと笑って土手を戻っていった。ひとり取り残されたおれは、拾っておいた屑煙草に火を点けると一服つけた。岸辺の葦がそよそよと風に揺れ、温かな日差しが貧乏人にも金持ちにも家庭持ちにも宿無しにも平等にさんさんと降り注いでいた――少年野球チームの乗ったマイクロバスを蓋の開いた缶詰のように引き裂いたトラックが、勢いそのままに信号待ちの子供の列に突っ込んだのは、それから小一時間ほど経ってからのことだった。

4

「あんた、もうそういうの止したがいいんじゃないか」

街中が引っ繰り返る騒ぎになった大惨事から半月、おれは並んで座っているゼンギにそう云った。奴は土手で子供達が集まらなくなったので小学校近くの児童公園等で〈握り飯撒き〉を続けていた。

「ほっほっほ。偶然、偶然。そんなことぐらいで自粛してどうするんですか？　男一匹、決めたことは最期までキチンとやらにゃならんじゃないですか」

おれが見上げると若いお巡りがうんざりした顔を歪めた。

「ご主人ね、あちこちから苦情が出てるんですよ」

お巡りが云った傍から今時、珍しい砂利(じゃり)ッパゲの餓鬼が手を伸ばし、ゼンギの握り飯を掴んでいった。

「何故って、ほら……」

「何故ですか？」

お巡りはそれを見送ってから、も一度溜息を吐いた。

「ご主人……」

「これは犯罪ですか？　法律で自分の作った御結びを子供に分けてはいけないとでもあるんでしょうか？」

「弱ったなぁ」

「お金を貰ってるわけじゃないんです。善意なんです。ゼンギの善意なんですぞ」

ゼンギはまた別の子供に配った。今度はふたり来た。

おれはお巡りが気の毒になった。

「なあ。このあんちゃんは握り飯を云々(うんぬん)してるんじゃないんだ。この前の事故の事でみんながピリピリしてるから気をつけろって云ってんだよ」

「わたしが殺したんじゃない。もしそうならこうして座ってられるはずがないでしょう。とっくの昔に刑務所に行ってますよ。そうでしょう？」

するとまた別の女の子が握り飯を貰っていった。言い忘れたが、その子にもゼンギは一々、自分の名前を押しつけるように告げていた。

「あなたは一体、何が目的でこんなことを続けてるんですか？」

警官の言葉に初めてゼンギの顔に笑みが浮かんだ。

「目的？　決まってるじゃないですか……生きるためですよ」

「よくわかりませんな」

するとゼンギはその若い警官の目を真っ直ぐ見て云った。

「わたしは家族が全滅しました。酷い車の事故でした」

「ええ。知ってます。記録を読みましたから。あなたが運転していたんですよね。つまりその罪滅ぼしってことですか？」

「たっは！　ないないない。そんなの全っ然なし！」ゼンギは両手でバッテンを作った。「良いですか？　あなたにはあなたが居たことを憶えてくれる家族がいるでしょう？　わたしには居ない。このわたし、ゼンギが地球に存在していたことを記憶してくれる人は居ないんです。然し、この麗しい子供達に記憶して貰えれば、わたしは彼らの中で何十年も生きることになる。それが嬉しい。つまり子供さん達はわたしの御結びにより腹がくちくなる、わたしは彼らの中で生き続けることができる。魂の救済のためのウィンウィンな運動なんです」

「まあ普通ならそれで済む話だとわたしも思いますが。今回はちょっと事情が……」

「死んだ子供達が全員、直前にわたしの御結びを食べていたということがですか？」

「ええ。まあ。そういうことです。親御さん達は突然のことで我を忘れていますからね。まあ当然のことですが……自重して戴けると有り難いんです」

「拒否します。国家権力の濫用は止めて下さい！　人権！　人権！」

「はあ、まあわかりました。とにかく充分に気をつけて下さい」

「お巡りさん」

　ゼンギは立ち去ろうとしたお巡りの背中に声を掛けた。

「はい？」

「あの暴走トラックの運転手ですが。あれは死刑になるんでしょうか？　死刑が良いですよ。あんなのは……」

　警官は答えず首を振りながら公園を出、自転車に跨がって行った。

「あんた本気で子供に憶えて貰いたくて、そんなことやってんのか？」

「そうですよ。虎は皮を残し、人は名を残すというではありませんか。人はどれだけ人に名前を知られるかがその人の価値なんですよ。だってその人の血肉の中に棲まうわけですからね」

「よくわかんないけど。人がどうだろうと自分が良けりゃいいんじゃないか」

「むっふふふ。途卒途卒」

　そう云うと奴は〈人ん家〉の臭いのする握り飯をひとつ、大口を開けて食べてみせた。

5

裏から入ると店で親方が腕組みをして唸っていた。

「どうしたんだい」

親方は応えず、黙って顎をぐいっとホールに向かって突き出した。既に中休みの時間だというのに其処にはひとりの人客がいた。背の低い四十がらみの女が拉麺丼を前に箸を握って居る。

「あれれ。麺が汁吸っちまって何にもないじゃないか」

「もう小一時間も、ああやってんだ。ぴくりとも動きゃしねえ」

「もうじき夜の仕込みの時間だろ？　追い出したらどうだい？」

すると親方が激しく頭を振った。

「ううん。そんなこたぁ、できゃしねえ。あれは先の事故で子を失ってんだ。然も、三人。一番下のなんかトラックの隙間にくっついたみたいになっちまってたから……すっかり錯乱しちまって、可哀想に葬式にも出られなかったんだよ。あの人」

「前はほんとに優しくて明るい人だったのにねえ」

御内儀もそう後ろから声を掛けてきた。手に玉子丼の鉢を掴んで、掻っ込んでいる。

するとガタンと大きな音を立ててガラス戸が引かれた。大柄の男が三人、入口を塞ぐように立っている。全員がまるで鉛でも塗ったように顔が暗い。そのなかで眼だけが生光に尖っている。

三人のうちのひとりがのそりと女に近寄るとテーブルの脇に立った。が、『行こう』とも『帰ろう』とも云わない。只、暫く黙っていた。まるで口を利かずに話をしているようにおれには感じられた。

ごくり、と親方が唾を呑む音がした。

襤褸椅子（ぼろいす）が、がじゃりと鳴って動き、女が立った。そしてその儘（まま）、吸い出されるように表に出て行き、男達も女を囲むようにして立ち去った。

気がつくとおれも親方も溜息を吐いていた。

「なんだありゃ……」

「顔ぉ覗かせたのは全員死んだ子供らの親よ」

「なんかえらい気配だったなぁ」

「あんなのがこの街には二十人近く居るんだ。とんでもねえ事だよ」

すると丼を下げに行った御内儀が驚いたような声を上げた。

「あんた。お金置いてったよ、あの人（しと）。六百六十円！」

翌々日、丼を下げに行った帰り、前とは別の公園に居るゼンギを見つけた。

奴は相変わらず〈人ん家〉の臭いのする握り飯を配り、受け取る子供に向かって〈ゼンギ、ゼンギ〉と満面に笑みを浮かべて繰り返していた。

「あんた。あんたヤバいぜ」

おれは先日の件を教えてやろうとゼンギの前に立った。

ゼンギは聞いているのかいないのか顔に薄笑いを浮かべた儘、適当に相槌を打った。

「なあ。聞いてんのかよ。もうこんな所で握り飯、配ってる場合じゃねえんだよ。あんたのそのやり方がいちいち思い出させるんだぜ」

「あの薄暗き者どもの事ですな」

「え？　知ってんのか」

「ええ。何度も何度も来ましたよ。御結びを配るなって。無茶なんですよ、全く」

「あんたの気持ちもわかるけど、なんだか尋常じゃなかったぜ」

するとゼンギはおれを見てニヤリと嗤った。何か顔に薄く蜘蛛の巣が張っているようなちょっと薄気味の悪い顔になっていた。

「奴らはね、自分の子供が死んだのはわたしの御結びのせいだって云うんです。そんな莫迦な事、有りますか？　有るわけないでしょ」

「そりゃそうだけど、事実あんたの握り飯を喰ってすぐ事故に遭ったんだし、死んだのはみんな、あの時に握り飯を持ってて食った奴ばかりだったそうじゃないか……人ってのは行き場のねえ苦しみに晒されると何かに理由を付けたくなるもんだ。だから暫くの間は止したらどうだって云うんだよ。子を亡くした親の気持ちを逆撫でしたってしょうがねえじゃねえか。良い事をしたいなら、そう云う気持ちも汲んでやるってのも善行だぜ」

ゼンギはきぇっきぇっと鳥のような声を出した。

「あんた、ほんとの途卒ですな。わたしは何と云ってる？　ん？　善行がしたいなんて云った覚えはないんだな。唯々（ただただ）、只管（ひたすら）、このわたし、ゼンギが居たという事を憶えさせたいというだけなんだ。それだけなんだ！」

「なんだって、そんな事がそんなに大事なんだよ」

「莫迦か？　おまえ。そんなのは世間に莫迦にされない為に決まってるじゃないか！　オレが！　このゼンギが一億二千万分のひとりじゃないって事を刻むためだ。オレが生きていて、こうしていたって事を最低でも五十年は憶えさせておく為だ。だから……本当に」

ゼンギは其処まで捲し立てるとがっくりと頸（くび）を折って俯いた。

おれは奴の肩が震えているのを見た。餓鬼達は剣幕に驚いたのか遠巻きにしたまま近寄ってこようとはしなかった。

「なあ。あんた……」

おれが覗き込むとゼンギは口を押っ広げて嗤っていた。

「良かった……だから本当に良かった。これで死んだ子の親共は絶対に忘れないもんな。わたしのこと」

「あんた……」

「でも、こんな事ぐらいで満足するゼンギ様じゃいけないんだ。大人なんかに幾（いく）ら憶えられていても嬉しくもなんともない。狙いは矢っ張り子供だ。こっちの方が断然、長生きする。長生きすりゃ、わたしのこともそれだけ長く憶えて居る。わたしの伝説が続く。それにね……」と、ゼンギは声を潜めた。「実はあんたには話してなかったが、御結びの件、実はあるかもしれないんですよ」

「どういうことだ？」

「わたしの家族が事故で死んだって話しましたよね。あの日もドライブに行こうってなって、わたしが握った御結びを持っていったんです。ふふふ。わたしだけ妻の作ったサンドイッチを食べてましてね。で、帰りに大型トラックに追突された弾みで崖から落っこちちゃって。それで一家全滅。わたしだけです。生き残ったの。だから、この前の事故を聞いた時も、もうこんな偶然が二度もあるのかなって……まあ、わたしも作りながら〈死ね〉〈死ね〉って念を籠(こ)めてたんですけどね。まさか本当にねえ。うふふふ」

「あんた……最低だな」

「莫迦だね、途卒。そっちの物語(ストーリーズ)の方が派手派手しくて良いんですよ……美美美のうっふふ」

「そんな話、あの人らに聞かれたら只じゃ済まないぞ！」

ゼンギは〈否〉と首を振ると「もう知ってますよ」と後ろの公園の壁を振り返った。

〈あ〉と声が詰まった。ベンチの後ろには隣接する住居の目隠しをするように樹が生い茂っていたのだが、其処に人がずらりと並んでいた。なかには樹に凭れ掛かっているのも居たが、全員が鉛色の顔、頰は痩(こ)け、眼だけがギラギラしていた。

「あんたにさっき話したような事は疾(と)うの昔にこの人らにも説明した事なんだ。わたしは隠し事が嫌いだからね」

其処まで云うとゼンギは立ち上がり、〈さてと……〉と公園の入口に向かって歩き始めた。樹がわさわさ鳴ると鉛色の人間がゼンギの後をついていく。両手をだらんと下げ、ふらりふらりと揺れながら歩く様は亡者(もうじゃ)の様だった、そして彼らは一言も発しなかった。

6

親方はまるで自分が門になったように入口に仁王立ちになったままゼンギの頼みを切り捨てていた。

「そんなこと云わずに！　後生(ごしょう)だ！　お願いします！」

「駄目だ！　駄目だったら！」

「旦那さん、もうほんとに……本当に……危ないんだっ」

「駄目だ！　他所に行きな！　誰が何と云おうともあんただけは御断りだよ！」

あれからふた月、ゼンギは見る影もない程、痩せさらばえていた。頰は痩け、餓鬼のように腹は突っ張り、髪も殆ど抜けてしまっていた。

「何処に他所があるんだ！　え？　え？　誰も何も売ってくれやしない！　入れてもくれない！　金はあるんだ！　家族の生命保険があるんだからなぁ！」

「要らん。あんたのものは不浄だ。あんたも不浄だ」

ゼンギの背後には同じように、否、それ以上に幽鬼と化した〈鉛の群れ〉がずらりと取り囲んでいた。彼らはゼンギの日常の全てを今や呑み込んでいた。ゼンギが行く先行く先へと絶対について回る。風呂に入らず満足な食事もしない彼らは見てくれだけではなく恐ろしい存在だった。そんな彼らを引き連れているゼンギを快く招き入れる店や施設はもう街の何処にも無かった。コンビニやファミレスさえゼンギを拒否し、図書館はおろか病院ですらゼンギの立ち入りを認めようとはしなかった。

「こ、困ってる！　困ってるんだ！　もう家の中には喰うものも飲むものも何にもない！」

「警察に行けばいいだろう」

「い、行った！　行ったよ！　でも駄目なんだ。この街の奴ら全員で口裏を合わせてやがる。別に犯罪じゃないと云うんだ。俺が困ってるのに付きまといだって云ってるのに、相手にしようとしないんだ！　じ、自業自得だって云うんだ」

親方はその言葉に黙って頷いた。

ゼンギが雷にでも打たれたかのように震え、親方を指さした。

「ひゃ！　あ、それ！　その顔だぁ！　た、助けてくれ！」

店の中に入り込もうとしたゼンギの胸を親方がドンッと突いた。ゼンギはまともに仰向けに倒れると、〈う〜ん〉と唸って二、三秒、静かになった。

その間に親方が、ガタゴトと戸を閉め、鍵を支(か)う。

おれは裏口から出ると表の様子を窺った。

頭を強(したた)かに打ち付けたゼンギは眠りから覚めたような顔で辺りをキョロキョロと眺め回し、

鉛の群れに気づくとビクッと我に返った。鉛の群れは今迄の時間で獲得したのだろう、ゼンギと絶妙な距離を取っていた。彼らの服は既に襤褸に着色してある体(てい)と成り果てていて蓬髪(ほうはつ)のままゼンギの後を追う様は人並みの大きさの襤褸箒(ぼうき)が移動して行くようだった。

おれはゼンギに厨房から持って出た焼売(シューマイ)を三粒、手渡して遣(や)った。

「おっ……あっ……有り難いっ！」ゼンギは然(そ)う云うや否や口に全部突っ込んで餅を搗(つ)くような音をさせつつ呑み込んでしまった。

「あ、あんたなんとかしてくれ！　此奴ら、わたしから一時たりとも離れやしない」

「何をされたんだ」

ゼンギは首を振った。「な、なんにもしねえ。ただずっと付いて回る。部屋から出ると帰るまで一秒だって離れない。店も何処も入れないから何も買えない。出前物(てんやもん)も取れないんだ。街の連中が全員グルになってやがる。もう死んじまう！」

「だったら、この街を出るしかねえよ、あんた。云っちゃ悪いけど、あんたはこの街ではすっかり底が知れてる。つまり立派な鼻抓みよ。今じゃ餓鬼も寄ってこねえ有様だ。だったらとっととこんな街は捨てて別の所で遣り直すんだ。そうすりゃ、此奴らの神通力も通用しねえだろ」

「え？　あんた、そりゃ本気かい？」

「ああ」

ゼンギは鼻を鳴らした。

「莫迦を云っちゃあいけない。わたしが何の悪い事をした？　ただ御結びを作って喰わしただけだ。子供が幾ら潰れようと知ったこったない。恨むならあのブレーキとアクセルを踏み間違えた爺を恨めってんだ」

「あんた自分で握り飯に殺す力があるみたいなこと云ってたじゃんか！　この人らにもそう云ったんだろ」

「へへ。云ったよ云った。あんまり、ぼうぼうぼうぼう山火事みたいに大袈裟に悲しみやがるのが鬱陶しいからな。でもそんな事を云ったからって何だって云うんだ。法律は科学だ。わたしの御結びと事故に因果の関係はねえのさ」

「あんたは人の気持ちを当て擦ってる。傷口に塩を塗り込むみてえに」

「おい、途卒！　それの何処が犯罪なんだ？　何処の裁判所行ったって、そんな事で刑務所送りになるなんて聞いた事がないんだ。莫迦野郎！」

「莫迦とは何だ。お前が助けてくれって云うから……」

ゼンギは胡座を掻くと頸を左右に振って唄うように云った。

「♪わかってないの〜とそつ、とぅそつにはわからない〜♬」

「何がだよ」

「この街を出たら、オレの事を憶えてる奴が居なくなる」

「うぇあ？」

ゼンギは鉛の群れを眺め回した。口元に笑みが浮かんでいた。

「オレは今迄、こんなに注目された事はねえんだ。むふっむふっ」

ゼンギは立ち上がると、鉛の群れ同様ふらりふらりと児童公園へと歩いて行った。ゼンギ達を見た子供が悲鳴を上げて逃げ去った。ゼンギが水飲み場に近づいた瞬間、群れのひとりが脱兎の如く飛び出し、水飲みに取り付き独占してしまった。

ゼンギはハッとすると、また諦めたような顔になり、群れを引き連れ児童公園を出て行った。

それがゼンギを見た最後だった。

週が変わるとおれは親方に礼を云って発つ事にした。既に炎天下の事で陽が落ちてからゆっくりと街道をのたつく事にした。

「じゃあな」

「お世話になりました」

「これ、少ないけど。出前助かったから」

御内儀さんがポチ袋と風呂敷の包みを渡してくれた。

おれはそれを持って一旦、土手に向かった。そして腰を落ち着けると風呂敷を開けた。なかには未だ温かい握り飯と卵焼きが入っていた。〈人ん家〉の臭いのしない握り飯は塩気が強く、旨かった。卵焼きはケーキのようにふわふわで甘い。おれは自分の座っている場所がゼンギと座った場所だと気づいた。目の前に子供達が野球の練習をしていた広場が在り、ゼンギが洗っていたという簡易便所が立っていた。

おれは三つある握り飯のふたつを喰い、残りを夜半に回す事にした。喉が渇いたので水飲みに近づいた。と、埃っぽい広場の端、葦の近くに小さく動く物が見えた——誰かが地べたに直接、米をお供えしてあるようだった。白い米が散らばり、箸が二本挿してある。

〈あ〉おれは息を呑んだ。

確かに砂で茶色くなった飯が落ちていた——否、正確にはそうでは無かった。飯が供え物のように地面にあるように見えたのは口から溢れ返った飯粒だった。軀は土中深く埋められているのだろう。まるで呼吸をしに上がった儘、停まったかのように顔の耳から半分前だけが出ている。火男（ひょっとこ）のように半笑いとも捩じ曲げられたとも見える大口に押し鮨（ずし）のように詰め込まれた米が溢れてい、両の眼（まなこ）には深々と男物の木箸が突き刺してあった。

ゼンギだった。

驚いたおれは何処か掘り出せる所があるかと砂を掻いた途端、〈よせ〉と強い声が掛かった。顔を上げると傍の葦の中から人の気配が一気に充満して迫った。

『それは我々の供物（くもつ）だ……触れるな』

『イケ』

別々の声がした。声は鉛よりも更に悪く恐ろしいものに聞こえた。

おれは黙ってその場を離れると街道を足早に移動した。

頭のなかはゼンギより置き忘れてきた御内儀さんの風呂敷を惜しむ気持ちで一杯になっていた。

（チャッポン）

ヤトーを待ちながら

THE TALES
I TOLD THE PELICAN
AT PARK

飢(うえ)

「まんげきょうってどうだ？」

「どうだ？ってなんだ？」

運転手は子供の頭の様に毛のふさふさした腕を曲げて唇に指を突っ込むとすぽんっと音を立てて抜いた。

「そろそろ街かな」

「まんげきょう……三回云うとあんたにもわかる。試してみなよ。俺の云ったとおりにさ」

「どうだろう？　あとどのくらいかな」

おれがＳＡでそいつに拾われたのは目の錯覚が原因だった。看板の前に立ったそいつは子犬を抱いていたのでなんとなく「可愛い犬だね」と云ったら、手をいきなり解(ほど)いたのだ。が、子犬は落ちなかった。唖然としているとそいつはにやりとしてまた腕を組んだ。忽ち、子犬ができあがった。子犬だと思ったのは其奴の腕毛だった。「ウデゲネコだ」と奴は笑った。

「まんげきょうと云えば、あんたも俺もたっぷりになれるんだぜ」

「まんげきょうの念仏もたっぷりにも興味はないんだ」

するとそいつは左手を伸ばして指をおれの太腿の上に添えた。

「ぼくらのまちのひーろーは」

そう云いながら奴は指を人に見立て、おれの太腿の上で行進をさせ始めた。そいつが膝に行くのはいいのだが、股ぐらに向かってくるとげんなりする。

それから「しゅうせいだいじゅうさんじょうってのはどうだ？　云えば良い物を遣るよ」

「良い物ってなんだい」

「飴ちゃん色の幸運さ」と口の中を指した。

「あんた飴なんか食べてなかったじゃないか」

「目がいつも正しいとは限らないぜ」

奴はそう云うと口からポッと吐き出した飴色の物をおれの手に載せた。銀歯を被せた歯だった。おれは奴にそれを投げつける序でに顔面を殴り、サイドブレーキを引くと外に飛び出した。トラックの窓から泣き喚きが聞こえたが、やがて発進していった。

……どうにもこうにもおかしな運転手の魔手から逃れ、おれは一人で暮れなずむ道を歩き出した。荒れ果てた禿げ頭の大地を割って真っ直ぐに延びる道の彼方に街の灯りを反射させる雲が曖味帽のように光っていた。ふと見ると半キロほど先に葉のない木が立っていた。ここから見ると大きな骨の手が空に或る忘れ物を取りに行く途中のようにも見える木だった。

その根元に人がふたり蹲（うずくま）っている。ひとりは靴を脱ごうとしているのだが、巧くいかない。隣にいるのは仲間なのだろうが、手伝う素振りすらなかったのでおれが靴を脱がしてやった。

「金は持ってないんだ」

「え？」

靴を隠す様に背後に置くと男は云った。あごひげに白い物がチラチラと交じっていた。

「金はない。つまり、あんたは骨折り損のくたびれ儲けというわけさ」

「別に金は要らんが。街までは遠いのか？」

男は曖昧帽子の先を見やった。

「あんた動脈を切ってるか？　首とか手首とか、特に内腿は注意が必要だ」

「御陰様で痛んでるのは懐だけでね。あとはなんたらかんたら息災さ」

「だったら死ぬまでには着ける」

「エスタツ、よせ。余所の者と喋るな」

隣にいた背の高い眼鏡が云った。そいつは両耳の辺りから上が禿げで、ちびた帽子を載せている。

「まぶるな！　まぶるな危険だぞ！」

するとエスタツと呼ばれた男が穴の開いたニット帽の縁を巻き上げる様にして相手を見た。巻き上げた所に白い名布がありマジックで〈S龍〉と読めた。

「うるせえ、メッツ！　この人はおまえよりはマシさ。なにしろ俺の靴をタダで脱がしてくれたんだからな。なにしろタダで」

「ふん。タダより高いものはありゃしねえんだ。民主主義がそうだろ！」

「民主主義なんて肥溜めの糞さ。金蠅にでもならなけりゃ、役に立つもんじゃねえ。そして俺様は歴とした人間だ！」

　するとS龍がメッツに殴りかかった。

「うるせえ！　いつ来るんだ！　いつ来るんだよ！」

　おれはふたりに割って入った。メッツの帽子が転がった。此奴も内側に白い名布を貼っていた――滅津とあった。おれは少し離れた所に座ってふたりの男のまるで老人ホームの手マンのようなおっとりした殴り合いを見ていた。やがて、まずめとなり骨の様な枝を伸ばしていた木が空の黒と混じり合って見えにくくなっていた。やがてふたりは力尽きたのか抱きつき合いに飽いたのか離れると初めの様に少し間を空けて座った。おれは立ち上がり、歩き出そうとズボンの埃を払った。

「ヤトーを待ってるんだ」S龍が云った。「此処で待ち合わせると約束したんだ」

「ほお。そいつはいつ来るんだい」

「もう直ぐ、来る」

「俺達は一緒に街へ戻るんだ」

「そいつ、車持ってるかな？　出来たらおれも乗せて貰えると助かる」

「あんたなら大丈夫だろうよ」

「そいつは助かる」

するとＳ龍が鼻を鳴らした。「ふん。耳が爛れるような安請け合いだ。片腹が痛いぜ、ははは」

おれが顔を向けるとＳ龍が相手にするなと首を振り、脇に座れと地面を叩いた。おれはそれに従うことにした。「ヤトーってのは誰なんだ」

「俺達の街、つまりあんたが行こうとしている街の工事屋さ」

「どっか、ぶっ壊すのかい」

「ああ。山ほどな」

「景気が良いんだな、あんたの街は」

「景気？　景気なんか関係ねえよ」

「どうして？　工事屋がばたつくってのは景気の良い証拠だぜ。あっちのビルをどーんと壊し、こっちのビルをぽーんとおっ建てる。日雇い坊主は股間がむずむずするだろ」

「壊すのはビルじゃない。しゅぎだ」

「手技？」

するとＳ龍が怒鳴った。「みんなすすぎだ」

「みんな好きだ？」おれが応答するとＳ龍が首を振る。

「あいつは入れ歯ががちゃごちょなんだ。ヤトーが壊してくれるのは、つまり民主主義だ」

「わからんな。あんたらいい年して酒かドラッグでもキメてるのか？」

「うんにゃ。ヤトーは街のイカサマ政治家をみな殺しにしてくれるんだ。しかも問答無用でみな殺しだ。甘い汁を吸っているドクダミ野郎らを瞬殺さ。素晴らしいだろ」

「素晴らしいだろって、で、本当はどうするんだ？　証拠でも突きつけて逮捕でもするのか？」

するとS龍はそこで初めて滅津の元に近寄り、顔を見合わせた。

「おい。メッツ、この人はどうやらゲーマンがいかれてるらしいや」

「だから云ったじゃないか。こういう人間はそう云う人間なんだって。見ろ、足下だって服装だってエテ公すれすれだ」

「うーむ。確かにな。ありがとうメッツ」

「どういたしましてS龍」

ふたりは互いに顔を見合わせへらへらと笑った。

「どうでもいいが……」おれが云うとハッとして振り返った。

「ま、まだいやがったのか」

「あんたらがくっついてから、さして時間は経ってないぜ。するとそのヤトーってのは逮捕も裁判もなしで人を殺すんだな」

「当たり前じゃないか！　汚らしい政治家なんだ」

「政治家だって勝手に殺していいわけないだろ」

「莫迦！　殺さなきゃ救えないだろ！　それが民主主義ってもんだ！」

「民主主義？　それは違うんじゃないか」

「あんた学者か？」

「見えるか？」

「じゃあ黙ってな。民主主義ってのは殺さなきゃ正義が行われないんだ。特に上で何年も仲間だけで、とぐろ巻きしてやがるような奴らは殺さなきゃ。人助けなんかできる事じゃねえ！」

「するとヤトーってのは問答無用の人殺しなんだ？」

「当たり前だろ！」

「あんたらおかしいぜ」

おれが溜息を吐くと足下に反った短い棒っきれが投げ出された。外側には6850189と番号が振ってある。

「塡めてみな」S龍が云った。

「こいつはなんだい？」

「きかん坊のチンポを管理する伝密棒さ」

「デンミツぼう」

「そいつの中にチンポを差し込んでりゃ、強姦はできねえし、カミさんは浮気や不倫の心配もないってんで先週の議会で決定されたんだ」

おれは棒を手に取ってみた。軽いが腐った牛乳の様な臭いがする。「変な臭いがするな」

「中にイッコー散が塗ってある。チンポを入れるとイッコー散の作用でどんだけーになるんだ。

どんだけーになるとカミさんの許可なく勃起できなくなる。しかもチンポは始終むず痒くなるし、色はハシビロコウになる」

「色だけじゃないぜ。噂じゃタチもハシビロコウ並みにピクリともしなくなるらしい」

「あんた、ちょっとこっちに来て此奴を見てくれ」

立ち上がったS龍が木の陰におれを招いた。見るとズボンを下ろしてもぞもぞしている。滅津がその横に立つと『うーむ』とか『そーらそらそら』とか云っている。

「なにしてるんだよ」

「俺達の苦衷を説明してやるよ。こっち来て見てみろよ」S龍が云う。

「厭だよ。なにを見せようって云うんだ」

滅津が振り向いた「こう見えてS龍の猿頭は物凄くピンクで綺麗なんだぜ。なあ？」

「へへへ。おまえもそう思うかい？　自慢じゃねえが、俺もほんのちょっぷり、そんな風には思ってたんだ。褒めて貰えて嬉しいよ」

「否。ほんとに綺麗だ。なあ、旅の人、早くコッチに来て見てみな！」

「厭だよ！」

滅津が舌打ちする。「ちぇっ。強情パン助だな。いいよいいよ。こんな綺麗なものを見ないなんて自分で自分を不幸の谷に蹴り込んでらあ」

「まあ、無知人なんだろう。無知人にはこの猿頭の微笑み加減は理解しようにも理解できねえんだよ。ぬふぬふ」

S龍はズボンを上げると滅津と共に戻ってきた。

「というわけなんだ。旅の人、俺達の苦しみが少しは身に染みたろう」S龍がおれの手からデンミツ棒を取り上げた。

「こんなものを塡めて、俺の猿頭をハシビロコウにしようなんて……本当に鬼畜の所業だぜ。俺は絶対塡めたくねぇ！」奴はそう云うと目頭を押さえた。

遠くで車のエンジンの音がした。見ると遥か彼方にちらりとヘッドライトが光った。

「そんな莫迦なもの止めりゃいいじゃないか」

するとふたりの顔から血の気が引いた。

「やらなきゃチョーエキ三ヶ月だぞ！」

「そうだ！　チョーエキ三ヶ月だ」

「ふん。三ヶ月くらい、なんだよ。おれならそんな莫迦なものをくっつけられるぐらいならやるがね」

するとふたりは立ち上がった。

「あんた何て事を云うんだ！」

「チョーエキが怖くないのか？」

「別に死刑になるわけじゃあるまいし。毎日、寝床と食いものにありつけるんだ。おれにはシャバより楽さ。まあバカンス気分としゃれ込むね」

滅津がおれの肩を摑んで揺さぶった。「あんた！　そんな事を絶対に云ってはダメだ！　あんたは何にも判ってない！」

「離せ！　なにがだよ」

するとＳ龍が呟いた。

「あんなもの一日だって呑める代物じゃねぇ」

「呑む？　呑むってなんだよ」

「決まってるじゃないか！　チョーエキだよ」

「チョーエキ？」

「腸の中にある液。つまりウンチの管に忍ばせてある汁だ！　あんなもの一度だって呑まされたら魂がアッという間にむごたらしくなっちまうぜ！」

「そうさ。俺の知り合いで一番力の強かったマゴジューローも呑まされちまって。アッという間に痔民になっちまったんだ。ちくしょー！」

「あんた、本当にできるのか？　四人の肛門から搾り取った腸液を日に何度も生のまま呑まされるんだぞ！　三ヶ月間！」

「薄めねえんだ！」

「そうだ！　チョーエキ特濃だ！」

「臭いもチョーーレツ」

「呑んだら記憶がなくなった奴までいるんだ！」

「げぇ」おれは喉が嘔吐いた。「できねえよ。そんな莫迦な法律変えちまえばいいだろ」

「どうやってさ」

「裁判でも議会でもあるんだろ」

するとふたりはぽかんとした後で腹を抱えて笑い出した。

「なにがおかしい？」

「だってあんた莫迦げた事を云ってるからさ」

「何だと？」

「だってそうじゃないか？　デンミツもチョーエキも酷会で決まったんだ。多数決で決まったんだよ」

滅津の言葉にＳ龍が頷いた。

「そうさ！　多数決はミンススギだ。ミンススギはこの世の中で一番正しくてみんなが幸せになれるスギなんだ」

「そんな莫迦な法律なんか、みんなでぶっ潰せばいいじゃないか」

「やってもやってもなんだよ！」

「そうさ！　やってもやってもなんだ！」

「そんな莫迦な……」

「民主主義なんだ！　だから絶対なんだ！　多数決で決まった事なんだ！」

「ミンススギなんだ！　おまけに来週からは平和税に幸福税が始まるんだ！」

「何だそれ？」

「平和に生きてる人間と幸せに暮らしている奴らはみんな贅金を80％取られるんだ！」

「だから俺達はもう平和にも幸せにも生きちゃいかれねえ！」

「家族を養って生きる為には命からがら不幸せにならなきゃいけねえんだ」Ｓ龍は泣き崩れた。

「酷会でそう決まったんだ！　多数決の民主主義だ！」

　ふたりは地べたを転げ回って叫びだした。

　すると拍手がし、振り返ると上手に噛んだチューインガムの様な無蓋の車が停まり、傍には白いタキシードの初老の男がいた。男は肩に白い鳩を留まらせ、右手で黒い犬のリードを持ち、左側に旅行用トランクを置いていた。

「正に最大多数の最大幸福ですなべんさむ。素晴らしい事です」

　Ｓ龍と滅津が目を見開いた。

「あ……あんた……ヤトーさんか？」

「夜盗？　いいえ。私は〈よいひびき〉と書いて吉韻と申します」

「その能く噛んだチューインガムみたいな車はあんたのかい？　乗せてっちゃ貰えないかな」

　男はおれを一瞥すると鼻を鳴らした。

「はい。いいえ」と吉韻は黒い犬を酷く蹴った。

　犬は声も出さず黙って耐えている。

「え？　なに？」

「あなたの質問に対する答えです。ひとつ目ははい。これは私の車、トライアンフＴＲ３です。

そして二番目の答えにはいいえ。この車は現在、故障しているのでお乗せする訳には参りません」そう云うとまた吉韻は犬を蹴る。

「あんた、犬が可哀想だぜ。なにもしてないじゃないか」

「ははは。これはこうしておかなければならない犬なんです。またこの様にするのがこの犬の為でもあります！　こら！　こんちくしょう！」

また吉韻は黒い犬を打った。犬は鳴き声も出せず静かに打たれる儘になっていた。何度も殴られている所は毛が抜けて薄黒い桃色の地肌が覗いていた。

「兎に角、乗せてくれよ。こんな所でおれはどうにも仕方がねえんだ」

「駄目です」

「何故？」

「何故ならトライアンフが動かないからです」

するとS龍が手を叩いて笑った。

「ははは！　形ばっかりでテンで役に立たねえな」

「まあ、そういう事ですな」吉韻は内ポケットから簡易水筒を取り出すとごくりと一口呑み込んだ。滅津とS龍、おれの喉がごくりと鳴った。おれの思っている事を滅津が口にした。

「あんた、そ、そいつはまさか……」

「大した物ではありません。スコッチの女王ボウモアが少々」

「うへぇ！　あいつは一口飲んだら一年はふわっふわっした気分でいられるって代物だぜ」

「畜生……金さえありゃあなぁ」S龍の言葉に吉韻が応答した。

「進呈しましょう」

「え！」おれも含めた三人が飛び上がって声を上げた。

「あんた本気かい？」

「ええ。どうぞ」吉韻はS龍に渡した。すると横から滅津が引ったくり、口を付けた。

「おい！　全部は駄目だぞ！　あの人の分を残しとくんだから、加減をしろよ！　加減をよ！」

「私は構いません。まだあります」そう云って吉韻はトランクケースを開け、中からパンとワインの瓶を取り出した。

「おい……俺達は夢を見てるんじゃねえだろうな」S龍がおれに呟き、おれは頷いた。「見てるんだ。そうに決まってる」

「こちらはチーズとハムのサンドイッチ。こちらにはサラミとソーセージを練り込んだ田舎パン（カンパーニュ）です」

　忽ち、酒盛りが始まった。

　さっきまでの雰囲気はどこへやら、みな上機嫌だった。不思議な事に吉韻の肩に留まった鳩はぴくりともしない。

「その肩の鳩だが。全然動かないな」おれが訊くと吉韻は頷いた。

「そうなんです。もう随分前から、鳴きもしなければ動きもしないんです」

「ところであんた、なにしてるんだ？」滅津が訊いた。

「実はこの先の街でまた大きな法案が審議されるので、それらのお手伝いに行くんです」

「ああ。政治家か弁護士さんか」滅津が云った。

「いいえ。私は諦念屋です」

「ていねんや？」

「ええ。例えば選挙などがある場合には政治的な判断が下された先で最終的日取りを決めるのは私達です」

「へえ。たいてい日曜だろ？　みんな働いてるもんな」

「そうです。ですが成る可く（なるべく）天気の悪い日にします。過去百年に遡（さかのぼ）り、豪雨や雪の降る日を投票日とします。行くのを止（よ）そうと諦めさせるのです」

「そんな事するから、いつも面倒臭いんだよ。やたら傘差して出掛けた覚えがあるもんな、おれ」

と、S龍がぐったりしている黒犬にハムの端を放って遣った。

「あ！　あなた！　それは絶対になさらないでください。それはテルールの為になりません」

「てるーる？」

「あの犬です。テルールに親切にしてはならないと申し合わせで決まったのです」

「申し合わせ？　ありゃ、あんたの犬じゃないのか？」

「一定期間、抑制させる責任は拝命致しておりますが、私有財産という訳では勿論ありません。こんなおぞましい物、考えるだけでも血の気が引きます。これはある様でないもの、触れられる様で触れられないものなのです」

犬は鼻先に落ちているハムを嗅ごうともしなかった。屹度、また殴られるとわかっているのだ、躾という暴力が軀に判子のように刻み込まれてしまっているに違いない。

「また投票も成る可く面倒にします。色々な手続きも同様です。書類を増やしたり緩慢さを加えたりして諦念して貰います。然も、ゆっくりとわからないよう少しずつ薄紙を剝がす様にして、しづらく、しにくくするのです。それが諦念のコツです」

「それがあんたの仕事かい？」

「それだけではありません。囁きもします」

「ささやき？」

「そうです。今度の候補者は落選しそうだとか、この法案はどっちにしろ成立してしまうとか、予算の削減なんか無理だとか……いろいろと成る可く民主主義が円滑に行く様に少しずつ、何となく遠くの山彦のように伝えておきながら、人々に悪い方へ転ぶだろうなあという予感を浸透させておきます。この際には成る可く重要な報道は控えさせます。芸能、スポーツなどで報道の90%を埋め尽くします。こうすると人は結局、政治は当てにならないな。自分がしっかりしなくちゃという信念に傾き、結果、国民として一番良い状態に仕上がるのです」

「何のためにそんな事するんだよ」

「ソフトタッチにするためです。人々の極端な感情や強い不満は国を混乱させますから。少しずつ少しずつ服を脱がせていって、あ、やっぱり裸にされちゃったなという感じが民主主義には一番良いんです。平和なんです」

「なんだか痴漢みたいだぜ」

「まあ、えてして政治というものはそう云ったもんです。それで国民に数多ある不幸の中から一番自分で我慢できる不幸を選ばせるのです。それには諦念が不可欠なのです」

おれ達が押し黙ると吉韻は黒犬のリードを激しく引きながら、ジャンプしろだの駆け回れだのとイジメ始めた。

おれは何だかパンや酒が突然、不味くなり、トランクの中に投げ戻した。犬はふらふらになりながらも懸命に吉韻の命令に従おうとしている。

「なあ、あんた。それじゃあ死んじまうぜ。少しは放っといてやれよ」

「大丈夫です。この犬は決して死なない。一時は死んでも直ぐさま飽きずに生まれてくるのです。それも中身はそっくりその儘、同じ形で生まれてくるのです」

「糞野郎！」S龍が突然、男の足下に葡萄酒の瓶を投げつけた。白いズボンに薄黒い血の様な染みが広がった。

「なにを為さるんです！　私はあなたたちに親切しか施していない。その返礼がこれですか？」

「こいつもあるぜ！」滅津がズボンを下げると特大魚肉ソーセージのようなものを取り出し、吉韻に向けて放尿を始めた。

「き！　きたない！　だぁてぃわいぶす！　シュウグ！　ウゴーノシュウ！　グミン！」

「グミン結構、コケコッコー」そう云いながらふたりは吉韻をトランポリン代わりに踏んだり蹴ったり、蹴ったり踏んだり、飛び跳ねたりを繰り返した。

すると突然、吉韻がバネ人形の様に手足をばたつかせ『てろる！　てろる！』と叫び、トランクを抱え、犬と鳩と共に駆け出して行ってしまった。

おれ達は暫く見送ってから、奴の車を物色した。が、おれ達が欲しいものはなに一つなかった。

「莫迦……投げるなら空の瓶にすりゃよかったんだ」

残った瓶に酒がない事を確認した滅津が云った。

「そんな事云ったって咄嗟にそうなっちまったんだから仕方がねえだろ」

ふたりはぶつぶつとなじり合いをした。おれは木の根元でごろりと横になった。

「何だよ、もう寝るのかよ」

「おれは奴ほど物好きじゃないんでね。こんな灯りもないような夜道を駆けたりはしないんだ」

すると、ふたりも木の根に寄ってきて座った。

月が出始めた――辺りが白く輝き始めた。

おれ達は月とその前を流れる雲を見ながら、ぼうっとしたり、時にはうつらうつらして時を過ごしていた。

「ヤトーってのはほんとに来るのかい？」

おれは不意にそんな事を訊いてみた。

「来るさ。来るよな、滅津」S龍が不安そうに尋ねた。

「ああ。来る。なにしろ約束したんだ」

「いつ？」

「前さ」

「前っていつだい？」

「先週だったよな？　S龍」

「え？　ああ、確か先週だったな」

「あんたが聞いたのか。此処にヤトーが来るって」

「否、俺じゃない。あいつだ。なあS龍。おまえだよな？」

「俺じゃないよ。おまえだろ」

するとS龍が互いを見つめ合う。

「おめでてえな、あんたら……。それじゃあヤトーが来るかどうかなんてガセも良いとこじゃねえか。莫迦莫迦しい」

「五月蝿い！　ヤトーは来るんだよ！」S龍が叫ぶ。

「そうだ！　そうだ！　おまえなんか部外者は黙ってろい」

「はいはい。わかったよ。おれには何の関係もねえ事だ。明るくなったら蒸けさせて貰うぜ」

「ふん！　勝手にすろ！」滅津が背中を向けた。

S龍がおれを睨みながら吉韻の車の方に歩き出した。

「何処行くんだよ？」滅津が顔を向けずに云った。

「うんこ……それに俺は地べたで寝るのは厭だ。車のソファでっ！　うわあああ！」

断末魔にも似た奇声を上げたのでおれも滅津も飛び上がった。

腰を抜かしたS龍が吉韻のトライアンフを指している。と、後部座席からヌッと子供が顔を覗かせた。

滅津とS龍が再び悲鳴を上げ、おれは息を呑んだ。

子供は六つぐらいの餓鬼だったが表情がないので妙に大人びて見えた。薄手のシャツにズボン吊りをしていた。そいつは降りるとおれ達に一礼した。

「ヤトーさんは今日は来ません。明日は屹度、来るそうです」

「なに？　おまえ、ヤトーの使いか」滅津が云った。

餓鬼は頷き、また同じセリフを口にした。

「でもよ、今日会う約束だったじゃねえか。それを勝手に」S龍が頬を膨らませる。

「ヤトーさんは昨日来ていました。でも貴方(あなた)たちがいなかった」

「当たり前だ。今日の約束に昨日来る莫迦はねえもんな」滅津が云う。

「明日は屹度来ます。それ迄、必ず白く満ち満ちていて欲しいそうです」

「白く満ち満ちる？　何だい？　そりゃ」

餓鬼は自分の胸の辺りに手を当てたまま応えようとはしなかった。

「なあ、おまえさんはヤトーの知り合いなのか」おれが訊いた。「一体全体、どんな奴なんだい？」

「大きくもあり、小さくもある人。偉大でもあり卑しくもある人です」

「答えになってないぜ」

「あなた達は腑抜けだとヤトーさんは云っていました。いま必要なのは白く満つる事だそうです。失礼します」

餓鬼はぴょこんと頭を下げると木の向こう側、ずっと暗くなっている方へと駆け出して行ってしまった。

「おい！　そっちに家はねえぞ！」Ｓ龍が叫ぶ。

「何なんだ、ありゃ」滅津が首の骨を鳴らした。

「まあ、兎に角よかったぜ、俺たちも。明日は来るってんだからさ」

Ｓ龍はほとほと安心した様にソファに乗り込むと胸に手を当て、忽ちの内に寝息を立て始めた。

舌（した）

「おい！　好い加減にしねえかよ！　おい！」

軀を激しく揺さぶられたんで、おれは目を覚ました。辺りは真っ暗だった。

「なんだよ。もそっと優しくできねえのかよ。首の蝶番（ちょうつがい）が外れちまうだろ」

すると手を掛けていた滅津が隣にいたＳ龍に頷いた――ふたりは何度も何度も頷く。

おれはあの木の根元にいた。周囲は仄暗（ほのぐら）く、未だ夜は明けていなかった。

「何だよ。折角（せっかく）、人が気持ちよく寝ていたのに」

「おめえ、ほんとに何にも憶えちゃいないのか？」

「あ？　なにが？」

「メッツ！　こいつ口を利きやがったぜ！　あははは！」S龍が河馬ぐらいしかない歯抜けの口を開いて手を叩き、飛び上がった。「戻った！　戻った！」

「なにを云ってんだよ。うるせぇよ、静かに寝させてくれ！　朝になったら出て行くからよ！」

するとＸ、ふたりは弾けた様に笑い出した。五月蠅くて寝られやしない。野宿には慣れたおれなのに珍しく軀のあちこちも痛かった。

「おい！　おまえ！　もう夜だぜ！」

「そんなこたぁ、わかってるよ」

「さっき日が暮れたんだ！」滅津を加勢する様にS龍が叫んだ。

「暮れた？　どういう事だ？」

「手を見ろ！　手を！」

S龍に云われた通りにすると指は泥だらけで、おまけに爪の何枚かは割れていた。

「何じゃこりゃぁぁぁ！」おれは叫んだ。

「何じゃ、こりゃって、あれよ」滅津が指さした。

「え？　なんだあれ？　穴じゃないか。随分、深いな」

「ああ、あれはみんなあんたがやったんだ」

「ええ？　おれが？　嘘だろ？」

「ほんとさ。あんたは今朝、起き出すとなにも云わねえで、ずっと手で穴を掘っちゃあ埋める。

掘っちゃあ埋めるして、なあ」滅津がS龍に云った。

「ほうよ。それでメソメソしていつまでこんな事をすりゃあ良いんだ。何にもならないじゃないかって……あんた、俺達が声かけても何の反応もしなかったんだぜ。まるでこの世に自分しかいないみたいにさ」

立ち上がって数えると穴は全部で十三個在った——覗くと、人ひとりは楽に埋めてしまえる穴だった。おれは今更の様に喉の渇きと手と腰から始まる全身の激痛に呻いて蹲った。

S龍が水筒を手渡してくれ、おれは噎せながらそれを呑み干した。

「な、何だって……おれはこんな事を……」

「それがわからねえ。さっきも云った様になにを話しても返事をしねえんだ。ただ両手でがりがりがりがり、土竜(もぐら)みてぇに土を引っかき回して」

「終わると埋めちまうんだ。そしてブツブツ文句を云う。ちょっとあんたおかしかったな」

滅津が葉巻を取り出すと軸長の燐寸(マッチ)で火を点けた。

「それでもう夜だぜ。陽はとっぷりと暮れちまったからな」

「もう日は暮れた……」

「ああ、半日以上は経ってるって寸法さ」

S龍もおれをニヤニヤ見物しながらパンを囓っている。

おれは身に起こった事が信じられなかったが、胃がぎゅーっと絞られる様な獰猛(どうもう)な腹減りに襲われた。

「お、おい！　おまえら、そいつをどうしたんだよ？」

「喰うか？　ほれ」S龍が齧り掛けを投げて寄越した。

おれはそれにむしゃぶりついた。乾いてパサパサしていたが味が濃く、舌と胃は喜んでポルカを踊り出した。

「お宝の原因はこいつだよ」滅津が指先に引っかけた車のキーを揺すった。「インキンが落っことしていきやがった。それをS龍が見つけたんでトランクを開けてみたら食いものがごっそり入ってたわけ」

「だから、俺達はおまえが間抜けに穴掘りしてるのを眺めながら、宜しくやってたんだ。結構、楽しかったよな？　メッツ」

「ああ。暇潰しにゃ、丁度の見世物だったぜ」

「おきゃあがれ」おれは顔を背けるとパンを齧り続けた。が、ふと或る事に気づいた。

「おまえら鍵があるのに。何でこんな所にいるんだよ？　とっとと車で街まで行こうぜ」

「それよ」滅津が首を振った。「インキンがエンコしたつうのはほんとの事だったんだ」

「マジか」

「ああ。これにさっき診させたんだ。これは街で整備工してたからな」

「どこがイカれてるんだ？」

おれの問いにS龍が首を捻りながら答えた。「どうこう目立った場所はないんだな。ただ全体的な接続がバラバラで動かない。ひとつひとつは在るんだけれど繋がらない。コネクションの問題だな。それがパァになっちまったんだ」

「使えるのはライトと方向指示器（ウィンカー）ぐらいのもんだ」

「ウィンカー？　バッテリーは生きてるのか？」

「ああ」

「鍵を貸せ」

おれは滅津から受け取ると運転席に乗り込み、キーを差し込み、回した。確かになにも起こらなかった。

「云ったろ。コネが使えねえんだよ。だから掛からないんだ」

おれは思いついた事を試してみた。ラジオのスイッチを入れ、選局釦（チューニング）を回す。ふたりが傍らで顔を見合わせるのがわかった。雑音が続き、突然、軽快なキューバのルンバが鳴り響いた。

「おお！　そいつは気づかなかったぜ！」

滅津が笑い、S龍が軀をくねらせ、指を鳴らして回った。おれは他にもなにかないか探ったがラジオ局はその一局だけの様だった。

おれはトライアンフの前照灯（ヘッドライト）を点けた。光の中にS龍が躍り込み、滅津がそれを脇で眺めて笑っていた。

「なかなかオツな夜に成ったじゃねえか！」滅津が叫ぶ。

「これならヤトーの奴も喜んでやってくるに違いないぜ！」S龍が唇を丸く突き出す。

見上げると月を背にした巨木も心なしか揺れている様だった。

突然、音楽が断ち切られ、冷や水を浴びたような冷静な声が飛び込んできた。

『臨時ニュースをお伝えします。本日午後、全住民投票により〈愛くるしい難民最大効率的受け入れ大歓迎化による行為拒絶者に関する罰則〉の特別措置法案が賛成多数で成立しました。これにより拒絶者、並びに家族は即時、処罰の対象と成りました。同法は例外的に一年の期限を以て遡及されます。繰り返します。同法は一年の期限を以て遡及されます。心当たりのある方は直ちに最寄りの警察、役場への出頭をお願い致します。では引き続き、番組をお楽しみ下さい』

アナウンサーの声が途切れ、再びあの軽快な音楽がかかり出した。が、Ｓ龍と滅津の顔には見えない肥やしを塗られた様な苦渋の表情が貼り付いていた。

「どうしたんだ、おまえら？」

Ｓ龍ががっくりと膝を落とすと地べたを殴り出した。滅津は呆けた様な顔で葉巻を口から落としてしまった。

「もうお終いだ！　俺達は終わりだよ！　メッツ！　うわあああああ」Ｓ龍は転げ回り、何度も地面に頭を打ち付けた。

「よせ！　おい！　なにがあったんだ！　説明しろ！」

「あんたも聴いただろ。その通りに成ったのよ。とうとう、この時が来たんだ」

「わけがわからんね。難民の受け入れを歓迎する事の何処が悪いんだ。困ってる人を引き受けてやりゃいいじゃないか？　あんたらそれに反対したのか」

「ああ。そうさ。俺もS龍も半年前に通知が来たんだがのらりくらりしてたのさ。ヤトーを待ってんのも、それが理由だ！　畜生……」

「難民を受け入れるのは人助けになるだろう。そんなもん、今から帰ってしてやりゃ良いじゃねえか」

「あんたは何にも判っちゃいねえのさ。なにしろ何の責任も取らずに勝手気ままに生きてる人だからな」滅津が呻く様に云った。

「だから説明しろよ！　難民を受け入れるのの、何処がそんなに厭なんだよ」

「俺達は助けるのが厭なんじゃない！」S龍が自分の頭にワインのボトルを叩き付けた。「サイダイコーリツが厭なんだよ！」

ラジオを切った滅津が、近づき唾を呑み込むのが聞こえた。

「難民の最大効率的受け入れ大歓迎……つまり、手足をぶった切って生命維持装置に繋げておくって話だ。そうすりゃ人間の大きさは半分。狭い施設でも効率的かつ大量に詰め込める。おまけに文句も暴動もないから管理もし易い」

「はあ？　何の為に」

「決まってるじゃないか。世界中の金持ちのためにさ。臓器移植の人間牧場って話だよ。セイキョウ都ではこれを今後三十年におけるメインの財源にしようとしてるんだ」

「俺……絶対に子供の腕を切り落とすなんて厭だ。麻酔で寝ている子を部位解体機（スライサー）に入れて釦（ボタン）を押せば良いだけだって云われたけど。俺はそういうの何だか厭なんだよなあ……そういうの」

「当たり前だ。それは人間のする事じゃない」

「何てこった……そんなの止めさせればいいじゃないか。みんなで反対して！」

「反対したさ。でも駄目なんだ。なぜか多数決だと負けるんだ。俺が憶えているだけでも必ず正しい事は負ける。でも多数決だから従わなくちゃならないんだ。多数決は民主主義の根幹だろ？　それを否定してはテロリストになっちまう。もうわけがわからず、街の奴らは、みんな考える事を止めちまってるのさ。俺とS龍は拒否し続けて逃げ回ってたから当局から目を付けられていた。ある事ない事誹謗中傷されたりして。それでも拒否者に対する法的な罰則はなかったんだ。だから、その前にヤトーに来て貰いたかった。来てあれらこれらをささらもさらにして貰いたかったんだ。だが、もうそれも不可能になったかもしれないな……」

「そんな事はないぜ！　メッツ！　ヤトーさえ来てくれれば！　絶対に！　絶対に変わる！　変えてくれる！」

「へん。本当にちゃんと来てくれりゃあね」

「来る！　絶対！　あの坊やがそう約束したじゃねぇか！　今夜来るってよぅ！」

「ふたりとも落ち着けよ。法律ってのは大抵、成立する前の事については適用されないんだぜ」

　すると滅津はニヒルな笑いを浮かべた。

「あんた、耳が悪いね。あのアナウンサーは〈例外的に一年の期限を以て遡及される〉と云ったんだ。つまり、一年前までに拒否した奴らは全員芋蔓（いもづる）だって云ってんだ。要は俺達は見せしめにされるのさ。俺もこいつも通知を逃げ回って半年しか経ってない。ズドン、ど真ん中ってわけ」

「ぐはあー！」Ｓ龍がまた喚き出す。

「仕方ねえよ。俺達が行かなくちゃ家族がやられる」

「え？　行くのか？　ヤトーは？」

「もうこうなっちまっちゃ、来ても来なくても同じ事だ。来い、Ｓ龍！　行くぞ」

「厭だ！　俺は子供いねえし！」

「それは認めてねえってだけだろ！　来いっ！　来いったら！」

「厭だよ！　厭だよ！」

と、其処で狼煙（のろし）の様な大きな叫び声がした。

おれ達は全身を耳にして辺りを窺った。

ざくっ……ざくっ……と砂を踏む足音が近づいてきた。

息を殺して凝視（ぎょうし）していると、やがて路面に伸びたヘッドライトの灯りの中に白い足が浮かび上がった。

「あ！」Ｓ龍が驚いた様な声を上げた時にはおれにも吉韻がわかった——が、すっきり判った訳じゃない。途方もない違和感を感じつつも確かに、否、たぶん吉韻だと前頭葉がジャッジを下した。そんな感じだった。

「大丈夫か？　インキン！」滅津が倒れ込んだ吉韻に近寄ろうとしたが、途中で足を止めた。

吉韻の足に飛ぶ様に咬（か）みついたものがあった——テルールだった。いま、おれ達の目の前に在るのは昨日の半死半生の生きてるか死んでるかわからないような曖昧な生命体ではなかった。全く別の狼と未だ分化して間がないような原初の猛々しさと問答無用の凶暴さをぞろりと曝け出した〈魔犬〉の姿だった。

テルールは倒れた吉韻の首と云わず足と云わず、腕と云わず矢鱈滅多らと咬み千切り、そのタキシードごと挽肉にしようとしていた。

「お、おい。こいつはあの黒犬か？」

「だろうぜ」

おれは驚いてシートに飛び込んできたS龍と滅津に顔を顰めながらそう叫んだ。

テルールは吉韻を弄び喰うために咬み続けているようだった。

「おい！　インキン！　大丈夫か～い？」

「莫迦。大丈夫なわけがないだろ」

S龍の暢気を滅津が叱った。

すると返事の代わりに吉韻が手を振った。小指と中指が欠損し、人差し指は折れて白い骨が覗いていた。

「はい！　おしまいぃぃぃぃ～」

と、いきなり両手をぐるぐる回すと奴は軀を起こした。顔はシュレッダーされたカーテンのように判別できないほど細かい垂れ下がったなにかでできていた。

テルールはいつの間にやったのか、吉韻の鳩を咥えたまま、出方を窺う様に体勢低く、狙い澄ましていた。

「おい！　あれ！」吉韻を見たS龍が叫んだ。「女の子座りだ！　あいつ、雄(オス)の癖に女の子座りしてるぞ！」

おれも滅津も返事をしなかった。

すると吉韻のほうから聴いた事もないようなゾッとするような音が流れてきた。

『おぞろじい゙ごどになる……みなじぬぞ』

「おい！　インキン！　街はどうだったんだよ！」S龍が叫んだ。

『ぶぶぶ、がわ゙ら゙ん……な゙あ゙ん゙に゙も゙、がわ゙ら゙ん。あい゙がわ゙ら゙ずの゙じごぐの゙ざま゙あ゙あ゙。ぎや゙ぎや゙ぎや゙』そこで吉韻はがっくりと頭を垂れ、動かなくなった。

「し……死んだのか？」S龍が叫ぶ。

『何故、おまえがしない』

突然、テルールが云った。

「え？　おまえが云ってんの？」S龍が目を見開いた。

「否、喋ってるのは犬が咥えている鳩だ……どういう事なんだ……」おれは云った。

『文句ばかり云う前に、おまえら自らが為政者(いせいしゃ)に何故ならぬ？　現状の結果は全ておまえらの選択によるもの。決して押しつけられたものではあるまい』

「けっ。いちいちそんな事ができるかよ。こちとら仕事で手一杯なんだぜ！　政治が悪いから、まともに物を考える暇もありゃしねえんだ！　立候補なんてのはどこぞの金持ちか後ろ盾(だて)のあるような道楽者がするんだよ！」滅津が叫ぶ。

『きゃははは。それで自らの首を絞めていれば世話はないのぉ』

其処まで云うとテルールが身震いし、鳩の首がぽとりと落ちた。

『自分の足で立つ事も煩わしいと嘆く怠け者め。今の有り様を引き寄せたのは全て貴様らの怠惰のせいじゃ。ふふふふ』

「うるせえ！」滅津が身を乗り出して叫んだ瞬間、テルールの軀が黒い稲妻の様に跳躍し、轟音と共に此方のシートに飛び込んで滅津を車外に引きずり出した。

「た！　たすけてくれ！」

テルールに押さえ込まれた滅津が手足をばたつかせた——が、テルールは滅津の軀の上で、ぐったりしているだけで、ぴくりとも動かない。

其処へ新たな車のエンジン音が近づいてきた。ジープには兵士らしいのとライフルを手にした男。銃口からは未だ白い煙が立ち上っていた。

「S龍と滅津か？」運転席の男が云った。

「はい」S龍が答えた。

するとジープからふたりの小さな子供が降りてきて、滅津の腰の辺りにしがみついた。

「父さん！」ふたりは叫んだ。

滅津は泣きながら頷き「すまなかった」と何度も繰り返した。

ライフルの男がテルールが死んでいる事を確認すると吉韻の元にも近寄り、助手席の高官らしいのに首を振った。

助手席の男が降りてきた。光るバッジの付いたベージュの制服を着ている。奴はS龍と滅津の前に立ち、書類を読み上げた。

「貴様らは議会で決められた責務を長期間に亘り、拒否し続けた。因ってふたつの選択肢しか残されていない。ひとつは帰って直ちに服務する。ふたつ目はこの場に於いて滅津の長男アニモに妹イノセンを殺害させ、長男アニモを父滅津が処刑する。S龍は拒否の確認が取れ次第、この場にて処刑。以上は民主的な議会で法の定めた正式な手順により完全で自由な意思のもと民主的に選抜された代表議員の可決によるもので、完全に法的に有効である」

制服は一気にそれだけ云うと運転席に戻った。

兵士とライフルの男だけが残り、我々を見張る形を取った。

「お父さん……僕たちは話し合ったよ。僕たちがいなくても父さんと母さんがいれば、また子供はできるもんね」アニモがにっこりと笑った。

「あのおじさんも云ってたわ。蛇も尻尾切りなら助かるけれど、頭を切られたら終わりなんですって」娘が微笑んだ。「お父さんに可哀想な子供の切断なんか絶対にしてほしくない。ね、おにいちゃん」

「うん。そんなの父さんじゃないもの。いくよ……イノセン」

滅津は金縛りにあった様に硬直し、ただブルブルと震えるだけだった。

兄が妹の首に手を伸ばす――「莫迦！　駄目だ！」おれは叫んでいた。

銃口がこっちを向いたが黙っていられなかった。

「そんな事、絶対にだめだ！」

兵士がおれの顔と手元のリストを交互に見比べ、制服へと首を振った。

「貴様は何人だかわからないが、黙っていろ。全ては民主的に決まったのだ。この世に完全な法も主義もない。みな決められたように従う他ないのだ。それが正義だ。民主主義だ」

「ヤトー！」S龍が叫んだ「ヤトー！　来てくれ！　どこなんだ！」

すると滅津も手をメガホンにして叫んだ「ヤトー！　ヤトー！」

いつの間にか、おれも子供達も叫んでいた——が、なにも起こらなかった。

全員が疲れ果て、沈黙した。

闇が重力を伴ってのし掛かってくるのが感じられた。

「よし。そろそろだ。滅津、答えを聞こう」制服が告げた。

滅津は逡巡していたが、やがて『俺は……』と口を開いた。

が、再びもう一台の車が接近してくるのが見えた。それはけたたましくクラクションを鳴らしてきた。タクシーだった。ドアが開くと中年の女が転ぶ様に出、子供達を見るとどっと泪を溢れさせた。

「あんた！」女は先ず子供に、それから滅津に抱きつき、拘束しようと近づいた兵士に書類を突き出した。「サイン済みよ！」

書類を見て顔色を変えた兵士は制服の元に駆け寄った。同じように色を作した制服はジープの無線で激しく何事かを遣り取りし、その後、静かになった。

「いったいなにが起きたんだ……」滅津が呟いた。

「もう大丈夫なのよ。あんたも子供も私も全部大丈夫！」

おれはＳ龍を見た。『かみさん』と口が動き、奴の顔が渋くなった。

女はＳ龍を見ると地べたに唾を吐いた。

「あんな奴といるからろくでもない事に巻き込まれるんだよ、あんた！　あんな奴！」

「まあ待て。説明しろ。どうして大丈夫なんだ」

「書類よ。昼間の法律に修正条項が付いたのよ。それも免責の！　だから、あんたも子供達も大丈夫なのよ！　ありがたいわねえ、民主主義って！　やっぱり痔民ね！」

「まだわからんのだが……」

「ああもう！　じれったいわね。つまりね。あんたは移民の子を千切らなくて良いし、子供達だって自由に暮らせるの。しかも、私達の暮らしだって今よりずっとずっと良くなるの。もうパートもしなくて良いし、毎日汗水垂らしながら、悔しい思いして働かなくたって良いのよ」

「訳を教えろ」滅津は鋭く女を見返した。

「いやあね、怖い顔しちゃって。つまり話はこうよ。私達が作った子をお上が買い上げて下さるの。莫迦にしたお金じゃないわ。車一台は軽く買えるぐらいね。私、自慢じゃないけど子宮だけは頑丈でしょ。母さんなんか十人も産んだんだから。だからそういう事なのよ」

「子供を売るのか？　自分たちの子供を？」

「莫迦ねえ。自分たちの子供じゃないわよ。分娩室からその場でどっかに連れて行かれちゃうんだから。だから全然関係なし。ウチはウチで今迄どおり親子四人で普通にすればいいの。ね？　良い話じゃない？　ねえ？」

子供達は母親が上機嫌なので一緒になって喜んでいた。

「その子は屹度、バラバラにされて移植の材料にされるんだぞ」

「関係ないじゃないの、莫迦ねえ」

「げぇ」おれは胃から変な音が出た。

兵士が彼らの前に立った。

「良いのか？　ご主人も納得したなら署名をさせろ」

かみさんに促された滅津は書類を受け取ると頷くかみさんを見、子供を見、そして最後にS龍を見てから署名を終えた。

タクシーのクラクションが鳴らされ、運転手がそろそろ戻るとごねた。

滅津は子供とかみさんに押し込まれる様にしてタクシーに乗り込んだ。車がUターンする時に窓が開き、滅津が顔を突き出した。

「S龍！　また明日！　明日、呑もう！　あの馴染みの店で！　屹度な！　屹度だぞ！」

タクシーは闇に消えていった。

少し離れた場所にいたS龍が兵士の元によると解体場に明日、戻ると告げた。兵士はS龍の足首に軽金属製の輪っかを塡めた。

「これでもう何処にも逃げられないぞ。明日、書類が通れば外してやる」

「に、逃げねえよ」

「我々は街へ帰還するが、貴様らは」

「とんでもねえ事だ」

おれは身震いして見せた。

兵士は鼻を鳴らし、S龍を見た。

「俺ももう少し此処に居る。勝手に帰るからほっといてくれ」

兵士は頷き、ジープはテルールと吉嗣、首なし鳩を載せて戻って行った。

S龍は木の方へ、おれはトライアンフのシートにそれぞれ別れて寝た。

深夜、風が強まった、嗅いだ事のない生臭い風だった。見ると頭上を月の表面を削る様に雲が凄い勢いで流れていく。と、木の辺りで揺れるものがあった——S龍が首を括っていた。奴の軀はブランコの様にゆっくりと揺れていた。顔は陰になって見えなかった。

おれは軽い吐き気を堪えながら車に戻ろうとした。

すると声がした。

『やとーがくるぞ……やとーが……にげろ……みなごろしにされるぞ……やとーがくる』

声は確かにS龍の居る木の方の、少し上からしていた。

おれはトライアンフから飛び降りると後も見ずに遠くへ遠くへと駆け出した。

（べけまい）

五十五億円貯めずに何が人間か？だってさの巻

THE TALES
I TOLD THE PELICAN
AT PARK

1

「今日は無礼講なのさ」

普段は黒マントに黒マスクだというモリコウ男がそう云うと、またひとつ暗い海に向かって放り投げた。

「あら。もう十億かしら」船上でしっぽりなったという変な女が云った。

「もうそんなになるかい？　僕はまだ八億ぐらいだと思っていたけれど。君はどう思うね？」

モリコウが訊いたのでおれは少し首を傾げて答えた。

「いくらかどうだか、触ったこともないからわからないけれど、勿体ないことだけは確かだよ」

ふたりが顔を見合わせて〈ふふふ〉と笑った。

「すると君は貯金が五十五億ないということかな？」

「五十五億持ってる奴が港で親指おっ立ててる筈がないだろう」

「謎だね。真面目にコツコツ働けばいくらなんでも五十五億ぐらいは貯まりそうなもんだが。あ、そうか、きっと君は人には云えない秘密の楽しみに使ってしまうんだね」そう云って、またモリコウが手にした金の延べ棒を海に投げた。下のラウンジの光で波間に沈む瞬間、そいつがキラリと光って見えた。

「そろそろ寒いわ」変な女がそう云うとモリコウは残っていた金の延べ棒を箱ごと海の中に捨ててしまった。

「じゃあ、そろそろディナーにするか」モリコウの言葉に変な女が微笑んだ。

おれがいるのは甲板だけでも小学校と中学校と高校の校庭をひとつずつ合わせても足りるかどうかっていうぐらいの豪華客船だった。一週間前、おれはまたぞろヒッチした運転手から太腿を撫で回されたので、適当なことを云って車を降りた。そこは大きな港でいくつもの大きな船が出入りしているのだった。おれは港湾の職員に見つからないよう、街まで乗っけてってくれそうな別の車を探して親指を立てていた。ところが行き交うのは全部、コンテナや配送で大忙しの奴らばっかり。ほとほと困り果てていると大型客船がどーんと横付けされ、上の方から「おーい」と声が掛かった。それがモリコウだった。奴はおれに何をしているんだと云い、おれは行く当てがないからヒッチハイクだと応えると船に乗せてやろうと云ったんだ。おれも止せば良いのに元来の物好きが出て、ついつい乗っちまったというわけだった。

モリコウは、会社の種類としては〈なんやらマリット〉とかに属する大きな会社をやってるのだと云った。なんでも親爺さんが商才のある人で奴はその後を引き継いだ。でも本当の仕事は別だという。

「ヒーローさ。君も知ってるだろう？　悪を倒す正義の味方。あれが僕の本当の仕事だ。この船に乗っているのはみんなヒーローさ。一般人は君と船の職員だけ」

「随分、物好きなんだね。あんた」

「まあね、困ってる人を見過ごせない質なんだ。君も困ってるようだったからね」

モリコウはおれに小さな個室を与え、飯でもなんでも船の中のものは全て無料だという他の客と同じ待遇を保証してくれた。おれは大いに満足していた。だってそうだろ？　生きてるうちに行けるかどうかわからない場所へ生きてるうちに乗れるかどうかわからない船で行くんだ。それに生きてるうちに呑めるかどうか喰えるかどうかわからないタダ飯付きだ。

最初の三日ほどは浮かれ気分で面白かったが、四日も経つと飽きてきた。それと云うのも船ではいつもなんやらかんやらの催しがあったり、飯を喰うには大広間に集まるんだが、どうもそのヒーローの奴らが少々、鼻につく。

飯を喰っているとテーブルの奴らが全員、おれを見ている。

どうしたのか訊くと「おいしいか？」と訊く。「旨いよ」と応えると、そうだろうそうだろうと満面に笑みを浮かべ「嬉しいか？」と訊く。「嬉しいね」と云うと、そうだろうそうだろうとまた笑っている。全てがこんな感じでラウンジの便所で手を拭いていると「タオルで手を拭くなんて、どんな気分だ？」と訊いてくる。「悪くないけど。少々、勿体ないね」と云うと、また喜んでいる。「嬉しいか？」と云うので「嬉しいって程じゃないが、有り難いね」と云うと「君のレベルだとタオルというのは、どの位の意味合いなんだ？　例えばダイヤモンド並みだとかおふくろさんが大事にしている臍の緒とか……」「云っている意味がちょっとわからないが、タオルはタオルだよ」と応えるときょとんとし、横にいる女に「見当も付かんらしい」なんて云ってる。

飯の時には更にそれが酷く「いつも何を食べているんだ？」「昆虫は食べられるのか？」「幾ら出したら健康な指を折れる？」などと尋ねてくる。おれはそのうち奴らに近づかずなるべくひとりでいるようにした。今夜はそんなおれをモリコウが呼び出して諫めに掛かって来たのだ。

「みな、君の事を知りたがっているんだよ」

「どうして？」

「当たり前だ。自分が助ける人間ってものをよく知りたいからさ」

「おれはヒーローなんかにゃ用はないぜ」

「彼らには興味津々なのさ。なにしろ僕らの周りにはいつもヒーローや大金持ちしかいないからね。君みたいな存在しているのかいないのかわからないような相手を知っておくことはとても重要なんだ」

「へぇ、まあ一宿一飯の恩義ってものがあるからな。やれと云うなら付き合っても良いさ」

「それに今夜からは建前を取っ払った本音の会話が解禁になる。君にも刺激的だと思うよ」

と、モリコウは云い、その前にと金の延べ棒を捨てだしたのだ。

「なんで捨てるんだよ。あんたが要らないんなら、くれよ」

「ふふふ。それはダメだよ」

「なぜさ」

「だってそんなことをしたら貧乏人がいなくなってしまうじゃあないか。かと云って元の持ち主に返す訳にもいかない。これらはみんな悪者の金だからね」

2

その日の晩飯会はモリコウの云うように、いつもとはちょっと違っていた。

なんだか最初のサラダが来る前からヒーローどもは言いたい放題だった。

「ボクが助けてあげた途端、腕のなかで失神した美女がいたよ。あの時は最高だったなあ」

ビロンという茶髪の若いのが鼻の穴を膨らませた。なんでも此奴はモリコウの弟子っ子らしいのだが、最近は一緒に連れて行ってくれないと零(こぼ)していた。

「ほっほっほっ。儂の頃には失禁した女性もいたよ」なんだか引退爺のようなのがそう云って天井髭(カイゼル)の先を撫でた。テーブルの奴らが『ほお』と感嘆したような声を上げた。

「なんてったって、絶対に美人だよね。同時期に同じ危機に直面したら、軀付きが良い子が最優先」

「儂は人類にとって為になりそうな者を優先するがね。まあ五十五億は持つ可能性があることと、足の裏が神がかっていることが条件じゃね」

「それはあなたのぽんちーちーたしないからでしょう」

「ほほほ。これは一本取られたな」

おれはなんの気なしにテーブルにいる五人のヒーローに訊いてみた。

「おれなんかどうかな？」

「どうとは？」変な女が云った。

「いや、ほら。高層ビルの火事に巻き込まれるとか、暴走トラックが突っ込んでくるとか。そしたら、あんたらどうやって助けてくれるんだい？」

するとテーブルがシーンとなった。

モリコウが困ったような顔をした。

「警察に電話したら？」変な女が云うと、皆が爆笑した。

「なんだよ、それ」

爺さんが立ち上がるとムード音楽を流しているバンドのいる壇上へ向かった。奴は居並ぶヒーローたちに社交辞令が脇汗を噴き零すような、ありきたりの挨拶をした後、『今期の指針について話し合いたい』と云った。

「指針？」

おれが問うと変な女が無言で唇に人差し指を当てた。

暫くすると紙が配られ、書き込んだものを壇上の箱にみなが入れだした。

それらが終わると爺さんが箱の中身を変な女と共に開け、ホワイトボードに書き込みだした。

そこには人種、年齢、性別、職業、容姿、子持ち、独身、既婚、親の収入などの項目にローマ数字が得票数として加算された。

　やがて全てが終わると爺さんが票数の高い項目を読み上げた。

「今期の最優先すべきは白人未婚者で、十五から二十五歳までの一度でも雑誌もしくはネットでモデルになった経験のある、親が年収二千万以上の女性です」拍手と指笛が鳴った。

「なんだいありゃ」おれはモリコウに訊いた。

「我々が救出すべき人物の要素だ。あれらを持っているかいないかで助ける際の優先順位を付けるんだよ」

「じゃあ、おれなんかどうなるんだよ？」

「たぶん一番最後の組になるだろうね」

「そんなの酷いじゃないかよ。おれだって命は惜しいぜ」

　するとモリコウは肩を竦めた。

「無理強いされても困る。僕たちのは飽くまでも慈善事業だからね。気に入らない相手をわざわざ救い出したって面白くもなんともないだろう。映画だって見たまえ、体重二百キロもあるようなアジア人の毛深い不潔な男が助かっても観客は喜ばない」

「それとこれとは別だろう」

「同じさ。みんな生きるのに飽き飽きしてるんだ」

「はあ？」

「だって此処にいるのはみんな千年かかっても使い切れないほどのお金を持っている者たちばか

りなんだよ。食べたい者は食べ、着たい者は着、経験したいことは経験し倒してしまったんだ。他になんにもやることがないから、つまらない人間なんか助けてるんじゃないか。何しろ感謝されるからね。命を救ってあげた時の人間の顔ってのは素晴らしいよ。恋を告白された時の何千倍も凄いバイブスがこちらになだれ込んでくる。僕たちはそのバイブス中毒なのさ。だから良いバイブスを味わえそうな人をなるべくは助けたいし、そういう人こそ大変な目に遭って欲しいんだ」

「そうだよ。高校生なんか特に凄いよ。もう腰が立たなくなるほどのバイブスが出るんだよ。ブスール、前に溶岩に呑み込まれた街の事、覚えてる？」

「ああ、勿論さ。あれは良かった」

「良かった？」おれはモリコウの顔を思わず見た。

「街全体が塞がれてしまってね。住民の七割が死んじゃったんだけど、僕らはそこから三十人救ったんだ。チアリーダーばっかり」

「あの時は最高だったなあ。ありがとうありがとうって」

「ボク、あの時の子に爪先舐めて貰ったんだ。ずっと昔から洗ってない爪先を舐めて貰うのが夢だったから。ママの代わりに……」

「そうだったな。君のお母さんは亡くなったんだな」

「そうなんだ……だから、もう誰も洗ってないのをペロペロしてくれないと思ってた。そしたら、ちゃんとペロペロしてくれる子が見つかったんだよ」

「まさに人助けの醍醐味ってやつだな、ははは」

おれはうんざりしたのでやってきたボーイにカップラーメンはあるかと訊いた。ボーイは顔を曇らせて、そのようなものはありませんと去って行った。

「君、そんな糞の元のようなものを食べたいのか？　軀に悪いじゃないか」

「たまには悪いことでもしなくちゃな。あんたらと付き合ってらんないよ」

するとモリコウが意味ありげにビロンと目を合わせて嗤った。

「うふふふ。そうこなくっちゃさ」

「なんのことだ」

モリコウの返事の代わりに室内の照明が落とされた。すると映画館のような大きなスクリーンが下ろされ、そこに【Genes of the Yaer】とタイトルが出、物凄く凶悪な白塗りの男の写真と人を殺している場面が動画やストップモーションで映し出された。

「此奴はウエシタと云って今世紀でも指折りの凶悪な悪者なんだ。こいつのおかげでヒーローが何人倒されたかしれない。人類史上最悪の化け物さ」

モリコウが溜息交じりに云った。

「今は斃れていないんだけど、このレベルの悪者がもう一度現れたら、第三次世界大戦級の悲劇に世界は見舞われると云う軍事シンクタンクや国際政治の専門家の予測なんだ」

「へえ、ヘラヘラ笑って、えらく剽軽な男に見えるけどね」

「こいつは感情がアベコベ上下逆さなんだ。だからウエシタさ」

と、画面が十歳ぐらいの少年の顔に変わった。会場のあちこちからブーイングが起きた。『殺せ！　殺せ！　殺せ！』いい歳をした大人が〈と云うかヒーローたちが〉興奮して叫び、会場は異様な雰囲気に包まれた。

「なんだ？　いったい」

モリコウは満足げに壇上に顎をしゃくった。

すると手に資料を持った眼鏡の男が現れると次々と聞いたこともない単位と数値を読み上げ、最後に『以上の結果をもちましてビラン係数１００と推測されます』

再び会場は興奮と怒号に包まれた。

「なんだよ、説明しろよ」

モリコウは皮肉気に笑った。

「なあに単なるウサギ狩りだよ。あの怪物は様々なところで女に子供を孕ませた。あれが丁度十三番目の子種だ」

「わからんな」

するとビロンが言い足した。

「つまり、あの最強の悪者(ビラン)の子供の一人があの子って事。そして予測によると将来、あの子が最強最悪の悪者になる確率が１００％と証明されたんだ」

「されたってなんにだよ」

モリコウが後を継いだ。

「ありとあるゆる統計と確率論によってだよ。最高のＡＩの結果だ。僕らも日常的に使っているものだ。信頼するにはあまりある」

おれはスクリーンに映っている今にも泣き出しそうな坊主の顔を見直して云った。

「で、どうしようってんだ」

「既に彼は船内に放されている。これからみんなで狩るのさ。未来の世界平和と愛のため」

「悪い芽は摘んでおかなくちゃね」

「つむ？　殺すのか？」

「いや、其処まではしない。ただ永遠に動けず、話せず、聞けず、見えずの状態になって貰う。僕らは病院も経営しているから、その辺りは心配ない。それに生活の保障は死ぬまで我々が負担するから問題なし」

「そう。もともとちゃんとしてないから戸籍も何もないも同然なんだ。彼がいなくなっても象の吹き出物がなくなる程度のことさ」ビロンが付け加える。

「信じられんな。大の大人がよってたかって子供を血祭りに上げようってのか？　それにあんたらの能力を駆使したら何処にいたってバレちまう。それこそ瞬殺じゃないか」

モリコウとビロンが頷いた。それに奴らはずっとテーブルの下で手を握り合っている。

「まさにそこさ。それだと面白味がないんで、狩りをする時はみんなヒーローグッズは家に置いてきている。乗船時にも厳しくチェックされて隠し持つことはできない。もっとも単なる余興でインチキするほど正義感のない者はいない。つまり、今この時点では我々全員が一般の君のような人間と同じ能力しか有していないことになるんだ。下船するまではね。だから狩りも思う存分楽しめる」

「ズルなしだもんね！」

「そうさ。我々はヒーロー。正義の味方だ！」

そして、ふたりは口を揃えてこう云って、手を叩き合わせた。

『世界平和と大切な人を守る為なら赤ん坊の頭だって踏み潰す！』

「悪いが、おれは部屋へ帰るよ」

「え？　参加しないのか？　君だって子供を半殺しにできるんだよ。悪い子なんだよ。将来、絶対にペストやコレラ以上の人類の敵になる。そんな子供を思う存分、殴ったり、裂いたり、折ったりできるんだよ。その時の悲鳴も聴けるよ？」

「命乞いを忘れてるぞ、ビロン」

「あ！　そうだった。ごめんなさいって云うよ。自分の血で溺れそうになった小さな歯の無い穴ぼこから〈ごめんなさい。もうゆるしてください〉って」

「去年は傑作だったな。命乞いしながらゲロを吐いていたんだよ、女の子の癖に」

「悪者っていうのは、本当にどうしようもないなって感じだったよね」

「でもよ。まだなんにもしてないんだろ？　ちょっと酷すぎないか？」

ふたりはうんざりした顔を向けた。

「今、君が云ったのは常に何もせず守られることに慣れきってしまった一般人がよく云う御託だ。

敵や災害と命がけでやるのはこっちだよ。全部、自分に降りかかってくる、労災も見舞金すらない。君たち一般人はなんにもしないで、ただぎゃあぎゃあぎゃあ助けて〜って豚のように叫んでるだけだ。そんな魂の屑どもにあれこれ云われる筋合いはないよ。正論を吐くなら自分で自分の尻を拭いてからにして貰いたいね」

「だめだよ、この人にそんなこと云っても。この人はそんなことは理解できないよ。普通の人間ですらない生命体なんだから」

「あ、そうか。ごめんごめん。つい対等に話をしてしまった。うん。そうだね、君の云う通りだったね。ごめんごめん」

おれは立ち上がるとそこらにあった酒瓶を掴み、ポケットにつまみになりそうなものを詰め込むと、そろそろチューでもしそうな奴らを残し、船室に戻ることにした。

背後では『さあ！　ハンティングの時間です！　じぁすてぃすん！』とマイクががなりたてていた。

3

あれから八時間ほどが経ち、おれは厄介事をふたつ抱え、文字通り頭を抱えていたんだ。

ひとつは血まみれの坊主がベッドの下で寝ている。勿論、マットレスを敷いた上に載せてやったんだ。ワイン三本とウイスキーを一本、なんたらかんたらの十八年物っていうやつの、やたら鼻に抜けるウイスキーの薫りと妙に後を引く甘みをつまみにおれはガッついていた。食堂のボーイがうんざりした顔でおれを見送った後、廊下を戻るおれは部屋に辿り着くまでに小便が保ちませんよと膀胱に告げられた。

廊下の端にあった立ち小便専用の個室に入り、おれの腎臓で漉した、お高い十八年物のウイスキーを便器に捨てていると白い陶器に血が落ちていた。最近、人三化七の女と寝た覚えもないし、リンパにぐりぐりもないのでチンポから出た病気の血ではなかった。妙だなと思った途端、またひとつ、ふたつと血は増えていった。見上げると天井の排気用の蓋の隙間から血が滴っている。見上げるおれの耳に血の代わりに〈たすけて〉と云う子供の声が落ちてきた。

船室に連れ込んだ坊主の名前はヨクスと云った。親爺は〈上下〉で間違いないらしい。

「ボクは将来、絶対に悪くて酷い人間になるから殺されなくちゃならないんだって。でも、もう少しもう少しだけ生きたいって思っちゃう。こういうところも悪者なんだと思う」

横になったヨクスは泪を零した。手足の指が、がちゃがちゃなのは捕まったカップルに万年筆で折られたのだと云った。

「おじさんはなぜ、ボクを助けてくれたの？　みんなに持って行って見せびらかさないの？　もうボク、動けないし、どこにも行けないよ」

「生憎、それができないんだ」

「どうして？」

「それはおれがヒーローじゃない、普通の何処にでもいる人間だからさ。だからおれにはおまえをどうこうする権利がない。別にあってもしないがね」

そう云うと坊主は丸い舷窓を向いて「そうか、普通の人はボクを虐めないんだね」と呟いた。

「ヒーローだけなんだ……でもボクはあの人たちから散々、ホンモノの悪になるって云われた。本当かな……ボクは全然、そんなの厭なんだ。将来はコックさんになりたい」

「料理人？　ずいぶん平凡なものになりたいんだな。世界征服とかじゃないのか？」

「料理で世界一周はしたいけど。だっておいしいものって世界共通でしょ。ボク、頭が良くないから勉強では負けちゃうから、そういうのが良いんだ」

すると何処かで何かが爆発するような音と、歓喜の声がした。ウサギ狩りに熱狂している奴らのおかげで船内は火の付いた牛の群れが行き来するように騒がしい。

おれは取り敢えず、坊主に飯と水を与えベッドの下に隠した。折を見て逃がす算段をしなくちゃならない。失敗は駄目だ、そんなことをしたら坊主が酷い目に遭わされる。が、それはおれが思うよりも簡単じゃない。おれは失敗には慣れているが成功は怖い、苦手だ。見当も付かん。やったことがないし、全くうまくいく気がしない。

坊主がすやすや寝息を立てるとおれは、また酒を持ってきて呑んだ。そろそろ一本目が終わる頃、ベッドの下から坊主が云った。

――おじさん、この船、沈むよ。

「え？　嘘はいけねえよ、おまえ」と云うと本当だという。

「ボク、船内を逃げ回るうちに船の底にある貨物室に行ったんだ。そしたら、もう水浸しだった。

捕まった時、ボクを虐めてるヒーローの人にも云ったけど全然、信じてくれなくて。それでその人たちが、なんだか軀をくっつけ合ったりボングを始めたんで、ボクはそっと目を盗んで逃げたんだ」

おれは坊主から浸水箇所を聞き出すと、この目で見に行った。それは建物で云えば地下三階に相当する場所で、その辺りになると人気(ひとけ)はなく照明も暗い。行ってみりゃ、大型施設の駐車場の雰囲気だ。事実、ゲストの車が全部揃っていた。そして坊主の云っていた部屋の前に来るとドアの向こう側から、どうどうと水のぶつかる音がし、ドアは圧力が掛かっているのか、うんともすんとも云わない。こりゃ大変だと階段まで引き返した時、スマタの銃声のような音がするとおれの目の前の壁のボルトが次々に弾け飛び、直後、ドアが吹っ飛んだ。瀧(たき)のように海水がなだれ込み、アッという間に駐車場を浸し始めた。

これがふたつ目の厄介だった。

「大変だ。船が沈没するぞ」

ホールに戻ったおれの言葉にモリコウは片笑窪を作っただけだった。

「どうしたんだ？　早くみんなに報せろよ。ここは大海原(おおうなばら)のど真ん中なんだぞ！」

「大丈夫。この船は沈まないよ」

「この目で見たんだ！」

「一般人の目だろ。ヒーローが云ってるんだ。〈大丈夫。この船は沈まない〉」

「物凄い勢いだ！　早く救難信号を送れよ！」

ビロンとモリコウは声を出して笑った。奴らはまだ手を繋いでいる。

「なんだよ？　何がおかしい？」

「だって誰が来るんだい。ヒーローを救いに一般人が来るのかい？　あっははは。これは傑作だ！」

「だったら自分たちでも良いから、なんとかしろよ！」

するとモリコウがおれの襟を摑んで引き寄せた。

「おまえに指図されるさしず覚えはない。ヒーローだからな、ヒーローは正義なんだ。全て正しいんだ。ヒーローが沈まないと云ったら沈まないんだよ」

「ねえ、あなた。もしかして……」すっかり宗旨替えしたビロンが云った。「この人、本当に善人なのかしら。もしかすると悪人の手先で、そんな嘘やデマで私たちを滅ぼそうとしてるんじゃない？」

「嗚呼。だとすれば問題だよ。それかとんでもない問題だ」モリコウが脅おどかすように云った。

「勝手にしろ！」おれはそう捨て台詞を吐いて部屋に戻った。

ベッドの上に坊主がちょんぼり座っていた。

おれが口を利くまでもなく奴は察したようだった。おれたちはそれからふたりだけで脱出の準備に取りかかった。坊主は見つかるとヤバイのでギリギリまで部屋に置いておいた。

おれは甲板の腹に付けてある救命ボートのカプセルを作動させた。ボスンと凄い音がするとそいつは膨らみ、海上でぷかぷかと浮いた。おれは部屋に戻り坊主を毛布で包んで運ぶとボートに乗り移り、漕ぎ始めた——それからきっかり二時間後、船は大爆発しながら沈んでいった。きっと莫迦なヒーローが無茶をしたか、燃料タンクに火が入ったかしたのだろう。

4

ふたりで燃える船の明かりで照り映えている海を眺めているとモリコウの声がした。

「助けてくれ！」

「おお！　他の奴はどうした？」

「全滅だ！　人類にとって大変な時代になってしまった！　僕たち抜きで人間は幸せにはなれないのに」

「そんなことはないだろう」

「ある！　絶対だ！　人類なんかひとりじゃなんにもできない。強烈なリーダーシップのある者にしか、この閉塞感は打破できないんだ！　おい！　貴様、何をしている。さっさと僕をボートに引き上げんか！」

「悪い……これはふたり乗りなんだ」

そう云うと坊主が陰から顔を出し「こんにちは」と挨拶した。

「あ！　そんな者を助けてどうする！　そいつは悪魔だ！　鬼だ！　地獄の亡者だ！　そんな者

を生かしてどうする！　僕ならあと何万人も救えるんだ！　そんな悪魔の餓鬼と役立たずのおまえが生き残ってどうする？　なんにもならないぞ！　俺こそ助かる権利があるんだ！」

「ヒーローだろ？　おれたちなんかに頼らず頑張って泳ぎなよ」おれはそう云ってオールを漕ぎだした。

「グッズは全部家なんだ！　莫迦野郎！　乗せてやった恩を忘れやがって！　だから人間はクズなんだ！　ダメなんだ！」

モリコウの悪態は、かなり離れても海上を渡って響き続けた。

さすが最新鋭の救命艇だけあって快適だった。ビーコンは既に発信されているらしく無線で救援に向かうという連絡が入った。それを聞いておれたちはほんの少しだけ眠った。

翌朝、水平線の端がみるみる明るくなるとまるで燃えるような太陽が姿を現した。海原が金の絨毯に変わるマジックアワーだ。

「おじさん、ボクやってみるよ」全身に日の光を浴びた坊主の声でおれは目が覚めた。いつの間にか坊主が顔を白塗りにしていた。唇だけがやけに紅い。

「どうしたんだ？　それ」

「あ、歯磨き粉が入ってたから……ねえ、ボクやってみる！」

「何を？」

「悪者。だってあの天才ヒーローの人たちがみんな必ずなるって云ってたんだ。ボク、あの気の毒な人たちの願いを叶えてあげなくちゃ。期待に応えなくっちゃ！」

「そういう話じゃないだろう……」

「ううん。ボク、最悪の悪者になる。そうすればまたボクを倒しに新しいヒーローが誕生するもの」

おれはなんと云って良いのかわからなかった。ただ、悪者になると断言した坊主の瞳は命に輝き、唇は笑っていた。

「そうか……」

「がっかりしないで。その代わり、おじさんが生きている間はしないよ。おじさんが死んだらボクは全世界を上下逆さまにして大混乱させてやる！　金持ちは貧乏人に貧乏人は金持ちに！　人類史上一番の悪人になってやる！　良いでしょ？　良いって云ってよ！」

不意に坊主はおれの胸に抱きつき、ワンワン泣いた。

おれはすっかり太陽が上がるまで、その頭を静かに撫でてやっていた。


（ＥＮＤ）

命短し、乙女はカーマ・スートラだってよの巻

THE TALES
I TOLD THE PELICAN
AT PARK

「すげえ癌ですよ。所謂、図抜け大一番小判形と云っても間違いないぐらいの……」

マゴウケと名乗ったとっつあんはそう云って助手席にいるおれのズボンで指を拭いた。

「あんたが？」

「そう。お医者がそう云ったんだ。で、俺はどんなぐらいなんですか？ってヨミョーを訊いたのさ。いまの医者ってのは簡単にヨミョー云うよな。昔は癌たら告知ってのは青春の告白よりも酷薄っつーイメージだったけど。今は昔だ。ショーワの感覚なんだな」

「かもしんないね」

マゴウケは三本、指を立てた。その前にまたズボンに指をなすする。

「三月？　三日？」

「あんたワザと云ってるな。その間だよ」

「三週間」

「ざっつらいっ！　で、俺は家族もバラバラだし、冬眠中の蛙みたいに何処まで行ってもひとりぼっちりだし、どうしようかと思ってよ」

　また鼻から抜いた指をおれのズボンで拭く。勿論、おれはそんなことをされるのは厭だったけれど、こうすれば家に泊めてくれるというのだから仕方がない。今は冬だし、昨日は雪が降ったのだ。いまはどいつもこいつもコロぶのを恐れていて簡単に風天を泊めてくれるような旧き良き風習は、日向の蚯蚓のように干からびて死んじまったのだ。

「それで、おれを泊めてくれる気になったのかい」

「うんにゃ。そんなドチ糞どうでもいいようなことは考えない。あんたを泊めるのは俺の命の恩人だからだ」

「死にかけの命の恩人ってのは値打ちも微妙だな」

「まあ、あからさまにはそう云う言も立つかも知れねえが、オラっちにしてみりゃ、そりゃヨミヨーが決まってるとは云え、無理くり短くディスカウンティンされるのは気分が落ち着かねえよ。それじゃあ丸っきりのボチコだろ」

「そうかい」

　その日、マゴウケは駄菓子屋の店先で奴のおふくろと云っても通用するような婆さまに蛇の目傘で叩かれていた。周りには学校帰りの子供が何人もいて、それらはみんな婆さまの所で買った黄粉棒やら梅の干し肉の入った氷菓子やら、ポン菓子やらを口に入れながら、その騒ぎを眺めていた。マゴウケは猿のような顔をした猿のような小柄な男で灰色の猿に見えるすり切れた作業着を着ていた。マゴウケは悲鳴を上げながら猿のように路上を転げ回る。蛇の目の当たる場所によって尻から『びっ』とか『ぶっ』とか『ばっ』とか屁が出るのが可笑しく、子供達は身悶えしながら笑っている。婆さまは顔を蛇にして蛇の目を振るう。若い時には随分、鍛えた婆さまだと感心するほど力強く撲っていた。

「おい！　なにをのさばってるのさ！」

婆さまがウンコ座りしていたおれに怒鳴る。

「え？　おれ？」

「そうだよ！　なにをのさばってるんだ！」

「否、なにって……蛇の目傘なんて今時、珍しいなと思って……」

「そんなことは良いんだよ！　これはわっちが故郷のトヤマから花嫁衣装で持って来たんだ」

「勿体無いだろ。そんなの使っちゃ。傘がガサガサだぜ」

すると婆さんは履いていた便所サンダルを脱ぎ、おれに突き出した。

「やれ！」

「なにをさ」

「こいつを撲て。撲てば飯を喰わせてやる。撲てば海路の日和ありだ」

「撲てったって、おれには理屈がわかんねえもの。撲てないよ」

婆さんは蹲った猿爺を睨み付ける。肩が上下し、息が江戸っぽい臭いをさせていた。

「此奴はね。いきなりウチの店に入ってきて、こんなゴミみたいな食い物はやめろ……頭が悪くなる。躯が駄目になるって……品物に小便引っ掛けやがったんだよ！　ああ、畜生！」

また婆さんが殴り。尻から屁が出る。

「じ！　じじつだ！　じじつだ！」

「きぃぇぇ！　こいつぅ！」婆さんがもう一度、蛇の目を振り上げたが、いきなりフラリとくたくたになった。

「おいっ！　婆さん！」

おれはその枯れ木のような躯を受け止めた。婆さんは気を失っていた。

「でかした！」小猿は起き上がると、婆さんを横たえ終えたおれの袖を掴み、そのまま猛スピードで角に停めてあった軽トラに乗せると発進した。

で、おれは小猿＝マゴウケにいきさつを訊ねていた。

「……なにかしなくちゃなんねえよ。人様にマゴウケはさすがだった。マゴウケは立派だったたって云われるような。草葉の陰から、ほくほく顔でしみじみ聴いてられるようなことをよぉ」

「だからって駄菓子屋、腐したってしょうがないだろ。もっとデカいものを相手にするならまだしも」

「ははは、中卒中卒。将を射んと欲すればまず馬を射よってな」

「なんだい。その、しょういんしんほっすればまんずをみよってのは？」

「ははは。これはますます小卒小卒。ごっぽっご」

　マゴウケはハンドルに凭れ掛かるようにして咳き込んだ。

「おいおい。あんたまさかコロんでねえだろうな？」

「けっ。おめえ何年、人間やってきてんだよ。こいつが普通の咳かコロんだ咳かもわかんねえのか」

「違いがあるのか」

「ったりめえだよ。普通の咳玉は、ごほんごほんのリューカクサンで済むだろうが、コロんだ咳玉は、ごほんっとやった後に目の裏で星がパチパチッと光るんだ。緑っぽい光が、パチッとよ」

「ほんとかい？」

「ああ。テレビでやってた。なんてったっけ？　WHO(ふー)のチリチリ。ベスビオスとかスソノゾキとかいうチリチリ」

「あ～おれゴメン。ニュースだめ。全っ然、見ないから」

「土だねぇ。それじゃあおめえは小卒以下の土だよ」

「そうかい。おれは人だと思ってるけどね」

「否、土だね。土のナニ臭(くせ)えもの」

　そう云われておれは指先を嗅いでみた。確かにそんな臭いもする。

　ヨミョーを告げられたマゴウケは、すっ転んだような木造アパートに住んでいた。二階なんだが、ダリが作ったような階段は何もかもが傾(かし)いでいて這うようにして登らなければならない。部屋はドン突きだがドアも階段同様、全くのタチツテトで入るには、かなりナニヌネノしなければならなかった。

引っ剝（ぺ）がすように戸を開けたマゴウケが「どうぞお入りください～」と巫山戯（ふざけ）る。

「ちっ。臭え部屋だ。開けようぜ」

おれはネチャッた畳から立ち上る〈アノ世臭〉に鼻穴（ビケツ）を抉られ堪らず窓を開け放った。忽ち、寒風が雪崩れ込んできたが、おれはとっつあんと対面（トイメン）で炬燵（こたつ）に身を突っ込み耐えた。

「もうええ。タマキンがシベリアじゃ、タツロー山下じゃ」

とっつあんの声が顔に電マを当てられてるようになったのでおれは窓を閉めた。臭いはアノ世から少しコノ世になっていた。窓を閉めたマゴウケは台所の鋳物（いもの）コンロに小鍋を掛けると湯を沸かし、それを縁の欠けた湯飲みに注ぐとおれの前に置いた。

〈なんだいこりゃ？〉というように奴の面（つら）を睨むと「うへ、そうでしたそうでした」と隅に押し込んである段ボールから頭の赤い醤油差しを見つけると湯飲みの中へ掛け回した。

「なにやってんの」

「えっ？　足りねえ？　そいじゃあ、ちょっくら奮発して……」

「そういうことじゃねえじゃん。なにやってんだつってんの」

「なにって？　びーまいべいびーに決まってんだろ」

「びんらでぃんめいびー？」

「湯だけじゃ味がねえでしょう」

とっつあんはそう云うと、またちびっと醤油を足した。

「そらよ、汁だく特盛り」そう云っておれの前に湯飲みを押す。

「汁しかねえじゃん」

覗くと湯に浮かぶ醤油が薄紐(うすひも)のように溶け合わずに浮いていた。

「凄く不味(まず)そうだ。見てるだけで死にたくなる」

「ざっつらい。不味いぞ」マゴウケは、おもむろに湯飲みを摑んでグイッと呷り、間髪(かんはつ)を容(い)れず噴き出し、部屋に霧(エアロゾル)を充満させた。

「汚(きたね)えなあ。何やってんだよ！」

「うおっ！　と熱い！」

「たりめえだろ。自分で入れたんでしょうが」

「ふへへへ。しくじったしくじった」

マゴウケは壁に凭れ、ニヤニヤ嗤って顎の涎を横殴りに拭く。豆電球に四畳半の畳の腐った部屋で嗤っている死に損ないの爺さんはなかなかの凄みがあり、おれは好感をもった。

「で、どうする？」とっつあんが云う。

「なにが」

「俺の双六のことよ」

「スゴロク？」

「このマゴウケカンジ一世一代の人生双六。そのアガリはどうしますか？　って話だよ」

「しらないよ」

「俺はもう近江には入っちまってるんだ。今頃、草津か下手したら大津だ。あんたがやんなくちゃ、誰がやるんだよ」

「あんたがすりゃいいだろ」

「だから、それにはあんたがなんとかしなくちゃなんないだろう」

「よくわかんないよ」

「なんかしなくちゃ居ても立ってもいらんないだろう」

「だからって駄菓子屋に立ち小便したって仕方がないよ。嗚呼、あの人は駄菓子屋で立ち小便して死んだ人、ってだけのことだもの」

「あの駄菓子屋は子供の軀に悪い物を安いからって理由だけで未だに仕入れてやがるんだよ。見ただろ、あの餓鬼どもの舌の色。今頃、地下の化け物だってあんな舌の色はしていねえや。あれもこれもみんなあの婆さんの売ってる駄菓子のせいだ。俺は身を挺して地域のお子様達の健康を守ったんだ」

「にしてもなあ。これからもまだ立ちションして回るのかい？」

「うーむ。膀胱も限りある資源だからなあ。そうだ！　あんたも一緒にどうだ？　交代で？」

「は？」

「だめか……」

マゴウケは唸るようにして腕を組んだ。が、パチンと手を打つと「考え込んでいても仕方がない。行こう！」と立ち上がった。

「行こうって……どこへ」

　マゴウケに連れられてやってきたのは土手を越えた川岸だった。工業地帯を流れるだけあって整備工場の水たまりのようにあちこちに油が浮いてシャボン玉の皮みたいに照っていて、臭いもなかなかに酷かった。マゴウケは野廃れたように立っている野球のバックネットの傍に立つと〈見ろよ〉と云った。そこは十メートルほど芒を刈り取って土が剝き出しにしてある。あちこちに枯れ萎んだ花の骸が散らばり、畝と思しき名残は靴で踏み荒らされ、冷蔵庫やテレビの廃物が投げ込まれていた。

「なんだいこりゃ……ゴミ捨て場か？」

　マゴウケは隅に捨てられていた板きれを拾って畝に刺し込んだ。

『あなたの心のヒーラー　まごころ花畑　by　MAGOUKE』と書いてあった。

「俺がこさえた花壇だったんだ。此処は子供達が休みになるといろいろと集まって遊びをするんで、ヨミョーを告げられたその日のうちに花屋に相談して造園させたんだ。それは見事で綺麗なもんだったぜ。でもよ、ちょっと検査入院して帰ってきたら、花は全部持ち去られちまって。代わりにゴミが投げ込まれてた。二度ほどやりなおしたが、銭がどうにも続かなくなってな。それで餓鬼が云うには駄菓子屋の婆が違法だのなんだのと文句垂れてたって耳にしたんだ」

　それからマゴウケは電信柱を回った。電柱には手書きの短冊板が一枚ずつ括られていた。

『親孝行――死後の裁きで得をする』『あのじいさん、このばあさん、昔はみんな若かった』『男らしく女らしくより前に人間らしく！』『被爆国敗戦国長寿国』『あの橋この道みんな今の年寄りがこさえました』『早寝早起きの不良はいない』『恥じるな童貞！　ポール・ニューマン様がいる』『年寄りを好きになっても悪じゃない』『茶飲み友達から受け取ろう！　人生のバトン』『人生の先輩を敬う心に神宿る』

「これ全部、あんたが書いたのか」

「嗚呼。全部で五、六十やったんだが、電気の親玉から苦情が来てよ。どんどん取り外しやがって、いま残ってるのはこんくらいだ。人が苦心して考えた物を莫迦にしやがって」

顔を顰めたマゴウケは唾を吐き、次いで煙草を取り出すと口に咥えた。おれも一本貰って公園の空きベンチに並んで座る。

「だからよ、なんとかして形に残る形で俺が居たってことをよ……人の為になって後々まで語り草になるようなことをしたいんだよ。死ぬ時に〈つまんねえ人生だったけど、アレができたのは良かったよなあ〉って自分に云って聞かせられるような何かをよ。ダカラよ、あんたも変な縁だけどよ。暫くは……な、頼むよ。このとおり」

マゴウケはぽくりと頭を下げ、おれは咥えた煙草を指で挟みながら〈う？　うぅ……〉と応えていた。

b

翌昼過ぎ、マゴウケに起こされたおれはゴム手袋をしてデッキブラシを担いで公衆便所に居た。

計画を聞かされ、車の中で文句を云うおれにマゴウケは昨日、一晩考えたんだと力説していた。

「やっぱり基本は楽しちゃダメなんだ。な？　それと上から目線。な？　このふたつが俺の中にあったから花壇と電柱と駄菓子屋作戦は失敗したんだ」

マゴウケは、昔からよく知っているという競馬場の脇にある公園に車を停めると「ここだここだ」と、洗剤と束子（たわし）の入ったバケツを手に乗り込んでいった。

……知ってるってのはこれの事か……。

全体が茶色く煤（すす）けていた便所の建屋（たてや）に厭な予感はしていたが、入口から一歩入ると厭な予感は厭な確信になり、もうオイラ帰りたいに変化した。

「これは無理だよ！　素人（しろうと）の手に負えねえよ！」おれは叫んだ。

「いいんだよ。いいんだよ。こういうのをやっつけてこそ、人に良くやったって云われるんだよ。ここはなあ競馬でスッテンテンになった奴が、ド頭（タマ）に来て最後に糞を垂れていく場所。場内じゃ〈地獄（ヘル）〉と呼ばれてる便所なんだ」

「……へる」

小便器が三つ、個室がふたつの公衆便所としては小体（こてい）なんだろうが、とにかくポロックとダリとピカソが褐色だけを使って好き勝手やって途中で打ッ散らかしたみたいな有様で、忽ち、腐った巨大温泉饅頭の中にねちゃねちゃ幽閉されたような気分になった。

マゴウケは、はしゃぎながら手洗いの蛇口に取り付けたホースで、壁と云わず床と云わず放水を始める。飛沫がスズメバチのように顔や軀に襲いかかってくる。おれは逃げだそうとしてナニかを踏み、尻餅を付いた。骨が軋むほど痛かったが、それ以上に手を突いた時のナニかの感触に鳥肌が立った。

「そうら～そらそら～そう～ら～そら」

マゴウケは既に飛沫で斑に日焼けしたようになった顔で笑いながら放水を続けている。

おれは避難しようと立ち上がる、手は見ない。

「おい！　なにやってる。擦れ擦れ！　擦り倒しちゃれ！」

「ええ？　だって、こんなのシロウトにゃ手に負えないぜ！」

「シロもクロもシロクロショーも関係ない！　此処がマゴウケカンジのド根性の見せ挙げ処！南無三！」とっつあんが入口に陣取ってる御陰で逃げ出すわけにもいかなかった。

ばしゃばしゃばしゃばしゃ水を浴びせられてびしょ濡れになっていくと、なんだかいろいろなことがどうでもよくなり濡れてもよくなり臭くてもよくなり逃げるのも面倒臭くなり兎に角、何でも良いから早く仕上げて終わりにしちまえという気になった。

「よし！　やってやるよ！　やりゃあいいんだろ！　やりゃあ！」おれはそう怒鳴るとデッキブラシを鷲掴みし、親の仇のように床や壁や便器でこんもりしてるアレやコレを片付け始めた。

時折、はしゃぐマゴウケを滑ったフリで殴り付けてみるが、本人は悲鳴を上げるが文句を云わない。おれはそれが気に入ってむしゃくしゃが暴走する度にマゴウケを◎×まみれのデッキブラシで叩いた。

「どうだ！　いいだろ？」

二時間が過ぎていた。便所はおれ達が入った時より格段に良くなっていた。前は狒々か前後不覚のシャブ中しか入れないような場所だったのが、今はイイ。餓え死に寸前ならラーメンぐらいは便座に座って食えそうな感じだ。

「いいな。確かにイイ」

おれとマゴウケは、最後に水道で震えながら軀を洗うと銭湯のコインランドリーに汚れ物を投げ込み、一番風呂へと飛び込んだ。そしてじっくりと心と袋の皺を伸ばしてから風呂を出、乾燥したてホカホカの服を着込んで立ち飲みに行った。

「明日はどうするんだい？」

「俺の計画では三便作戦で行こうと思ってる。つまり、三カ所をぐるぐる回って常に綺麗にしておくんだ。能力以上に手を広げると日本軍になっちまうからなインパール」

「残りのふたつも手強そうだ」

「そうだなあ、今日のを中ボスと云ったら、小ボスとラスボスだな」

「ラスボスかあ。終わったらまた風呂入って一杯やりてえなあ」

「やるさ！　やらいでか！」

翌日、おれたちは早起きして小ボス、ラスボスへと戦いを進めた。小ボスは難なく処理できたが、ラスボスでは危うくふたりとも『便遭難』する処だった。便器との戦いは熾烈だったが、やはりそれはそれで綺麗にした便器は良かったし、また次に行った時にも汚れちゃいたけど地獄じゃなく、相当なアレでも煉獄程度になっていたから全くもって楽に処理できた。おれとマゴウケは三つの便所に絞って行脚を続けたのだが、ある日、いつものように便器をやっつけてから外に出ると『おい』と野太い声が掛かった。見ると白いつなぎを着た連中が腕組みをしている。マゴウケが無視して立ち去ろうとすると、連中の一人がマゴウケの掃除道具を入れたバケツを叩き落とした。

思わず相手を睨み付けると、手前の一番図体のデカいのがマゴウケの頰をいきなり張った。とっつあんは勢いよく転がり、おれはボー然とした。

「おまえら誰に断って便所を掃除してるんだ」

「誰って……別に」

すると狐のような顔の男が「迷惑なんだよ」と云った。

「まごうけってなんだ?」図体のデカいのが云う。「壁にいちいち〈マゴウケ浄〉なんて落書きしやがって。此処いら一帯は俺ッちがお上からお預かりしてる場所便よ。人の縄張りに薄汚え落書きなんぞしやがって」

「なに云ってやがる！　てめえの仕事のザマぁ、なんだよ！　此処の便所は落書きどころか糞書きじゃねえか」

ごずんっと鈍い音がすると今迄、黙っていた男ふたりがマゴウケの顔をデッキブラシで右と左から挟み撃ちにした。白目を剥いたマゴウケががっくりと膝を折り、地べたに転がり、お腹を強く踏まれた蛙のように半身になって震えていた。

「おまえはどうする？　こうするか？　それとも、ああするか？」図体のデカいのがまずマゴウケを指し、それから公園の出口を指した。

おれはマゴウケに肩を貸して立たせた。耳元で奴の呻き声が聞こえる。どうにか歩けるようだ。おれは奴らに云った。

「放ったらかしにしてたのを綺麗にしてやったんだ。少しはあんたらも助かったろう」

すると全員が顔を見合わせて嗤った。

「莫迦だ、おまえ。おまえは莫迦だ。此処の便所がスッカリキンと綺麗になっちまったら、俺っちの仕事がなくなっちまう。こう云うとこはな地獄で良いんだよ。どうせ役人なんか何にも見ちゃいねえ。いつも汚え便所だ、困った困ったと云わせておけば、こちとら何にもしなくても毎月の月給が入ってくるっつう寸法さ。地獄結構、結構地獄。なにしろ俺ッちは契約だから仕事が無くなりゃ使い捨てカイロ。汗掻いて糞塗れになってテメエの食いぶちを減らす莫迦が三千世界の何処にいる」

「なんで落書きなんかしたんだよ」

おれはカップ酒を呷るマゴウケにぼやいた。あれから戻ってマゴウケは夕方まで寝込み、暗くなってから『薬代わりに酒が欲しい』と云うので買ってきたのだ。

「落書きじゃねえ。あれは俺の宣言だ。墓碑銘だ」

「ぼひめーねえ」

「花壇もダメ、若者へのエール板もダメ、便所洗いもダメ……いったいどうしろってんだ！　チクショー！」

暫く横倒しになったまま頭を抱えていたマゴウケは、やおら起き上がると押入からバタークッキーの缶かんを引っ張りだし、中にあった黄ばんだ画用紙をおれに見せた。そこにはクレヨンで頭と軀が仮分数(かぶんすう)になったような人物が描かれ〈せんにゅそーさん〉とあった。

「なんだこれ？」

「娘が幼稚園で描(か)いたんだ。その頃から俺は家に居着かなくって女房は娘に俺は警察の潜入捜査官だから普通のウチのお父さんみたいに家に居られないんだって云ってたんだ……莫迦みてえだけど。俺も女房もあんまり頭(オツム)は明るくねえから。そんな事云うぐらいが関の山だったんだろ」

マゴウケはぽろりと涙を零(こぼ)した。「なんにもしてやれなかったからなあ」

「いま、どうしてるんだ」

マゴウケは蠅でも追うように天井を見上げて洟を啜った。

「これを描いた翌年、爺が運転する車に踏み潰されて死んじまったよ」

「あららら」

マゴウケはぐいっとカップの残りを一気に呷ると、ぷっと屁が出た。

「おっ屁が出たな」

「出たなあ」

「というわけで、俺は絶対無限に俺が立派だった、流石(さすが)だった、あいつのおかげで助かったの証(あかし)を残してからこの世を旅立たねえとアノ世であいつらに逢えねえのさ。そう決まってるんだ」

「決まってる……」

「ああ。決まってる」

おれとマゴウケはそれから暫く鳥の声が聞こえるまで黙っていた。

午前二時頃、鳥が啼いた。

「よし！」マゴウケはそう云うと立ち上がった。

「どうするんだ？」

「此処に居たって仕方がねえ。外に出て頭の整理よ」

「だってド真夜中だぜ」

「そこが良いのよ」

外は寒く、コーガンが寒風のサンドバッグになっていた。

「早く帰ろうぜ。股座が八甲田山(はっこうださん)だ」

「何かを見つけたらな」

「タマは我々を見放すぜ」

既に小一時間も暗い夜道をおれ達は、ほっつき歩いていた。

「あ！」マゴウケは手を叩くと公衆電話に飛びつき、いきなり一一〇番に掛けた。

「おいおい。なにして……」

受話器から冷(さ)めた男の声がした。『事件ですか、事故ですか。何がありましたか？』

マゴウケが内緒話をするような声を出す。「三丁目の理髪店〈バーバーすまのうら〉でノミやってるぜ。競馬のノミ屋だ」

一気に、そう云うとマゴウケは受話器を置いた。肩で息をしていた。

「密告(チク)ってやった。これも正義だ」

「そんなチンケな正義がなんになるんだよ」

「正義に大きいも小さいもないだろう。そんな事だから子供が駄目になるんだ。俺は五万円もノマれたんだぞ」

「私怨(しえん)じゃねえかよ」

「私怨結構、正義のためなら何でもござれよ。小さな事からコツコツとってキヨシ・Nも云ってたろ？　あの漫才師(ザイマン)の」

「知らないよ。テレビ見ないから」

「とにかく、これでひとつ善行を今夜も積んだぜ。へへへ。他にも二、三カ所あるなあ。それに賭け麻雀を黙認してる雀荘や、無許可(ホンバン)させるデリもあるしよぉ。事欠かねえ事欠かねえ……」

「そんなチクリ屋みたいなこと下衆(ゲス)っぽい気がするぜ」

「莫迦だなあ、おまえ。悪いのはあっちだぜ。俺はなにひとつ悪事をなしてねえ。法律を無視して犯罪をしている奴らが悪いんだ」

「だってその店は散髪をやってるんだろ。腕はどうなんだよ」

「腕は良い。でも、いくら良い事をしたからって陰で犯罪をしてちゃ駄目なんだ。そんな奴に刈って貰った頭なんて気分が悪いだろ。みんな真実を知ったら激怒するぜ」

「でもノミ屋って当たりゃあ。約束どおり配当は出すじゃん。その人達は別に怒らないだろう」

「俺は当たった事がねえ」

マゴウケは両手をポケットに突っ込んだまま嬉しそうに先を行く。

「なあ、便所が駄目ならゴミの集積場掃除とかは？」

「やった。ゴミ泥棒だって誤解されて警官(マッポ)呼ばれた。奴ら、俺を犯罪者扱いしやがった」

「じゃあ、登校の交通安全とか」

「人さらいだと思われた。あっ！　そうだ！　風俗ビルの地下に裏カジノがあった！　あれ通報してやろ！」

「莫迦！　そんなデカいシノギ潰したらヤクザに殺されちまうよ！　イイ加減にしろよ！」

思わず怒鳴るとマゴウケは立ち尽くしていた。否、それは別におれに怒鳴られたからではなかった。奴はぼーっと先を見ていた。視線の先には静かな住宅街と暗い道、そこにポツンと電柱の街灯が光を落としている。マゴウケはその辺りを見て固まっていた。

その視線を追ったおれも、え?と思った途端、両手の毛が逆立った。小さな女の子が伸ばした右手を上下に揺らしていた。ヨーヨーだ。

「やべえ……幽霊だぜ」

おれが呟くのとマゴウケが走り出すのが同時だった。

「マゴミ！」

女の子はマゴウケの声にビクンと驚いた様子で通りの角へと逃げ込んだ。

「おいおい！」おれもマゴウケを追う。あの様子じゃ、幽霊なら未だしも人間だったら事件になる。

「とっつあん！」

ところがあんな塩垂れた軀のどこにそんな余力があるのか信じられないほどマゴウケは速かった。おれが角を曲がった時にはふたりとも姿が消えていた。おれは暗い夜道をうろうろ声を掛けながら回った。と、路地の先に切り込みを入れたように明かりが外に伸びている家があった。おれは引き寄せられるようにふらふら近づいた――厭な胸騒ぎがした。

そこは駄菓子屋の風情がある家で玄関にしている硝子戸が半分ほど開いていた。曇り硝子の上に『大衆食堂　おしゃか』と赤いペンキで描いてあった。なかには長いテーブルがいくつか並んでいて、そのひとつにマゴウケが座っていた――奴は笑っていた。

コンバンハなのか、オハヨウゴザイマスなのか、わからないような曖昧時間だったので、取り敢えずおれはオハバンハと声を掛けてみた。

するとマゴウケが手招きした。

「いいのかよ……」ぼやきながら入るとストーブが暖かくホッとした。

「そうかいそうかい」

　マゴウケは目の前に居る若い女に頷いていた。

「どうしたんだよ」

「あ、こいつ、ウチの居候、名前なんか無いんだよ」

　するとその若い女は〈あら、そう〉と目を丸くして微笑んだ――良い笑顔だった。

「なあ。あの女の子はどうしたんだよ」

「女の子？　何の事だ？」

「さっき、おまえが追いかけてった子だよ。ヨーヨーの」

　するとマゴウケが女に向かって肩を竦めた。

「ね。こういう風にこの男はトンチキなんだ」

　女はうふふと笑いながら急須から茶を注いでおれの前に置いた。「どうぞ」

　白い割烹着に手拭いを姐さん被りにした女はゾッとするほど色っぽかった。別に何を如何してるわけでもないんだが、ちょっと微笑んだ唇の端による笑窪とか猫っぽい目元とか顔の造作のなんやかんやが図抜けたモノをこっちの目ん玉にぶつけてくる。御陰でおれはちょっとの間、パチクリした。

「今朝は早くから荷物が届くので……普段はこんな時間に開けてることは絶対にないんですけれど……」

女はチコと名乗った。

「じゃあ、そろそろ」マゴウケは湯飲みに残った茶を呷って片付けると膝を押して立ち上がった。

「ごちそうさま。悪かったな、いきなり。でも助かったぜ」

「いいえ。また御願いします」チコは若い女らしく手を軽く振って笑った。

角を曲がり、来た道を戻っているとマゴウケがべらべらと喋った。

「チコはおふくろとふたりであの食堂を切り盛りしてるそうだ」

「若そうだな」

「三十路(みそじ)をちょぼちょぼだろ。あんな時間に飛び込んだのに怖がりもしねえ。あれは相当度胸(はら)が据わってる玉(ギョク)だ」

「あんなにキレイなのになんで定食屋なんかやってんだろ」

「あんな上玉で肝が据わってるから、こんな末枯(すが)れた町の食堂に落ち着くんだよ」

「亭主はどんな奴だろ。羨ましいよ」

「いねえよ」

マゴウケがそこだけ硬く云った。

「なんでだよ」

「いるわけがねえよ」

「おいおい。まさか惚れたんじゃねえだろうなあ。あんたはもうすぐ、オッ死(ち)ぬんだぜ」

するとマゴウケが、むっふふふと太い苦笑いをした。

「あのヨーヨーの餓鬼は確かに俺様の一子、マゴウケマゴミだ。合掌」

マゴウケは手を合わせた。

「え？　だってあんた、いないって」

「わざわざ俺を助けに降臨してくれたんじゃねぇか、莫迦」

マゴウケはそれ以上は耳を貸さず、自分に教え込むように呟いた。

「マゴミちゃん！　ありがとよ。おまえは良い冥途の土産を贈ってくれたね。とうさんは良い夢が見られますんぽ〜むっふふふんふん〜むっふふふん〜」

マゴウケはスキップしながら、おれを置いて、どんどんどんどん先に行った――そして闇に溶けて見えなくなった。

地獄の始まりだった。

c

「というわけなんだ。あそこは良い店だったよ」

あれから一週間、マゴウケは毎日おしゃか食堂に通って昼飯晩飯を喰っていた。今日も店の様子やチコの様子を嬉しそうに捲し立てる。

「よく毎日毎食、外食するような銭があるぜ」

と、おれが皮肉ると奴は腹巻きのなかから、握り飯のように丸めた諭吉札を見せた。

「げっ。どうした？　質屋の強盗（たたき）か？」

「げっひひ」マゴウケは脂下（やにさ）がった面で首を振った。「こいつはなあ、そんな小汚え銭じゃねえんだぜ。ありがたい神様、んにゃ、お天道様（てんとうさま）の銭っ子よ」

「わけがわかんねえな」

「まあ中卒のおまえにはわからねえことだろうが、世の中には天道（てんどう）っちゅうのがあってな。昔っから正しい道を見つけると神様が応援してくれるんだ。この前の川崎（かわさき）ズベ杯で獲（と）ったのよ！」

「え？　あの全落の奴かい？」

「おうよ。最初は安牌（アンパイ）張りしてたんだがな。どう云う訳か車券のマークを間違えて印つけてたんだなあ。それで見てみりゃ丸儲けよ。なっはははは」

　ズベ杯というのは競輪のレース名なんだが、競技中、ゴール手前で先頭を走っていた一台が落車し、それがどんどん他の選手も巻き込んだ。おかげで、一番遅れて走っていた最下位のヨレヨレ爺だけが巻き込まれず優勝し、あとから巻き込まれた選手ほどダメージが少なかったので、人気の薄い順にゴールするという前代未聞の大穴3連単車券が出たレースだった。

「それで毎日、美人食堂に通い詰めってわけか。お気楽なこった。この世に自分を知らしめるって心意気は何処に行ったんだよ」

「莫迦だな、おまえ、莫迦な股扱（しご）きだな、おまえ」

「なんでだよ。云った通りだろ？」

　マゴウケは自分のおでこを指でトントンとした。

「此処に天国への設計図がちゃあんとしまってあるんだぜ」

おれがぽかんとしていると奴は林檎箱の目覚まし時計を見て立ち上がった。午後六時を少し過ぎたところだった。

「まあ、来い。教えてやる」

マゴウケに付いて行くと、やはり定食屋だった。が、子供達が大勢出入りしていて、まるでお祭りのようだった。

「こんばんは」

マゴウケが奥に声を掛けて中に入る。おれもそれに続くと直ぐに旨そうなカレーの匂いが鼻を打つ。テーブルにも子供と母親らしいのが座っていて皿に盛ったカレーに匙を入れたり、話したり、笑ったりと大賑やかだった。大人は母親ばかりで男はいない。一般の客もいないようだった。厨房に一番近いテーブルにカレー鍋が並び、そこにチコともうひとり背中の曲がった男だか女だかわからないような民芸品的婆さんが居て、次から次へと行列している子供にカレーと菜をよそってやっていた。この前同様のスタイルのチコは子供達に笑顔を振りまきながら大忙しで遠目からでも額に汗を浮かべているのがわかった。

マゴウケはズカズカと前に進むと並んでいる子供に割り込むような感じでチコに『こんばんは』と云った。

チコは忙しすぎてマゴウケに気づかないのか軽く会釈を返しただけだった。

「なんか忙しそうだぜ。また今度にしようぜ」

「いんだよいんだよ。大丈夫だよ」

「だって餓鬼とかあちゃんばっかりだ。肩身が狭い」

マゴウケは良いから良いからと急須に湯を入れると湯飲みを持って端のテーブルの空いてる処へ座った。仕方無くおれも並んだ。

壁には、なにやら学校に貼ってあるような『あいさつをしよう』『なかよくしよう』『走るのは禁止』なんていう標語の短冊があり、他にも子供が描いたおかあさんや虫取り、遊びの絵が貼ってある。なかでも一番正面に大きく貼られてるのが『本日のメニュー　カレー　林檎サラダ　オレンジジュース　お土産　アーモンドチョコ　ポテトチップ』の紙だ。

子供達は全部で三十人はいそうだった。母親は兄弟を連れてきているのだろう、それよりもずっと数が少ない。みんな子供が食べているのを見て笑っているが、それほどの歳でもないだろうに疲れが溜まっているのか老けて見えた。

「あれ？　誰も銭を払わないいんだ？」

「こども食堂ってんだ」マゴウケがぐるりと見て云う。「慈善事業ってのか、私人福祉みたいなもんだな。此処に居る奴らは、みんなロハなんだ。ただ食いよ」

「へえ。でもそんな銭は何処から出てくんだい」

「他は知らねえが、此処はみんな自前だ。チコとあの皺垂れた婆さまの賄いでやってる」

「大したもんだなあ。あの人は若いのに偉いなあ」

「大した玉だが偉くはねえよ」

「どうして？　こんな風に人に尽くすなんて凄い事だぜ。あの歳であの美貌ならテメエの為だけに死に物狂いになってんのが掃いて捨てるほどいるだろ」

「そこがおまえさんの浅はかさよ」

マゴウケは立ち上がるとおれにも来いと手招きしてトレーを手に子供の列に加わった。

「おい、なんだよ。おれやだよ」

「ほんとのことを知りたくねえのかよ」

「え？」

既にチコはおれ達が並んでいる事に気づいていた。子供の相手で手を動かしながらもこっちを見ていた。そして順番が来た。まず婆さんが飯を盛った皿をくれた。

「いつもありがとねえ。お腹いっぱい食べて元気出してね」

皺々の顔を更に縮緬にして婆さんは頷き頷き手渡してくれた。子供の分だと思うとなんだか心底申し訳ない気分になって、これが上寿司でもおれは手を付けらんないなと思った。

列が進み、既にマゴウケはチコと向かい合っていた。

「こんばんは」マゴウケの後から声を掛けたがチコは返事をしなかった。

ただ黙っておれを見ている。

「同類なの？」チコは云った。この前と別人のように冷たい顔だった。さっきまで子供達に見せていたのとは味噌汁と冷や汁の差があった。

「同類って？」

「同じ穴の狢(むじな)ってこと」

「否、わかんないな。おれはこいつに連れられて、ちょっと見学に……」

「あ。そう。だったら食べたら出てッて下さいネ」

チコは最後の〈ネ〉の時だけ思いっきり笑顔になった。

訳が分からずおれは唖然としていたが、マゴウケが万札をチコの前に放った。

「銭なら払うぜ。何しろ、此処のカレーは世界一旨いからなあ。幾ら出したって惜しくねえもの」

チコがキッとマゴウケを睨む、と婆さんが横手からサッと万札を引き取った。

「ありがとね〜いつもいつも〜たすかります〜」

「もう来ないで」チコはおれに云った。

「わ、わかったよ。悪かったよ」

するとマゴウケが咳でごまかすように『けつねばか』と云った。

チコの顔が紅潮し、こめかみにうっすらと血管が浮かんだ。

マゴウケはヘラヘラ笑うと〈ごっそさん〉と云って場を離れ、テーブルに戻っていく。おれは白い飯が盛られた皿を手に突っ立っていた。

チコがおれの目を見ずにルーをかけようと皿に手を伸ばしたので、〈おれはいいや〉と置いて外に出た。

後ろで『おいおい、マジか?』と、マゴウケの嗤う声が聞こえた。

おれはその晩、マゴウケのドヤに戻らなかった。他所の街に行く事も考えたがそうすることもできず翌日の昼過ぎ、おしゃか食堂に足を向けた。店は普通に営業をしてるようで土木作業員や工員、運転手らしいのが次から次へと入れ替わり立ち替わりしていた。おれは出てきた咥え楊枝と咥え煙草のふたりに声を掛けた。配送業だというふたりは、店はふた月ほど前に出来たばかりだと云った。以前も飯屋だったが半年前に潰れてしまっていたのをチコが居抜きで借りているんじゃないかとのことだった。ふたりともチコが可愛いから繁盛してるんだよと笑った。おれもその通りだと思った。やがて時分時が過ぎて客の波が引けるとチコが暖簾を仕舞いに出て来、柱の札を『準備中』に替えると中に戻った。


「若輩すぎるぜ、おまえは！」

入口に立つおれにマゴウケは呆れたような声を上げた。部屋の中には四人のマゴウケと同い歳っぽい爺様たちが居て、六畳一間に獄狭台所のアパートは寿司詰めだった。

「紹介するから奥へ来い。来いっ！」

「此処で良い」おれは、上がりかまちの脇で胡座をかいた。マゴウケに訊きたい事は山ほどあったが爺様たちが蒸けたらにしようと決めた。

「右からオスズキさん、オサトウさん、オタナカさん、サガワさんだ。みなさん元教育者であり、役所で児童福祉や教育指導に当たって来られた謂わば児童教育のエキスパート。青少年教育のプロでいらっしゃる」

マゴウケに紹介された爺様達は会釈した。

「此奴は名無しの居候なんで全く気にしないで下さい。此処にある畳の目みたいなもんですから。で、どうですか？」

マゴウケの台詞に爺様は腕を組み、何度も頷いて『実に問題ですなあ』と呟いた。

「でしょうとも！　この様な卑劣かつ凶悪醜怪な事実を見過ごすわけにはいきませんぞ！」

「じゃがマゴウケ氏、一体どうやって子供らを守るのが良いのか……その手段でしょうなあ。最近の奴らは色々と人権的なことも五月蝿いですし」オスズキが云う。

「ＳＮＳというわけにはいきませんぞ。あれを利用しては過剰反応という誹りは免れません。それにニュースというわけにも……」と、オタナカ。

「そもそも何が問題なのかという点を明確化しなくてはなりませんな」サガワが云う。

「そこは明白ですよ。品性の下劣かつ公共道徳への不誠実的挑戦。児童に対し教育上も甚だ問題です。将来、彼らが昔を振り返った時にどんな気持ちがしますか？　あの時、少しでも感謝や感動を憶えた自分を許すことができますか？」と、オサトウ。

するとサガワが銀縁眼鏡を持ち上げてから云った。

「つまり分かり易く譬えるならば、自分を救った人間が母親を強姦した男だったらどうなのか？というバージョン違いの問いになりますな」

「そうなんですよ、サガワさん！」マゴウケが膝を打つ。「私はそれが問題だと思うんです。彼らを将来の犠牲者にしてはならないんですよ。これを見過ごす事は我々、大人の義務の放棄でしょう」

「あの女はどうも可怪（おか）しいと思っていました」サガワが云う。「此方のお話を戴いてから店に行き、ちょっと手を握りました処、まるで虫螻（むしけら）を見るような目をしましてね。それで、ははあん、此奴はクロだなと」

「拒絶したのにですか」と、オタナカ。

「逸脱的過剰反応。分かり易く云えば心的アナルフィラキシー・ショックとでも云いますか。いい歳をした、食堂の配膳係の女が客に手を握られただけですよ。感謝されこそすれ、嫌悪憎悪を剝き出しにするなんていうのは完全に常軌を逸（いっ）しています」

「そんな輩（やから）が英雄気取りとは実に恐ろしいことですなあ」マゴウケが深く頷いた。

「私も此方のお話を承った後に偵察方々（ていさつかたがた）、赴（おもむ）きました処、尻や乳を検分しているだけで、まあそれはそれは酷い顔つきをされました」オサトウが云った。

「いったいどういうつもりなんでしょう、あの女」オスズキが呟く。

「無駄ですな。ああいう輩の心性など到底、我々のような真面（まとも）な人間には理解できぬものです。また理解しようという努力も時間の無駄。老い先短い我々にとっては貴重な血を溝（どぶ）に捨てるのに等しい。此処はひとつ行動あるのみですよ、マゴウケ氏」

「私もサガワさんの仰（おっしゃ）ることに賛成です。既に奴らの悪行は半年に亘（わた）ろうとしているのです。断固として正義の鉄槌（てっつい）を下すのみでしょう」マゴウケが拳を振り上げる。

「我々の要求は次の二点。自己開示の表明とこども食堂の廃止。ですな、マゴウケ氏」煙草に火を点けたサガワが遠慮なく煙をオタナカに吹き付け、狭い室内で全員が咳き込んだ。

「で、でも確かなんでしょうなあ。マゴウケさん」と、オサトウが訊いた。

「確かです。その点は間違いがありません。現に私は名誉毀損だとも警察からの呼び出しも何も受けておりません」

「まあまあ、オサトウ氏。我々は飽くまでもマゴウケ氏の黒子役ですから」サガワが云う。

「そうです。みなさんは打ち合わせの通り、容疑者であるあの女が飽くまでも否認を固持し、事態が膠着するようであれば、次のフェーズとなります。その際には是非とも出入りの店や知り合いに〈呟いて〉下さい。飽くまでもチュンチュン、チュンチュンと呟く。それだけで良いのです。後は私のほうで万事巧く、今後は此奴と共に進めます」

「ではそういうことで。令和世直し倶楽部の初陣ですな」サガワが笑った。

爺さん達はおれに向かい、『頑張って下さい』『期待してますよ』『教育の荒廃この一戦に在り』などと云って出て行き、サガワは『なんだかんだ云っても長いものには巻かれろ。巻かれずに抵抗するなんて莫迦です』と出て行った。

おれはマゴウケが差し出した煙草を受け取って火を点けた。

「一体全体、何の話なんだよ」

マゴウケはニヤリと笑って、隅の蜜柑箱から薄いプラスチックの板を数枚投げた。

「なんだよ、こりゃ。ＤＶＤじゃねえか」

が、手に取った途端、躯に電気が走った。ジャケットに写っていたのはチコだった。

おれは暫く目が離せずにいた。

「な？　わかんだろ？　その寿春子(としはるこ)ってのが、あの女なんだよ」

そこには『若妻タルタル』『ＪＫ尻毛(けつげ)バーガー』『トシハルの赤マンハイホー』とあった。

「あの女、こんな薄汚え事をしてやがった癖に子供たちをだまくらかしてやがるんだよ」

「でも別人だったらどうすんだよ」

「別人の筈(はず)はねえだろ。俺は何度も面と向かって賽(さい)は投げてるんだ。おまえと行った時だって、こいつを云ったら真っ赤になったじゃねえか」とＤＶＤを指差した。

おれはマゴウケの言葉にチコが硬直していたのを思い出した。

「通うたんびに奴を揺さぶってる。もし赤の他人なら、とっくの昔に出禁か通報されてる筈だ。だが、奴は口じゃごねても具体的な行為には出ねえ。なぜか……それはバッチリ事実だからだよ、揉(も)めたら一気に隠し事が全部、暴露されるからなあ」

「だからって……こいつあ強請(ゆすり)だろ」

「うんにゃ、そうじゃねえよ。事実だし、それに俺が求めてるのは本人が認める事と、こども食堂を止めろって事だけだ。金品(きんぴん)の話じゃねえ」

「チコはなんつってんだ」

「何にも。まるで海底(うみそこ)の石っころみてえに黙(だんま)りを決め込んでやがるのよ」

「最悪だな、おまえら最悪だよ」

「何を云ってんだ。俺達は子どもの夢や未来を救いたいだけだぜ。将来、あの子らがあの女の正体を知ったら、どんな思いがする？　楽しい温かな思い出だと思ってたら相手は薄汚え売女だったなんて知ったらよ。それこそ取り返しが付かねえぜ。辛い時、悲しい時に思い出して気持ちの縁にしてた女が淫売だったなんてよ」

「そんなこと放っときゃいいさ。大人になりゃわかるし、あの人の苦労はあの人にしかわからないだろ。そっとしといてやれよ」

「だったらこども食堂なんて止めろよ」

「え？」

「そんなわざわざ人から有り難がられたり、感謝されたりするようなことは止めればいいじゃねえか。自分のやってきたことを振り返って分を弁えろってんだよ。人助けがしたけりゃ、こっそり匿名で寄付でもなんでも好きなように投げ銭すりゃいいじゃねえか。それが、さも真っ当な人間でござい、善人でございなんて面で渡世をするなんてお為ごかしにゃ、反吐が出るんだよ。包装紙じゃねえんだ。次から次へと取っ替えられて堪るかよ！」

「……あんた哀れだな。いったい何がそんなに憎いんだよ……」

　するとマゴウケがハッとしたような顔になり、怒鳴りだした。

「何もかもに決まってんだろ！　莫迦野郎！　俺はおまえと違って、いま窮々で生きてるんだ！　後がねえんだ！　後が。これはなあ、マゴミが俺にくれた、たったひとつの最初で最後のチャンスなんだ……おまえなんぞにわかってたまるか！　これを成し遂げれば俺は悔いなく逝(い)けるる。逝って、アノ世でマゴミと笑って逢えるんだ。その為にマゴミは来てくれた。教えてくれたんだ。それは絶対なんだ……畜生」

おれに使える言葉が出払っちまっていた。感じていたのは出会っちゃいけない人達が出会っちゃいけない場所とタイミングで出会っちまったということだけだった。

「そんなに云うならよ。おめえ、あの子を助(す)けてやれよ」

マゴウケがぽつりと云った。

「あの女が自分から子ども達の前でＡＶだって認めりゃ良いよ。その後どうするかは客が決めりゃあ良い。おまえが女に訊いて、みなに懺悔(ざんげ)するよう説得しろ」

d

おれを見ると子どもにカレーを配食していたチコが身構えた。

今夜は前よりも子どもも母親の数も多かった。天井からモールも下がり、なにやら賑やかしげな雰囲気となっていた。

おれはチコの気分は敢えて無視することにして子どもの列を前に進んだ。

子ども越しにおれはチコと対峙した。

「話がある」

「見てわからないの？　忙しいの」

「そんなことは糞ほど、どうでもいいぐらい大事な話がある。サシでしたい」

「私にはこの子たち以上に大事なことなどないの。黙って私が行くまで突っ立ってれば？」

おれは頷いてテーブルの端に座った。

するとと騒がしげにしていた子どもと母親たちが突然、静まり返った。シーンとした食堂内で少女が三人立ち上がるとトコトコ、チコと婆さんの居る配膳テーブルに近寄った。それはふたりにとっても思いがけなかったようで緊張気味に少女の挙動を見守っていた。

少女たちはふたりの前で一礼し、真ん中の一番チビが、やおら手にした紙を読み始めた。

「おねえちゃん、おばちゃん、いつもあたしたちにおいしいごはんをありがとうございます。カレーおいしい、ハンバーグおいしい、スープあたたかい。おかあさん、つかれなくなりました。みんな、うれしい、うれしくなりました。わたしたちはこんなふうにたすけてくれるおみせがあってほんとうにうれしいです。ずっとずっとわたしたちのおまもりになっていてください。ちょちょみ」

そこまで読み上げると両脇のもう少し年嵩のふたりがプレゼントを渡した。チコが受け取り、中を検めると赤いモヘアのタートルネックとグレーのニット帽が出てきた。

「セーターはおねえちゃん、帽子はおばさんです！」年嵩の片割れが云うと満場が拍手で割れた。チコはタートルネックに顔を埋め、ありがとうと告げた。声が震えていた。

おれはこれからすることが何もかも厭になり、立ち上がって出ようとしたが、マゴウケが掃き残しのゴミのように隅に蹲っているのに気づき、太い溜息が漏れた。

チコが食堂内に『いただきます！』と号令すると、皆が声を揃えた。再び喧噪が戻り、束の間ホッとした気分になった。厨房に戻りながらチコがおれを睨んで消えた。

おれは立ち上がり、嬉しそうに配られたカレーを口に運んでいるチビたちの間を進んでチコの向かった先に進んだ。

チコは業務用冷蔵庫の前で腕組みしながらおれを見ていた。

「そんな目はよせよ」

「そう？　糞を見るのに人は微笑むの？」

おれはチコの胸ぐらを摑んだ。

「あんた、敵と味方の区別も付かねえみたいだが、おれは虚仮にされたにノコノコ来たわけじゃねえ」

「何がしたいの」

「あんたを救いたい」

チコは大きな目を丸くし、「はっ」と真っ白な歯を見せた。「そりゃあ、ありがたいわ」

「あんたが前職をみんなに告白すれば、奴らは手を引く」

「前職？　何のこと？」

「おれの口からは云いたくない」

「なら、あたしにも見当が付かないけど」

「いいのか……」

チコはキッとした顔でおれを睨んだ。が、不意にその顔が柔和に溶けた。

「どうしたの」

声の先には六つぐらいの男の子がいた。髪が伸び、洟が垂れている。指を咥え、何か云いたげだが、軀を左右にユラユラ振ってニコニコしていた。

「なあに？」

チコが笑いかけると一枚の紙を突き出した。一瞥した彼女の顔が凍り付き、紙を手の中で握りつぶすと「どうしたの？　これ！」と悲鳴を上げた。

「おじいちゃんがぁ……」坊主がホールを指差したのとチコが飛び出すのと同時だった。

ホールは水を打ったように静まり返っていた。みな黙ってチコを見つめ、その真ん中にＤＶＤジャケットをカラーコピーした束を手にしたマゴウケがいた。

「そろそろ年貢の納め時だぜ。寿春子さんよ」

「なんのこと」チコの肩が震えていた。

マゴウケが紙束を頭上に掲げて叩いた。

「とぼけちゃいけねえよ。この尻毛バーガーはあんただろ？」

「じょ、冗談じゃないわ。莫迦じゃないの、あなた！」

「あんたは身分を偽って、この人達を欺してたんだ。自分だけほっかむりして、他人の不幸を栄養にしてたんだろ！」

テーブルの賑わいはなかった。みなが一心に此方を見つめていた。が、その表情からは何も読み取れない。

「ち……ちがう……ちがいます……」

「本当か？」

マゴウケの言葉にチコは返事をしなかった。

「此処に居る、この子達に誓ってもそう断言できるのか！」

するとマゴウケがあのメッセージを読み上げた子をチコの前に立たせた。

「あんたが本当に関係ないというのなら、この子に誓ってみせろ。自分は此処にあるような女とは一切関係ないってな」

少女は事態が判っているのかいないのか、つぶらな瞳でチコを見上げていた。

ことりと音がし、見ると、婆さんまでが、この有様を見守っていた。

「さあ！　どうなんだ！」

すると不意にチコの軀から力が抜けた。ふわっと揺れたと見えた瞬間、彼女は少女の頭に手を置き、静かに「……ごめんね」と呟いた。そしてテーブルに座っている母子に向かい「わたし……昔、ああいうことをしていました……ごめんなさい」と、ぽろぽろ涙を零し、頭を下げた。

そして「……今夜でこども食堂は終わりです」と告げると床にしゃがみ込んでしまった。

「ほらな！」マゴウケが飛び上がった。「俺の云った通りだ！　みなさん！　こいつは嘘を吐いていたんです。善人面で、さも真っ当でございというフリをしていた偽善者なんだ！　いま、化けの皮が猛烈に剝がれた。このマゴウケカンジが剝いでやりました！　みなさん、もう御安心ください！　坊ちゃんお嬢ちゃんの心は穢されることはないのです！」

が、不思議なことに誰も何も云わず、立ち去ろうともしなかった。

「どっ。どうしたんだ、みんな！　もっと声を上げて、この女に云いたい事を云ったらどうだ！　みんな、莫迦にされてきたんだぞ！　悔しくないのか！　なあ！　おい！　おい！　どうした？」

マゴウケが十歳ほどの男の子の腕を掴んで立たせようとした。するとその少年はマゴウケの手を叩き払った。

「な……なんだ、おまえは！」

マゴウケは別の子を掴んだ。すると母親がその胸を突いた。

「どうしたんだよ！　おまえら！　悪いのはこの女だぞ！　尻毛バーガーの寿春子だ！　俺じゃない！　俺は勇気ある告発者だ！　子どもを悪の手……」

すると手にしたコピーをびりりと破る音がした。そしてそれは次々に連鎖し、床に投げ捨てられた。マゴウケは明らかに動揺し、おたついていた。

するとさっき腕を払った少年がマゴウケの前に立った。

「なんだ坊主」

「あんたは間違った事したことがないのかよ」と唾を吐いた。

それを合図に子どもと母親たちが立ち上がり、ぞろぞろと出て行く。そして一人一人が出て行く前にチコを抱きしめ、マゴウケには一様に『人間の屑』『人でなし』『冷血漢』『卑怯者』そう云った言葉が浴びせられた。全員がいなくなっても、マゴウケは莫迦のように口を半開きにしたまま立ち尽くしていた。

「あの様子じゃ、まだこども食堂は続けられそうじゃないか……」

おれがぽつりと呟くとチコは首を振った。「いいえ。だめよ。もうおしまい」

「なぜ？」

「だってそういうルールなんだもの」

「ルール？」

『そうです。チコさんはお負けになられたのです！』

突然、野太い声がし、何処からかラグビーの選手並みにガタイの良い黒服が数人現れた。

『一年間、身元を隠してこども食堂を続ける事が出来れば報酬として三千万をゲッツ。そうでしたね、チコさん』

男達の間から婆さんが現れた。声が完全に男だ。しかも聞いた事がある。

おれとマゴウケが啞然とする前で婆さんは背筋を伸ばし、顔の皮をベリベリと剝いだ。なかから現れたのは伝説のＡＶ監督――。

「ニシムラ・おとる」マゴウケが呟いた。

「はい！　そのとおりでございます！　今更のように現れまして登場が遅すぎた。遅きに失したと申されても過言ではないでしょう！　さて寿春子さん、ワタクシ、ニシムラがあなたと契約しました処のお約束。それは何だったでございましょうか？」

「それは監督の故郷でこども食堂を一年間身元を伏せて続けられれば、わたしが稼いだのと同額のギャラを戴けるということでした」

「そうでしたねえ。あなたはお父上の借金の為にその身、美貌をマネーに変えるという勇敢且つ尊い決断をされて、このニシムラの元に舞い降りたのですが、それらのマネーはすべからく借金返済に消え、結局、貴方ご自身が受け取るマネーは雀の涙、いえムササビの小便にもならなかった。そしてこの不肖、ニシムラもこの現世での罪業をどのように帳消しにしつつ天寿を全うすれば良いかを模索していた。このあなたとわたし、ユー&ミーの利益、希望、欲望が見事にマッチング、マリアージュしたのでございましたねえ」

「で、でも、それじゃあ賭けになんないだろう……ただ単にあんたが金を出す出さないだけじゃ」マゴウケが云った。

それを受けてチコは立ち上がり、頷いた。

「わたしは負けたら、物凄く調子ネジのおかしな変態だけが見る作品を専門に撮る会社に身売りされるのよ」

「物凄く調子ネジのおかしな変態だけが見る作品……」

おれの言葉にチコが振り返った。

「そうよ……上も下も、下も上も同じように味噌も糞も一緒……何もかもが通過し貫通するような作品ばかりを作っている会社。たぶん二度とまともな軀では戻って来られない。わたしはもう今、この瞬間に死んだのよ。でも悔いはないわ。束の間の事だったけれど、子ども達やお母さんがあんなに嬉しそうにする顔を見られて良かった……」

「じゃ、こいつはアンタひとりの薄っぺらな正義感じゃなかったのか！」

マゴウケが膝を付いた。

「すまねえ。俺は……マゴミが……死んだ娘が此処に入るのを見て……それでつい……これが俺の最期の仕事だと勘違いしちまった。奴はアンタを救ってやれと云っていたんだなぁ」

「良いのよ、おじさん。それよりカレー食べてってよ」チコは立ち上がるとテーブルのガスに火を入れ直し、カレーをよそって戻ってきた。

「はい。どうぞ」

マゴウケは泪でくしゃくしゃになった顔でスプーンを受け取るとむしゃむしゃと食べ始めた。

「うめえ！　うめえよ！　チコさん！」

「よかった……じゃあさようなら」

チコは頷くと黒服に付き添われながら表に停まっていた『ブラッキー臓物歓喜身体下剋上制作会社』と横書きされたトラックに向かった。

硝子戸の前でチコは一旦止まり、振り返った。

「おじさん、気にしないでね」

マゴウケの咽び泣きが聞こえた。

と、その瞬間、『お待ちなさい！』とニシムラの声が掛かった。

おれ達が振り返ると監督は「チコさん、ワタクシ不肖ニシムラ、感激しております。実はワタクシ、あなたを殺してしまおうと決意していたのでございます。あの時、もしあなたが三千万という端金に目が眩み、あの頑是無い無垢の暴走トラックのようなお子様達に向かい虚偽を貫き通そうとしていたら、その心根は日向の魚の臓物のように腐乱しきっていると云っても過言ではないでしょう。そうすれば天への善行を積みたいとしていたワタクシの思惑は地に堕ち、全ては溶解崩壊の七変化、ワタクシは憤怒の魔羅を振りかざし、アナタ様を突き殺していたに違いないのです。しかるにアナタ様はそうは為さらなかった。よくぞ全告白された。ゲロられた。自分の全てを捨ててでもお子様の魂の救済を選択された。不肖ニシムラ、感謝感激亀洗えの心根なのでございます」

「え？　で、どうなるんだよ！」おれは堪らずに叫んだ。

「全ては寿春子様……否、チコ様の魂の勝利でございます！　このお店の権利と三千万をお受け取り下さいませ！」

　マゴウケが飛び上がり、万歳三唱を絶叫すると、そのまま昏倒した。

　それからマゴウケは監督だった婆さんの代わりとしてチコに雇われ、定食おしゃかの店員となった。そして半年後、こども食堂で素人手品を披露している最中、倒れ、チコや子ども達に見守られながら逝った——笑っていたそうだ。

　良かったと思うよ。

（めでたひめでたひ）

乞食爺と黄金パンツ

THE TALES
I TOLD THE PELICAN
AT PARK

あ

「だからなんなの」

「なんなのって……なんて事はねえってことだよ」

「だって、あんたの手は本来あるべき位置に無いぜ」

おれはうんざりして股座に載せられた奴の手を指差した。

「いま〈あはぁ〉っ云ったろ？　それはヨガりか？　ヨガり出てんのか？　出たなら車停めなくちゃ」

「いまのは〈あはぁ〉じゃないよ。〈はぁ〉っ云ったんだよ。〈はぁ〉。〈あ〉は付いてないだろ」

「おまえ、子猫ちゃんやってんのか？　俺をツンツン焦らして。ん？　ん？　だろ？　ん？」

下顎が中世のヘルメットのように前に突き出したボサボサ四角頭の男はハンドルを握りながら、おれを見た。

トラックのパネルで寝惚けたように灯っているモスグリーンの時計によると今は午前四時半。そろそろ地平線が明るくなってきても良い頃だし、普通ならいくらヒッチハイクした身とはいえ、うたた寝ぐらいは許される時間だ。だが、おれは昨日の十一時頃、ヒッチしてから一睡もしていない。何故なら、おれがコックリすると奴がおれのお股をモッコリさせようと触ってくるからだ。

「なあ、インドネシアにはキンタマーニって村があるそうだよ。チュニジアにはシリアナって県があるって。あんた、行ったことあるだろ？　絶対に行ったよな？」

おれは今迄、我慢していた質問を口にしてみた。

「え？　なんだって？」奴は必要以上に、デカい声を出した。まるでおれの言葉を大声で空間から掻き消そうとしてるみたいだった。

「なんて？」奴は耳に片手を当てて又、訊いた。

腹の底で厭な予感が真夏の入道雲のようにもくもくしてきた。まだ街までは遠い、こんな山の真っ暗な一本道で捨てられたら、面倒だし、下手したら熊の糞になっちまうかもしれない。かと云って黙って股座を触らせていても状況が好転するとは思えない。

「早い話、おれは少し寝たいんだ。ずっと歩きっ放しだったし、此処の処、能く眠れていないんだ」

「眠れ」

「え」

「眠れよ。遠慮するな。痛みと眠りは自覚的なもの。他人にはわからねえ。故に眠れ」

〈眠れ〉と云いながら、奴はおれの股座に載せた手を丸めて拳を作るとゴシッた。擦るってんじゃなくて、ゴシゴシッてやったんだ。痛くはないけど、そんなことをされながら眠るのはなかなかに難しい。

「山道は運転が難しいだろうから。ハンドルは両手で握った方が良くはないかなあ」

「嗚呼！　ドシロウト！」奴は叫んだ。「俺はこの道を何回も何回もバターになるぐらい通ってるから全然、平気。目を瞑ったって走れる。ほら」

「おい！　よせよ！」

トラックが大きく蛇行したのでおれは喚いた。左側は崖なのだ。しかもガードレールの類いは一切ない。

「あっははは！　ママー！　ママー！」奴は笑いながらトラックを蛇行させる。

信じられないことに股座に置いた手はそのままに、片手だ。

「俺はこんな人間になるはずじゃなかったんだ！　もっと真面で、みんなに尊敬されて温かい家庭があって！　素晴らしい餓鬼に惚れ惚れ憧れられるような人間になるはずだったんだ！　アマゾンとかトヨタとかソニーとかスピルバーグとかに成るはずだったんだ！　畜生！　ママー！ママー！　パパー！　マパー！　マパー！」

『おい！　よっ……！　ぐぅ……げぇ』

記憶はそこ迄だった。ふわっと軀が宇宙遊泳したと思った途端、キャラメルの箱に入れられて振り回されたオマケのように、おれは軀のあちこちをトラックの天井や硝子や計器パネルからタコ殴りされ、踏み付けられ——わからなくなった。

〈おまけ〜おまけ〜ぐりこのおまけ〜ぐりこのおまけはかっちかち〜おまけ〜おまけ〜〉

目を開けると雑巾のような服を着た雑巾爺さんが岩の上に座って唄っていた。

畜生、此処はアノ世だな。でなけりゃ、三途だと思った。遂におれはやっちまったわけで、遂に死んだわけだ。その証拠に爺の岩の周りで蓮の葉を持った子どもが遊んでいる。

「よぉ、大将。お目覚めですか〜」

岩の上の爺が云った。

「ここは何処だい？　あんたは三途か四途の人かい？」

爺さんは八歳ぐらいの子どもと顔を見合わせ、きょとんとした。

「此処は山ン中ぁだ。儂はボクゼン、この子はパンツ」

「あんたら人間かい？　此処はアノ世じゃねえんだな？」

「その辺りは儂にも難しい関わり合いじゃがの。多分この世じゃず。その証拠を見せてしんぜよるし」

爺さんはそう云うと岩の上に立つと襤褸雑巾の股間を弄くって、石焼き芋の一番安いやつみたいなチンポを掘り出し、放尿を始めた。爺さんは体内にあった水をじょぼじょぼ川に移動させ乍ら、おれに向かって〈ニッ〉と笑った。皺だらけの痩せた猿ソックリだった。

「アノ世の住人は糞小便はせんだろう〜」

「確かに確かに」おれは立ち上がった。軀のあちこちがゴネて痛みが走ったが、失神するほどではなかった。

「あんたは向こうの方に転がってるトラックのなかで呻き声を上げてたんで、儂とパンツでここまで運んだんだ」

「ほんとかい？　で、運転手は？」

「誰もおらんかったよぉ。きっとどっかに逃げちまったんだろう。あんたが死んじまってると思って。お仲間かぁ？」

「否、あいつはおれをヒッチハイクで乗せる代わりにずっと股座を揉んできたんだ。おれは厭だったけどよ。テクテク歩くのに厭気が差しちまって、りすくよりもべねふぃっとが勝ったんで乗ったんだ。そして事故った」

爺さんがパコッと口を開けて、かっかっと笑った。なにかの民芸品のようだった。

「とんだ、ばいさ・ばーさじゃったの〜。処であんた善人かの？　人を殺したり、殴ったり、欺したり、悪事の片棒を担いだり、善意の内通者を闇に葬る手伝いをしたりせんかの？」

「そういうことはやらん」

「なぜぇ？　銭になる、位が上がると云われたら？　子どもや家族のためじゃと云われたら？　それでもせんのかね？」

おれは首を振った。

「その点、生憎とおれはチョンガーでね。親も小指も餓鬼もいねえんだ。それに寝覚めの悪いことはしたくない。寝る時に色々と、こんなことしなきゃ良かったとか、あいつの顔が忘れられないとか、やりたくねえんだ。夢が楽しめなくなる」

「ほぉ、それは重要なことかの？」

「夢は大事だ。平等だし、それにタダで楽しめる」

爺さんは大笑いした。パンツがキョトンとそれを見ている。

「あんたは善人じゃな。身形（みなり）はドブ。痩せさらばえて垢（あか）まみれ、財布の類いすら持っていない一文無し。怠け者で陰気で皮肉屋で突っ慳貪（けんどん）で強情で野良犬という善人の条件が全て揃っておるようじゃ。良かった良かった……良かったなあ、パンツ」

すると子どもが〈うん〉と大きな返事をした。

「何がそんなに良かったんだよ」

おれは少々、爺の様子が気味悪く感じてきた。実は本当はもうアノ世で、おれを油断させた瞬間に爺が鬼に変身して襲いかかってくるみたいな厭な予感だった。

今迄していた放尿を停めた爺さんは岩からひらりと飛び降り、おれの前にパンツを連れてやってきた。

「あんたを善人の鑑（かがみ）と見込んでの頼みがある！」

そう云うやいなや爺さんは土下座をし、パンツも五秒遅れでそれに倣（なら）った。

「え？　何？　おい！」

おれの戸惑いをガン無視して爺さんは続けた。

「我らを助けてくだされ！」

爺さんが川原（かわら）の砂利（じゃり）に額を擦（なす）りつけた。パンツも爺さんの言葉尻だけ取って『され〜』と四つん這（ば）いで頭を下げた。

「莫迦云うな！　おれに出来ることなんかねえよ。今迄、死にかけてたんだぞ」

「否々。こんな山奥で神の下請けのような善人に遭えたという事はこれこそ神の思し召し。是非、あんたにして欲しいことがある！　このボクゼン、心より御願い申し上げるぅ」

川がさらさら流れている岸端（きしばた）で爺さんと子どもに土下座されているのは気まずかった。

「おい。よせよ！」

「何卒主（なにとぞぬし）！」

「ぬしっ」

何だか息が苦しくなるような緑が茂りに茂りまくるなか、きっとどこかで猿やら鹿やら鮟鱇（あんこう）やらが人間の無様を嗤っていて、それをおれがさせている気分になっておれは叫んだ。

「わーたわーた。おれでできることならやるよ。だから土下座はよせ！」

爺は顔を上げずに念押ししてきやがった。

「確（しっか）と相違ない？　ソーイナイ？」

「ないない！　やるやる！」

〈くぱぁ〉と顔を上げると同時にボクゼンはまた莫迦口を開けた。

「それは、はぁ。ありがたやありがたや、ぱぱぱや」

「なんだそりゃ」

「安堵の心地を表現致しましたのじゃ、あははは」爺さんは横を向いて「これでどうにかこうにか助かったぞ。パンツ」と呟いた。

パンツは何か泣き出しそうなビミョーな顔をしていた。

「じゃ。さっそく……」

爺さんの声にパンツは仰向けになるとランニングをお腹の辺りまで捲り上げた。

「なんだどうするんだ」

「いやいや、もそっとこっちへ。パンツの横までぴったりと。ええ、ぴったりと……」

爺さんはしゃがんだまま、おれの手を取って、パンツの真横まで引く。

横たわったまま見上げているパンツと目が合い、おれは妙な気分になった。

「おい、どうすんだよ」

爺さんはおれの足を摑んで持ち上げると自分の立てた膝の上に置いた。

「御御足をな。こう……こうしてっ……と」

「おい！　何すんだよ！」

思わずバランスを崩しそうになり、おれは怒鳴った。

「これで良しと……さて……」

爺さんはおれを眩しそうに見上げた。

空はペンキ屋の青っ洟のように清々しく晴れていて、絵日記のような雲がもくもくと湧いていた。

「それじゃあ……どうぞ」

膝に載せたおれの踵(かかと)を撫でた爺さんがそう云うと、パンツが目を目尻に皺が寄るほど強く閉じた。

「あ？」

「……どうぞ」爺さんは手をパンツの方へ動かす。「遠慮なさらず……ささ、どうぞ……」

「何をどうぞなんだ？」

「どすんっと……どうぞどうぞ……」

「うぇあ？　わかんねえよ。ちゃんとわかるように口で云えよ」

「どうぞ……どうぞ！」

「だから何なんだよ！」

爺さんはおれをマジマジと見上げると微笑(ほほえ)んだ。歯が河馬(かば)ぐらいしかない。

「踏んで下さい」

「なにを？」

「此処を」ボクゼンは指でパンツの腹を、くっと押した。パンツが〈うふっ〉と、くすぐったそうな声を上げ、真珠麿(マシュマロ)よりも柔らかそうな腹がぷるっと揺れた。パンツはデベソだ。

「なにをっ！　ばっ！　莫迦！　莫迦か！」

足をどけようとしたが、爺の摑む力が予想外に強い。

「良いんじゃ良いんじゃ……助け、人助けじゃじゃじゃじゃ」

「なにがじゃじゃだ！　莫迦！」

強く足を振り回すと爺さんの手が不意に離れ、勢いよく〈横っ面に回し蹴り〉の恰好(かっこう)になってしまった。

〈ずびずばぁ〜〉皺をなびかせながら爺さんはバタンと倒れ、キューとなった。

おれは紙屑のように川原に広がった爺さんを眺めた。

パンツは寝たまま薄目を開けておれを見ていた。

「どうすんだよ？　これ」

おれが爺さんを顎で指すとパンツはニッと歯を剝いて笑った。

い

モニター画面の中のよぼよぼ爺が、目の前に居るのより幼いパンツを追いかけ回し、その軀をぺたぺたと柔らか餅のような掌で叩いていた。

「薄汚(うすぎたね)え爺だ……」

「へあ」

ボクゼンは歯無しの口を半開きにしたまま、済まなそうに薄禿(うすらは)げ頭をこりりっと掻いた。

映っているのは紛れもなくボクゼンだった。

「なんでこんなことしてんだよ。パンツが嫌がってるじゃないか」

失神から目覚めた爺はおれとパンツを見て我に返ると頭陀袋の中から携帯を取り出し、動画を再生して見せたのだ。

「なんでこんなもんを撮ってたんだよ」

「一応、記録として」

するとと画面が途切れ、続いておまるを前に笑顔の爺が映った。ボクゼンはおまるにひり出されたウンチを探って取り出した光るものをカメラに向けて嗤った。動画はぷつりと終わった。

「……ですのじゃ～」

「なにが、ですのじゃ～だよ。全然わかんねえ。映ってたのは、あんたがパンツを虐めてる処だけじゃねえか」

「はうあ！　あれを見ても未だわからんとは、あんたも相当に忌々しげなお人じゃなあ。あっはは」

爺に釣られてパンツも口を開け〈あっはは〉と笑う。

「笑ってねえで説明しろ！」

「はいはい」爺は宙でぱつんと一発柏手を打つと、拝礼し、それからご託宣のように呟いた。

「パンツは殴られると金の混じった糞をしますのじゃ～」

「はあ？　なにを？　糞からキン？　ばい菌？」

「いーえいいえ。金ぴかのキン、金になる金ですのじゃ」

「嘘だろ」

「嘘ではありますまい。さっきの動画を御覧になったのならわかる。それに嘘でこんな事は頼みません。とにかく打ち手が善人なほど大きな金が出ますのじゃ。あんたは大善人だから、きっと立派な大金が出る。そしたら儂らは暫くは息が吐ける、楽が出来る。ですから是非とも儂らを哀れとお思いなすって、あの童を、パンツを踏みにじって下さい。御願い申し上げます～」爺は拝むように両手を挙げて合掌した。

おれは溜息を吐いた。「御免だね。おめえがやれよ」

「儂ではもう金が蚤の鼻糞ほども出んのです。なんだか慣れっ子になってしまったのでしょうなあ。ですからあなたの様な新規の善人にパンツの腸を是非とも踏みにじって戴きたい。御願いです。どうか人助けだと思ってパンツの腹を踏みにじって下さい！　死んでも構いません。とにかくもう腹が減って腹が減って……。これ、パンツ！　おまえからもオジサンに御願いせんか！」

するとパンツも並んでおれに合掌した。

「御願いします～御願いします～ひとだすけひとだすけ～」

「なんだか目眩がしてきたぜ。おれは餓鬼を踏んだことなんか一度もねえんだ」

「それそれ！　それですのじゃ！　ああ～なんて頼み甲斐、頼もし甲斐のある御仁じゃ～。これ、パンツ！　この御方と会えたのもきっと神様のお引き合わせ。おまえは死んでもこの方に腸を踏みにじって貰わねばならんぞよ」

「うん！　オレ、この人にハラワタをフミニジッテもらう！」

「じょ、冗談じゃねえよ！」

おれは駆け出した。と、首に硬い痛みを感じた途端、息が詰まり失神しかけた。ずるずると軀が無慈悲に引きずられるとおれは自分の首に縄が掛けられているのに気づいた。引き倒され、引きずられたおれは喚くことしかできなかった。

『喚くな……そして泣き叫ぶな、とオレが云う』見上げるとスーツ姿の政治家の小倅のような風体の男とボインの女がいた。

なんだおまえら！　と怒鳴る前に女のヒールがおれの股間を鉞のように蹴り上げた。頭がバッキンガムした。

「あんたぁ、どうして愚図やってんの？　愚図やってんからタマキン御釈迦にされんでしょうに……」女は風船ガムを大きく膨らませると一度割り、唇の周りに付いたのを黒いネイルの指で取りまとめると口の中にまた仕舞って、くちゃくちゃ始め、叫んだ。「爺！　ボクゼン！」

おれが身を起こすとボクゼンがパンツを連れて岩陰から姿を見せた。

「こいつが善人なんだね」

「そうですそうです……はあ」

ボインがまたおれをしげしげと見つめた。

「なんであんた、パンツを殴んないんだよ……」

「なんでおれがあんなチビ助を殴らなけりゃならないんだよ」

ボインがおれの横っ面をパンッと叩いた。「こいつ、ヨーチだ。なんにもわかってねえ。ボクゼン！　ちゃんとこいつに説明したのかよ」

「パンツを叩けば金が出ると云いましたのじゃ。しかも、善人ほどええと」

政治家の二世が肩を竦める。

「とうさん、それだけじゃ山は動きませんよ。ちゃんと理屈を云ってやらなくちゃ。こういう人種には」

ボインは云った。

「おまえは善人ぶってパンツを殴らないなんて云ってるけどね。本当にそれは地獄の味噌汁ほど酷いことを云ってるんだよ」

「なんでだ！」

ボインは倅にチューをした。倅の唇にボインのリップが血の汚れのように跡を付けた。

「だってパンツから出た金は私達の児童養護施設の営業資金にまるごとなりま～す！」

「はあ？　ジドーヨーゴ？」

「おまえのような階級の人種にもわかるように話してやるならば一種の孤児（みなしご）ハウスだ。とうさんが始めたのを僕たちふたりで引き継いで運営をしている。その資金はパンツの金で賄（まかな）う事にしているのさ」

「最初は爺さん、それから私やダーリンが殴ってたんだけど、段々、金が少なくなって仕舞いには出なくなっちゃったのよ。それで仕方なくあちこちスカウトしてきては殴らせたんだけど。駄目ね、やっぱり自分から殴りますっていう奴じゃ効果がなくって。それこそ子どもを殴るのなんか絶対に厭だっていう奴でないと駄目だって結論に達したの。それであちこち手分けして捜していて、あんたに白羽の矢が立ったって訳。そして見てたらゴネてるようだったから首に縄を付けて引きずり倒してみた訳。わかる？」

「わかるか！」

『だよねえ〜』と政治家小倅の声がし、手にした金属の棒をおれに突っ込んだ。途端にジュッと灼（や）けるような痺（しび）れを伴う痛みとボクゼンの『あらあらあら』という叫びがしたと思った処でおれは気を失った。

う

『みなしごハウス　善立仙（ぜんりつせん）』は街外れの旧（ふる）い工場街の一角に在り、かつてはタンクやら資材置き場だったところにゾウの滑り台やジャングルジム、回転遊具が置かれ、子ども達が駆け回っている。

「全員がみなしごだ」窓から向き直った小倅が云った。「みな、親なし、金なし、望みなし……」

プレハブの二階に在る事務所にはおれとボクゼン、パンツ、そしてボインと小倅がいた。小倅はトートツ、ボインはヅベジルと名乗った。

勿論、おれは川岸で電極棒によって卒倒させられ、いつのまにやらこの園の場所へと大きな桃のようにドンブラコと運ばれてきたというわけだ。

「園に収容している子どもは三歳から十二歳まで二十人。金が掛かる。市も県も国も銭は出さない。それらの援助を受けるには様々な政治的なしがらみや行政の冷酷で血の通わない縦割り事情に与(くみ)しなければならないからだ。それらはことごとく唾棄(だき)すべき非人間的、非人情的な行為を莫迦げた規則によって粉飾、装飾されている。義父から運営を任された以上、私とヅベジルはゼンリツセンを、そのような税金ダニの巣にしたくはない。高潔で峻厳(しゅんげん)、それでいて親の代わりになるような温かなホームを目指している」

「早い話、あのE.T.が帰りたくなるようなホームね」ヅベジルがボインを揺さぶる。

「というわけで、我々はパンツの金に頼るしか方法は残されていないのだ……わかるね」

「わからねえし、そもそも、あんたらやり方がおかしくねえか」

「やり方?　どういうことだ」

「人を殴ったり、電気で痺れさせたり、おまけに餓鬼の腹を踏んづけろとか。何もかもが滅茶苦茶でくちゃくちゃだよ」

　するとパンツを除いた全員がヘロヘロと嗤った。

「滅茶苦茶なのは世の中さ。可哀想な子ども達を誰も本気で救おうとはしない。身勝手で適当に自身の良心が痛まない程度の関わり合いで満足しているじゃないか。子どもの不幸や面倒を行政という他人に給料という名の目腐れ銭で押しつけ、かつ丸投げしている世間様のほうがよっぽど滅茶苦茶のぐちゃぐちゃじゃないかね。少なくとも我々は行為者であり実践者だ。子ども達を救っている。その事について文句云われる筋合いは一毫(いちごう)もない」

「だからってなんでパンツを踏まなくちゃなんないんだよ！」

「パンツがそれを望んでいるからだ。そうだよな？　パンツ！」

トートツのセリフにパンツは立ち上がると小さく〈ウン〉と頷いた。

「信じられないいね。あんたらは奴の無知に付け込んでるだけだ」

「そんなことはない。パンツ、この唐変木の冷血漢に何故おまえは腸を踏みにじって欲しいのかを説明してあげろ」

パンツは立ち上がると〈気を付け〉の姿勢で云い放った。

「ぼく、ぼくはサスリちゃんが大好きだからです！」

パンツの言葉にボクゼンとヅベジルが大きく頷いた。

「まったき、ええ子じゃなあ。愛じゃや愛。童年往時じゃ」

「サスリはねえ、パンツと同い年の子で父親に赤ちゃんの頃から、すりこぎを突っ込まれていた子なの」

「可哀想なんで儂が引き取ったんじゃ。どうしても渡さぁん！と云うのでパンツの金を渡してての。それからふたりは兄妹のように此処で仲良くしているんじゃや、あっはは。昔はシャブで賄っとったんじゃが、折からの不況で売がはかばかしくなくなってしもうてのぅ。何しろ街に人が居なくなってシャブがすっかり売れないんだ」

「シャブ？」

「ほうよ。ボクゼンの白粉云うて半グレ、輩、チンピラ、女衒、ホスト、有閑マダムにはえらい評判が良かったによぅ」

「とんでもねえ爺だな、おまえ。そんなもの拵えてやがったのか」

「ノンノン。我々はパンツの金でシャブを買い、それを悪人に高値で売ることで孤児達を救っているのだ。つまりパンツの金は偉大な種銭というわけでもある。全ては気の毒な子ども達を救うためだ。我々は私的流用などは一切しない。ただ只管、孤児のためだけに使っているのだ。ぐっすん大黒」トートツは目元を拭い、ヅベジルがハンカチを手渡す。

「私も園を続ける為に随分と淫売をしたんだけど、此処の処、立て続けに梅毒やら淋病やらヘルペを患っちまってね。そもそもひとりのコーマンじゃ、運営費には全然足りないの。やっぱり、金で買ったシャブがないとね。だから、パンツを殴ったの。パンツはサスリの為なら喜んで頑張ると云ってくれていたから。それはもうみんなで情け容赦なく殴ったの」

「あの頃は良かったの～。最初のウチはあ。殴れば殴るだけ面白いように糞から金が出た。しかし、日に日に減産しての～仕舞いに幾ら残忍に殴ってもチビッとしか出んようになってしもうた」

「あんたら全員がパンツを殴ったのか？」

「当たり前でしょ。みんな、この園の子どもの行く末に真剣なの。あんたみたいな自分のことだけ考えていれば生き死に自由な極楽とんぼとは心の美しさが違うのよ」

「ところがある日、あまりに金糞が出ないので更に強く無残に無慈悲に虫螻のように、または狂った雌犬、駄犬のように殴り付けた処、死にかけてな。これでは元も子もなくなってしまうという事で良い殴り手をスカウトしに義父が旅に出たのだ。そして、おまえなのだ」

おれは未だに引っかかっている首縄を床に叩き付けると机の煙草入れから一本拝借し、咥えると人魚型の置物ライターで火を点け、ゆっくりと一服した。

四人がおれを黙って見つめていた。

「あんたら人間をなんだと思ってんだよ……」

すると唐紙が揺れるような音がし、それが大きくなるとパンツとおれを除く三人が大笑いをし始めた。

「何がおかしい！」

「だ、だって、あんた。他に何か手はあるの？　あったら仰(おつしや)ってよ」ヅベジルが云う。

「そうだ。それだけ偉そうに説教をする以上、妙案がきっとあるんだ。それを聴かせて貰おうじゃないか。どうすればこの園を行政からの不健全な支配を受けず我々自身の手で自立的に彼らを愛し、慈(いつく)しみつつ養育していけるのか。教えてくれ」

おれは忽ち、言葉に詰まった。が、何かを云わなくては恰好悪い。

「それはみんなで力を合わせて……がんばるんだよ」

するとボクゼンが横にいたパンツをドンッと勢いよく突いた。パンツは蹈鞴(たたら)を踏んでおれに体当たりするようにぶつかると腹を押さえて転がった。おれは手がパンツの腹にぐんにゃりと埋まり込むのを感じていた。

「いたい！　痛み！」

「あ、大丈夫か！」

「待つのずっ！」ボクゼンが叫び倒す。

と、パンツの目がくわっと見開かれ『おれはおれはおれはおれは……』と野太い声で呟きだした。突然の事に驚いて見ていると、ぶりりっと音がし、パンツのパンツが膨らんだ。ヅベジルの目が歓喜に見開かれ、トートツと顔を見合わせて頷いた。パンツはコロリという感じで目を閉じると意識を失った。

「あんた！」ヅベジルはパンツに襲いかかるようにしてパンツに襲いかかるとパンツを引きずり下ろした。すると便に混じってキラキラと輝くものがある――金だった。

「おお！　これはでかした！　でかした！」ボクゼンが小躍りした。

パンツが出した金は両手でこんもりとするほどあった。

え

おれはその夜、子ども達の間で寝た。別室で眠ろうとしたのだがボクゼンがパンツと一緒に子ども達に囲まれて寝ようというのでそうすることにしたのだ。決して広くはない園だったが、子ども達はのびのびと暮らしていた。笑い声やはしゃいだ子どもの声をこんなに身近に聴いたり、幼い声に囲まれたりするのは初めてだったが、不思議と安らいだ幸せな気持ちになれた。

「ここだけの話じゃが……」薄暗い室内で、並んでいたボクゼンがぼくぜんと喋った。「儂はここを閉じようと思っとるのじゃ」

おれは辺りの子どもが聞き耳を立てているのじゃないかと気になって周囲を見回した。が、パンツを含め、みんなぐっすりと寝ていて微動だにしない。

「もう歳じゃでなあ。疲れた。パンツもあんたの泣き一発で殴り納めじゃ、ふぇふぇふぇ」

「閉じるったって……こいつら、どうするんだよ」

「なあに直ぐにどうこうするというのではなし。暫くは今日の金でやりくりをして、その間に良い受け入れ先をゆっくりと探すよ」

「そんなややこしいことより。娘夫婦にこのまま継がせておけば良いじゃないか」

ボクゼンは、きっぱり〈うんにゃ〉と云った。

「あれらは駄目じゃ。あれらは所詮、お為ごかし。自分の為に人を救ってるだけじゃ。つまり人を助けるふりで我が身を肥やしとる。それは違う……」

おれが黙ってると爺さんは懐から小さな袋を出した。

「ペロペロ岩の粉じゃ」

「なんだよそれ」

「今はダムの底に沈んでしまったがパンツと儂の故郷にあった志麻吐神社の石じゃ。チンチンの形をしていたのでみんなはペロペロ岩と呼んどった。パンツはこれを舐めて金が出るようになった」

「なんで？」

「知らん」

爺さんはそれからごにょごにょと『あれらは駄目じゃ駄目じゃ』と呟きながら寝た。

翌日、昼前になって騒ぎが持ち上がった。役所の制服を着込んだ男達が大量に喧しく喧しく姦しく雪崩れ込むとゼンリツセンの分解・解散を告げ、子ども達を引っ立て始めたのだ。彼らは子ども達の歯並びを見、瞳を見、舌をチェックすると番号を付けて横並びにした。そして最もプライドの高そうな女が高そうな赤縁眼鏡の角を持ち上げながら子ども達を検分すると次々に『3番はA地区』『12番はD地区』『4番はE地区』『8番は胸がボインだからB地区へ移送！』などと指図し、男達がそれに従って子ども達を幌付きのトラックに積み込んでいく。

「な、なにをしますのじゃあ！」

ボクゼンが目を剝いて赤縁眼鏡に飛び掛かろうとした処をヅベジルとトートツが押さえ込んだ。

「お、おまい達裏切りよったの〜」

「許してズビズバ」ヅベジルが云った。

「勝手に慈善行為を大胆に行うことは禁じられていますのよ、オホホホ。こういう事は専門家が大胆に甘汁も含めて行うのです。何しろ税金は防衛と福祉には底無しですから、おっほほほほ！チェンジ！　チェンジ！　全ては長いものに巻かれなければならないのよ！　この国はそうして先進国になれたんです！　臭い物には蓋！　長いものには巻かれるが勝ちなのです‼」赤縁眼鏡が嗤い、娘夫婦が頷いた。

爺さんは尚も抵抗したが、何かの拍子にオッ転がされ、打ち所が悪かったのかノビてしまった。

パンツが爺さんの胸元に齧り付いて泣いた。

が、その腕をトートツが掴むとパンツを小脇に抱え、ヅベジルと共に外へ駆け出した。

「おい！」後を追うと奴らはジープに乗り込んだ。

おれは頭から開いた窓にダイビングした。

「おまえら！　パンツをどうするんだ！」

するとふたりはゲラゲラと笑い出し、トートツが唐突にアクセルをべた踏みするとジープは尻に火が付いたようにカッ飛び出した。おれは振り落とされないようにしがみつくので精一杯だった。


「これは？」

【地獄之甘可酸可】と描かれた扁額（へんがく）の前で地獄のようにズタズタの顔のでっぷりと太った初老の男がおれを指差した。五本在るはずのものが二本無い。周囲には小地獄のようなダークスーツの男達が生肉を前にした一週間何も喰っていない狂犬病の虎のような顔でおれ達を見ている。

「付いてきた者です」緊張から汗で額をべとべとにしたトートツが頭を下げる。おれ達は全員、男の前に座らされていた。

「善立仙はおまえの云うままに腐行政に解体させた。子ども達もみな散り散りバラバラだ」

「ありがとうございます」

「付いてきた者は殺すが良いか？　俺は要らん。汚いし、つまらん人間のようだ」

「その通りでございます。大権現様に必要なのは此処に居るパンツのみ」

「その童が殴れば殴るほど便から金が出るという妙児だな」

「はい。その通りでございます」

「やってみろ」

するとゾベジルがパンツの腹を殴り付けた。パンツは身を丸めて苦しむと微かに〈ぷぅ〉と屁をした。ゾベジルがすかさずパンツのパンツを毟り取ると指先で微かな金の粒を摘まみ上げた。

「なんだそれしきのことか……それしきのことで俺から百万ドルを取ろうというのか」

トートツは真っ青になった。「いえ！　この子どもは殴る相手の善意の大きさにより排出する金の量が変わります。故に善人と思しき者に片っ端から殴らせて戴ければ……」

「ふうむ。面倒だ。いまこの場でたっぷりと金を出させろ。出なければお前ら全員の歯をこいつらに吸い出させる」

男は虎のダークスーツどもに云う。奴らは互いに顔を見合わせながら『それもアリはアリだな』と囁き合った。

トートツは土気色になって震えると屁をひった。

「おまえも金が出るのか？」

「ひっ！　いえいえ！　これは只の何の不思議もない屁でございます」

トートツは突然、おれの腕を摑むと叫んだ。

「この男に殴らせれば山のような金が餓鬼の尻から、もつれ出ます！」

「おお！　本当か！　俺はもうこの世の中に面白いモノが何もなくなってしまった。そんな俺を面白くさせることができるのは餓鬼が尻から出す金だ。やらせよ」

ヅベジルがパンツをおれの前に引き出した。

パンツの顔は真っ青で目に泪を一杯溜めている。

「おじいちゃんは？」パンツが震える声で云う。「ぼく、こわい。おじさんもぼくを叩く？」

「なんでこんなことをするんだ！　ヅベジル！　おまえはあんな善人の爺さんの娘の癖に！」

するとヅベジルが目を血走らせて叫んだ。

「ふん！　あの爺は実の娘や家族をほったらかしで他人の面倒を見てやがったんだ！　なにが善人だ！　自分の玉も拭けねえような爺が善人面するなってんだ！　この餓鬼はねえ、神様がアタイにくれた恩寵なんだよ！　どう使おうがアタイの勝手さ！」

「貸せ！」トートツがダークスーツが持っていた伸縮棒を振り出すとパンツに飛びかかって叩いた。「おまえが駄目なら俺がする！」

「よせ！」

パンツは、ぷぴぃと弱い屁をした。が、トートツは殴るのを止めない。おれはパンツの上に覆い被さった。その上からトートツが殴り付けてくる。

「おじさん……ぼく、叩かれてもいいよ」ポツリとパンツが云った。

——その手にペロペロ岩の粉が入っているというボクゼンの小袋があった。

「やめろ！」おれはトートツに体当たりを喰らわせ弾き飛ばすと、男に向かって叫んだ。「もっと面白いものを見せてやる！」

男は今にも襲いかかっておれの歯を吸い出しそうになっていたダークスーツどもを手で制した。

「なんだ？」

おれは、ぼんやりしているトートツの口にペロペロ岩の粉をブチ込むと呑み込むまで口を閉じさせた。奴はジタバタ、目を白黒させて暴れたが、おれは容赦しなかった。

そして奴の喉仏が大きくごっくんと動いた処でワールドカップクラスの渾身のシュートキックを奴の股間に見舞ってやった。

奴は悲鳴を上げて転がり回った。

「何をしているのだ」

「うるさい！　黙って見てろ！」

おれの言葉に男は苦笑いをし、椅子に座り直す。

全員がトートツを見つめていた。

一分……二分……。

男が大きな溜息を漏らし、「何も起きな……」と云った処でトートツがさっきとは違う動きで苦しみだした。「あっ！　あっ！　あっ！　あひぃぃぃぃ！」

断末魔のような絶叫が室内に轟き渡るとカーテンを引き裂くような音がし、トートツの尻から光るモノが飛び出した。それは白く透明に近く、ごろりと床に転がった。

ダークスーツのひとりがそれを拾い上げると、別の男に手渡した。そいつはポケットから目に塡め込む式のルーペを取り出すと光る石を矯めつ眇めつして頷いた。最初に拾った男が石を宙に高々と差し上げた。

「大権現様！　ダイヤです！　正真正銘の！」

「おお！」部屋中の人間が驚きの声を上げた。激痛のあまり人相が変わってしまったトートツだけが『うっそぉ』と云っていた。

「これこそ恩寵だ。殴れば殴るほどダイヤを生むぞ‼　そいつはくれてやる。チビは連れて帰るぜ」

おれが云うと初老の男は頷いた。

「殴り手は……」

「アタイ！」ヅベジルが跳ねながら手を挙げた。「こいつ、気取り屋で昔っから気に入らなかったんだ。口が達者で敵わなかったけど、こうなりゃ殴り放題だもんね」

「うっそぉ〜ん」トートツが云う。ダイヤの先でズボンが裂け、色白の尻が剝き出しになっていた。

「テアシキリゾウを呼べ」

男が云うと両手に中華包丁を握り締めた巨大な赤ん坊のような人間が現れた。血と膿で変色した涎掛けを付けたそいつはオムツも付けていた。フランケンシュタインの怪物を腐乱させたように凄まじい臭気を放っており、おまけに人の指のようなものを齧っている。

「キリゾウ。こいつを壺に植えられるように形を変えろ」

『ぼ、ぼくはオマンジュウをずったずったに切り裂きたいんだなあ……そ、そして、お、女の生(なま)血(ち)でゴロゴロうがいがし、したいんだなあ』

トートツはこの世のモノとも思えない悲鳴を上げた。

「蹴るのはキンタマだぜ。尻じゃねえ」

おれの言葉にキリゾウに担がれたトートツが『うっそ〜ん』と云って闇の奥に消えた。

お

ボクゼンはパンツとひとしきり抱き合った処でおれに向かって頭を下げた。

「この度は本当に……」

「まあ良いってことよ。あ、これな」

おれはトートツの尻から転(まろ)び出たダイヤの粒を爺さんの手に載せた。

「これは……」

「当座の銭にはなるぜ」

「じゃが……これはあんたの……」

「おれは持ちつけねえ銭があると軀が痒(かゆ)くなる。銭アレルギーなんだ」

ボクゼンはバカンと口を開けると出会った時のような声で、んからんからと笑った。

目の前にはまた真っ直ぐに道が延びていた。

真っ赤な郵便屋の車が手を上げたおれを見つけてスピードを落とす。

「あばよ」

ボクゼンとパンツが小さくなるまで手を振るのがバックミラーに映っていた。

「おじいさんね？」運転席で年配の女が笑いかけた。

「まあな、あんたが女で助かったよ」おれは目を閉じ、少し寝ることにした。


（うっそ〜ん）

こうもん見えましてもワタクシCEOですの巻

THE TALES
I TOLD THE PELICAN
AT PARK

あ

『あんた、太腿とか触ってくる人かい？』

ここの処、そんな奴らによる災難が続いていたのでおれは車が停まるとそう訊くことにしていた。もう、こっちが気持ち良くうつらうつらしている時に股座をモゾられるのは鬱陶しくて御免だった。

『なに？　どういうこと？』

『だからさ、おれが気の付かないうちに、あんたの左手がこっちのチンポ周りを彷徨(さまよ)うようなことがあるかな？って』

『わからないな……そんなことを訊くためにあんた、車ひっかけてるのかい？』

『そんなことはない。おれはただ安心したいだけなんだ』

『こっちが安心できないね』

そんな感じで五台ほど逃してしまった。真夜中の道での五台は大きい。昔、山の麓で夜っぴいて立ち待ちしていたのに来たのは鹿の親子だけだったことがある。

〝トンボ〟が来たのは本当に幸運だった。やつはちょっと西の訛りのある男でそれも安心材料の一つだった。訛ってる奴に悪い奴はいない絶対、たぶん。

「あんた、何処行くの」奴はジープのハンドルを握って云った。

「食って寝て、のんびりできる所」

トンボは、はははと笑い、じゃあウチに来なよと云った。場所を聞くと耳にしたことがある繁華街だった。トンボはそこで『呑みチクB平』って炉端をやっているのだという。一緒に切り盛りしていたカミさんは今は産休で実家に戻っているそうだ。

「俺、あんまり客の話、聞くの得意じゃないんだよね。聞き流せないんだよ、だからいちいち気になって腹立てたりしてると仕事になんないしさ。あんたは色々とすれっからしてるみたいだし、ちょっと相手してやってくれると助かるんだよ」

「悪いが、接客業とかやったことないんだ」

「そんな堅っ苦しい話じゃないよ。ウチは二軒、三軒目の店だし広くない。真ん中に囲炉裏があって、そこで何でもかんでも焼いて出すだけだから五人も座れば一杯なんだ。だから、来るのは仕上がった酔っ払いばかりでね。適当に話を聞くふりだけしてくれれば良いからさ。頼むよ。女房が戻ってくるまでの間だけ」

トンボはそう云うなり車をかっ飛ばし、おれをなんだか今迄足を踏み入れたこともないような大人のネズミーランドが二、三個ブチこめそうな下卑た銭塗れ的三業地に運び込んだ。

「おいおい。ここはなんだよ。文無(もんな)しにゃ、こんなとこが一番おっかねえけど」

「ははは。確かに文無しなんかがこの辺りをうろついていたら、忽ち、すっぽん屋に連れて行かれて内臓をすっぽんだろうなあ」

「ないぞうをすっぽん……」

「そうよ。臓物、つまり放(ほう)るモンをすっぽんぽん」

「ほおるもんをすっぽんぽん……やっぱ帰る」

「まあ、待ちなよ。あんたはウチがあるんだから他所に顔を突っ込まなけりゃ大丈夫だ」

「そうかねえ」

「そうだよ。気にすることねえ。ここは何があっても店だけは無事なんだ。なにしろ店は銭沼(ぜにぬま)様に守られているんだから」

「なんだいゼニヌマって」

「ありがたいお商売の神様でも在り、この土地の守り神でも在る」

「そんな御稲荷(おいなり)さんみたいなのがあんのかい？」

「ない」

「え」

「ないけど、在る」

「なに云ってんだかわかんない」

「俺も見たことはない。けど在ることは在る。人間は代わっても店はずっと残る。そういう感じで銭沼様は俺たちを御守り下さっている」

　街中はなんだか入り組んだ迷路を更に丸めて噛んで吐き出したみたいに細い路地が縦横無残に走り回り、舞上ったり舞下がったり曲がったり捻(ねじ)ったり引き千切ったりしている所へ居酒屋やスナックス、食い物屋、曖昧屋(あいまいや)、ラブホ、連れ込み、焼き鳥、焼きとん、蕎麦(そば)、寿司、天ぷら、鰻(うなぎ)、カラオケバカオケ、キャバ、クラブ、でんでん虫、とんかつ、パチンコ、映画屋、ディスコん、ライブハウス、ホストクラブス、焼肉、ラーメン、ピンサロ、アルサロ、マッサージャーなど、この世のありとあらゆる胃と股座の凝りや世話を解消する商売が、寄せ集まってごった煮されているような吐き溜めだった。

「もうすぐそこだよ」

　ありがたいことに『呑みチク』のある角にはアーチ状の迎え看板が造ってあり、そこには『明るく明朗健康でイキイキ　莫迦武器町(ばかぶきちょう)まんげつ路地』とあったが、〈げ〉の濁点はなくなっていた。トンボはおれを〈おまがきてくれないから〜廃業！　ぎゃあああああ〉と絶叫調で閉店のお知らせが貼(は)ってある空き店舗を曲がった先にある縄暖簾(なわのれん)の店に案内した。『呑みチクB平』はトンボが云ったとおりの店だった。人気(ひとけ)のないがらんとしたなかは、煙と何か酸っぱいようなGの臭いがしていた。

「あんた、店が終わったら此処で寝な。厨房の裏に仮眠用の畳が一枚ある。俺は近くのマンションに帰るから」

「ほんとかい？」

「ああ、その代わりしっかり頼むぜ」

「顎と枕付きだな」

「ああ」

おれは煤（すす）けた棚に並んでいる一升瓶（いっしょうびん）やボトルを眺めて云った。

「ちなみに酒は？」

トンボはひとつニヤリと笑うと頷いた。

「いいよ、呑んで。どうせ安酒だ。ボトルキープは呑んだらその分、水入れといてくれ。水道の水で良いから」

「大丈夫かい？」

「わかりゃしない。腐ったガンモドキみたいな酔っ払いしかこないんだ」

これで決まりだった。こんな素晴らしい話は地球が核戦争で何垓（がい）回、滅びたってあるもんじゃない。おれは心のなかでいるかいないかわからないが、必ずいるという銭沼様に〈さんきゅー万歳あいらびゅ〜〉を贈ることにした。

「やるかい？」

「やるよ、否、やるね」

な

あれから三日が過ぎようとしていた。人間面白いモノで顎・喉・枕の心配がなくなるとキンロー意欲みたいなのが生まれてくる。おれは生まれてこのかたキンロー意欲だけは持ったことがないのが自慢だったが、どうもおれも莫迦武器町の毒気に当てられたのかもしれない。おれは毎日、夜が明けるまで客と呼ぶのも憚(はばか)られるような人間の形(なり)をした〈生暖かいごみ〉の世話をした。世話と云っても横について飲みさしを呑んだり、余った肴(さかな)をいじくったり、口に運んだりするわけだが、それでもとにかく酷い奴らが多かった。

　電車で痴漢をして捕まりそうになったから線路を走って逃げて、フェンスの隙間から道路に飛び出した所で小学生が乗っていた自転車を掻(か)っ払(ぱら)ってトラックに轢かれた奴とか、家中の酒という酒を呑み尽くしてしまったので他人の家に忍び込んではありったけ呑み尽くし、しまいには定休日の酒屋に忍び込んで呑み尽くそうとし、反吐と下痢の中で昏倒(こんとう)しているのを発見された奴とか、老婆ばかりを狙って犯して回った処、同じ癖を持つ大工と出っ会(くわ)した為、どっちが婆さんを犯すかで痴(ち)で痴を洗う乱闘となり顔の皮の半分を鉋(かんな)で削られて、いまいましくなった奴とか、そんなのばかりがゴミ屑みたいな端金(はしたがね)を握りしめてやってきては『この店は客を客だと思っていない』とか『秋葉様のようにおふくろがしてくれたように扱ってくれ』とか云って泣きわめいた。

おれはそういった奴らひとりひとりに『そうかいそうかい。あんたも苦労したんだねえ』と云う、すると奴らは焼き場に置いた氷みたいにぽろぽろ眼(め)から液体を垂らし、『そうなんだそうなんだ。まあ呑んでくれ、喰(や)ってくれ』と云う。おれはB平で一番高い〈莫迦な女の夜曲(セレナーデ)焼き〉を頼む。するとトンボが〈あいよっ〉と返す。そんなことを十遍(ぺん)もくり返していると夜が明ける。残った客に『おいおい！　朝ドラ始まるぜ』と耳元で囁くと大概(たいがい)の奴は飛び起きて、その時にやってる『ワレメのあまちゃん』とか『48(フォーティ・エイト)はいつも48手』なんかを観(み)に飛び出していく。

いつもいつも不思議でならないのは、やってくる時はあんなにへべれけなのに、何故この店の位置を間違えずに来るのかってことだった。

「なあ。あいつら、よく迷わずに毎回毎回、此処に来るよなあ」

「ははは。そんなことはねえよ。いっつも迷ってらぁ。辿り着けた奴だけが来るのよ。奴らは週に何回か来るように見えて、その実、毎日、この店を探しちゃ迷い探しちゃ迷いして、三日に一回ぐらい当たるのよ」

「へえ」

と、一見、楽そうに見えるおれだったが偶(たま)には厄介(やっかい)が起きる。酔っぱらい同士が揉めるのだ。そいつの話をうんうん聞いていると、全く関係のないのが横から、

『そりゃあんた良くないよ。痴漢は良いよ、痴漢は。誰だって痴漢の百や二百はするもんだ。だけど餓鬼の自転車を盗むのは良くない(イ)』なんてやる。すると相手も当然、『なんだとこの阿婆擦(あばず)れ婆(ばばあ)殺し！　木乃伊魔羅(ミイラチンポ)！』なんて云って厄介が大きくなる。『うるせえ！　殺しちゃいねえや、

突っ込んだだけでぃ！』『道ばたの餓鬼なんて大人のサンドバッグなんだよ！　何したっていいんだ！』なんて更に厄介が御厄介大厄介になる。

あんまり酷くなって手に負えなくなるとトンボに合図をする——合い言葉だ。『冬の八甲田山を歩いてみたいと思わないか』。するとトンボは炉端で使う長い大箆（おおべら）を縦に握り直し、厄介の頭上にドスンと打ち込む。あんな飯杓文字（めししゃもじ）のお化けみたいなのが剣道のお面よろしく叩き込まれるのだから大抵の厄介は昏倒するか、激痛に身悶（みもだ）え、厄介から静かな酔っ払いに転生する。

だが、この場合の厄介は人間自身の厄介というよりは状況の厄介だ。人間が厄介なのが最悪で、金も持たずに呑む奴は当たり前で、なかにはただ単に店を破壊したいから来るのも居る。そういうのはトンボが糸クズにしていた。琉球空手（りゅうきゅうからて）の使い魔だというトンボはなかなかに強いのであった。但し、『呑みチクB平』にはふたり、どうにもこうにも手に負えない常連がいた。ひとりは酔うまではベソベソ泣いているのだが、酔うと『バキ』になるバキ上戸（じょうご）のコブ市（いち）。初めて会った時、コブ市は店に入る前から泣いていた。痛いのかと思った、なぜなら上着の袖は引きちぎれ、髪の毛は逆立ち、顔は和蘭獅子頭（オランダシシガシラ）のように凸凹（でこぼこ）になっていたからだ。近くで急ブレーキの音もしていたから、てっきり車に轢かれてから来たのかと思った。

トンボは暗い顔になった。

「今日は帰れよ、コブ」

怪我の塊はそれを無視して無言で箱椅子に座る。トンボが溜息を吐いてボトルを出すとそれをグラスに移し、ちびちび舐めている間、ずっと静かに泪を流していた。何を話すでもないので、おれも放っておいたのだが、トンボがホッケを焼き上げて皿に載せた頃、コブ市はおれに云った。

「俺、なんて名だと思う？」

目が完全に据わっていた。怪我だけ見ていれば脳内出血でいよいよ焼きが回ったように感じるだろう。

「コブ市さんだろ？」おれはトンボを見て云った。

「違う！　俺はバキ！　パンパバキ！　げぁ！」奴は分厚い炉端の板を拳で殴りつけ「思いっきりいてえ～」と叫んだ。

「おい。コブ、止せよ。今日はもう静かに帰んな」

するとコブ市は立ち上がり、両手を交差させながら軀をぐにゃぐにゃと曲げ、「ノーモア！映画泥棒！」と叫んで飛び出していった。

トンボが思いっきり眉を顰めた。

店に残っていた客はみんな慣れっこみたいで、さして心配する風もなく『あ～あ』とか『まただ』とか云いながら、自分のコップに戻った。が、暫くすると怒声と悲鳴がし、トンボがおれに目顔で〈なんだろう？〉とやったので外を覗くと、象みたいな男が壁に何かをぐいぐいと押し込んでいた。見ると押し込まれているので面はわからないが、手足と服の破れ調子がコブ市だった。

「どうした？」

「なんかコブ市みたいなのが壁に押し込まれてるぜ」

おれがそう云った途端、トンボは駆け出して行き、おれも後に続いた。

コブ市は壁に空いた穴の中に押し込まれていた。男はおれやトンボより三周り（みまわ）も五周りもデカいプロレスラーのような男で激昂（げきこう）していた。訊けばコブ市はそのレスラー擬（もど）きに背後から襲いかかったばかりか、子供の土産に買った玩具（おもちゃ）を踏み潰してしまったのだという。男は不意に殴られたことよりも、その事に怒り狂っていた。

トンボは気の毒なぐらい平身低頭し、コブ市を許してくれと頼んだ。頼みついでに店の売り上げの幾らかをレスラーに握らせていた。それで男は去って行った。

おれはトンボとふたりでコブ市を穴から取り出さなくてはならなかった。レスラーの力は尋常なものではなく。コブ市はド頭（タマ）からすっぽんと首にかけて穴の中に詰まっていた。歯は欠け尽くして弁当のバランのようになっていた。当然、失神しているのだが笑っているようにも見える。『首がぬけるぬける』と野次馬の悲鳴を無視しながら、両肩を摑んで引っこ抜くとトンボは店を閉め、奴を病院に連れて行った。

る

トンボが帰ってきたのは明け方の二時を過ぎていた。

「三日ほど入院だそうだ。あたりまえだな」

「悪い酒だ」

先に吞（や）ってたおれが焼酎のボトルを差し出すとトンボは「こっちがいい」とウイスキーを手に、

ぐいとラッパ飲みで一口呷る。

ふうっと大きな息を吐くとトンボはコブ市について話し出した。

「奴は元々、真面目なタクシーの運ちゃんだったんだ。みっつ年上の女房と五歳、三歳の娘と息子の親子四人で仲良く暮らしてたんだけどなあ」

二年前、息子が公園の池に落ちて死んだ。それからコブ市の様子がおかしくなった。

「呑めない酒を無理無理、軀に塗りつけるようにして呑みやがって、家の中は荒れる、仕事は飲酒運転で馘首になる。しまいに嬶は離婚届を叩き付けて出て行っちまったんだ。娘を置いてよ」

「そいじゃ、残った娘と二人暮らしなのか」

「うんにゃ。奴はひとりよ」

「カミさんが引き取ったんだな」

「いんや。カミさんは爺の美容整形医の妾に納まったんで餓鬼を手元に置くわけにはいかねえって。奴が金の無心をしに行ったら〈あれはあんたに腹を貸しただけの結果だから〉って、けんもほろろだったらしい」

「じゃあ、どうしたんだ？　実家か、じっちゃんばっちゃんに預けたとか」

「うんにゃ。娘は今、国の施設に居る。まあ、あいつに云わせりゃ餓鬼の刑務所みたいなとこだ」

「なんで？」

トンボはウイスキーをコップに注ぐと、また一気に呷ってから云った。

「弟を殺したのは姉貴なのよ。魚でも見るつもりで池を覗き込んだ処を、こう手で頭を強く押してぶくぶくぶくぶく……」

おれは言葉を失った。

「ほんとかそれ？」

「ああ。チビの告白を元に警察が調べた結論だ。鑑識の現場証拠も娘の証言を全て裏付けているそうだ……間違いねえよ。本人もきょとんとしててな、自分が何をやったんだかわかってねえのさ。それが不憫でな。殺そうなんてこれっぽっちも考えてなかったはずだ。騒ぎになったとき、俺にぽつりと〈どうなるのかしりたかった〉なんて云いやがってさ」

「それでコブ市はあんなに荒れて……」

「奴は早く死にてえんだよ。だが、娘が残っている。娘が立派に育つまでは死ねない。でも死にたい。その狭間で頭がブッ壊れちまってるんだろう」

「なるほどねえ」

おれは過去の記憶や体験から、このケースに心から同情しているぜと聞こえるような気の利いた言葉がないか脳味噌の抽出しを探ってみたが、何も見つからなかった。

「俺とコブ市は小学校からのダチなんだ。結婚は一緒だったのに俺の処は餓鬼ができなくって、やっと出来たと思うとすぐにそれも水子に流れちまって……小さいながらも家庭の形ができている、あいつが羨ましくって仕方なかった……それがこんなハメになっちまうなんてなあ……」

トンボは眼を潤ませていた。

それから暫くおれたちは黙って酒を呑んだ。酒量ばかりが増えるが変に脳味噌のどこかが、つっぱらかって酔いの回りの悪い酒になった。

と、これがコブ市。そしてもうひとりは同じ日に現れた。否、違うな。姿を見せていたにはいたが、本性をその同じ日に見せやがった。それが——セオ・ドクトクだ。

【瀬尾読得】と奴は箸袋の裏に書いた。

「せお・どくとく……」

「せや。ほやからワイは生まれついてのCEOやねん」

セオは最近、いままでの会社を畳んで自分のブランドでフランチャイズチェーンを立ち上げるのだという。記念の第一号店は当然、自分で手がけるのだが手伝わないかと云う。

「おれはロウドーが嫌いなんだよ」

「アホやな自分。そないなこと云うてたらアカン。人間は働かな」

二度目か三度目に来たとき、セオは試作品だという餃子(ギョーザ)を持って来た。トンボに焼いて貰うと絶品だった。普段は味噌とミセスの違いも判らないような酒茹(ゆ)だりした客が皆〈うんまいうんまい〉と食べ出した。

「たいしたもんだ」トンボまでが頬を緩ませる。

「せやろ？　十年以上も開発に銭と時間を使(つこ)うてきたんや。こがに旨ったらしい餃子は世界の何処行ったってあらしまへんで」

「あんた所々、関西弁が変だけど。生まれは大阪？」

「いや、関東。カワサギだす」

セオはこれで餃子のフランチャイズを展開するつもりらしいし、『呑みチク』開店以来の長い付き合いのトンボもこれならいけるぞと請け合っていた。

それからコブ市の一件が持ち上がり、珍しく荒れたトンボと深酒をしたおれは、裏の畳に一人で引っ繰り返ったまま、気を失ったように眠っていた。

は

——気配がした。

まだボーッとする頭の奥で警報装置が鳴っていた。半身を起こして全身を耳にすると、人の息づかいがある。どうやら何者かが店で、がさごさしているらしい。泥棒だと直感した。何も盗むものはないものの、おれが居るとわかったら強盗に早変わりするかもしれない。生憎、戦えそうなものはデカい畳以外にこの狭い隙間にはなかった。ソッと近づいてボトルのひとつでも握れば安心できる。既に窓の隙間から日の光が差し込み、店内は薄明るくなっていた。

炉端の上に下半身むき出しの男がいた。

〈え〉思わず口の中でモゴりが生じた。

そいつはオムツ替えのように両足を宙に浮かした恰好で仰向けになっていた。手にキラリと光るものがある。鏡だ。何やら目にしているのが、この世のものとは思えなかった。

『あかんなあ……』オムツ替えスタイルの男が残念そうに云った。

「セオか？」

おれが囁くと奴は首をこっちに向けたまま「まいど」とニヤリと笑った。

「毎度じゃないだろう何やってんだよ、そんな恰好で。店だけど、此処は人ん家だろ」

セオは鏡を持ち直すと何かを見つめている。

「なんだ怪我でもしたのか？」

「ちゃうねん。なんかこう……張りというか、艶がないねん」

「はあ」

「昔はもうちょっとパリッとした。皺の刻みも縮緬に細こうて、愛らしかったんやけどなあ……あかんなあ……これでは」

「何の話だよ」

「あんさん、ちょっとそないなとこからではあかんわ。説明できひん。もそっとこっち来なはれ。あんじょう話したるさかい。ほれ。ほれ！」

なんだよ、それとぶつぶつ云いながら近寄ると、でぷりと膨らんだ腹の間に濡れた里芋のようなものが埋まっているのが眼に入り、おれは鳥肌が湧いた。

「冗談じゃないよ」

「いやいや。そんなんとちゃうねん。全然っ、ちゃうねん。ええか、この鏡のとこ見てて」

云われるまま眼を向けると花飾りのある手鏡のなかに死んだイソギンチャクみたいなものが映

っていた。

「昔はもっとええ肛門やってん。ほれが最近は仕事が忙しかったせいか、こないに老けてもうて。可哀想や。ほんま可哀想やで。ぐっすん大黒」

「あんた、しっかりしなよ。さっきからなに話してんだよ」

「なあ、ワイは女房子もおらへん。顔もこないやし、デブで頭も良うない。そんなワイのたったひとつの自慢、誇りがこのオイドや。オイドがあるからワイは自分をしっかりと保ててた。いっくら莫迦にされても心の中で〈あほんだら！　ワイはおまえらの何倍もマシなオイドやねんど！美肛門なんや！〉そう思うことでどれだけ救われたか、頑張れたか……。あんたならこの気持ちわかってくれるやろ！　せやろ？」

「どうでも良いけど。パンツ穿きなよ」

「あかん！　あんたがうんと云うてくれるまでは穿かへん！」

「どうしてそうなるんだよ！」

「あかん！　うんと云うて！　うん、綺麗なオイドやで、て云うてくれへんなら死ぬまでワイはパンツをよう穿かん！」

「あんた、ムショに行くことになるぜ」

「云うて！　云うて！　美肛門やと。ああ、セオさんのオイドは別嬪やと云うて！」

「云えるか！」

うえ〜ん、とセオは餓鬼のように泣きじゃくりだした。その声があまりにも大きく不気味だったので、おれは誰かが様子でも見に来るのではないかと恐ろしくなった。そんなことになったら、この状況をどう説明すれば良いんだ。なにしろこいつはこの街の古株なのに、おれは新参だ。そして、ここは地獄の莫迦武器町まんけつ路地なのだ。

これも人助けの一環なのだと自分を薄欺しながらおれは云った。

「わかったわかった。良いオイドだ。綺麗なオイドだ」

「セオのオイドは良いオイドって云うて！」

「良いオイドだよ！」

「違う違う。♪青い眼をした～　♫セオさんわぁ～あめりか生まれの良～いオイド♪　って云って！」

「ううう……」

するとｈ硝子戸がガタピシ鳴って人が入ってきた。トンボだった。『よう！　たこ焼き買ってきたぞ！』と云い掛けたまま、おれとセオを見て一瞬、凍り付き。「ごめんごめん」と出て行こうとした。

「まてまてまてまてまてまてまてまてまてまてまてまてまてまてまてまてまてまってー！！！」

おれは絶叫した。

だ

「……と云うわけだ。まあ悪気があっての事じゃない。勘弁してやれ」

「あんたが云うなよ」

おれはセオを睨み付けた。

トンボは不味そうな顔で、たこ焼きを口に運んでいる。

「だいたい肛門なんて、持ち主だって年に何回拝むかわからないようなもんだろ？　それを愛でるなんて神経がわからないよ」

「あんさん、おっかしな人でんな。キッス云うの知ってまっか？　ベーぜん、チュー云うの」

「知ってるよ。映画で見た」

「あれは上の口、なら下の口を愛でて何が悪いのや？　あんさん、人を上下の位置で差別するタイプ？」

「そういうんじゃないだろう。上は入れる所で下は出す所だよ。第一、そんな所をくっつけあったりしないだろう」

「それはあんさんが未開発だからや。昔はハグなんて日本人はしなかった。今では若者が仰山ハグッてまっしゃろ。全ては流れ、なりゆきで人の価値観は変わりますのや。ワイはそのアンテナがピコッと人よりも早おて敏感ビンビンやったいうことですわ。それに実際、ええオイドですねん」

セオは胸ポケットから小さなカードを取り出した。ずらりと肛門が写っていて、信じられない事に全部がパウチ加工されていた。

「ワイの一番の楽しみは肛門を生で観賞しながら、最高級のワインを呑むことですねん。でも誰も付きおうてくれへん」

「だろうぜ」

「でしょうな」トンボが首を振る。

おれがパウチをセオのほうに押し退けると奴は今更、気づいたように「あ、せや！　今日が開店や！　こないな阿呆臭いとこ、いつまでも居られへん！　ああ！　いそがしいそがし！」と慌てて荷物を摑み、駆け出して行った。

「何が開店だよ……莫迦」トンボが呟いた。「あいつはこの店の営業権を持っててな。それで空き時間に好きに使っていいという条件で相場より家賃を二割ほど安くしてくれてるんだ。それにしても飯喰う処でわざわざ尻の穴を拝んでいたとはなあ」

「おれも死ぬかと思った。あれなら幽霊の方がまだマシだ」

おれたちはそれから少しまた酒を呑み、トンボは仕入れと休憩しに家へ、おれは畳の上へと戻った。

それからおれは森に迷い込み、底無し沼にはまった。最悪なことに沼だと思ったのは実は巨大な臭いイソギンチャク状のナニかで、おれは助けを求めながら呑み込まれ、空からはセオの〈あっははは。おいでやす〜おいでやす〜〉という声が聞こえるという夢を見た。

目が覚めると既に陽が暮れていた。トンボはまだ来ていなかったが、あまりの寝覚めの悪さにぐったりしたおれは外の空気を吸いに出た。空が炭火のような色で燃えていた。既にネオンと若い女の紙屑のような声で呼び込みする録音テープがギャン回りしていた。

おれはネオンのチカチカに目を覚まされながら、店にあったサインペンで迷わないよう帰る宛ての印をつけながら、近所を見物することにした。何個目かのピンサロを通り過ぎ、角を曲がった路地に小さな茂みがあったのでそこの手摺りに腰を落ち付けた。目の前をサラリーマンや若い連中が通り過ぎる。みんなこれからこの街に金を落としていくのだろう……。換気扇の吹き出しから焼鳥の煙が上がっていた。と、目の前を立派な金玉を付けた三毛猫が過る、そいつはおれをチラ見するとすたすたと路地を進んで行った。なんとなく呼ばれたような気のしたおれは後を付いて行くことにした。三毛は人の隙間やタクシーなんかを実に巧く優雅に躱していく。奇妙なことにやつは偶に振り返る。まるで、おれが付いてきているかどうか確認しているようだった。そしてそのうちに二階建てのスナックアパートの階段をすたすた〜と上って行くと、一軒のスナックのなかに吸い込まれて行った。

「本当にふって感じで木の扉に吸い込まれたんだよ」

おれの言葉に、トンボはふんふんと串打ちをしながら心ここに在らずといった感じで聞いている。おれは別に気にしない。

「不思議だったなあ……あれは一体、なんだったんだろ」

「もう行けねえよ」

「え」

「それはあれだ〈あかずのスナックス〉だ」

「あかずのスナックス？」

「神様専用の店だ。金玉のある三毛猫だろ？」

「ああ」

「じゃあ、間違いねえよ。それはこの街を守ってる神様専用のスナックス。人は入っちゃいけないんだ。あんた、入んなくて正解だったよ」

「そういや、看板も名前もなかったなあ」

「そりゃそうさ。銭沼様だもの」

「へえ」

トンボが顔を上げてニヤッとした。「あんた、やっぱり善人なんだな。あれは善人にしか見えないらしいぜ」

そこへがらりと戸が開くと包帯だらけの木乃伊が現れた――コブ市だった。

「放り出された」

呆気に取られているおれとトンボに、奴はそう云うと炉端にドカリと腰を落とした。

「どうして」

「マットレスに狭んだ隠し酒を取り上げようとした看護師を突き飛ばしたんだよ」

「どうしようもねえ」トンボが首を振る。

「そうさ。俺の莫迦は燃すまで治んねえのよ」

コブ市は自分のボトルを棚から取ると勝手にサワーを作りだした。

「あ〜あ、どうしてこんなことになっちまったのかなあ」ジョッキを一気に呷ったコブ市は〈ぶ〜〉と息を吐いて云った。「ほんとは、こんなとこにいつまでもいるはずじゃないんだよ。女房子伴れて故郷に錦を飾って凱旋する男だったんだ……俺は……畜生」

「ほどほどにしないとまた悪い酒になるぜ」

「放っときな。こいつはいつもこれなんだ」トンボの声が暗く響く。

「家族バラッバラ。ちっ。なんだって俺がこんな目に遭わなくちゃなんないんだよ。俺はただ一生懸命真面目に真面目に生きた……家族のために働いただけなのに。それがそんなに悪いことなのかよ。人殺しと人殺されの親になっちまわなくちゃなんないぐらい悪い事だったのか……ぐっ。あんなにちっちゃくて弟殺すなんて。なんなんだよ。なんなんだ」

トンボが傍らで急遽、焼いたエイヒレをコブ市の前に出す。おれは添えられたマヨネーズに七味を振りかけてやる。

「今は立場が逆さまだ」コブ市がトンボに云った。「コイツのカミさんは腹に流し癖が付いちまってて。今迄ふたり水子にしちまってな。その頃はよく俺がこいつを慰めてやってたもんだ。我慢しろ、きっと今に大丈夫だ。必ず餓鬼が抱けるよって……それが今じゃ大逆転。なんせ、こいつは可愛い稚児(ややこ)が生まれてほくほくなのに、俺は生き地獄……」

かける言葉がないトンボは黙って串打ちに戻っている。

それからコブ市はまたぞろシクシクメソメソ泣きながら酒を呑みだした。まるで薄い毒をゆっくり軀に呑み溜めていくようにおれには見えた。

黙って沈む通夜のような雰囲気におれも軀を馴染ませることにして酒を呑んだ。外の喧噪やたまに響く嬌声が森の太鼓のように耳に届いた。

『うわっははは』

体当たりされた格子戸が割れたような音をさせた。顔を上げると常連のひとりが顔を真っ赤にさせて吐き戻しそうな顔で嗤っていた。

「なんだよ！　汚(きたね)えな！　戸が壊れるだろ！」湿気(しけ)た空気を吹き飛ばそうとトンボがわざとがなりたてた。

たまに顔を出すその酔っ払いは膝をつくと文字通り腹を抱えて笑いだした。

「どうしたんだよ！」トンボが抱え起こそうとする。

「あれ！　あれっ！　もうおかしくって！」

「だからなんだよ!!」

「セ、セオ！　セオの店！　行ってみな！　も、もう！　さいっこぅ！　最高だから！」

「最高？　餃子屋だろ！」

「そ、そうそう。最高！　もう最高！　そっくび寿司の隣！　きゃっはははは」

トンボがおれと既に酔い潰れているコブ市を確認すると腰を浮かせた。

おれも後に続いて外に飛び出す。

セオの店は割と目抜き通りと云っても良い場所にドデンと構えており、周囲には人だかりができていた。

「げぇ」

「ううう……」

おれに続いてトンボが呻いた。

い

電飾かまびすしく夜空に輝く表看板が店の正面にドデンと大書してある。

『肛門餃子』――はじめての汁（テイスト）。

「……莫迦が」おれとトンボの口から同時に声が漏れた。

店の周りの人だかりは客ではなく、突如、出現した奇矯極まる大看板とその上に浮いている肛門餃子と横腹に描かれた餃子型アドバルーンにスマホを向けているのであった。

店内を覗くと客はひとりもおらず、〈加盟店募集中〉の幟（のぼり）と右隅の〈テイクアウト〉の受付口に挟まれる形でいるセオがテーブルに片肘突いて網に掛かった鮟鱇（あんこう）のような顔つきで野次馬を睨み付けていた。

「だめだこりゃ」トンボが唸り、踵を返した。

おれたちは店に戻り、コブ市と他の常連と共に十年一日のような同じ夜を過ごした。否、その夜は『肛門餃子』は『マ※コドナルド』のバーガーに勝てるという話で盛り上がった。


——それから一週間。

莫迦武器町で俄に評判を呼んだ『肛門餃子』は店を閉じた。下ろされたシャッターには誰がやったか〈オムツ替えをして貰っているセオの尻から餃子が飛び出している〉スプレー画がバンクシー風に描かれていた。

おれはいつセオが店に顔を出すかと内心ハラハラしていたが奴は現れなかった。その内に常連らが〈夜逃げしたらしい〉とか〈ホッカイドーに渡った〉とか云いだしたのでホッとしたのだが明け方、無理矢理、軀を揺り起こされた。

『起きて』ドスを利かせたつもりの声が響いた——セオだった。

「なんだよ……」

奴は手に光るものを握っていた、今度はナイフだった。その日、店は月に三度の定休日で、トンボのカミさんが赤ん坊を連れて戻ってくるので宴会になる予定だった。

「あんさん、あかずの店に行ったんやて？」

「はあ？　何の話だよ」

「おトボケはなしや！　ワイにはもう銭も後もないんや。あの店に全て賭けてしもたからな。そやから、もうオイドをビューティにするにはこの方法しかないねん！」

「何云ってるんだよ。落ち着きなよ」

「いいやいいや！　ちゃうちゃう！　ワイは銭沼様に会って肛門を美容整形で若返らせて貰うんや。肛門さえ元に戻ればワイは百人力や、また頑張れる！　その為のお医者もドバイで見つけたんや！　もう予約もしたんや！　ドバイで手術や！」

「しっかりしろよ！」

「立て！　立たんと刺す！」

セオの生臭い息が本人が本気である事と切羽詰まり切っていることを教えてきたので、おれは立ち上がった。

「連れてけ、前を歩くんや。ちょっとでも逃げようとしたら全力で刺すえ」

「どうすりゃいいんだよ」

おれたちは取り敢えず店から出た。既に街は酔客が出ていた。もう少しすればトンボが家族を連れてやってきただろうに……酔い潰れて奴の侵入に気づかなかった己を恨みつつ、おれは先を歩き出した。が、歩き出したが皆目、見当なんか付くはずもなかった。客引きに摑まれ、サラリーマンに小突かれ、ホストに睨まれ、用心棒に鼻であしらわれ、アフリカンに〈オニイサンコーマンアルヨ〉とからかわれ、あっちの路地、こっちの路地をだらだらフラフラとおれたちは歩き回った。彷徨い尽くしたと云っても良い。

「おい！　ええ加減にせえ。おちょくったらあかんぞ！　われぃ」ついにセオが怒鳴りだした。

おれたちは足の間を鼠がゴート族のように駆け抜けるビルとビルの間にいた。ゴミが堆く積もり、何かの水でべたべただ。と、そこへのっそりと三毛猫が姿を現した。

「あ」おれは思わず声を上げた。

「なんや？」

「あの三毛が案内役だぜ」

「よっしゃ！」

セオが駆け出し、おれが追った。当然、三毛は前回とは全く違う速さで逃げていく。

「待ちやぁぁぁ」セオが叫ぶ。三毛は猫らしく、普通の人間が通らない、もしくは通りたくないようなゴミと芥とドロへドロの小道を突っ走る。既に脳味噌が煮えているセオはそれを気にしない。そして何やら突然急に事の次第を見極めたくなったおれもダッシュで袖が裂け、何かにぶつかっても構うことなく、後を追い続けた。

と、突然、あのスナックスアパートメントが視界いっぱいに出現した。

あまりの出現力にセオもおれも一瞬立ち尽くした。が、三毛がにゃ〜おんと外階段をスタスタと行くのでつられておれたちも急ぐ。すると三毛があの看板も名前もない茶色い木の扉に再びすーっと埋もれるように消えていった。

〈見たか？〉という風にセオが振り向く、おれは〈諾〉と云う感じで頷いた。

セオが縦に付いた真鍮の長い把手を引く、扉は難なく開いた。店内はぼんやりと仄明るい。

左には豪華な酒がずらりと並ぶカウンター。正面には重厚そうなキャビネット、右手には玉突き台がある。窓には厚い朱色のカーテンがかかっていた。誰かがいた気配はあるのに誰も姿を見せない——そんな感じだった。

と、セオが大きく息を吸った。床に敷かれたタイルの一点。丁度、中央の辺りを見て固まっている。見ると穴が開いていた。半径一メートルにも満たない穴がぽっかりとズ抜けていた。

「こ……これや……銭沼や……」

穴の中には万札がびっしりと埋まっていた。それが時折、何かの加減で呼吸するように上下に波打っていた。手を伸ばせば届きそうなほど近くに莫大な札が息づいている。

セオはまるで引っ張られるように穴の縁に膝を突くと穴の中に腕を伸ばして札を掴み取って笑った。

「あはは。取れた取れた！　やったで！」奴はポケットに札を詰め込むと更に穴に手を入れた。次から次へと札を取り出し、それらはタイルの上に山を為して広がった。

「おい！　もう充分だろ。行こうぜ！」

「あほんだら！　こんなもんで納まるかい！　一生遊んで暮らすにはまだまだ足りひんわい！」

そう叫んだ瞬間、突然、穴の縁が皺皺の縮緬状に変化すると内側に窄（すぼ）んだ。

「うひゃ〜い」

セオの軀が一瞬で呑み込まれてしまった。

おれは駆け寄り、手を伸ばしたがセオは札束を握った手を伸ばそうとはしない。

「おい！　莫迦！　早く手を伸ばせ！」

「大丈夫大丈夫。苦しくない苦しくない」

奴はおれを見上げてにっこり微笑みながら札の沼に沈んでいく。

「おい！　莫迦！　おい！」

「あっははは。大金持ちや～」

ずぶりずぶりゆっくりと回るようにセオは札の中に腰から胸、胸から首と潜り込み、やがて札を摑んだまま突き出した腕一本だけとなり、最後に指が開くと札がぱらりと落ちた。

「おーい！」

おれは立ち上がって叫んだ。するとフロアー全体が皺皺になり、まるで巨大な肛門のように蠢（うごめ）きだした。おれは扉へ飛びつくと外に転がり出、そのまま階段を駆け下りると闇雲に街へと飛び込みダッシュした。

じ

「どうしたんだ！」

店にいたトンボとコブ市が、おれの血相に目を丸くした。

おれは今、見たことを説明した。奴らは絶句した直後、大笑いした。

「あんた、どうせならもちっとマシな法螺（ほら）を吹きなよ、あはは」

いつもと違って素面っぽいコブ市が云う。

「い！　いや！　ほんとなんだ！　穴に……セオが」

ふたりは相手にせず、何かおれが悪酔いしているとでも思っているようだった。

そこへ格子戸ががらりと開くと若い女がお包みを抱いて現れた。線は細いが柔らかな軀付きの優しげな女だった。

「ソソコ。こっちに座んな」トンボが奥の席を指す。

「失礼します」と小声で云うと女はコブ市の隣に座った。

コブ市がお包みの中で小さな寝息を立てている赤ん坊を見て目元を拭った。

「世界で一番、美しい生き物だよ。赤ん坊は」

「コブ市さんには、なにかお辛いような形になってしまって」

「いやいや。逢いてえと云ったのは俺の方で。無理矢理、トンボが渋るのを喰い付いて合わせて貰っただけで……気にしないでくださいよ。今日はもう俺ッちの事は忘れて呑みましょう」

コブ市はそう云ってジョッキを上げ、おれも受け取った生で〈乾杯〉と唱和した。

女房から子供を受け取ったトンボが感慨深げに、寝顔を見入っていた。

「名前は？」

「まだなんです。これから主人と相談して……」

「ほう。何もかもが素敵じゃねえか。なあ、トンボ」

「う……うん。まあな」

「なんだよ。浮かねえ顔はねえだろ？　三度目の正直じゃねえか」

コブ市がそう云った途端、トンボの顔がくしゃくしゃになり泪が滝のように溢れ出した。

「おいおい。落とすなよ！」コブ市が笑い、女房がお包みを慌て気味に取り返す。

と、途端にトンボがコブ市の隣に駆け寄ると汚れた床に手をついて土下座した。

「堪忍してくれ！」絶叫とも云える声でトンボは叫んだ。

「なんだ？　おいどうしたんだ？　冗談にしてはキツいぜ」

あまりの事にソソコが腰を浮かせる。

「違うんだ！　そんなんじゃねえ！　俺は大悪党だ！　人殺しだ！」

「ええ？　何を云ってるんだよ」

「俺は死ぬまでほっかむりで通そうとした。だけどよ……だけど……あんな可愛い餓鬼の面を見たら、俺は！　俺は自分で自分が許せねえ！　殺してくれ！」

「おい！　落ち着けよ！　どうしちまったんだよ！　ソソコさんが怖がってるじゃねえか」

「どうしたの……あんた」

トンボは首を振ると顔を上げた。

「俺なんだよ。俺なんだぁっ！」

「なにがだよ」

「毎日毎日、仕入れに行く度にあの公園の前を通りかかってた……あのふたりを見る度に羨ましくって羨ましくってよ。それで俺はついつい悪戯が出た」

「なんだと」

「俺は逢う度にチー坊に飴やって弟の顔を池に浸けちまいなって唆してたんだ」

絶句して立ち上がったコブ市の顔が赤くなり、それから白くなり、青黒くなった。

「おめえ……それはほんとか……」

「ほんとうだ！」

トンボは立ち上がると手にした包丁をコブ市に握らせた。

「さあ、俺は餓鬼の寝顔を見て自分がやったことの大きさに今更ながら気づいたんだ。こいつで気の済むようにしてくれ！　でないと俺は奴の本当の親父にはなれっこねえんだ！　さあ！」

「あんたぁ……」ソソコの糸を引くような声が震えていた。「コブさん……」

コブ市はトンボを暫く睨み付けていたが、包丁を床に落とした。

「こんなものを使うことはねえよ……」コブ市はおれとトンボを代わる代わる見て云った。「べーぜだ」

「え。なんですか？」おれは云った。

「三人で男同士のあっついキッスをして忘れるまで吸い合おうぜ。俺は厭だがおまえも厭だろう」

「当たり前だ！　死んでもするか！」トンボが叫んだ。

「そう云う事なんだよ。そういう死ぬほど厭なことをするってことが、この場合、大事なんだ。わかるな？」コブ市が次におれに振り向いて云った。

「全然わかるか！」

ソソコが手を叩いた。

「やんなよ！　あんた！　それで済むならやりまくりなよ！　男だろ！　この子のためじゃないか！」

「お！　おう！　わかっだ！」

「よし！　決まり！　残るはあんただ」

コブ市がトンボと共に手を伸ばしてきたのでおれは避けた。

「いやだ‼」

「こんな人助けを仇で返すのかい？　散々、世話になっておいてさ‼　卑怯者！」

鬼のような顔をしてソソコが包丁を投げつけてきた。

それはおれの腕を掠ったが、おれをわれに返らせてもいた。

「まっぴらごめんだ！」

おれはそう叫ぶと飛び出した。背後からごうごうと街のうだるような喧噪とコブ市とトンボとソソコの怒り狂った叫びと銭沼の引力があったが、おれは振り返らなかった。振り返らず……やっぱり繁華街はオッカネエなと思っていた。

（ドットハライ）

チンワクとアイロニックラブンずの巻

THE TALES
I TOLD THE PELICAN
AT PARK

ア

おれはくたびれきったバーの長いカウンターの真ん中に座っていた。少し前、おれを乗せてくれた男がまた股座に手を伸ばしかけてきたので小便がしたいと云って降りることにしたのだ。そいつはおれがふけると察したらしく『あんた、俺を見てくれたら、五千円出すぜ』と左手を上下に動かしながら、ウインクした。

「来世でな。とりあえずサンクス」おれは手を挙げ、深夜営業中のバーに飛び込んだのだ。

バーと云ってもそこは飯も出すウェスタンスタイルの食堂だった。なかは薄暗くて良いムードだ。隅にジュークボックスがあってチアキ・ナオミが三年前に振った恋人が死んだのよと唄っていた。ビリヤード台の上にブリキっぽい笠（かさ）を付けた電球が下がっている。

『ああ、大金持ちをすりおろしてえな！』奥のテーブルで酔い潰れている爺さんが叫んだ。おれも同感だったが、口に出さず席に着いた。

——それが小一時間前、既に窓の外は明るみだしている。おれはさっきまで皿の上にあって今は胃袋に収まっているハンバーグのことを思い、一杯だけと決めていたのに三杯飲んでしまった麦酒(ビール)のジョッキを眺めていた。洗い残しのシャボンのような泡がへばりついている。

目の前にいる店のオーナーは両腕を組んでおれを見下ろしていた。猟師か漁師のような腕だ。きっとここをやる以前は猟師か漁師をしていたに違いない。

「……二三七円」

奴はまた云った。もう何回も云ってる。

皿の横には伝票代わりのメモ——三三〇〇とマジックで殴り書きしてあった。つまり、おれの勘定は三三〇〇円なんだが、おれは三〇六三円しかポケットになかったんだ。おれは三日前に児童公園の便所掃除を手伝ってやったイエデという男から五〇〇〇円を受け取った。それから少しずつ倹約していたんだが、今は倹約の壁が瓦礫(がれき)になっちまって——こうなっちまったんだ。

「二三七円」また漁師か猟師かが云った。「足りないぜ」

「ああ、わかってる」おれはもう軀中を探す振りを止めていた。上着とズボンのポケットは既に裏生地を引っ張り捲ったので（あっかんべえ）をしていた。「おっかしいんだな」

「なにが？　誰かジョークでも云ったのか？」

猟師か漁師かは周りを見て肩を竦めた。

既に早めの朝食に寄ったトラックの運ちゃんこ達が面白がっておれを取り囲んでいた。奴らは麦酒の入ったジョッキを片手にニヤニヤしている。

「確かにあったはずなんだよ。ちゃんと」

「警察を呼ぼうか？　ここで泥棒に盗まれたって」

「いや、それには及ばんだろうぜ。たかが二三七円のことだ」

おれの言葉に、運ちゃんこから『うほぉ』とか『デカく出たな大将』と声が聞こえた。

猟師か漁師かは今迄、グラスを磨いていた布をカウンターに放ると、直に右手の拳の頭を左の掌で磨きだした。何かの用意をするみたいに。

「あんたはまともな学校に行ってねえようだから忠告してやるが、そのセリフは俺が持ってるカードに書いてあるんだ。あんたのじゃねえ」

「悪かった……だが、そう凄むのはどうかな。代わりにおれに皿を洗わせたり、便所を掃除させたり……小一時間で、それぐらいの手間賃は出ると思うんだが……」

「なるほど。あんたは俺が途方もないマヌケだって云いたいんだな」

「どういうこと？」

「俺が何度もカマを掘らせるマヌケだって云いたいのかよ」

そのセリフに周囲がドッと沸いた。と同時におれの背中を指先でちょんちょんと突く奴まで出てきた。

「ちょっと待て。どうしてそんなややこしいことになるんだい？」

「それはおまえが二三七円を莫迦にするからさ」

『そうだ！　一円だって莫迦にしちゃいけねえって、オレはオレの親爺の愛人の愛人から聞いたぜ！』『そうだそうだ！』

どこかの莫迦がジョッキで頭を小突いてきた。流石にカッとして振り向いたがニヤニヤ顔が並んでいるばかりだった。

「じゃあ、いったいどうすりゃいいんだ。警察に突き出したいのならそうしてくれ」

「おお。とうとう逆ギレしやがった。みんな、こいつとうとう正体を現したぞ！」

『はじめっから払う気なんかなかったんだぜ。リョーシ』

どいつかが云った、本当に猟師か漁師って名だったんだな。

『殺したらどうだろう？　オレなら良い埋め場所を知ってるし、ここにいる誰も口を割ったりしねえだろ』

『良いな！　それ良いな！　むしゃくしゃして誰かを轢き殺したくなってたところなんだ』

『良いな！　良いな！　それ良いな！　オレも政治家の二世どもを殺したくなってたとこなんだ』

イイナイイネ！　と全員が合唱を始めた。おれは立ち上がろうとしたが、肩を押さえ付けられた。目の前では猟師だか漁師だかが満足そうに何度も頷いていた。

「たかが二三七円でそんなことになってたまるか！　誰か金を貸せ！」

ドッと周囲が沸いた。手を宙で叩き合わせる奴らがいて、拍手さえ聞こえる。

猟師か漁師かが、赤ん坊の頭ほどもあるトンカチをカウンターの下から取り出すと、全員でおれの頭を板に押しつけ始めた。

「やめろ！　やめろ！」

猟師か漁師かが辺りを気にするように一瞥し、トンカチをおれの頭上で振り上げた。

「二三七！　縁起が良い数字じゃないか！」

全員が呪文のように『イイネ、イイヨ』と叫ぶ。

「おまえら『シャイニング』観たことないのかよ！」

おれは絶叫し、目をつぶった。

『オレだあ！』

突然、声がかかった。押さえ付ける力が緩み、手が離れるのを感じた。目を開けると運ちゃんこの間で、目をギラギラさせたひとりの男が手を挙げていた。

「え？」

「オレが貸す」そいつは指先に挟んだ千円札をひらひらと揺すった。

チッと舌打ちが聞こえ、猟師か漁師かはトンカチをしまい、また布を拾うとコップを磨きに戻った。運ちゃんこ達も何事もなかったかのように店のあちこちに散って行った。

男が千円札をおれが既に出していた金の前に置くと、釣り銭が脇に投げ捨てられた。

おれは息を整え、男を見た。病み上がりの様な顔の男だった。

「た……たすかったぜ……礼を云う」

「いいんだ。だがあんたに骨を折って貰いたい。場合によっちゃあもっと稼げるぜ」

嫌な予感がした。

「なに、つまらねえ個人的な相談さ。ちょっと自分でもとんだ袋小路なんだ……。悩みを聞いてアドバイスが欲しい」

「ああ、そんなことぐらいならお安いご用だ」

「あんたはこの辺の奴らと違った意見を持っていそうだからよ」

おれは釣り銭をポケットに突っ込むとスツールを降りた。

「とりあえず出よう。ここは験(げん)クソ悪い」

猟師だか漁師だかが睨んできたのでおれは中指を軽くおっ立てて出た。

車に乗り込むと、そいつは云った。

「実はとんだ胸キュンでよ」

「うぇあ？」

「ちなみにあんたチンワク、ブチ込んだろうな？」

「うえぁ？」

奴は咳き込むような仕草をした。

「これもん用のチンワクよ、たりめえだろ」

イ

男はスケベリズムと云った。

「え？」おれは又訊きした。すると男は紙切れにペンで〈介兵利紡〉と書いて寄越した。

「凄い名だ」

「何度か変えようとして法テラスにも行ったんだが、名前の変更は簡単でも氏の変更は相当ややこしくって、諦めた」

「だったら、そう悩むこともないだろう……自分のなかで解決できてれば……」

「相談したいってのは名前のことじゃねえんだ」

スケベリズムは白い小さな建物の前で車を駐めた。診療所だという。

「ここで何をするんだい？」

「あんたのチンワクとオレの悩み待ちよ」

九時になると玄関に白衣の女が現れ、ドアを開けた。並んでいた爺さんと婆さんの後に付いておれたちも中に入る。スケベリズムが受付で、ごにょついてから戻ってきた。

「すぐにやってくれるらしい、あんたツイてるぜ」

スケベ〈長いので短縮する〉はおれの肩を突くと横に座り、それからもぞりもぞりと身をうねらせる。前のソファには爺婆に交じって五、六歳の女の子が生産者らしい女と隣り合って座っていた。細い髪留めを着けた少女は、こちらをチラチラと見てくる。

「行ってきなよ」おれはスケベに囁いた。

「え」

「行きたいんだろ」

するとスケベは立ち上がり興奮気味に怒鳴った。「ば！　ばっか野郎！　オレはそんな！」

「なに興奮してんだ。便所だよ」

「ふは」スケベはソファに尻餅つくように腰を下ろした。爺婆は耳が遠いせいか左程、驚いてはいないようで、ただ少女とその生産者がこちらを警戒的に眺め、それから母親が取り出した絵本に目を落とした。

「大きな声出すなよ。もうトラブルは腹一杯なんだ」

「わかった」

それから二十分ほどしてスケベの名前が呼ばれ、再び周囲の視線を浴びつつ、おれたちは診察室に入った。

医者は待合室にいるのと同様に、ヨボの付いた白髪の爺様で〈チンワクいっぽ〜ん〉と宣言すると、おれの腕に注射器をブッ刺した後、〈ムーン〉と蠅を払うような仕草をした。おれたちは診察室を出た。

支払いを待つ間、スケベは少女にチラチラ視線を送っているのにおれは気づいた。おれは嫌な予感が夏の入道雲のようにもくもくと胃の中で膨らむのを感じてげっそりした。


缶コーヒーを持っておれたちは公園のベンチに座った。

「あんた変態なんだろ」

「うあ？」おれの言葉にスケベはコーヒーを噴き、顔に磯辺焼きの餅のような染みを散らかした。

また怒鳴るかと思ったが奴は「違う」と呟いた。

「オレは絶対にそんなんじゃねえ。オレが小児性愛者(ペド)のわけがねえ。そのことは……そのことだけはオレが金輪際わかってる。知ってる」

「違うのか。じゃあ、あんたの相談ってのは何だ？」

スケベは下唇をぷんっと突き出しながら、乳首と乳首の間を指差した。「ここがキュンとするんだ」

「癌か？　肺癌ならおれより医者だ」

スケベが首を横に振った。

「胸キュンさ」

おれはコーヒーを噴き出した。屹度、顔に磯辺焼きの餅のような染みが散らかっている。

「恋の相談なら路端(ろばた)の占い師か、カルトの勧誘にしたほうが良い。おれは完全に門外漢だ」

「確かにオレは、ああした小さい子供を見ると胸キュンなんだ。だけどオレは絶対にペドじゃねえ。それは断言できるんだ。オレを信じてくれよ！　あんたを助けたんだ。今度はオレを助ける義務があんたにはあるはずだぜ。それによ……」奴はそこでニヤリと嗤った。「解決したら車と百万やるよ」

その言葉に、おれの胃がでんぐり返った。

「げぇ。ほ、ほんとかい！　旦那！」

「ああ。ほんとだとも」

グッときた！　それが本当ならもう金金輪際、変態に太腿や股座を触られずに自分で好きな所へ行ける！　グッときた！

「や、やる！　絶対やるぜ！」

「なぜ変態じゃないオレが餓鬼に胸キュンかの謎を解いたらだぞ！」

おれは莫迦のように頷いていた。

ウ

玄関先に出てきたトトロの小型版のような女は後退（あとずさ）るように奥に消えた。スケベの家は街外れにあり自宅の脇には整備工場がくっついていた。定休日なのか、今は音がしなかった。スケベのカミさんは明らかにおれを毛嫌いしていた。ドアを開きおれを見た途端、『これは何？』と云ったからだ。普通、人には『誰』を使うもんだ。『何？』とはなかなか云わない。

「女房の満子（みつこ）だ。四十歳」

「まだ三十九。誕生日まで三週間あるから」

「あ、それじゃあ先払いでちょいと〈誕生日おめでとうございます〉」

おれのスマートジョークに満子はぴくりとも反応しなかった。

おれたち三人はそれからたっぷり三十分ほど向かい合って座っていた。誰も何も話さない、お茶どころか水すら出ない。ただ満子が黙っておれを見つめ続け、それをスケベが眺め、おれが満子に見つめ続けられる時間だった。

「行こうか」スケベが立ち上がったので、おれも続いた。

部屋を出る時、振り返ると満子はまだおれを睨み続けていた。

「巧くいったな」車に戻ったスケベが云った。「カミさんはあんたを大分、気に入ったようだ。これでオレも安心して相談活動ができる」

「どうもあんたの目玉とおれの目玉では違う世界が映るらしいな」

「それはあんたのチンワクがまだ効果を発揮してねえからだよ。つべこべ云っても、あべこべだ。行くぞ」

十分後、おれたちは駅前のロータリーのベンチに座っていた。目の前を通勤通学の堅気(かたぎ)がぞろぞろと数珠(じゅず)つなぎになっていく。

「う」たまにスケベが呻く、奴は指を差す。するとその先には大抵、母親に手を引かれた小さな女の子がいた。

う……う……うう……うっふんむぅ……。

ベンチで胸を押さえながら少女に向かい、目をウルウルさせて身悶えるスケベは、かなりロリ的でスケベ的であった。声は徐々に大きくなり、通り過ぎる奴らの好奇の視線を集める的にもなってきていた。

「う……うぐっ……」

「おい……あんた、小さい子を見る目が、ド変態にも程が有るってほどになってきてるぞ」

「ぐわぉ！」突然、スケベは立ちあがると二、三歩、前に出、そのままバタンQと倒れ伏した。『おい！　人が現在、倒れ伏したぞ！』『いや！　それは違う！　倒れ伏しているぞ、だろ』『いや、そうじゃない倒れ伏したように見える、のほうが正しい』

周囲の堅気が騒然とする。

おれはスケベを無理矢理、引き起こすと肩を貸し、そのまま車に引きずった。

『引きずっている……引きずっているぞ』『なぜなんだ……なぜ、こんな金も学力もないような人間が人助けをする。キメラか？』『まず税を払い自分のことをしっかりさせるべきだな。こいつに人を助ける権利はないはずだ』堅気が口々に喚き合っていた。『奴の中に膿のように溜まった致死的傲慢さが、そうさせるのだ』『いや、致死的自己愛だ。自分はおまえたちよりもマシで御座いって俺たちを見下してやがるんだ。自分こそ人間だと云いたいんだ。危険思想だ』『危険だ。危なっかしい。俺たちの子供が殺される』『先に殺しておくか』『そうするか』『そうしよう』

おれは堅気の声を背に受けつつ、来たときに路駐しておいた車のなかに奴を放り込むと発進させた。免許はないが運転ならできる。そしてそのまま街外れの原っぱまで行くと、車を駐めた。奴は既に目を覚ましていた。ジッと薄墨を溶かしたような、今にも泣きそうな雲をフロントガラス越しに睨んでいる。

「オレはペドじゃねえ」奴は呟いた。

「ああ、だろうよ。虎も菜食主義者だと云ってるしな」

「あんたは嘘だと思ってる」

「どうだろう。あんたは少女を見るたんびに胸キュンしてた。そして胸キュンを抑え込もうと無理したあまり昏倒したんだ。つまり胸キュンは少女でしたたんだ。つまり、これは倫理を論理で判断すべき問題だ」

「オレはペドじゃねえ。胸キュンしねえ餓鬼もいる」

「そりゃそうだろ。ペドだからって雑食とは限らない。なんらかの好みが内奥で発動してるってことなんだよ。だから虫ケラみたいな多少の選別があっても不思議じゃない」

スケベはおれを睨んだ。「オレはペドじゃない。そのことはそのことだけはオレはハッキリわかってるんだ！　オレは小さな子供なんかに興味はねえ！」奴は太鼓のような音がするほど強く胸を叩いた。

「莫迦！　よせ！　じゃあ、なんで胸キュンのバッタンQなんだよ」

「わかんねえ」

「もしかしたら軀の調子が悪いんじゃないのか？　心臓とか脳とか水虫とか」

「うんにゃ」スケベは首を振った。「それはない。オレはうんと前から医者に旋毛から尻の毛まで一切合切、検査して貰ってるんだ。サイヤ人並みに完全な健康体らしい」

「スーパーは付いてないんだな。スーパーサイヤ人？」

「それは付いてなかったな」

「じゃあ、ペドだ」

「いいいいい……違う！　違う！　違う！」奴は髪の毛を掻き毟り、国歌を一節唄い、どっかとまた座り込んだ。おれたちは同時に溜息を吐いた。

「じゃあ、いったいなんだってんだ」

「だから、それを解明するのをあんたに手伝って欲しいって云ってんだ！　百万に車だ！」

　確かにそいつが喉から手が出るほどおれは欲しかった。奴がペドなら、おれはカーペドだ。泪雲が流れていく、憂鬱なおれ達には美術セット並みにぴったりな光景だ。

〈る～るるる、る～るるるる。る～るるる〉トートツにおれらが座っている丘の下からレの前の音が、出し殻コーヒーを混ぜるような濁音で聞こえてきた。

　おれとスケベが身を起こすと、安箒のようなぼろいコートの男がこっちに向かって手を挙げた。おれ達は挙げなかった。

「われめわれめわれめですなあ。今日は良いわれめ日和だ。そうは思いませんか、ご同輩」

「全く思わんね」おれは云った。「こっちはすっかり綴じ目なんだよ」

　男は面食らったように目をぱちくりさせた。両目を縦に赤い幅広の傷が走っていて、口が少し裂けているのでサーカスの道化か西洋肉まん屋のオモチャを思い出した。

「あんた誰？」スケベがつまらなそうに顔を上げる。

「イモーキンと申します。云い難ければサブローと」

「やる金も食い物もないよ」

　するとイモーキンことサブローは首をぶるぶるとプロペラのように振り回した。「ぶるぶるぶる。わたくしはこちらの方に福音をお授けに参ったのであります」

「なんだそりゃ」

スケベの言葉にサブローは女の子の人形を取り出した。よくある、倒すと目を閉じるあれだ。イモーキンはそれをスケベの顔の前に近づけた。

「やめろ」スケベは手でそれを払おうとした。

サブローは頷くと今度はその人形にシンプルな髪飾りを着けた。

と忽ち、全く興味を示さなかったスケベの目が、まるで突進してくる熊か何かを無視できないように、チラリチラリと人形を見つめだした。

――何かが起きていた。

「でしょうとも……でしょうとも……良いんです……良いんですよ、ご主人」イモーキンことサブローが何度もうんうんと頷き、ボトックスの打ち過ぎのような面(つら)の安人形を眼前でふらりふらりと揺らした。

「お……おい……どうしたんだよ。なんなんだよ……」おれはスケベに声を掛けた。が、奴はそれには全く反応せず、気もそぞろでまるで催眠術にかかったようだった。

「う！」スケベはまた胸を押さえた。

「お！　おい！　もうよせ！」おれはイモーキンの人形を叩き落とした。

「うぅ！　ばいおれんつ！」サブローは恨めしそうにおれを睨み、人形を拾うと砂を払い大事そうに胸に抱えた。

するとすすり泣きが聞こえた――スケベだった。大の四十絡みの男が水(みず)っ洟(ぱな)を垂らして餓鬼のように泣いていた。

「ああ！　オレはもう頭がどうにかしちまったんだ！　餓鬼どころかあんなド腐れ人形にまで胸キュンするなんて……ああ！　こんな頭のおかしなことになるぐらいならオレはもう死ぬしかねえ！　こんな生き方は許せねえ!!」

〈いーずぃーいーずぃーかあむだうぬ〉サブローがスケベの傍らにしゃがみ込むと子守歌のように云い、人形を渡した。その瞬間、スケベは人形を迷子の子を見つけた親のようにかき抱いた。

「お！　オレは本当にこんこんりんりんざい！　頭がぼっかれちまったぁ！　うわあああう！」

おれは立ち上がるとイモーキンに近づいた。

「おい。どうするんだよ、この始末」

サブローはスケベの姿をジッと見たまま、頷いた。「大丈夫。彼は本物す」

エ

「あいろにっくらばぶんず？」

「そうす。わかり易く云うと金属性愛っす。特に我々はそのなかでも危険極まりない感度ビンビンの金属ばかりを伴侶とする者ばかりなので、死生観の皮肉も込めて自らを〈皮肉な金属愛好者（アイロニックスラヴァーズ）〉と呼んでいるのす」

その廃工場には十二人ほどがいた。スケベはその中にいた先生（ドク）と呼ばれる男に連れられ、カーテンの裏に引っ込んでいた。

あいろにっくすのメンバーは、いずれもどこにでもいそうな二十代から六十代の男達ばかりだった。太ってるのも禿げているのもいたし、痩せているのも毛深いのもいた。しかし、いずれもどこにでもいそうにないのは手にした得物の数々だ。ナイフ、刀は元より、何やら手作り風のギザギザトゲトゲしたオブジェ風のものや、単なる針の塊にしか見えないものをいずれも愛おしそうに抱え、あるいは撫で、話し掛けている。それはこんな調子だ。

『どうしたんだ、今日はちょっと曇りが強いじゃないかい？　錆でも浮かそうって魂胆なのかい』

『そんなに俺にグラ（たぶんきらめき(グランス)のことじゃないか）を付けても今日は難しいぜ。仕事にでかけなくちゃなんないんだから、血は困るんだ』

なかにはナイフの刃先を軀に押しつけたり、舌で舐めているのもいる。当然、細い糸のような血が垂れていた。おれはなんだか胸糞やら居心地やらが悪くなっていた。

「よう」そこへスケベがドクと一緒に戻ってきた。なにやら憑き物が落ちたようにスッキリとした表情を浮かべている。

「大丈夫なのか」

「ああ。もうスッキリ快調、快便だ」奴はそう云うと、ポケットから飾りの付いた髪留めをごそりと取り出した。「オレは針を愛していたんだ。特に髪留めに使われている先端の鋭い針的な針をな。もうこれで安心。大丈夫だ」

「そうは思えんが」

そう云い終えるか云い終えないかのうちに、刀を持っているのが左腕にそれを押しつけ、うっははは〜と笑いだした。腕の皮膚がパクリと開くと血が溢れる。

「おっほほほ。チョーさん、いーずぃいーずぃー」ドクが笑って男の刀に手を添える。男は名残惜しげに刀を外す、開いた傷口を、ドクが手早く縫い戻していった。

「あいつは何やってんだ？　自殺か自傷か」

「オトナですな。所謂、パパ活的には」いつのまにかイモーキンが側に居た。ニコニコしそうにスケベと見つめ合っていた。「ドカタとも云えるのでしょう。つまりセックスです」

よく見ると程度は違うけれどメンバーはそれぞれ自分の手にした武器や凶器を軀に突っ込んだり、押し当てたり、舐めたりして、あちこちで出血が始まっていた。

「あっははは。今日は新入りさんに当てられたのか、みなさんお盛んですぅ〜」サブローもそう云うと、畳針のようなもので頬をズブリと貫いて「おまえ、いいか？　そんな……いいのかえぇ」と歓喜の涙を流しながらくるりくるりと回りだした。

スケベはおれの腋の辺りを肘で突くと髪留めを一杯載せた掌を持ち上げ「ドクによると、こいつらは小さい者だから、オレは一夫多妻（ポリガミー）も夢じゃないそうだ。いやあ、参ったなあ。なあ？」

「なあ？って、あんた……」おれは突然、暑苦しい男熱血の狂宴（サバト）に投げ込まれたことで気分が落ち着かなく、また悪くなっていた。

「ご友人も我々の同志ですかな？」ドクがほくほく顔でやってきたが、こいつも見たらランボーが脱糞しそうな奇妙なナイフを手にしていて、おれの前でひらつかせた際、刃先に〈ひろみ〉と彫(ほ)られた名が見えた。

「そ、それはひろみって云うの？」

「おお！　わかりますか？　そうですか……そうてず。これがひろみです！」やったーとばかりにドクは両手を宙に突き上げ、タップのような蹈鞴(たたら)的な踊りをしたが、どうにもこうにも倒(こ)けつ転(まろ)びつ的でハラハラした。

うわ～うぎゃ～うわ～と喘(あえ)ぎと悲鳴のようなものが渦巻いていた。と、ドクがスケベとおれを隅に誘う。そこには小熊ほどもある巨大な回転刃の付いたギロチンのようなものがあった。

「さとみです」

「え？」

「良いでしょう……こいつは本当にわたしを愛してくれているんです。いいんだよ……いいんだ。そんなに照れなくても。こいつはね、軀は他を圧倒するほどのグラマーなくせに引っ込み思案でね、うふふふ」

「これは製材所にある木を半分にしたりするやつだ……」

おれの呟きにドクは僅かに気分を害したように眉を顰めた。

「シッ。さとみに聞こえますぞ……あっはは、いいんだいいんだよ。さとみ～」ドクは回転刃に舌を伸ばして舐めだした。勿論、動いてはいない。

「……ちょっと煙草(モク)ってくるぜ」おれはドクとさとみに目を細めながら髪留めを撫でているスケべを残し、外に出た。

目の前に薄灰色の川が広がっていた。芒が箒のように揺れている。おれは岸辺に腰を下ろすと煙草に火を点けた。胸の奥で百万と車が遠のくのがわかった……スケベの謎はイモーキン達が解いちまったんだ。こっちに回ってくるゲソはない。

「驚いたでしょう」

後ろにイモーキンが立っていた。

「ああ……それに呆れたよ。がっかりもした」

「がっかり？　何故です」

「あんたのおかげでお宝を受け取り損ねたからさ」

サブローはおれに煙草をパッケージごと寄越した——西洋煙草（ヨウモク）だった。「いいのか」

「どぞ」おれが一服付けると奴は隣にしゃがみ、口を開いた。「みんなお寂（さび）し山（やま）ですよ」

「奴らは本気であんな刃物やら武器みたいなものを恋人だと思ってるのか」

「ふか～く、それはそれは深く」

「わからんね。おれが連れてきた奴だって、てっきり自分はペドだと思って苦しんでたんだ。それが針好きだって聞いてホッとした顔してやがる。あんたも同類なのか？」

「わっちはあれっす」イモーキンは川岸を指差した。「アナスターシャっす」

「あれは鉄塔だろ」

「アナスターシャっす」

「わからんね。抱けもしない、話もできないものをどうしてそんなに愛せるんだ」

「文句……云いませんからね。優しい人間には丁度、良いんです。抱くだけなら金でできますそういう財力はみんなある人ばかりなんす。でも正に今、あの倶楽部が直面している危機はそこでもあるんす」

「なにが？」

「セイコーっす。いま、みんながそれを抑え込もうとしてるんすが、危険水位一杯一杯で」

そこへスケベが近づいてきた。忌々しくも、まだ顔がニヤついている。

「よう元気か？」

「な、わけねえだろ。他人に謎を解かれ、こっちはアテが外れたんだ」

「へへへ。腐るな腐るな。ほら」スケベは掌に小さな貝の付いた二本針の髪飾りのようなものを見せた。「ちょちょみだ。おれはこいつと添い遂げることにした。もうオレはペドじゃねえ。立派なアイロニックスだ」

「ああ、そうかい。おめでたう」

「旦那さんは十三番目の会員ですから験クソ良いですよ」サブローが云う。

「あんた、車と百万がパーになったからしょげまくってるんだろ？　ろ？」

「ああ。そうだよ」

「だったら、心配は要らねえよ。多少、中身は違ったが頼みがある。それを成功させたら約束通りのものをやるぜ」

「本気か？」

スケベは、ちょちょみにキスをして頷いた。

オ

満子は黙っていた。目の前のテーブルには便せんと、ここに来る途中のデパートで買った天鵞絨（ビロード）の小箱に鎮座した【ちょちょみ】がいた。それは満子がちょちょみに危害を加えた場合に彼女を救えるようスケベの手近に置いてある。

「……というわけなんだ」

二十分ほど前、スケベが事情を説明し終え、また沈黙が続いていた。便せんには『婚姻届』とスケベの字があり、新郎：介兵利紡――新婦：ちょちょみとある。『以上、ふたりの永続的な幸福を願い、かつ赤心（せきしん）より祝福致します。証人――』の欄に満子が署名するのをおれたちは待っていた。

会員の規約上、スケベは人妻（この時の人は文字通りの人という意味でエロスはない）が署名をしたものを、倶楽部に提出する必要があった。ということは倶楽部のカミさんは全員、夫が金属や刃物と結婚し、愛し合うのを認めているというわけだ。

「ごふっ」満子が咳払いをした。「あのさ……」

「うむ」

「この針金みたいなのを、あんた本当に好きなの？」

「そうだ」

満子はちょっと噴き出した。おれもその気持ちはわかる。「嘘でしょ」

スケベは物凄く真面目な顔で首を振った。「本気だ。オレはこいつを愛してる」

「愛してるったって……さっき拾ったんでしょそれ。今迄はペドだったわけだから」

「ペドじゃねえ！」

「変態には違いないでしょ」

「違う！　オレは自分の中に埋もれていた愛の木漏れ日を今日、華々しく発見(ディスカバー)したんだ。それだけなんだ！　そしてそのディスカバーにマッチしたのが、このちょちょみだ！」

「わからないねえ。あんたがそんな変態だったんだったら、なんで結婚する前にそう云ってくれないのさ」

「オレだってわからなかったんだ。自分自身のことなんて、自分にだってこんこんりんりんざいわかりゃしないし、たまったもんじゃないんだ」

「そいつはこっちのセリフだけどね」

「でも、これが本当のオレだし、オレはこいつを愛してる」

「あたしより？」

「無論」

「あたしもずいぶんね、あんたには我慢もし、苦労もそれなりにしてきたんだけど……そんなものに負けちゃったんだ」

ふたりはまた睨んだまま黙りこくった。

おれは居たたまれず、十回ほど咳払いをした。

〈うるさいね〉とばかりに満子はおれを睨むと、大きく溜息を鼻で吐いた。

「いいよ。書いたげる」

「ほんとか！　その代わり仮面夫婦としての生活は続けてやるからな！　それは安心しろ！」

スケベは満面に笑みを浮かべて頷いた。そしてもみ手をした。

満子が書き上げた便せんを掴むとスケベは廃工場へと引っ返す。が、今日は集会が終わってしまっているのか、扉には鍵がかかっていて、いくら呼びかけても誰も出てこなかった。

スケベは良かった良かったと大喜びで、まだ日も高いというのに、おれを街中のパブや飲み屋に連れて歩いてくれた。おれは、何度も奴に百万円と車の件を確認した。

その度に奴は〈勿論だとも、勿論ですとも〉と太鼓判を押し、小箱の〈ちょちょみ〉にチューをしつつ、「良かったなあ良かったなあ。おまえのおかげで、オレはペドじゃなくて単なる髪飾りに惚れまくった男になれたよ」と感謝し、ちょちょみはキラリンと薄暗いバーの照明で光って見せた。

が、酔いが進むにつれ、おれは気になったことを口にした。

「あんた、ちょちょみと他の髪留めの区別が付くのかい？」

「おい！　莫迦にして貰っちゃ困るぜ。オレは昨日今日のマニヤじゃねえんだ。筋金ってものがビシーッと背筋を貫いてるんだ。ここに何百万本出されたって、オレはちょちょみを見つけ出せるんだぜぇ」

「へえ。大したもんだ。本当の本物。正真正銘の如何物食いだ」

「どぅえっへへへ」スケベは上機嫌だった。

真夜中をぐるぐるっと大回りした頃、おれ達はスケベの家に戻った。既に満子は寝ているようで顔を出さない。おれ達は起こしてややこしくならないように、暗がりでそれぞれ寝場所を見つけて転がった。

酷く躯を揺さぶられて起こされた時には、昼を回っていた。

「なんだよ?」

「た、たいへんだ!」スケベの顔が歪んでいた。

半身を起こすと部屋の中ががらんとしていた。

「満子の奴、一切合切、金目の物を持って逃げやがった! ちょちょみも居ない!」

「ええ!」

「あいつ、酔っ払って寝込んでいたところで枕探ししやがったんだ! くそ! だから淫バイテッドなんか女房にするんじゃなかった!」

「淫バイテッドなのか?」

「今で云うパパ活だ! おとなおとなどかたどかただ! ちくしょう! ちょちょみ!」

奴が家中を探し始めたので、おれもフラフラ頭で手伝うことにした。家の中は荒っぽいなんでも屋が引っ越しを手伝ったみたいになっていた。棚が倒されているなんてことはなかったが、扉は開けっぱなしで安手の服やらズロースやらが、タンスからゲロのように伸びて溢れている。

と、おれは便所の隅にキラリンコと光るものを見つけた——ちょちょみだ！

「おい！」声を上げると、スケベがおれを押し退けるようにしてちょちょみに飛びつき、「がんばった！　がんばった！　よく生きていた！」と泪を噴き零し、暫し眺めていたと思ったら、おもむろに口の中へと放り込んだ。

「おい！」

おれが叫ぶと、奴はニッと笑い、口を開いた。「ここがいちばんあんぜんらあ！」

余程、肝を潰したのだろう奴は、口の中にちょちょみを保管し始めた。

満子は通帳やらなんやらを全て持って行った。さすがにスケベは凹(へこ)んでいたが、暫くすると立ち上がり、車に乗り込むと廃工場へと向かった。

やはり辺りはシーンとしていたが、鍵は開いていた。挨拶しながら中に入ると、奇妙な臭いと嫌な気配が充満していた。

メンバーの姿があちこちにあった。が、いずれも動いていなかった。ある者は喉を突き、ある者は腹を抉って果てていた。メンバー全員が死んだらしく、その血の生臭さが鼻を殴り付けてきた。胃の辺りがむかむかしたが、スケベは青ざめたまま立ち竦んでいた。

「あ……ああ……」

奥へ進んだスケベが、口から思わずちょちょみを零し、慌ててそれを宙で受け止めた。

ドクがいた。床から首を突き出すように生えていた。あの製材機の上には頭のない軀が残っていた。目を閉じたドクの顔は穏やかで、笑みさえ浮かんでいた。

「一瞬の出来事でした……」

ぽつりと声が響き、佇立(ちょりつ)したイモーキンが影のように製材機の柱によりかかっていた。

「昨日は十三番目のメンバーが生まれたということでみなで殊(こと)の外(ほか)、盛り上がったのです。そして、いつもは決して度を越すことのないドクまでもが、メンバーのドラッグの量を間違えたのです。ドラッグは、彼らの内奥に巣くっていた致死的な欲望を軽々と噴出させました。普段は絶対に越えてはいけない一線、絶対的生死の境を飛び越えさせてしまったのです。一番の問題だったのは、最初にナイフで自らを突き捲りだしたメンバーが、俺はこいつとやれた！　セックスしているぞ！　と叫んだことでしょう。それこそが、彼らの究極の夢でもあったからです。しかし、それを為(な)せば死ぬことは明白。正常な脳では規制が働いていたものを……全てが津波のように突然始まり破壊的に全てを終わらせてしまいました」

イモーキンはそこまで云うと既に通報してあるから帰れと云った。

おれとスケベは逃げるようにして家に戻り、そして呆然としていた。


と、二度玄関のベルが鳴った。

スケベが速達と判子のある封筒を片手に戻ってきた。差出人に憶えはないという。

封を破るとポラロイドの写真に挟まっていた何かが落ちた——壊れた髪留めだった。

布をゆっくりと引き千切るような音がスケベの口から湧き上がると、奴の目玉が飛び出しそうに大きくなった。

「ぐぉぉ」奴は怒鳴るように叫ぶと便所に駆け込み、吐いた。

ポラロイドには下半身を丸出しにした満子が写っていた。汚い手書きで『あんたにゃ、髪留めが本物かどうかなんてわかりゃしないよ』とあり、粗い画素のなかで満子は、ちょちょみを尻の穴に埋めていた。

家から出るとき、まだスケベの悲鳴交じりの嘔吐が聞こえていた。

（困った困った）

余命百万年

THE TALES
I TOLD THE PELICAN
AT PARK

一

おれをヒッチしてくれたその男は二時間ほど黙りこくってから、やっとこう口を開いた。

「まあ長々と説明したけれど、つまりはそういうことなんだ」

「え？」

「そいつだよ」

運転手はおれが乗り込んだ時、挨拶代わりに触れたバックミラーに下がっている人形の首を指した。モヒカン刈りのライオンみたいな妙な飾りだ。奴は名を云ったが、タイヤが何かに乗り上げた音で聴き取れなかった。

「なんて？」

「羽に寿（ことぶき）をふたつだ！　要は、みんながみんな、誰が一番自分が優しくて心がピュアなのかを競い合ってるようなんだ。おかしいぜ！　全く！　我慢ならねえ！」

「うえ？　誰が？　何の話だ？」

「ははは。まあ心配するな。だがやっぱり気になって。みんなあれやこれや悩んだり話すんだよ。つまりアレさ。うわさ？　すわさ？　すわさ、だっけ？　うわさ？　つぅわさ？　くわた？」

「なんだろ？　おれ、あんたと今迄、何か話してたっけ？　おれたち混線してないか？　珍しいよな、直接の会話でこんなになんの」

　男は頭のバンダナを縛り直そうとハンドルから完全に手を放したので、トラックがぐらりと大きく蛇行した。

「あははは……おい！　危ない……危ない！」

「結句、まともじゃねえんだよな。哀しみってやつは」

「ケック？　ハイ？」

「哀しみ本線ってのはさあ。一本なのか三本なのかってことじゃん。結句、それに尽きるわけじゃん」

「カナシミホンセン……」

「二本かい？　っていう歌があったけど。俺はあんただけにはっきり云うんだけれど、いいかな？」

「ああ、良い。でも、ハンドルは放すなよ」

「数の問題じゃねえんじゃねえかなって？　どうでもいいだろって？　人それぞれだろうよ！　ってさ」

「え？　なに？　危ない危ない！　崖から落ちるぞ！　おれたち忽ち死ぬぞ！」

「哀しみ本線は二本かい？　って変だろ？　おかしいだろ？　そんなの二本だろうが三本だろうが関係ないじゃん！　人それぞれで良いんじゃないか？　決められたくない！　全然ない！」

「いや、あんた、どうしたんだ！　急に。クスリの飲み忘れか！」

「お、俺は……俺は……うわあああ～ん」

　奴が突然、足をばたつかせたと思った途端、物凄い急ブレーキでおれはダッシュボードに軀を叩き付けられ肋骨(ろっこつ)が軋むのを聞いた。

「ママあ～ん」男はトラックから飛び降りると駆け出してしまった。

「おい！」おれも助手席から飛び降り、後を追う。男は崖っぷちに尻をギリギリ引っ掛けた恰好でいるトラックを捨て、山肌に取り付いて泣きながら土を殴っている。

「どうしてなんだよ～どうして二本じゃなくちゃいけないんだよ～百本だって千本だって良いじゃないか～哀しみは人それぞれでしょうが～ボクは死にましぇ～ん」

「ありがとよ。ところでおれはどっちに行った方がいいだろうかな」

「あっちんちん」男は腕に泪顔を押しつけ指でさした。

「さんきゅ」

　おれはトラックに戻りザックを摑むと山道をトボつくことにした。なるほど、下の方に小さな町が見えた。取り敢えずはそこに向かうことにした。

二

なんの変哲もないように見える小さな町だったが、足を踏み入れた途端、どろんとした空気が漂っていた。道ばたで爺さんが座り込んでいたので近くに呑み屋はないかと訊くと爺さんは目を閉じたまま『ある』と云って場所を教えてくれた。答えてから爺さんは『この町は長居せずに早く出て行った方が良い』と云った。訳を訊くと『変わり者しかいない』と云う。

爺さんは、偶に口を開けながら『あ〜う』と云う。何をしてるんだと訊くと、指を二本立て『ふたつ』と云った。

「ひとつは口内に日を当てることで殺菌の意味。そして日を取り込むことで神通力を得る」

おれは爺さんが教えた道が確かなのか急に不安になった。

「ふたつ」爺さんは続けた。「己が睫に蝶が留まるのを待っている」

「なんで？」

「その時にこそ我が願いが叶えられるから」

「爺さんの願いってのはなんだい？」

「全ての民草が無意味な自縛から魂の解放へと至ること」

「ああ、はいはい」

おれは爺さんを捨てて、教えられた道を怪しみつつ進んだ。が、爺さんは親切爺さんだった。

すぐに『ゲロ』という呑み屋が見つかった。

『ゲロ』は洒落(しゃれ)た店だった。朝っぱらから既に店には客が溢れていた。なのに店の中は妙に静かでもの悲しげな音楽が流れていた。おれはカウンターの隅に座るとバーテンダーにビールとベーコンエッグを頼んだ。隣にいるフランネルのギンガムチェックが何度も溜息を吐きながら目元を拭い、それから煙草をぽっぽっと吹かしていた。他の客も何やらみんな悲しげで、こういう雰囲気の店にありげな莫迦笑いや、ゴミのようなジョークがひとつも落ちていない。みんな、葬儀屋が来て掃(は)き清めたようだ。

おれはビールを一口呑んで、バーテンダーに話し掛けた。

「なあ。今日は何かあったのかい？　みんなやけに沈んでるみたいだが……」

バーテンダーは首を左右に振ってから「もうここの処(とこ)、暫くみんなこんな感じさ」と諦めたように呟いた。「もう俺だって本当は……ここでこんなことをしていたくねえ」奴も鼻を鳴らすとグラス磨きに使っていたタオルで洟をかんだ。

「ふうむ。そうかい。いろいろ大変なんだな」おれが独(ひと)り言(ご)つと、ギンガムが「最悪中の最悪さ。つまり最の悪ってやつ」

おれが『そうかい』と云いながらも、顔に〈何の話だ〉と貼り付けるとギンガムは少し顔を近づけながら「この世は残酷だよ。全く」と云って続けた。「この町には、それはそれは心の優しい地球一の美人がいるんだ。むくろにあなと書いて骸穴(がいあな)さんっていうんだけど。この人が余命宣告されてなあ。もう終わりなんだよ」

「まだ若いのかい？」

「若いなんてもんじゃねえよ。花も盛りの素晴らしいお年頃だぜ。それなのによ……可哀想になあ」そう云うとまたギンガムはペラペラの紙おしぼりで目元を拭った。

するとそのまた隣に並んでいた奴がカウンターにのめるようにして軀を預けるとおれに向かって云った。

「骸穴さんは心の優しい天女のような御方だ。義理のお母さんを一生懸命に世話して世話して、そして余命だよ。この世には神も仏もねえのさ！　畜生！」

するとそれを横目で見ていた別の男が『うわあ』と云って顔を掻き毟った。

「畜生！　俺は悲しいぜ！　なんで余命宣告されたのが俺じゃなくて骸穴さんなんだ！　よお！神様！　俺の命を使ってくれよ！」奴は天井に向かって吠えた。

店の隅でガタンと音がすると『俺だってよ！』と野太い声がした。ビリヤードのキューを摑んだ半袖から、豚の足ほどもある腕を突き出した禿げが、茹で蛸のように真っ赤になって泣いていた。「本当に気の毒だ。可哀想だ」

バーテンダーが頷いた。「あいつはあんなに哀しんでいる良い奴だ。生みたての赤ん坊を躍り食いしそうなあんな顔だけど、本当は心根のすっごく優しい奴なんだなあ」

そんなこんなあちこちで、やれ『おまえは良い奴だ』とか『優しい真心だ』とか全員が互いに褒めそやし合い、そして泣き叫びや雄叫びが激しさを増していった。

「なあ、その余命の人ってのは病は何なんだ？」おれはギンガムに訊いた。奴は洟と泪でべとべとになった顔をこちらに向けた。

「そりゃあ、難病よ。汲めども尽きぬオソソの病さ」

その時、ぐぎゃあ!というような悲鳴が起きた。客全員が足音を立てて窓に殺到し、一点に向かって息を詰めた。するとその前を自転車に乗った如何にも涼しげな若い女が白いスカートの裾をひらつかせながら通り過ぎて行った。

女は窓越しに男達に向かって挨拶気に〈こくり〉と首を傾げた。

店内はぐぎゃあとかおぎゃあとかあわわわとかの声で一杯になった。床で転げ回るのもいるし、壁に顔面を叩き付けて血だらけになるのもいる。全員がまたたびを肛門に突っ込まれた猫のような興奮状態になって、うるさいったらありゃしない。

「なんだい、あの女は?」

バーテンダーに訊くとポーッとしていた奴は我に返り「骸穴さんだ」と呟いた。

「え? ほんとか? 汲めども尽きぬオソソの病にゃみえねえぞ」

「ほんとに……健気な人だよなあ」

「余命宣告なんだろ? 良いのかあんな風に自転車飛ばしてて」

「可哀想になあ。ほんとは辛いだろうに……あぁしていつも元気そうに振る舞ってるんだ」

「あとどのくらいなんだよ?」

「なにが?」

「いや、そのアレだろ。余命ってんだからさあ。何年とか何ヶ月とか……」

「ああ、百万年だよ」

「え」おれはビールを噴き出した。「あんだって？」

バーテンダーはまだ窓の外に女がいるかのように視線を投げている。「ひゃくまんねん」

「いや？　百万年ってのは何か？　あの千より上のやつが百並ぶのかい？　九十九、百の。あの万年？」

「ごちゃごちゃうるせいな。あんた学校出てないのか？」

「義務はやったよ」おれはナプキンにそこらに差してあったペンで一の下にゼロを六つ並べた。「これか？」

「んだよ。当たり前だろ」バーテンダーはさも不愉快そうに鼻を鳴らす。

「莫迦らしい。なんのペテンだよ」

「あ？」バーテンダーが拭いていたグラスを置く。「なんだそりゃ？」

「だってそうだろ？　余命が余命がって深刻そうな顔でぎゃあぎゃあ喚くから、今日明日にでもオッ死ぬのかと思ったら……百万年だって。笑っちゃうぜ。なんかの芝居か？」

おれのグラスを呑み干そうとした手を誰かが横に払った。その勢いでグラスはカウンターを滑って壁に当たり、割れた。客が全員、おれを取り囲んでいた。汗と泥と油の臭いで喰ったものが胃の中で不味くなる。

「へえ。あんた人の不幸がそんなにおかしいのか？」豚腕が云った。「冷てえ男だな」

「いや、だってよ。今年来年ってならあれだけど。百万年って……そんじょそこらの山より長いぜ」

「数なのか？」

「え？」

「人の命の重さは数なのかよ？」

「いや、数っちゅうか。だってあれだけピンピンして、自転車漕いでたじゃねえか」

「自転車漕いでりゃあ可哀想じゃねえのか？　その人がどんな目に遭おうが知ったこっちゃないと云うのか？　そんなに自転車が憎いか？」

「ははは。何云ってんだよ。こんな云い合いあるかよ。あっははは」

するとと豚腕の目からハラハラと泪が零れた。

「俺はこんな人間がいるなんて信じられねえ」

それに同調するように『情けねえ』『血も涙もねえド畜生だ』『あの人に申し訳がねえ』と男達の啜り泣きに混じって声が広がる。

そのなかで誰かの声が頭一つ抜けて聞こえた。

『戦争になるな』

――なんか厭な気がしてきた。

『そうだ。こういう人間を生かしておくと、きっと戦争になる』

床をドンと踏み付ける音がするとその場に居た全員がドカドカ地鳴りのようにならって踏み付けだした。バーテンダーがカウンターの下から金属バットを取り出す。

おれは厭だったが卓上にあった酢のキャップを素早く外して口に含むと、豚腕やら逃げるのに邪魔になりそうな奴らの目ん玉めがけて吹き付け、カウンターの中に飛び込んだ。ぎゃあぎゃあ豚腕が喚き、喚きついでに腕をぶん回して周囲の奴らを薙ぎ払う。薙ぎ払われ、顔を叩き付けられた奴らはヤケクソになって傍の人間を殴り付ける。おれがハッとして立ち尽くすバーテンダーの股間をロナウドキックで破滅させると、奴はブブッと放屁して股座を握ったまま横倒しになった。おれはそのまま厨房から外に駆け出す。

『食い逃げだ！』誰かが叫ぶ、確かにそうだった。

三

「医者じゃあないのッス」デデコは泥水に爪先を浸したまま云った。

「医者じゃあない？　じゃあ、誰なんだ」

「大奥様ッス」デデコはおれが呑み込めないのを感じて続けた。「骸穴さんの義理の御母様です。あちきの雇い主でもあるんス」

『ゲロ』を飛び出したおれが幹線道路に戻ってヒッチをやり直そうと思案していた時、『きゃっ』と声がし、橋の上から男達が少女を下に投げ落とすのが見えた。向こうは四人ばかりいたので、飛び出して殴り付けるわけにもいかず、奴らが姿を消すのを待って橋の上から覗くと、近くを流されながらぱちゃぱちゃやってるのが見えたんで、おれは飛び込んで助けたんだ――それがデデコ。歳は十二、病気の父親が町の外れの廃業した銭湯の釜場で寝ていて、生活の為、学校にも行かず奉公同然に働いているのだという。

「ある時、大奥様が近くにいた骸穴さんを指して〈余命宣告〉したんです。百万年って。それが瞬く間に町中に広がって、そしたら誰も彼もが可哀想だ、気の毒だ、泣けるって流行(はやり)病のようになっちまったんです」

「何でそんな莫迦なことになるんだ」

「もともと、この町は大奥様のご先祖に当たる人がその家臣と住み着いたことで出来た町ですから、日常の何から何までもが大奥様一族の一挙手一投足を、横目で窺いながらのものだったからでガンス。大奥様たちの目にどう映るか？　つまり映(ば)えるか。それも直接、大奥様達だけではなく、他人にまで自分がどれだけ大奥様一族を思っているかを激しく赤裸々にアピールするのがアイデンティティになってるんです。そういう町なのです」

「おまえ、その歳にしちゃ学のある物言いをするようだが、それは誰に教わったんだ？」

デデコは初めて少女らしくボッと頬を染めた。「大旦那様の書斎に忍び込んでは書物を盗み読みして憶えました」

「おまえは婆さんがあの別嬪に宣告するのを聞いてはないのか」

するとデデコは俯いたまま、また爪先で泥水をぺちゃぺちゃ始めた。デデコを川から引き上げた後、おれたちは目立たないように橋の下で軀を乾かしていた。川面を滑空する鷺(さぎ)がいくつも見える。

「いました……でも、あちきには……」

「そうは聞こえなかったんだな」

「へえ。なんか、そんな風に聞こえなくもなかったんですが、聞こえなかったんス」

「可怪しいじゃねえか。じゃあ誰がそんな妙な噂を撒き散らかしたんだ」

「骸穴さまッス」

「はあ？　あの別嬪が？　なんで」

「わかりません。でも骸穴さんは旦那さんが千を摺り過ぎて腎虚死してから人がガラリと変わってしまって……怖い人になりました。それであちきはあんまり哀しみが出なくって」

「それで町の奴らの反感を買って川にドボン」

「なんス……とにかくこの町では哀しまないことには非住民になってしまうのス。非住民扱いされると車に撥ねられたり轢かれても警察は捜査もしてくれません。もう完全に透明な存在になってしまうのス。あちきは父ちゃんも酒でパーだから、もう駄目なんス」

「まあ、せいぜい気を付けるこった」おれはそう云って立ち上がった。

「行っちゃうの」デデコが呟いた。今迄の口調とはちょっと違った。子供らしい云いようだったので、おれは足を停めて振り返った。奴はぼうっと立っていた。両腕を脇にだらんと垂らして、ちょっと拗ねたようにおれを見た。目に泪が溜まっていた。

「なんだ。いいじゃねえか。助けてやったんだ。礼ぐらい云って、あばよだよ。元気でな」

おれはなんだかまたぞろ揉め事の芽になりそうな〈世話厄介〉が腹の辺りにわだかまり始めて

いるのを感じ、早くこの場を逃げなくてはと感じていた。

くるりと向けた背にぽつりと何かが当たった。デデコのサンダルだった。

「捨(ふ)ててくのかよぅ」奴が唇を尖(とんが)らせていた。「川から拾った癖に捨(ふ)ててくのか」

「拾ったって……助けたんだろ。第一、おめえには親父がいるじゃねえか」

「あんなの。親父じゃないよ。ただの人間の古いのだ」

「はあ？」

「居ろよぉ。なあ、居ろッたらぁ」

ちぇ、なんだよこの餓鬼はと頭を掻いていると上から〈げじょ〜げじょ〜〉と鈴を鳴らすようなアニメ声が降ってきた。途端にデデコが首を竦めた。

「なんだ？」

シッと奴が指を唇に当てる間もなく、眩しいような日なたに白ワンピースがふわりと見えた。細い手足と盛り上がった腰と胸のバランスがちぐはぐな女がこちらを見ていた——骸穴だ。

「あら、げじょ。何をしているの？　あら、げじょがびしょびしょだわ？　おもらし？」

「……違うス」デデコが蚊の鳴くような声で返した。「この人(しと)に……」

「強姦されたの？」骸穴は全身から良い匂いをさせていた。「犯されまくったのかしら」

「冗談じゃねえ。川に投げ込まれたのを助けたんだ」

「ほんとなのげじょ？　どうなのげじょ」歯も白い。「びしょびしょのげじょ」

デデコは曖昧に首を傾げ、返事を待った。狡(こす)い目でおれを見ている。

「げじょ！　はっきりお言い！　助けられたの？　触られたの？」

「い、居るよ！　居りゃあいいんだろ。冗談じゃねえ。こんな処でブタ箱に突っ込まれて堪るか」

それを聞いたデデコがにっこり舌を出すと微笑んで大きく頷いた。「あちきは、この人に助けて貰いました。町の人に川に投げ込まれたんです」

「まあ。またあんたみんなに連れて泣きを入れなかったのね。そうでしょ、でしょ」

「へえ」

「莫迦ねえ。あんたもあたしが可哀想だ可哀想だと泣いてりゃ良いのよ。どうせみんな死んじゃうんだから。あら、どうもごめんなさいね、アンド、ありがとう」骸穴はおれに会釈した。「げじょを救ってくれたのでしたら、ご馳走します。お家にいらっしゃい。その姿から察するにあなたは笑うほどお金はもっていないようだわ」

「残念ながら、その通りでね」

「それは日々が地獄の苦しみでしょう。是非、我が家へ。さっ我が家へ」

「はあ……まあ……」おれの言葉にデデコが突然、ハッと息を呑んだ。

『おい！　いやがったいやがった&なんてこった！』突然、野太い声がすると両側から十人ほどの男達が現れた。奴らは骸穴を見るとまたくわっと泣いた。が、すぐおれに突進すると首を絞め上げ始めた。

「おやめなさい！」

「いいや。お嬢さん！　こいつはねえ、血も涙もない冷血漢なんだ」

おれは何とか逃げだそうと、羽交(はが)い締めにされた軀を揺さぶったがビクともしない。と、『よう』と声がし、豚腕がニヤリと笑って豚のような腕を振り回すとおれの左顎めがけフックをかましてきた。躱(かわ)すこともできず、ガギンッと口の中でおれの歯が衝突するのと、目から火花が散るのと、顎が破裂したような衝撃で目の前が真っ暗になった。まさかとは思うが骸穴の笑い声が聞こえたような気がした。

四

顔に冷たいものが触れたのでおれは咄嗟に身を起こした。物置のような掘っ立て小屋の貧しい壁が目に入った。顔がじんじんと疼(うず)いて熱い。

『だから、ここに居ては駄目だと云ったのによぉ』半分潰れた瞼を無理に開けて見るとあのチョウチョウの爺さんが歯のない口を開けて嗤っていた。

「畜生……あいつら……」

「まだ寝てた方が良い。あいつらまだここらをウロウロしてるぜ。あんたは岸に打ち上げられていたのを儂が引きずってきたんだ」

「あの女……嗤ってやがった。とんでもねえタマだな、ありゃ」

「骸穴はおっかない女じゃよ。あれは昔は牛に踏まれた蟇蛙(がま)のような面相をしていたんじゃが。あっちの金持ち爺さんこっちの金持ち爺さんと、股に縒(よ)りをかけて後妻後妻と練り歩くうちに別嬪になりよった。死人から搾り取った銭をたっぷりと注ぎ込んでな。今ではすっかり若未亡人気取りでの」

「へぇ。本当は幾つなんだい」

「五十……否、それ以上か……」

「マジか？　医学の進歩ってのはクソ恐ろしいものだな」

「あの女は恐ろしい。なんのかんのと悲劇のヒロインを演じながら、町の奴らは哀しまなければ住めんことになってしまったし。いまでは余命一年二年では誰も見向きもせんようになった。なにしろ百万年だからの〜。なかなか、あれを超えるのは骨じゃて」

「百万年で泣くことはねえだろ。誰が聞いたって、たっぷりだよたっぷり！」

「でも、泣かないわけにはいかないんじゃ。この町で暮らすにはのぅ。つい先日も余命半年と云われた娘が居たんじゃが、親兄弟もそこそこの見舞いで亡くなりおった。可哀想じゃったが……」

「そっちの方がよっぽど気の毒じゃねえか！」

「じゃが、これも自由民主の尊重という観点からして、短い方をより〈哀しめ！〉と強制するわけにもいかんし。まあ世間の軸が狂ってしまったからには、なんとも手の付けようもないわい。かんらかんら」

「骸穴の余命宣告ってのはみんなが聞いたのか？」

「ああ。大概は屋敷の側に行くと聞こえる。大きなスピーカーで流しとるからの。婆さんの声がな」

「因業な婆だな。早くロクっちまえばいいのによ」

「そうはいかんよ。あれが流れているうちは町の者も骸穴、悲しやと泣き明かすしかないんじゃ。そもそもあれを取り付けさせたのも骸穴の計略よ」

「爺さん、おまえやけにベロベロと詳しいじゃねえか。さては、なんかあるだろ？」

爺さんはふっと目を閉じ、天井を向いた。「アレに最初に毟られたのが儂じゃ」

「げぇ。ほんとかい」

「ああ。尻の毛まで抜かれてしまっての。無一文じゃ。あんまりにも我が身と我が胸が呪わしいので以来、あれをずっとストーカーしとる」

その時、フッと気がついた。「おい。あの娘はどうしたんだ？　あの下働きの娘は！」

「骸穴が連れ帰ったわい。安心しろ。骸穴は自分がすべき家事全般、身の回りの世話の全てをあの幼子に押しつけている。殺したり潰したりはせんよ。機能が優先じゃ。それよりの……」と爺さんは妙に真面目腐った顔つきをとり「奇妙なことがあるんじゃ。骸穴をストーカーしとると、奴は度々、山の上のタンク場に行くのじゃ」

「タンク場？　何しに」

「この町の水源なんじゃが。そこでシコシコしとる」

「誰かと逢い引きでもしてんじゃないのか？」

「そんな蛮勇を振るえるような男はこの近辺にはおらん。何か隠しておるようなんじゃ。アンタ、ちと儂と一緒に行ってみてくれんか？」

「え？　おれが？」

「な。頼む……この通りじゃ」爺さんがおれに向かって手を合わせた。

タンク場は小高い山の上にあった。金網をがしがしと捲り上げて中に入ると爺さんが「あれじゃ」と指さした。短い階段の上に金属製の樽が取り付けてあった。上に登れというので上がったが、蓋はごついボルトで締めてある。爺さんが脇の草むらからモンキーレンチを拾ってきて差し出した。

「よくこんなものが落ちてたな」

「私物じゃ。隠しといた」

更に大汗掻きながらボルトを外して蓋を開けるとオレンジ色のランドセルのようなものがみっつ内壁に下げてある。

「なんかあるぜ。中身はわからねえな」

「余命宣告されて一年ほど経った時、骸穴（あれ）が金で何でも引き受けるよそ者に設置させたのじゃ。なんじゃろ」

「わかんねえ……けど」おれはランドセルの端っこで粉を吹いているような部分にシャツの袖をくっつけ、刮（こそ）いでみた。

そして爺さんの持ってた薄紙にそれを落として包んだんだ。それから小屋に戻ると爺さんが川で掬ったメダカを茶碗に移し、粉を落としてみた。

「うわ」おれたちは同時に叫んだ。メダカが、あっという間に腹を見せてぷかぷか浮いてしまったからだ。おれと爺さんは顔を見合わせた。

「どういうことだ？　なんで骸穴は水に毒なんかブッ込もうとしてるんだ？」

「わからねえ」爺さんは顔を強張(こわば)らせていた。「元はブスで心も醜かったが美人になって更に悪化したのか……うーむ」

「わかんねえ、たとえするなよ」

するると近くで、ひゃあひゃあと声がした。戸口に掛かっている茣蓙(ござ)の隙間から覗くとデデコが手を大回しにしている。

「デデコ」おれが声を掛けると奴は転げるようにやってきた。

「来て！　ウチへ。来てよ！　早く早く早く」

「なんなんだよ」

「あ！　爺！　爺も一緒で良いから来て！」

「何処へだよ！」

「大奥様が大変なのよ！　だから屋敷に来て！」

「行く！　おらおらでどもにいぐも！」爺が跳び上がった。

五

汚(き)ったねえ婆だった。天蓋(てんがい)の付いた貴族のようなベッドにデンと横たわった婆は太っていてぶよぶよしていて、まるで打ち上げられた翻車魚(マンボウ)のようだった。部屋のなかには酸っぱい異臭が漂い。湿気(しけ)っぽくジメジメしていた。

全ての窓は厚手のカーテンで光が遮(さえぎ)られていたが、四台もある業務用クーラーがガンガンに室内を冷やしているので、室内に居るおれたち三人の息は白い。

〈余命百万年〜余命百万年〜〉婆さんの口の脇にはマイクが付いていて、それを通して屋根に設置したスピーカーから町に向かって立ち腐れた声が響き渡っている。

町よりも強烈に屋敷のなかは〈お為ごかしの哀しみ〉が溢れていて、げじょげなんがほろほろと泣き崩れたり、叫んだりしながら庭の剪定(せんてい)や食器磨き、床の掃除をしていた。デデコによると奴らは人が居ないところでは決して泪は見せないそうだ。

「デデコ……早くしろ。このままじゃ真夏に三人とも凍死するぞ」

「うん」デデコはベッドランプを手に婆さんの側によると掛け布団をめくり、更に寝間着の釦(ボタン)に手を掛けた。酸っぱい臭いが更に強くなる。

「おい。年寄りのストリップに興味はないぜ」

「儂も」

デデコは返事をせず婆さんの寝間着を開けると、見てと云うようにランプを近づけた。

真っ白でぶよぶよの腹がぼんやりと闇に浮かんだ。初め、腹の皺かと見えたものが、別のものに転じた途端、おれは絶句し、爺は喉の奥で〈うおっ〉と音を立てた。

婆さんの腹部に〈HELP ME（ヘルプミー）〉の文字が浮かび上がっていた。

「こ、これはいったいどういうことなんだ」

「わからない……でも大奥様は助けを呼んでいるんだと思う……」

「いつから浮かび上がっていたんだ？」

デデコは首を振った。「あちきが見たのは今日が初めて。なんだか声が苦しそうだったから軀をさすってあげようと思って気がついたの。普段は奥様が決してあちきたちには触れさせないようにしているから……」

「そうは云っても、奴は炊事掃除洗濯介護の全てを雇い人にさせてなんにもしねえんだろ？」

うん、とデデコは頷いた。その時、爺さんがポンと手を叩いた。

「そうか！　わかった！」

「なんだよ」

「よっく、耳を澄ませてみ。よくこの声を……」

『余命百万年……よめいひゃくまんねえ……よめぃひやくまんにぇん……』

おれたちは顔を見合わせた。

「おい。これは本当に余命百万年と云ってるのか」

「あちきには、ひゃあくまえねんって聞こえるかも」

「儂にもじゃ」

「おれにもそう聞こえる。つまり、よめいひゃあくまえねんだ」

よめいひやくまえねん……よめぃひゃあくまえねん……。

おれはアッと声を出した。すると爺とデデコも。

『嫁、早く前ねん！』声が揃った。

「ってなんだ？」おれは云った。意味がわからない。

「なにか先にしろと云うことか……」爺が云う。

が、唇をぎゅっと噛み締めたデデコだけが『違う』と呟いた。

「どういうことだ」

「あちき、ここのゴミの片付けの担当なんす……でも、あの余命宣告の始まる随分と前から……」デデコはそこでごくりと唾を呑み込み、婆を指さすと一気に叫んだ。「大奥様のオムツが捨てられていません！」

『げぇ』とおれと爺は叫んだ。

「きっと、きっと大奥様は長い間、オムツを替えて貰っていないんです。何年も何年も」

「そ……そんな恐ろしいことが有り得るだろうか……」

「大旦那様の死から体調を崩され、そこからなけなしの健康を紡いでいらした大奥様。そして床に臥したまま長の年月を根菜類同様にお過ごし召された可哀想な大奥様……」

「骸穴がやってきてからは……」

「そうです。ただの一度もオムツを替えてはもらっていなかったのです。うわあああ」デデコは泣き崩れた。

屋敷のみならず町中に向かって、再び婆さんの声が響く。しかし今やおれたちの耳には『余命百万年』とは聞こえなかった。一度、最適化されてしまった言語は二度と元には戻らないのだ。

『嫁ぇぃ〜早(ひや)くぅ〜前ぇね〜ん嫁ぇぃ〜早(ひや)くぅ〜前ぇね〜ん嫁ぇぃ〜早(ひや)くぅ〜前ぇね〜ん』

するると爺さんが立ち上がり、引き出しから成人用のオムツを摑むと婆さんに近寄った。

「何をするんだ？」

「当たり前だ……替えてやるんじゃ。このままではあんまりにも気の毒じゃ」

爺さんが婆さんに触れた途端、『ノン！』と激しい声が轟いた。その声に爺さんの手が止まった。そしてがっくりと項垂れると「やはり男では駄目じゃな」と云ってベッドから離れた。デデコがオムツを受け取った。そして近づくがまたしても『ノン！』と激しい拒絶の声がした。

「はは。じゃあ、どうしようもねえや。骸穴にやらせるこった」

そう云うとふたりは激しく頭を横に振り、おれを指さした。『まだひとりいる』

「おいおい。よせよ。冗談じゃねえぜ。ヤダよ、そんな汚い婆」

爺さんがおれにオムツを握らせると唸るように云った。

「儂はあんたを助けた。今度はあんたが儂を助ける番じゃ」

おれは舌打ちした。「なんだよそれ」デデコも睨んでいる。「わかったよ。その代わりおれが駄目だったら。あの皮だけ別嬪にやらせろよな。いいな」

「うん」デデコは笑った。

「ちっ。現金な野郎だぜ」

おれは婆さんに近づいた。そしてなるべく婆さんに、赤の他人の男が股間に触れるんだとハッキリ認識して貰って『ノン！』を貰えるようにした。が、婆さんは何も云わなかった。

「おい。婆さん。どうしたんだよ！　おれだよ、あんたとはなんの縁も縁もないすっぺらぼうのむさ苦しい男だよ。ノンって云ってみろよ。なあ、ノンってよぉ」

が、婆さんはいつまで経っても目を閉じたまま待ちの姿勢だった。

「……おい……」

ふたりが続けろと凄い目で睨む。

「ああ！　わかったよわかったよ！　こいつも人助け人助け！」おれは自棄糞になって婆さんのオムツを外した。信じられない描写も決してできないような阿婆擦阿鼻叫喚素股地獄がそこには拡がっていた。鍋の食い残しを野壺にまぶしたような有様で鉱物のような輝きすらあった。

「ぐえぇぇ」おれは自分が蝦蟇のような声が出せるとは思わなかった。しかし、喉が怒ったように鳴った。「ぶえぇぇぇ」

おれはデデコの渡すウエットティッシュとか色々なもので色々なものを掻き出しつつ、拭いた。ぶえええおえええええごえええええ。おれの声もマイクは拾ったと思う。

『ウイ！』婆さんが叫んだ。おれが拭く度に声が出る。『ウイ！　ウイ！　ウイイイイ！』

そして完全にオムツを交換し終えた時、デデコが云った。

「あ！　凄い！　声が停まった！」

確かに『余命百万年』は停まっていた。

「あ！　見ろじゃ！」爺さんが指さす前で〈HELP ME〉の文字が消えていった。

と、その時、バタンとドアが開き、骸穴が飛び込んできた。

「おまえら！」骸穴は元のブスが浮かぶような歪んだ顔で、睨み付けてきた。「げじょ！　おまえ、あたしを裏切ったね！」

爺さんがパッとカーテンを全開にした。陽光が一気に室内に流れ込む。

「儂の金でよくそこまで美人になったもんだな。助次郎！」

骸穴の顔色が変わった。「なぜ、そ、それを！」

「俺の顔を忘れたのか？　おまえの餌と朽ちた桃次郎様よ！」

「げぇ」骸穴が叫んだ。

「スケジロウって何ですか？」

「こいつはなあ。色々あって女になった男なんだよ」

「げぇ」おれとデデコがユニゾった。

骸穴は拳銃を取り出すとアッという間にデデコを人質に取った。

「あんたらは住居不法侵入だね。ここらの警察はみんなあたしの手下だからね。どうとでもできるよ……」

「毒婦骸穴……」

デデコの顳顬に突きつけられた筒先を睨みながら、おれは独り言ちた。

「あんたらはね。警察が来るまで静かにしてな」

おれは遠くから聞こえるサイレンを耳にしながら訊いた。

「あのタンク場の毒薬はなんなんだ」

「は。あれか……保険だよ」

「保険？」

「直に婆がぽっくり逝ったら余命の効果もなくなる。そうしたらあれを此処らの奴らに呑ませてお陀仏にするのさ」

「そんなことをしたら、おまえはヘンリー・ルーカスよりもすごい大量殺人犯になっちまうぞ」

「莫迦だねえ。だから、その前に此処らの莫迦が揃いも揃ってあたしの為に泣き明かしていたという事実を作ってあるんじゃないか？　もともとオツムのあったかい連中だからね。あたしも百万年待てずに、自殺未遂しました。たまたま生き残ったのがあたしでしたで話は終わりさ。それに奴らがくたばった後、少しぐらいは金目の物を頂いてから、あたしはニセの毒薬を呷るつもりさ……」

「毒婦骸穴」おれは独り言ちた。

「気が変わったよ。あんたらふたりはマッポが来る前に死んで貰うよ。その方が色々と喋られなくて都合がいいや」

「毒婦骸穴……」爺が独り言つ。

「じゃあ、あばよ！」

おれに向けられた銃口が火を噴く、が、デデコが骸穴の腕に噛み付いていた。

もつれ合う二人におれは飛びかかり、骸穴を殴り付けた。

『よせ！』という怒号がすると町の男達と警官が部屋に殺到していた。

警官が全員、おれに銃を向けていた。

「奥様から離れろ！　貴様！」

「否……違うんだ」

撃鉄ががちゃりがちゃりと引かれた。

「違うっちゃ」デデコが飛び出そうとするのを爺さんが抑える。

おれは両手を挙げて立ち上がった。

「壁のほうへ行け。少しでも抵抗すれば撃つ」

床で宝塚倒れしている骸穴がさめざめと泣いていた。

「この人達が私に乱暴を……もうこんな酷い目に遭う人生なら生きていたくありませんわ」

「お怪我はありませんか……奥様」

「ええ。ありがとうございます。署長様」

が、おれは男達に違和感を感じていた――誰も泣いていないのだ。

「あの男を必ず死刑にしてくださいね。署長様」

「ええ。そのお話はゆっくりと署でお訊き致します」

そう云うと署長は骸穴の腕に手錠を掛けた。

「あらあら。署長さん、動顛なさるのも極まれりですわね。あらあらあらおほほほ。お間違いですわよ……」

すると署長はカイゼル髭を革手袋の指でピンと立てながら云った。「いいえ、奥様。あなたからは大量殺人未遂の容疑者としてのお話を承りたいです」

「え」

顔面蒼白になった骸穴が真顔になると署長は婆さんの横のマイクを指差した。

「嘘でしょ」彼女がそう呟いた瞬間、窓から石が投げ込まれ、外からは『人殺し！』という怒号が聞こえてきた。

見ると屋敷を取り囲んだ住民が怒り狂っている。

骸穴は、一度がっくりと項垂れた首を、再び持ち上げると外に向かって叫んだ。

「裏切り者！　余命宣告された者になんていう恥知らずなんだ！　おまえたちは！　卑怯者！」

『卑怯者はどっちだ！』

その声と同時に無数の石が銃弾のように投げつけられ、骸穴の顔を裂いた。

「うえええ～ん。あたいのお顔ちゃんがぁ。二億もしたのに二億ぅぅ」

石礫が激しくなったのでおれたちも部屋から脱出した。

三日後、おれは町外れにいた。警察に色々と聞かれたけれど結局は無罪放免となった。

幹線道路脇に、来た時と同じように爺さんが座っていた。

「よお。行くのか」

「ああ」

「デデコは、親父さんに付き添って療養所に向かったよ。あの子にはそれが一番だ」

「よかったよかった。じゃあな」

「あいよ」

おれはザックを肩に掛け、歩き出した。

と、「ありゃりゃ」と頓狂な声が聞こえた。振り返ると爺さんが座ったまま手をばたつかせている。

その顔の上、正確には睫の辺りに紋黄蝶（もんき）が留まっていた。

「留まっとるか」

「ああ。確かに留まってるよ。モンキチョウだ」

「ああ。そうか……だが、見ることはできんの。残念じゃ」

「それが良いのさ」

おれはそう云い置くと、歩き出した。


（おわり）

俺が公園でペリカンにした話

THE TALES
I TOLD THE PELICAN
AT PARK

あ

　砂利の多いガタゴト道を揺られながら走っていると、そいつはおれの太股を触ってきたんで『それは違うんじゃねえかな』と云ったんだ。

「あ、ごめんごめん」照れくさそうにそいつは梅干し色のゴム手袋を外したんだけれど、おれの云ったことはわかってなかったらしく、またおれの太股の上に手を戻した。

「なあ、あんた。ハンドルは両手でしっかり握らなけりゃ、危ないぜ」

「いや、心配ご無用。俺は目が腐るほど、この道を走ってる。袋をかぶりながらだって運転できるぜ」

「いや。おれの云ってるのはそこじゃないんだよ」

　そいつは鼻歌を始めた。断りもなしに勝手に鼻歌を始めるなんて、やっぱりどこかに疚しい気持ちがあるからなんだ。

おれが乗ってるのは配達に使うような白の軽トラで。車はそいつのもので、つい小一時間ほど前にヒッチハイクで乗っけて貰った。最初は気持ちのいいやつだと好もしく思っていたのに、そいつはおれの太股に左手を載せている。しかも、ちょっと震わせるみたいに動かしてやがるんだ。ひどく気持ちが悪い。

「あんた名前は？」おれは何か気が紛れて、やつが手をどこかにやってくれるようなきっかけになればと思い、話しかけた。

「名前？　好きに呼んでくれ。親がつけた名前は嫌いなんだ。あんたが好きな名をつけてかまわないよ」

「さてどうかな。おれはあんたの人となりを知りたくて訊いたんだ。なにも渾名をつけようって気はないんだ。ほら、名は体を表すっていうじゃないか」

ベージュと鼠の真ん中に変色した作業着姿のそいつはおれの太股にあった左手を退かすと白いものの混じった無精髭をじょりじょり擦り、再び、おれの右太股に手を戻した。まるで親の代から使っているソファの肘掛けみたいになれなれしく。

「じょんＤってのはどうだ」

「え」

「じょんＤさ。なんだか国籍不明な感じでよくないか？　じょんでぃ、カリホルニヤっぽい」

「行ったことがないからわかんないな」おれはやつの左手の位置が、キンタマに近づくのかどうかをはかりかねていた。「なあ、両手で運転したほうがいいぜ」

「大丈夫だって」

やつはおれに向かってウインクしたが、おれのほうは全然、大丈夫じゃなかった。やつの左手は何だかしらないけれど熱っぽい上に、どんどんおれの真ん中に——つまり股ぐらに迫っていた。「おれ、片手運転で死んだ仲間がいるんだ」思いつきで嘘をついてみた。「だから、あんたのやり方を見てるとそいつのことを思い出しちまうんだよ」

「ふーん。そいつとは仲がよかったのか？」

「まあね。親友といってもいいだろうね」

「どんな感じに？」

「どんな感じ？」

「一緒に遊びに行ったり、飲みに行ったり、泊まりに行ったり？」

「ああ、そうだな」

するとそいつは、またおれのほうを見た。車は山道に入ったので垂れ下がった枝がトラックの屋根をゴンッと叩くのが聞こえた。

「好きだったのか？　そいつを」

「まあな」おれは逢ったこともない、口から出任せの親友の顔を思い浮かべようとして、なぜかキタカタケンゾーを思い浮かべてしまった。たぶん生きてりゃ親父が同じ歳だ。

「チューはしたのか」

おれは道が歩きづらそうなガタボコなのに気づいてうんざりした。

「山越えすればトーキョーへは一本道だって云ってたよな」

「ああ」

「まだ越えないかな」

やつの左手が車の揺れを利用して遂に急所(デチ棒)に触れた。おれは軀を離した。やつの左手はフロントシートの小物入れの上に置いてきぼりにされた、ざまあみろ。

「このそばに湖があるんだ。ちょっと寄っていかないか」

「悪いけど先を急いでるんだ。日が暮れるまでに町に行かなくちゃ」

「まだ朝になったばかりだぜ」やつは腕を伸ばすとおれの太股をぽんぽんと触って、にやりとした。「この季節は誰もこない。いい公衆便所があるんだ」

「なあ、あんたほにまるなのか」

「なんだと」やつは万引きが見つかった餓鬼のような目をした。

「いや。おれはあんたがほにまるだろうが、ベジタリアンだろうが、カルトだろうが気にはしない。だけど勧誘されるのはごめんだ。そういうことは自主的に決めたいんだ」

不意に前屈みになったやつは両手でハンドルを摑むと真っ正面を睨んでアクセルを吹かした。

また枝が屋根をノックする。

「気を悪くされると困るんだけれど。おれは女にしか興味がない。それに人気(ひとけ)のない湖に男とふたりで行く気もない」

やつは物凄く真剣に前を睨んでいた。なにか良くないことが、顔のすぐそばまで迫ってきているような予感がしておれは少し怖くなった。

車が急停止した。

「わるいな。いま電話があって。ここで仲間を十人ほど乗せることになった。定員オーバーだ。あんたはここから歩く宿命となった」

挨拶もせずに車を降りた。ドアが閉まり、軽トラは莫迦みたいなスピードでバックを始め、姿が見えなくなった辺りでUターンして走り去った。

おれはどうやら深い森の中にいるらしい。空き箱を暢気に叩くような鳥の声がしていた。とりあえず歩き出したが、腐った落ち葉が辺りを覆い隠していた。あと何年か放っておけば確実に、けものみちになるような道だった。おれは深い溜息をついて、歩き始めた。

い

小一時間とぼついたところで道がふたつに分かれていた。同じ太さで同じようにつまらない道だったので、枝を放り上げそいつが倒れた左側へ進んだ。ところがそっちは下り道で、下れば下るほど下痢のように険しく、寂しく、細くなった。何度か戻ろうかと思ったけれど、振り返ると下りてきた山道がずんずんと聳えているのにうんざりして、おれは先に進むしかなくなっていた。

足が棒になった頃、キラキラ光るものが見えたので近づくと大きな沼だった。周囲を鬱蒼とした森に囲まれた沼はブラックコーヒーにミルクをちょっぴり垂らした程度に茶色く、反対側までは二十メートル以上はあるだろう。沼の水に陽が当たり、それがビカビカ反射していた。見ると沼の真ん中に案山子(かかし)が立っていた。

おれは適当に座る場所を見つけると腰を下ろした。雑草がおれの尻の下にも周りにも、まるで沼の周りを囲む口髭のようにぼさぼさ伸び生えていた。おれはそれを毟って口に入れた。二日間なにも食べてなかったが、それでも吐き出すほどに不味かった。

「くそ」おれは、ごろんと横になった。あの軽トラのほにまるは今頃、どこかぬくぬくと落ちつける場所にいるんだろう。流れる雲を見ながら、もしかすると少しぐらいは触らせてやっても良かったのじゃないかという気になってきた。でも、これもおれを食い潰す〈病〉のひとつだとすぐに思い直す。

金のない人間は、ひとつひとつこうやって自分の心の中の柵を取り外して他人に売り渡していってしまう。そうすると昨日までは死ぬほど厭だったことが、明後日には平気になり、来週には当たり前にできるようになる。誰だっていきなりゴミ箱の中から残飯を食い始めるわけじゃない。その前に必ず、柵をひとつひとつ取りはぐっていって、そうなるんだ。

貧乏が奪っていくのは目に見えるものより、見えないもののほうがずっと多い。〈でも金ぐらいは借りておけば良かったじゃないか〉と頭の中で誰かが云う、〈一万とか五千円とかじゃなく、ほんの煙草銭で良いんだよ。ジュースが飲みたいとか何とか云って、そうすれば放り出された時、ただ惨めにならなくて済む。少なくともちょっとは仕返しをしてやったと思えるはずだ〉うるせえ、とおれはそいつに云う。その手もだめだ。少しずつ少しずつが次第に広がって、とんでもないことになる。

おれは雲を見るのを止め、横向きになった。案山子がある。どこかでさっきからずっと間抜けな鳥が啼いている。変な声だった。ちょっちょっ……。鳥かな、鼠かな。そんなことを考えていると案山子が傾いたように感じ、おれは軀を起こした。

沼の縁に、のっそりと男が立っていた。男はおれを無視していた。その視線の先には案山子があった。なにか対決のような奇妙な緊張感が走り、男は不意に軀を大きく反らせると右手を大きく振り抜いた。ぼこっ。鈍い音がして石が案山子の顔面に当たった。案山子の軀がぐんにゃり曲がって、また元に戻った。振り返ると石を投げた男の姿は消えていた。

案山子は元に戻って突っ立っていた。胸から腹までを赤く染めた趣味の悪いシャツを着せられ、帽子はなく、普通の案山子と違って両手は〈気を付け〉の形で軀の横に垂らしてある。顔は黒く汚れた麻袋で、目と口が、共にクレヨンで落書きされていた。

喰えそうな花があれば口に入れてみようとおれは立ち上がり、中腰でくるくると回った。と、また今度は別の男が沼の縁に姿を見せ、案山子に石を投げつけた。

石は勢いよく案山子にぶつかり、案山子は大きく体勢を崩した。どういう仕掛けになっているのかわからないが、案山子は簡単に倒れなかった。おれも倣って石をぶつけようと手頃なものを探したが、石は落ちていなかった、花もなかった。

「はあ」おれはまた寝転がった。ここがどこの山なのかしらないが、ずっとこうしているわけにもいかなかった。おれはトーキョーなら金持ちが捨てたもので生活がしていけると思っていた。

金持ちが多いということは、それだけまだまだ使えるものや喰えるものが多いということだ。山の中にいては誰も飯をくれそうにないし、第一寂しすぎた。

『く、喰いもーら、ハンノキの裏だざべ』

声がした。おれは身を起こし辺りを窺った。あの石投げ男が話しかけてきたと思ったからだ、でも、そこには誰もいなかった。

幻聴なら初めてのことだ、しかし、そんな感じではなかった。しっかりした本当の人間の声だったんだ。

『莫迦くそ。後ろだ。莫迦くその』

また声がした。慌てたおれは自分の尻尾を追う犬のようにその場でくるくると回ってしまった。

笑い声がした。

「だれだ？」

『食いもーは、は、ハンノぎぃの裏だざべし』

その時、案山子がぐるりとこちらに顔を向けた。

「おるられだよ」

沼の真ん中から離れているはずなのに、そいつの声ははっきりと聞き取れた。低くて良い声だった、案山子には勿体ない。そいつは袋を取ると顔を見せた。確かに人間だったが、普通の人間とは思えないほど顔がぐちゃぐちゃに傷ついていた。シャツを赤く染めていたのは案山子の血だった。「どうだべしな」

「おどろいた」

「おどったしか。そうだべしろうな。おれもだべしざ」

「ハンノキってのはこれか」おれは後ろの木を指差した。

「莫迦だらけ」案山子が頭を動かす度になにか散らばった。たぶん、血か肉のどちらかだろう。

おれは案山子のいう木の裏に回った。するとそこには編んだ弁当箱が置いてあった。おれはそれを沼の縁まで持ってくると座って開けた。中には大きな握り飯がみっつと焼き鮭、玉子焼きが入っていたが、先客もいた。

「けぇ、遠慮すなし」

「遠慮はしないが、玉子焼きは蟻の巣になってるな」おれは弁当箱に鼻を近づけた。「鮭は腐ってる。握り飯も微妙だ」

するとまた新しい男が縁に立った。案山子は慌てて麻袋をかぶりなおそうとしたが、その時、遅く、勢いよく投げられた石がまともに顔面をヒットしていた。音が聞こえるほどおびただしい鼻血が沼の水の中に迸（ほとばし）った。

「よせ！」

男は一瞬、足を止め、おれを睨んだがそのまま行ってしまった。慌てる風でも逃げるという風でもなく、単に仕事を終えて帰るような足取りだった。

「あんた大丈夫か？」

案山子は体勢を立て直したが、出血は止まらず口元から胸までがびたびたと濡れていた。

「いがぁい、いがぁい、いがぁいなぁ」

そこへまた別の男が現れた。そいつはすぐに振りかぶった。

「おい!」おれの言葉を無視して男は石を投げ、それは案山子の顔面を強打した。なにか丸い弾力のあるものが沼に落ち、おれを振り返った案山子の瞼が破れ、中身がなくなっていた。

「うぶぶぶ」案山子は佇立したまま痙攣した。

「岸へ上げてやる」

おれは沼に足を踏み入れた。すると一斉に鳥か鼠の音が沸き立った。沼の底は頼りなく、どこまでもずぶずぶと足を飲み込まれてしまいそうだった。と、背後で声がした。

男がこちらに向かってくるところだった。

「ヤサイに手を出すなよ。それはムラのものだ」ぺらぺらした着物を巻き付けた男は両手に石をもっていた。「人のものに手を出すのは良くないぞ、学校で習わなかったのか?」

「ヤサイってこの人のことか? おれの学校じゃ怪我してる人は助けてやれと習ったよ」

「それは気の毒な学校だったな」男はおれの前に来ると座り込み、おれにも促した。

案山子だか、ヤサイだかが恨めしそうに片穴の開いた顔でこっちを見ていた。

「ここはムラの人間が囲んでいる。まあ舞台みたいなものだ。勝手なことはできないぞ」

「生の私刑(リンチ)ってのを初めて見たよ。酷いモンだな」

「ヤサイは親が捨てていった子供でな。ムラの人間全員で育てた。とても頭が弱いんだ」

「気の毒なことだ。人は誰だって何か欠けてる。あんただってひどい臭いがするぜ」

「昨日はこのために牛の体の中で寝たからな。血や脂がそうさせるんだろう。ヤサイ！　痛いか？」男は手を口に当てて沼の男に声を掛けた。

「ぶぶぶ……いだぁいよ。あんちゃん」

「そうだ。そうだろう。それでいいんだ」そう云って男はおれを見た。「奴は頭が弱いんだ」

「あんただって、さほど賢くは見えないぜ。五十歩百歩ってところだ」

「……倍か、ならいい。ヤサイは女の子を殺した。十歳。とても大切な人の孫だった。ヤサイはその子を擂り鉢に入れて擂りつぶしたんだ。少しずつ」

「おい！　あんた、女の子を擂り鉢ですったのか」おれはヤサイに声を掛けた。

「うん。やっだよ！　ずってやった！　ははは」ヤサイは元気よく返事をした。

男がそれみろと言いたげに、おれを見つめていた。

「だが、あんな頭の気の毒な人を私刑で殺しても意味はないだろう。警察に突き出して裁判にかけたらどうだ」

「裁判なら無罪か、それに近い。それでは気持ちが納まらない。だから私刑なんだ」

「スッとするってのか」

「寝覚めは悪いが裁判で無罪か無罪に近いよりはマシだという結論になった。だからムラの男がひとりひとり、やつが死ぬまで投石することになっている。しかし、そろそろみんな疲れてきている」

「なぜ娘さんを殺したんだろう。あんた！　なんで女の子を擂り下ろしちまったんだい？」

「おまつりさんをとったんだぉ」ヤサイが叫ぶ。

「ひな祭りのことだ。やつが好きだった娘の持っているひな祭りのお雛様をその子は盗んで犬に囓らせたんだ。女の子はとても哀しんだ。死んだおふくろの形見だったからだ」

「だったら殺された子にも原因はあるということだ」

「まあな」

「なら、尚のこと私刑じゃなく、裁判にすべきだろう」

「始めは無罪にしようと孫を殺されたほうは云ったんだ。それで一旦は自由にしたんだが、ヤサイはその足で、死んだ娘さんの可愛がっていた犬もさらってな」

「殺したのか？」

「いや。一ヶ月ほどで返してきた。居なくなったときのまんまの状態で怪我ひとつ無く返してきたよ」

「おい！　あんたは犬をさらって、また返したのか？」おれはまた沼の男に声をかけた。

「うー。がえじだょ！　かえじだぁ！」ヤサイは頭を何度も上下させた。その顔にボクンッと石がまともにヒットした。見るといままでで一番若い男が背中を見せて去って行くところだった。

ヤサイが泣いていた。

「というと、娘の殺人は許した。いまの罰は犬をさらった罪でということになるのか」

「どうかな。それより許しのコップが、ぎりぎり一杯で、どうにかこうにか耐えていたところに、もう二、三滴加えて台無しにしたって気がするけどな」

「あんた喩えが、あんまり巧くないな。アメリカのドラマとかもっと見たほうが良いぜ」

「みんなにそういわれる。わかった。もっとアメリカのドラマとかを見るようにする」

するとまた新たな男がやってきてヤサイに石をぶつけた。破片が散らばった。

「すごいな、顔で石が欠けたぜ」

「あれは歯だよ。欠けたのは石のほうじゃない、歯だ」

「おれ、そろそろいかなくちゃ。実は通信で大学行こうと思ってて願書の受付が今日までなんだ。わかるだろ？　大事なことなんだ」

おれは自分の中のうんざりのコップが一杯になったのを感じ、腰を浮かせた。

「みんな、このムラの連中は優しすぎてたまにイヤんなるよ」

「え？　なんだか突然、あんたの言葉が外国語みたいに意味がわかんなくなったんだけど」

「みんな優しすぎるんだ。あいつがなかなかくたばれないのは、力一杯急所を潰して貰えないからさ。みんな、心のどこかでは可哀想にと思ってる。だから、あんな風にいつまでもぶつけられなくちゃならない。あいつの苦しみの原因はムラの奴らの優しさなのさ」

男はおれに石を渡そうとした。

「なんだいこれ」

「あんたがやってくれりゃ。あいつは早く死ぬだろう。なにしろあんたはあいつとなんの縁もゆかりもないからな。それに無慈悲そうな顔をしている。人殺しの顔だ。子供の頭を踏み潰しても平気でイビキを掻いて熟睡できるタイプの顔だよ。あんたならどんな酷いことをしてもなんとも思わないだろう。みんなもそう云って期待している。だから、こいつであいつの息の根を止めてやってくれないかな。あんたなら人でなしなことが平気でできると見込んでのことなんだ。わかってくれないか」

男はそう云って、おれに土下座をした。

「そうは云われても、おれは人殺しの手伝いなんかいやだよ」

「頼むよ。頼みますよ。あんたのことなんか普段は鼻も引っかけないようなまともな生き方をしている俺がこうして頭を下げているんだ。その気持ちを汲んでくれないかな」

全身をビミョー感に握られながらおれは沼の男を見た。奴はぐちゃぐちゃのカボチャのような頭でこっちをたぶん見ていた、鼻がこっちを向いていたから、たぶん、そうだ。

するとそこにもうそろそろ一人前になりそうな仔犬が駆け寄ってきた。そいつはおれの足に軀をすりよせると千切れんばかりに尻尾を振っていた。犬好きのおれは思わずそいつを抱き上げた。そいつはおれの顔をキャンディのように舐めまくり、鼻でも口でも舌を突っ込んでくる。「おいおい、大変な歓迎ぶりだな」おれは仔犬を抱いたまましゃがんだ。

軀が温かくて、柔らかい。和犬だろうがどこか雑種っぽい感じもした。

「そいつがさらわれていた犬なんだ。孫娘の飼い犬だった。ジゾクって云うんだ」

「元気じゃないかジゾクは」

「元気さジゾクは」

「なおのこと許してやれば良いだろう」

おれはヤサイのほうを見た。ジゾクもつられて沼を見るとワンッとひと声、吠えてみせた。するとそ突然、そいつが沼に向かって立ち上がるとズボンと一緒に下着を脱いだ。古い竹輪のようなチンポコが海草のような陰毛の間から垂れていた。

「今日はほにまるの特異日なのか」

男は沼のほうを向いて——つまりおれのほうに尻を向けるとしゃがみこんだ。尻毛に囲まれた肛門がフジツボのように尖りだしたので、おれはわっと叫んで跳ね起きた。

びびでばびでぶぅみたいな音がして、ねりねりと男は始めた。おれはいろいろ辛くなっていた。なにかもういろんなことがお腹いっぱいで、もうたくさんだった。腕に抱いた仔犬を持って帰りたくなった。きっとこいつだけがおれのささくれた気持ちを癒してくれるだろう。

と、仔犬は激しく藻掻くと、おれの腕から飛び降り、男の尻の下に滑り込んだ。

「おい！」おれは思わず悲鳴をあげていた。仔犬が糞だらけになってしまう!!　おれには耐えられないことだった。おれはなりは汚いが、汚いものはとても嫌いだった。

次の瞬間、信じられないことが起こった。仔犬が、がつがつと全身を口にして、ひりだしたばかりの糞を喰い始めたのだ。口の周りの毛が、みるみるウンコ色になった。

おれは立ち竦んでいた。

「な。こういうことだ」ズボンを上げ、尻をしまった男がおれの肩を優しく叩いた。「ヤサイはこいつをなによりも糞を喰うのが好きな犬に躾けてしまったんだ」

「確かに尻尾を振っている」

「ああ、あんたのときより振ってる。嬉しいんだよ。いま最も充実してるって感じだろう？　こいつは糞しか喰わなくなっちまったんだ。あの人が激怒するのも無理はないよ。いかに非はこちら側にあるとはいえ孫娘は殺されるわ、その忘れ形見は糞喰いにされるわじゃな」

あらかた喰ってしまった仔犬は満足そうにゲップをし、次に雑草にこびりついた残りをちっこい舌で舐め取っていた。おれは口を舐められたことを思い出し、何度も唇を擦った。

「もうちょっと早く教えることもできたはずだ」

「まあな、だがこうしたほうがわかって貰えると思ったんだ」

おれは沼の男に尋ねた。

「おい！　あんたが糞喰いにしたのか」

「そうだよ！　腹減らさせて、うんこだけくわせたらそうなった」

「やってくれるか」溜息をついて振り向いたおれに男は期待に目を輝かせて云った。

「やだね。お断りだ。おれは気分が悪い」

「そうか」男はヤサイを向いた。「じゃあ、帰れ。その前におれの肩を二回叩いていけ」

「なんで」

「世話になったんだ。それぐらいするものだ」

おれは云われたとおりにした。

すると男は物凄い勢いで石をヤサイに向かって投げつけた。

いままで聞いたことのないような惨い音がするとヤサイの頭がじゃんけんのチョキに割れ、真後ろに倒れ、沼に沈み、そのまま浮かび上がって来なかった。

「あれはおまえがやったんだ。このムラじゃ、肩を二回叩くというのは自分を相手に乗り移らせる意味がある。あれをやったのはおれじゃない。おまえだ」

「そんなのただの迷信だ」

「迷信で充分。おれはこれですっきり気持ちよく生きていける」

男はそう云うと仔犬を拾い上げ、森に消えた。

おれはそれから二日ほど迷って山を下りたんだ。で、あんたにこうやって話してる。わかるだろ？　なんでおれに女がキスをしなくなったのかが。おれのせいじゃないんだよ。

（おわらして……）

◎ 初出　掲載誌はすべて「小説宝石」

親父のブイバル——しょせん浮世は、けだものだけだもの。　2011年7月号
にゅう・しんねま・ぱらいそ　2017年10月号
円周率と狂帽子　2018年1月号
ろくでなしと誠実鬼　2018年4月号
マザーズラブとおやじ涅槃で待つ　2018年7月号
優しさポルノと実存ベイビー　2018年10月号
わがままはわがままぱぱのんきだね　2019年1月号
大統領はアメリカンを三杯とBullyられ屋　2019年4月号
おまえのおふくろ地獄で犬とやってるぜ！　2019年7月号

子供叱るな来た道だものと、こびと再生の巻　2019年10月号

孑々も蚊になるまでの浮き苦労の巻　2020年1月号

おにぎり鬼と善人厨　2020年4月号

ヤトーを待ちながら　2020年8・9月号

五十五億円貯めずに何が人間か？　だってさの巻　2020年11月号

命短し、乙女はカーマ・スートラだってよの巻　2021年3月号

乞食爺と黄金パンツ　2021年6月号

こうもん見えましてもワタクシCEOですの巻　2021年11月号

チンワクとアイロニックラブンずの巻　2022年3月号

余命百万年　2022年6月号

俺が公園でペリカンにした話　2011年3月号

＊この作品はフィクションです。実在の人物・組織・事件・場所等とは関係がありません。

◉著者プロフィール

平山夢明（ひらやま・ゆめあき）

1961年、神奈川県生まれ。

1993年から、実話怪談「「超」怖い話」シリーズに参加し、執筆活動を開始。

2006年、「独白するユニバーサル横メルカトル」で日本推理作家協会賞を受賞。

2010年、『ダイナー』で日本冒険小説協会大賞と大藪春彦賞を受賞。

作品に『デブを捨てに』『ヤギより上、猿より下』『あむんぜん』『八月のくず』など。

◉デザイン

坂野公一（welle design）

俺が公園でペリカンにした話

著者　平山夢明

発行者　三宅貴久
発行所　株式会社 光文社
〒112-8011 東京都文京区音羽1-16-6
電話　編集部　03-5395-8254
　　　書籍販売部　03-5395-8116
　　　業務部　03-5395-8125
URL　光文社 https://www.kobunsha.com/

組版　萩原印刷
印刷所　萩原印刷
製本所　ナショナル製本

2022年12月30日　初版1刷発行

落丁・乱丁本は業務部へ
ご連絡くだされればお取り替えいたします。

R〈日本複製権センター委託出版物〉
本書の無断複写複製（コピー）は著作権法上での
例外を除き禁じられています。
本書をコピーされる場合は、そのつど事前に、
日本複製権センター（☎03-6809-1281、
e-mail : jrrc_info@jrrc.or.jp）の
許諾を得てください。

本書の電子化は私的使用に限り、
著作権法上認められています。
ただし代行業者等の第三者による
電子データ化及び電子書籍化は、
いかなる場合も認められておりません。

©Hirayama Yumeaki 2022 Printed in Japan
ISBN978-4-334-91503-2

THE TALES
I TOLD THE PELICAN
AT PARK

俺が公園でペリカンにした話